Kurz vor Regensburg im Hier und Heute: die bräsige Melancholie der Reihenhaussiedlung gewährt der Mittdreißigerin Daniela nur einen Ausweg – Schmöker als Balsam für Geist und Seele. Sie ist weder die zupackende Alleskönnerin, noch besitzt sie den intellektuellen Durchblick der Heldinnen ihrer Romane. Eine duldende Fürsorgerin ist sie jedoch auch nicht mehr. Tägliche Konflikte sind also vorprogrammiert: mit ihrem unansehnlichen Ehemann Udo, Lehrer, der Erkenntnisse allenfalls bei Klassenarbeiten gelten läßt, und mit ihrer Schwiegermutter, die Lesen für äußerst überflüssig hält.

Grund genug für sie, sich ganz weit weg zu wünschen. Sie hat allerdings keinen Job und kein Geld. Auf der Suche nach einer für sie gemäßen Zukunft gerät sie an einen mysteriösen älteren Herrn, der ihr verspricht, ihr aus ihrer Misere zu helfen und ihr einen Job und eine Wohnung weit weg von ihrer süddeutschen Heimat zu verschaffen. Er leitet auch tatsächlich alles in die Wege und besorgt ihr eine Unterkunft und eine Stelle in einem Verlag in der Nähe von Celle. Ihr geheimnisvoller Retter taucht auf und verschwindet wieder, behauptet, verheiratet zu sein und fünf Töchter zu haben, und ist auf rätselhafte Art mit dem Verlag verknüpft. Und natürlich verliebt sie sich in ihn …

Und sie entdeckt, daß Bücher nicht nur inneres Wachstum auslösen – man kann mit ihnen zaubern, den Mann samt Schwiegermutter loswerden und sogar sein Geld verdienen: Lesen verzaubert eben, und zwar tatsächlich.

Ditte König, geboren 1956, lebt mit ihrem Mann Giovanni Bandini in Wiesenbach. Zusammen haben sie u. a. den irischen Nobelpreisträger Seamus Heaney für den Hanser Verlag und Robert Eversz' Roman ›Shooting Elvis‹ (Fischer Taschenbuch 14194) ins Deutsche übersetzt. ›Gefährlich ist's, das Weib zu wecken‹ ist ihr erster Roman.

Unsere Adresse im Internet: www.fischer-tb.de

Ditte König

Gefährlich ist's, das Weib zu wecken

Roman

Fischer Taschenbuch Verlag

2. Auflage: Oktober 1999

Veröffentlicht im Fischer Taschenbuch Verlag GmbH,
Frankfurt am Main, Juli 1999

Lizenzausgabe mit Genehmigung des
Wolfgang Krüger Verlags, Frankfurt am Main

Druck und Bindung: Clausen & Bosse, Leck
Printed in Germany
ISBN 3-596-14409-4

Für Giovanni

Wer kriegt, was er verdient,
ist selber schuld
Sisa

Folgenden Personen möchte ich für ihre freundliche, wenn auch teilweise unfreiwillige Mitwirkung an diesem Buch danken:

Arno Schmidt, Theodor Fontane, Thomas Mann, Maxim Gorki, Halldór Laxness, Barbra Ring, Christoph Martin Wieland, Ludwig Tieck, A.A. Milne, W.A. Mozart, Rudolf Hagelstange, Matthias Claudius, Walter Rost, Giovanni Bandini, Matthias Horx, José Argüelles, Theodor Adorno, Fedor von Zobeltitz, Laurence Sterne, Louis-Ferdinand Céline, Boris Vian, Meister Eckhart, Hermann Löns, Heinrich Heine, Wolfram Geissler, Eugenie Marlitt

Alle in diesem Buch vorkommenden Personen, Verlage,
Begebenheiten, Witterungsverhältnisse und Gemütszustände sind,
soweit ich mich erinnern kann,
kein Wort von wahr und rein zufällig.
Oder?

Kapitel 1

RAFFraffraffraff, RAFFraffraffraff, RAFF-raff-raff-raff, RAFF--raff--raff--raff, RAFF---raff---raff---raff, Harrrf-HARRF-harrff-harrff--i-i-i-i-i-i-harff-HARFF-

Sidney H. Courtier
Haus ohne Menschen

Viele sind schrecklich, aber niemand ist schrecklicher als dieser Mensch – dachte ich müde, als Udo falsch pfeifend zum Kleiderschrank ging, um sich ein frisches Hemd herauszuholen. Über den Rand der Jeans, die noch aus unserer Vorehezeit stammte, quoll der Waberbauch.
»Was glotzt du so?« fragte er unwirsch in meine Richtung, während er sich abmühte, die Knöpfe zu schließen.
»Ich bewundere deinen Luxuskörper«, gab ich freundlich zurück und knüllte das Kissen im Rücken zusammen, daß ich bequemer saß. »Dieser allmorgendliche Anblick entschädigt für so manches.«
»Wenn du kochen könntest, hätte ich schon längst meine fünfundsechzig Kilo wieder!« sagte er verärgert.
»Ja, ich weiß, und könntest fehlerlos thirty thirsty thrushes thrust through a thick thicket aussprechen.«
Das Werk war vollbracht. Zwischen den absprungbereiten Knöpfen schimmerte das Fleisch hindurch. Aber Udo hatte Erbarmen mit seinen Mitmenschen und zog einen seiner grellfarbenen, von seiner Mutter gefertigten Pullis darüber. Gelb mit lila Zickzacklinien.
»Anstatt Blödsinn zu reden, könntest du vielleicht Frühstück machen. Ich komm sonst noch zu spät in die Schule.«
Ich seufzte und stand auf. Ich hätte sowieso nicht mehr einschlafen können. Außerdem wußte ich, daß im Kühlschrank Corned beef darauf wartete, von mir aufs Brötchen gelegt zu werden. Ich ließ die Vorhänge

zugezogen, um meine Schwiegermutter zu ärgern, falls sie vorbeikam, schob sie lediglich ein wenig beiseite, um zu sehen, wie das Wetter war. Trüber Wolkenbrei. Keine rosigen Aussichten. In keinerlei Hinsicht. Ich schlüpfte in meinen ehemals weißen Bademantel und begab mich in die Küche, um Kaffee zu kochen. Während er durchlief, stellte ich die üblichen Frühstücksutensilien auf den Tisch, lief dann nach unten an die Haustür, um die Brötchentüte zu holen. Im Eßzimmer stieß ich auf Udo, der bereits rasiert war. Auf seinem Pullover prangte ein weißer Zahnpastafleck.

»Ich versteh nicht«, sagte ich und wies auf den Fleck, »daß du dich erst wäschst, wenn du schon angezogen bist.«

Udo rückte seine Goldrandbrille zurecht und schmierte Orangenmarmelade auf eine Brötchenhälfte. »Und ich versteh nicht, wie du dieses Zeug da zum Frühstück essen kannst. Teuer ist es auch!« Blick auf die Uhr, schnell den Kaffee runtergekippt. »Wärst du früher aufgestanden, hätte ich in Ruhe aufessen können. – … Laß den Kaffee nicht wieder verkochen, und vielleicht putzt du mal wieder das Waschbecken«, rief er. Dann herrschte Stille im Haus.

Obgleich mich der Kaffee munter machte und das Corned-beef-Brötchen halbwegs gutgelaunt sein ließ, wußte ich, daß dies wieder einer dieser Tage werden würde. Einer dieser Tage, an denen ich mich auf nichts richtig konzentrieren und deshalb genausogut im Bett bleiben konnte. Ist das vielleicht meine Schuld? fragte ich mich. Ich bin hübsch, ziemlich intelligent, umgänglich, genau richtig groß, nicht dick, hab blonde Locken. Kann ich was dafür, wenn er schnarcht wie ein erkältetes Wildschwein? Und ich mich deshalb von einer Seite auf die andere wälze und nicht schlafen kann?

Ich stellte mich vor mein Bücherregal im Wohnzimmer und schwankte kurz zwischen *Catriona* und den *Buddenbrooks*, entschied mich dann für Thomas Mann. Aus keinem bestimmten Grund. Mit einem großen Becher Kaffee verzog ich mich wieder ins Bett. Ein häßliches Bett: monströs in seinen Ausmaßen und mit dunkelbraunem Plüsch bezogen. Ein Geschenk meiner Schwiegereltern, die nicht mehr mitansehen konnten, daß wir auf einer Matratze auf dem Fußboden schliefen.

Als ich auf Seite einundneunzig angelangt war und mich gerade darüber wunderte, daß Clara mit Ida Jungmann im Juni (!) auf dem Rasenplatz Veilchen sucht, klingelte es an der Tür. Ich erschrak. Bestimmt meine Schwiegermutter. Hatte ich das Auto überhört? Wie spät war es? Hastiger Blick auf den Wecker: kurz nach elf schon. Und ich hatte noch nicht eingekauft. Am besten, ich stellte mich tot. – – – Es klingelte Sturm. Da war wohl nichts zu machen, ich traute ihr durchaus zu, daß sie aushielt, bis Udo aus der Schule kam. Es half alles nichts, ich mußte aufstehen und sie reinlassen. Ich fuhr rasch in ein Paar Leggings und ein T-Shirt und ging öffnen.

»Ich klingel schon seit zehn Minuten, warum steckt denn der Schlüssel von innen?« fuhr sie mich an, ohne Begrüßung natürlich. Drängte sich an mir vorbei und starrte als erstes ins Schlafzimmer. Ich sah ihr an, daß sie hoffte, mich in flagranti mit einem Liebhaber zu erwischen.

»Niemand da!« sagte ich honigsüß.

»Hab ich dir nicht gesagt, daß du die Vorhänge aufziehen sollst, damit die Nachbarn nicht reden? Und das Bett ist noch nicht einmal gemacht, und die guten Bettdecken müssen gelüftet werden. Was für eine Wirtschaft!« Sie ging zum Fenster, zog mit einem kräftigen Ruck den Vorhang zur Seite, öffnete das Fenster weit und hängte die Bettdecken hinaus.

Ich stand stumm dabei und sah ihr zu. Ich war jedesmal so überwältigt von ihrer Dreistigkeit, daß mir die Bemerkungen, die sie bis in ihr durchböstes Mark getroffen haben würden, stets erst einfielen, wenn sie wieder weg war.

»Hast also wieder im Bett gelegen und gelesen, anstatt die Wohnung aufzuräumen. Was wolltest du denn heute mittag zum Essen machen?« Sie drehte sich zu mir um, ging dann zu ihrer braunen Kunstledertasche, die sie im Flur abgestellt hatte, und holte ihren obligaten weißen Nylonkittel heraus.

»NUN?«

»Gar nichts«, sagte ich mürrisch, »Udo ist ohnehin viel zu dick. Als wir geheiratet haben, vor acht Jahren, war er schön schlank. Jetzt paßt er in keine Hose mehr.« Es war mir egal, ob Udo zwanzig, dreißig oder hundert Kilo wog. Was mich störte, was mir meine Gesundheit ruinierte, von meinen Nerven ganz zu schweigen, war das Schnarchen. Und das tat er erst, seitdem er so dick geworden war.

»Mein Bub und viel zu dick!« Meine Schwiegermutter stemmte empört beide Arme in ihre wohlgerundeten Hüften. Ihre bleichblonde Dauerwelle bebte vor Zorn. »Wenn es nach dir ginge, bekäm er überhaupt nichts Warmes zu essen. Wenn ich nicht nach ihm sehen würde, läg er längst im Krankenhaus. Eine feine Frau bist du ihm. Während er sich abarbeitet, liegst du im Bett und liest schlechte Romane. Geh und hol mir einen Putzeimer mit warmem Wasser. Ach, in meiner Tasche ist ein Topf mit Schweinebraten, bring ihn in die Küche. Eine Packung Klöße liegt auch dabei. In der Tupperdose ist Endiviensalat.«
Sie stak inzwischen im Kittel und ging jetzt daran, den Flurteppich zusammenzurollen, nicht ohne dabei über ihr Kreuz zu jammern.
Ich konnte frei wählen zwischen das Haus verlassen, Geld abheben und auf Nimmerwiedersehen verschwinden – und geduldig ausharren, bis sich durch eine Schicksalsfügung mein Los änderte. Seit einem Jahr, seit wir in die unmittelbare Nähe meiner Schwiegereltern nach Heimstedt bei Regensburg gezogen waren, ging das nun so. Das Haus gehörte ihnen, unsere Wohnung, die meisten Möbel gehörten ihnen, der Garten gehörte ihnen, die Waschmaschine. Und ich auch.
Hat keinen Wert, jetzt Ärger zu provozieren, sagte ich mir zum zweiten Mal an diesem Vormittag – und zum tausendsten Mal in diesen letzten zwölf Monaten –, gegen ihn und seine Mutter komm ich nicht an. Und schließlich hab ich's warm, freie Wohnung und freies Essen. Und die meiste Zeit meine Ruhe. Und heute mittag gibt's Schweinebraten und Salat. So schwieg ich und tat, was sie verlangte. Während sie den Flurfußboden schrubbte, entwischte ich, in eine warme Strickjacke gewickelt, unter dem Vorwand, den Müll runterzubringen, in den Garten. Auf dem schmalen Beet neben dem gepflasterten Weg, der zur Garage führte, blühten Krokusse, hauptsächlich gelbe. Dazwischen ein paar Blausternchen und einige Primelpolster. Der hintere Teil des Gartens lag im Schatten großer Fichten, hier wuchs auch im Sommer nicht viel, jetzt im frühen März aber war alles kahl. Ich atmete tief durch und setzte mich auf das kleine Sandsteinmäuerchen, mit dem ich das Schlüsselblumenbeet umgeben hatte. Lehnte mich an die Hauswand und genoß die Sonne, die eben warm durch die Wolken blitzte.

Kapitel 2

Du noch nicht wissen, ist heute nicht morgen, und wer springt auf Pferd von hinten, kann fallen in Dreck von vorn.

Irina Korschunow
Malenka

Zahnarzt Dr. Senger grinste breit und legte dabei seine schönpolierten, belagfreien Zähne bloß: »Achthundert Mark sind doch ein Pappenstiel, wenn man bedenkt, daß Sie dann für die nächsten zwanzig Jahre Ruhe mit Ihren beiden Problemkindern haben.«

Kein Wunder, daß er es sich leisten kann, mal eben nach ›Down under‹ zu fliegen, wie er sich ausdrückt, dachte ich mürrisch.

»Nun«, fuhr er leutselig fort, »jetzt überlaß ich Sie der Claudia, die wird erst mal einen Abdruck machen. Dann geb ich Ihnen eine Elefantenspritze, und dann machen wir heute die provisorische Krone.« Er schob seine schwarzgerahmte Brille zurecht und verschwand, während die ununterbrochen schwatzende Claudia mir eine hellgrüne Masse auf die Zähne pappte und einige Minuten später, als sie fest geworden war, unter erheblichen Schwierigkeiten wieder abruckelte. Dann wurde ich fürs erste ins Wartezimmer entlassen.

Ich setzte mich zwischen eine in die Luft starrende dünne junge und eine Zeitung lesende ältere dicke Frau und nahm mir *Das Neue Blatt*. Ich überflog die Überschriften und hielt erst bei den Briefen an Frau Clara inne. Vielleicht könnte ich auch ... wegen Udos Schnarchen? Ein Versuch konnte schließlich nicht schaden. Also holte ich mein kleines blaues Notizbuch aus der Tasche und notierte die Anschrift.

Süß sangen die Amseln im Garten, eine linde Brise wehte ins Wohnzimmer, Udo war noch nicht zu Hause. Ich, inzwischen stolze Besitzerin von zwei Goldkronen, hatte mir einen der beiden Sessel nah an die Balkontür gerückt und las das neueste *Neue Blatt*. Vier Wochen waren seit meinem Brief ins Land gegangen, die Schwalben waren eingetroffen, und die Lüfte wehten frühlingslau – kurz: Es war Mitte April und Freitag. Vier Wochen lang hatte ich hoffnungsvoll auf die Antwort ge-

wartet, mir deshalb die Zeitschrift gekauft und damit ausreichend Frotzeleien eingehandelt, von Udo natürlich.
Auf Seite achtundzwanzig, unter der Information, daß eine Nagelbett-Infektion tückisch sei, kam die Rubrik: *Ihre Sorgen sind meine Sorgen.* Und ha! Das mußte sie sein – meine Antwort. Das Warten hatte sich gelohnt:

Liebe Frau M.,
dem Schnarchen liegen nach neuesten wissenschaftlichen Erkenntnissen meist psychische Störungen zugrunde, deren Ursachen zum einen in einer unglücklichen Kindheit liegen können. Zum anderen – und dies scheint mir gerade auch in Ihrem Fall das Wahrscheinlichere zu sein – könnte eine unglückliche Ehe daran schuld sein. Vielleicht sind Sie zu dominant? Mein Rat an Sie wäre, es mit viel Geduld und Zärtlichkeit zu probieren. Geben Sie Ihrem Mann einen sanften Kuß auf die Wange, sobald er zu schnarchen beginnt. Sie werden sehen, in welch kurzer Zeit eine solch liebevolle Behandlung Ihr Problem beseitigen wird. Schließlich kann ich Ihnen auch das hervorragende Buch von Dr. Dr. Rolf Steinbrech Wie gewöhne ich mir in sieben Tagen das Schnarchen ab *wärmstens ans Herz legen. Machen Sie es doch einfach Ihrem Mann zum Geschenk. Er wird den Hinweis sicher verstehen und sein Bestes tun, um Sie glücklich zu machen.*
Frau Clara

So war das also. Es geht doch nichts über Psychologie, dachte ich, reckte mich, warf die Zeitschrift in den Papierkorb neben meinem kleinen Schreibtisch und fragte mich beiläufig, wo Udo blieb. Eine Arbeitsgruppe, hatte er gesagt, nicht zum ersten Mal, wie ich mich erinnerte. Um vier sei er wieder da. Jetzt war es halb sechs. Auch gut. Ich setzte mich ein wenig auf die Stufen vorm Haus und ließ mich von der Abendsonne bescheinen.
»Grüß Gott.« Das war der ausgemergelte Mann von unten, dessen Frau dumm, faul und gefräßig war und ihm keine Minute Ruhe ließ. Er blickte kaum auf, eilte mit zwei schweren Tüten beladen ins Haus, kurz darauf hörte ich auch schon ihre Stimme. Eine Tür flog zu, und ich hörte leider nichts mehr. Ein wenig später fuhr Udo vor.

»Na, mal wieder ein bißchen nichts tun?« begrüßte er mich, dann, schon auf der Treppe: »Klemens kommt übrigens heute abend. Geh mal was einkaufen, 'n paar Chips, steht er doch so drauf. Wein ist genügend da, hab welchen mitgebracht, war sicherer. Daniela, deine Weinkenntnisse schlagen die eines Eskimos. Dabei ist Wein nutrimentum spiritum, wie der Lateiner sagt.«

»Ich glaube nicht, daß spiritum der Genitiv von spiritus ist«, murmelte ich, aber er hörte nicht hin – hätte ohnehin nichts genützt, weil er mich für eine Analphabetin hielt. Er traktierte mich seit Jahren mit seinen unwillentlich metamorphosierten lateinischen Zitaten. Seufzend erhob ich mich, um einkaufen zu gehen.

Auf dem Rückweg bestellte ich in der Buchhandlung noch rasch den Dr. Dr. Rolf Steinbrech, hastete nach Hause und rannte die Treppe hoch. Klemens stand, die schulterlangen glatten Haare rasant nach der einen Seite gescheitelt, in Udos Zimmer. Er grüßte kurz in meine Richtung, indem er den ein wenig birnigen Kopf neigte, und beendete dann seinen Satz: »... müßte man quasi auf der Stelle treten. Vom Pol aus in einer sich sommerlich immer erweiternden Spirale südwärts irren, wie?«

»Wir sind hier nicht am Äquator!« lehnte Udo unwirsch ab. »Nein: Man müßte, meiner vorläufigen Schätzung nach, sich bei Sonnenuntergang südlich des Startplatzes befinden ...«

»Wie weit südlich?« fragte ich einfach nur, um auch was zum Gespräch beizutragen. Ich hatte keine Ahnung, wovon die beiden sprachen. Udo warf mir einen äußerst indignierten Blick zu, Klemens einen verwunderten. Sie schwiegen mich bedeutsam an, bis ich mich mit meinen Einkaufstüten in die Küche verzog.

Beim Abendessen (Udo hatte Pizza geholt) drehte sich das Gespräch um Klemens' Arbeit in einer Münchner Werbeagentur. Udo bemitleidete ihn: »Welch eine Verschwendung. Werbesprüche für Kochtöpfe verfassen, anstatt daß du deine ›Äquivoken Stadien‹ fertig schreiben kannst.« Damit meinte er Klemens' unsterbliches Werk – *Der späte Thomas Beckett – ein früher Arno Schmidt?* –, das bislang lediglich in seinem Kopf existierte.

»Wenn's nur Kochtöpfe wären!« jammerte Klemens und stopfte sich ein Stück Pizza in den Mund. »Seit Donnerstag letzter Woche soll ich mir

was zu extrafein-saugfähigem feuchtem Klopapier einfallen lassen«, fuhr er fort, als er fertig gekaut hatte. »Zusatzinformationen sind: umweltfreundlich und Julius Klee. Der hat das nämlich verbockt. Gegen dieses Los war das vom Arno noch Gold!«
Udo, der mit vehementer Gier seine Schinken-Zwiebel-Pizza in sich hineinfraß, blickte auf und fragte bescheiden: »Äh, ich versteh nicht, was meinst du?«
Klemens reckte sich zu seiner vollen Größe, wodurch Udo regelrecht gnomig erschien, und meinte in strafendem Ton: »Na, hör mal, was für eine Frage! Brief an Heinz Jerofsky vom 1. 2. 34, wo es heißt – ich zitiere: ›Hast du jemals 1100 Bogen nach Nummern geordnet, wenn neben 47 die Nr. 983 liegt, welche der Nachbar von 709 ist? – – –: Ich habe! Schon 3 Tage!!‹ Zitat Ende.«
Udo sah beschämt drein: »Ach so, jjaja. Natürlich kenn ich den Brief. Ährmm. Was sind drei Tage gegen seit Donnerstag, nicht wahr? Heute ist Dienstag.« Er goß verlegen sich und Klemens die Gläser voll, meins ignorierte er. Also bediente ich mich selbst. Wenn ich schon den ganzen Abend lang den Mund halten mußte, konnte ich mich wenigstens betrinken.
Es herrschte eine Weile Stille am Tisch, nur die Bestecke klapperten auf den Tellern, dann platzte Udo begeistert heraus: »WC-Papier von Klee – ist feucht und zart – und tut nicht weh.«
Klemens lächelte müde: »Zu brav. Und 'n paar Versfüße zuviel. Außerdem fehlt noch das ›saugfähig‹, und darauf reimt sich nix. Warum muß ich mich nur mit so einem Schwachsinn abgeben! Hätte doch lieber Zahnarzt werden sollen, wie mein Alter. Sechs Monate im Jahr auf Gran Canaria.« Rülpste, schüttelte die Pizzakrümel von seinem grünen Lacoste-Pullover auf den Fußboden und kippte den Wein in einem Zug hinunter. Udo nickte verständnisvoll und leerte seinerseits sein Glas. Wir waren bei der dritten Flasche Beaujolais angelangt.
»Überhaupt«, erklärte jetzt Klemens mit einer raumdurchmessend-wegwerfenden Handbewegung und weinverklärt-enthusiastischem Gesichtsausdruck: »Wenn das *meine* Firma wäre, würde ein anderer Wind da wehen. Mut zu was Neuem, nicht immer dieser Dr. Saubermann-Sumpf. Du mußt die Leute aufrütteln mit deinem Produkt. Also

etwa: ›Wenn Sie nicht wissen, wohin mit Ihrer Scheiße, nehmen Sie Julius Klees äußerst saugfähiges Blabla.‹ Oder: ›Für Ihren Hintern nur das Beste …‹ Oder, wenn schon Verse, dann doch eher so: ›Klee, und du scheißt aufs Bidet.‹ Zu gebildet ist vermutlich: ›Klopapier Klee, Koprolithen ade!‹ Das ist nur was für Paläontologen.« Er trank einen Schluck … »Ha! Ich hab's: ›Klee wischt hinternrein, darauf kannst du einen lassen!‹ Das ist gut. Das schlägt ein, das garantier ich dir.« Er schlug sich begeistert auf die Schenkel.
Voller Bewunderung erklärte Udo enthusiastisch: »Genial! Du bist ja genial!«
Klemens trank abermals sein Glas leer und hielt es mir zum Nachfüllen hin. »Nein«, sagte er ernüchtert, »Kacke ist das. Nicht nur die Agentur ist spießig, die Verbraucher sind's genauso. Jedenfalls die, die sich die Werbung anschauen. Sind viel zu kleinbürgerlich für so was. Hat's vielleicht ein paar Kartoffelchips?« Das hatte er in die Richtung meiner Wenigkeit gesagt, und ich sprang pflichtschuldigst auf.
»Wir können vielleicht rüber ins Wohnzimmer gehen«, schlug Udo vor, während er eine neue Flasche öffnete, und die beiden verschwanden mit Rotwein und Gläsern, während ich die Teller abräumte und anschließend die Chips austütete. Ich fühlte mich angenehm beflügelt. Obgleich Klemens ein wenig überkandidelt war für meinen Geschmack, erschien er mir immer noch um Längen interessanter als Udo.
Klemens lag hingefläzt auf dem Sofa, Udo saß brav in einem Sessel. Sie unterhielten sich zur Abwechslung mal nicht über Klopapier, sondern über mich: »*Das Neue Blatt!* Bisher war's nur das *Heideprinzeßchen* oder dieser Nazi Rudolf Herzog, von Utta Danella und dergleichen ganz zu schweigen, aber jetzt liest sie *Das Neue Blatt*. Und so was hab ich geheiratet, kannst du dir das vorstellen?«
»Weiber!« kommentierte Klemens, füllte sich den Mund mit Chips, kaute krachend und spülte mit einem halben Glas Rotwein runter.
»Na, was steht denn in der neuesten Ausgabe?« richtete Udo das Wort erstmalig an mich.
»Mir ist schlecht«, gab ich zur Antwort und skandierte:
»Klee-Klopapier wischt tiefenrein/so tiefenrein wie nie;
wär's noch ein bißchen tiefer rein/wär's reinste Sodomie!«

Klemens vergaß für eine halbe Minute seine Chips und starrte mich an: »Na, das ist ja … das nenn ich aber … guck an, die Kleine! Schade, daß ich's nicht nehmen kann, aber du weißt, diese Korinthenkacker …«
Udo betrachtete mich beinahe stolz: »Summa summarum ist sie manchmal doch zu was nütze. Nicht wahr, Schatz?«
Ich *haßte* es, wenn er mich Schatz nannte! Zumal er es meist nur tat, wenn er vorhatte, seine ehelichen Pflichten zu erfüllen, was glücklicherweise immer seltener der Fall war. Ich wappnete mich innerlich – am besten, ich füllte die beiden so ab, daß sie um zwölf nur noch lallen konnten.
Um elf schlief Klemens auf dem Sofa ein, die Schüssel mit Chips auf dem Schoß. Udo starrte ins Leere. Ein Knopf seines Hemdes war abgesprungen, ein anderer aufgegangen: Alles in allem sah er ein wenig derangiert aus. Ich fragte mich, ob ich ihn einfach da sitzen lassen konnte, doch soviel Glück war mir leider nicht beschieden.
Er erhob sich wankend und schlurfte dann ins Bett, ohne sich mehr als die Jeans auszuziehen. Er lag auf dem Rücken und schnarchte herzzerreißend. Ich betrachtete ihn einen Augenblick lang, dann näherte ich mich vorsichtig, Frau Claras Rat eingedenk, und küßte ihn zart auf die linke Backe.
Er holte aus, schlug zu und schnarchte weiter.

Kapitel 3

… aber plötzlich kicherte ein Lächeln hinter dem Plan.

Hans Henny Jahnn
Perrudja

Drei Wochen waren seit jenem denkwürdigen Tag ins Land gegangen. Die Pfingstrosen begannen zu blühen, der weiße Flieder an der Ecke neben der Garage war ein wahrer Traum, die hohen hellblauen

Glockenblumen eine Augenweide, und Udo schnarchte immer noch. Als ich ihm den Dr. Dr. Rolf Steinbrech neben den Frühstücksteller gelegt und ihn freundlich gebeten hatte, doch einen Blick hineinzuwerfen, war seine unwirsch gemurmelte Antwort gewesen: »Hast du se noch alle?«
»Bitte«, flehte ich, »du schnarchst wirklich zum Gotterbarmen. Schau doch, was da steht, vielleicht hilft es ja tatsächlich. Es ist die zwölfte Auflage in drei Jahren! Da *muß* doch was dran sein.«
»So ein ausgemachter Blödsinn«, erwiderte Udo. »Daß du nicht schlafen kannst, liegt schlicht und einfach daran, daß du nichts tust und Schund wie die Marlitt liest – bestimmt aber nicht daran, daß ich *angeblich* schnarche. Ich kann im übrigen nur sagen, daß sich keine meiner«, er hüstelte ein wenig, »bisherigen Freundinnen darüber beklagt hat. Wär doch merkwürdig, wenn ich ausgerechnet bei dir damit angefangen hätte, nicht wahr? Und ...« hiermit gab er dem Buch einen heftigen Schubs in meine Richtung, »mit solchen Quacksalbern will ich schon gleich gar nichts zu tun haben.«
Mit diesem Satz hatte er mich vernichtet am Kaffeetisch zurückgelassen, um sich auf den Weg in die Schule zu machen.
Nun war nicht er, sondern ich mit meinem Latein am Ende. Seit diesem Tag schlief ich auf dem Sofa im Wohnzimmer, was einerseits den großen Vorteil hatte, daß ich die Nacht ohne Ohrstöpsel verbringen konnte, andererseits aber äußerst unbequem war, da das Sofa aus drei Einzelpolstern bestand. Die Zwischenritzen wurden auf unerklärliche Weise über Nacht immer größer, und so war die Qualität meines Schlafes letztlich nur unerheblich verbessert. Sei's drum, sagte ich mir, das ist dein erster Schritt in die Unabhängigkeit.
Udo spielte seitdem je nach Laune den gekränkten Ehemann, oder er spottete über diese Verrückte, die jetzt offenbar vollkommen neurotisch geworden war – nun, ich war Schlimmeres gewöhnt und ertrug es mit Fassung.

Mir war kalt, die Bettdecke war halb auf den Boden gerutscht, ich zog sie wieder hoch und warf einen Blick auf den Wecker: zehn nach acht. Die Sonne schien in die geöffnete Balkontür, noch ein wenig von der

Seite, aber immerhin. Als ich in die Küche ging, um mir Kaffee zu machen, wunderte ich mich darüber, daß Udo offenbar noch nicht gefrühstückt hatte. Dann fiel's mir ein: Er hatte ja schon eine Woche vor Pfingsten Ferien. Oje, dachte ich, das auch noch.

Mit Kaffee und Haferflockenschüsselchen verzog ich mich wieder aufs Sofa, nahm mir den Band Maximen von Montesquieu, mit dem ich am Abend zuvor begonnen hatte, und machte es mir gemütlich, bis mir einfiel, daß ich eigentlich aufs Klo mußte. Frierend hüpfte ich zum Bad. Die Tür war verschlossen. Da hielt Udo mal wieder eine seiner Sessions ab. Er nahm sich was zu lesen mit, nicht selten auch eine Zigarre, und ich konnte sehen, wo ich mit meiner kleinen Blase blieb.

»Bleibst du noch lang da drin?« rief ich und klopfte an die Tür.

»So lange, wie's mir paßt.«

Alle Ehemänner sind häßlich, sagt Montesquieu – und wie recht er damit hat! Ob ich in den Garten pinkeln sollte?

Es klingelte.

»Mach auf!!!« brüllte Udo aus dem Badezimmer, als ich schon an der Tür war.

Es war Karina, die die Treppen heraufkam, Karina, meine Freundin, oder korrekter, Karina, die sich selbst zu meiner Freundin ernannt hatte. Sie war von Berufs wegen Schauspielerin, aber meist arbeitslos, und verdiente sich hauptsächlich durch Kneipenarbeit ihre Brötchen. Karina, mit ihrer Vorliebe für Schminke, Nagellack und schrille Kleider. Heute war es gelb mit kleinen roten Punkten und natürlich hauteng.

»Na du«, begrüßte ich sie, »ich hab ja schon 'ne ganze Weile nichts mehr von dir gehört. Und wieso bist du überhaupt schon auf?«

Sie umarmte mich, Küßchen auf die linke, Küßchen auf die rechte Wange. »Weil ich gleich zu 'nem Workshop muß, und da ich mit jemand fahr, der hier um die Ecke wohnt, dachte ich, schaust doch mal vorbei.«

»Wer ist gekommen?« fragte Udo aus dem Badezimmer.

»Karina – laß dich nicht stören.«

»Hallöchen«, rief Karina durchs Schlüsselloch.

Keine Antwort.

»Komm mit ins Wohnzimmer, ich mach dir einen Kaffee.« Ich zog sie weiter.

»He, schläfst du nicht im ehelichen Schlafgemach?« fragte Karina mit Blick auf das Bettzeug und ruckelte sich das Kleid zurecht.
Ich schüttelte den Kopf: »Udo schnarcht wie ein Walroß. Ich hab's einfach nicht mehr ausgehalten.«
»Oje, das is hart«, meinte sie mitleidig. »Sag, können wir uns nicht raus auf'n Balkon setzen? Ist so schön draußen.«
»Klar, geh schon vor. Ich laß nur grad den Kaffee durchlaufen. Zucker, Milch?«
»Beides, obwohl ich ... fünf Kilo hab ich zugenommen in den letzten paar Wochen. Der reine Frust. Ach Scheiß drauf: zwei Löffel Zucker! Und hast du vielleicht einen kleinen Mundvoll von irgendwas?«
Als wir ein paar Minuten später, die Becher in der Hand, einträchtig nebeneinander auf dem Balkon saßen und Karina hingebungsvoll ein Brötchen mit Marmelade aß, betrachtete ich sie. Irgendwas war anders, aber was? Sie sah immer noch aus wie eine aufgeschreckte Eule mit ihren abstehenden Haaren, ihrem fliehenden Kinn und der leicht gekrümmten, nicht eben kleinen Nase, aber irgendwas ... »Sag mal, du siehst irgendwie verändert aus, ich hab dich ja schon seit 'n paar Wochen nicht mehr gesehen.«
Sie spreizte ihre Finger, aber der grellrote Nagellack war's nicht. Sie überlegte, während sie sich eine Zigarette anzündete. »Ich hab's! Meine Warze, du hast mich noch nicht ohne meine Warze gesehn.«
»Stimmt! Ja, wo ist die denn hinverschwunden?«
Sie deutete stolz auf eine Stelle schräg unter ihrem linken Mundwinkel. »Tja, die reinste Zauberei«, erklärte sie und fügte, als ich offenbar etwas ungläubig schaute, hinzu: »Wenn ich's dir sag! Willst du's wissen?«
Ich nickte.
»Da war nämlich bei der Urschreitherapie in Gensingen, du weißt schon, hab ich dir von erzählt, also da war eine Frau, 'ne Köchin, Vollwert und so, die hat mir gesagt, sie hätte ein Buch und da stünde drin, wie man Warzen wegbekäme, ohne Amputation. Sie hätte es selbst ausprobiert. So 'n Volksmedizindings, weißt du? Jedenfalls sie wußte es noch auswendig. Muß man Schöllkrautsaft draufreiben, dann abbinden, den Faden rückwärts, ich mein, über den Rücken, in einen Bach werfen. Gar nicht so einfach, sag ich dir, triffst meist daneben oder du fällst

in den Bach. Ich hab mich schließlich einfach ins Wasser gestellt, und das im März, ohne Gummistiefel! Tja, jedenfalls, ob du's glaubst oder nicht, es hat gewirkt. Da, nich ma mehr 'ne Narbe.«
Ich bewunderte sie gebührend: »Ich glaub dir das schon, ich hab früher aus Jux solche Sachen gemacht, und die haben auch funktioniert.«
»Ja?« Sie war interessiert, schnipste ihre Zigarettenasche über den Balkonrand: »Was zum Beispiel?«
»Ach, ich weiß nicht mehr so genau. Meine Oma hat mir da ein paar Sachen gesagt. Einmal war ich unsterblich in einen dicken Jungen aus unserer Klasse verliebt, Dieter hieß er. Und klein war er auch noch. Der hatte aber nur Augen für 'ne Blondine, Susi Schmoll. Ich war todunglücklich, klar, und da hat mir meine Oma eine Formel gegeben, die mußte man auf einen Zettel schreiben, irgendwas machen und dann den Zettel verbrennen. Tja, und zwei Tage später hat mich der Pummeldieter auf eine Party eingeladen.«
»Und?« Karina hatte die Augen aufgerissen und starrte mich an.
»Nichts und. Sobald er mir hinterherlief, war er mir vollkommen schnuppe. Hat sich also nicht gelohnt, das Ganze. Es waren noch mehr so Sachen, zum Beispiel ...«
»Deine Oma, sag mal, lebt die noch?« unterbrach mich Karina.
»Nein, die ist schon vor ein paar Jahren gestorben.«
»So ein Mist. Meine auch. Aber die wußte nichts davon. Die hatte's mehr mit Blutegeln und solch widerlichem Viehzeug. Sie war vom Aderlaß regelrecht besessen.« Sie schüttelte sich. »Aber sag, warum probierst du's dann nicht mal mit einem Rezept gegen das Schnarchen? Ich mein, wenn das bei dir funktioniert? Offenbar bist du begabt dafür.«
»Du hast recht, ich kann's ja mal probieren. Nur, wo krieg ich das Rezept her? Sag mal, wie hieß denn dieses Buch von dieser Köchin?«
»Sie hat's auch nur beiläufig erwähnt. Es war jedenfalls von irgendwo in der Pfalz. Warte mal, der hatte so einen komischen italienischen Namen, was wie Rossetti oder Gabrielli? Ja, ich hab's, jetzt fällt's mir wieder ein: Er hieß Bossel. Was den Titel angeht, den hab ich allerdings vollständig vergessen. Ich glaub, sie hat ihn mir nich mal gesagt. Aber es muß irgendwas von dahinten gewesen sein. Das hat sie, glaub ich, erwähnt. Wo soll ich hin mit meinem Stummel?«

Ich ging hinein, einen Aschenbecher auftreiben. Ich kann's ja mal in der UB in Regensburg probieren, sagte ich mir und rief vor der Badezimmertür: »Udo, kann ich nachher das Auto haben?«
»Wofür?« kam es mit einiger Verzögerung.
»Für … ich muß mal nach Regensburg. Brauch höchstens zwei Stunden.«
Es blieb wieder einen Augenblick still, dann kam unwirsch die Antwort: »Von mir aus. Aber fahr mir ja keine Beule in den Wagen.«

Das war leichter gesagt als getan, merkte ich, als ich versuchte, auf dem überfüllten Parkplatz einzuparken. Schließlich hatte ich es geschafft und atmete auf. Hunger hatte ich. Karina war erst gegen elf gegangen, zu ihrem Workshop, und ich hatte schließlich nur so ein lächerliches halbes Schüsselchen Haferflocken gegessen. Außerdem war es schwül geworden. Mein T-Shirt klebte mir am Leib.
Es war nicht viel los an der Ausleihe, zum Glück. Ich suchte im Katalog unter Bossel. Fehlanzeige. Eingedenk Karinas Erinnerungsgabe suchte ich in beiden Rubriken auch unter Tissel, Tussel und Tossel. Wieder nichts. Rein aus Verzweiflung, und weil ich eh nichts Besseres zu tun hatte, sah ich auch noch unter Gossel, Gussel und Verwandtem (Gabrielli) und Rossel (Rossetti!) nach. Und siehe da, das *mußte* er sein: Heribert Rossel: *Aberglauben und Volksmedizin im Landcommissariat Kusel.* Kusel 1869. Na, wer sagt's denn. Triumphierend füllte ich einen Leihschein aus. Kurz drauf machte ich mich, ein kleines graues Buch unter dem Arm, enttäuscht auf den Weg zum Auto. Ach, Heribert, hättest du deine Warzenmittelchen nicht etwas hübscher einbinden lassen können?

Udo saß in seinem kleinen Lesesessel neben dem Schreibtisch. »Ist mein Wagen heil?« rief er, als ich meine Schuhe abstreifte.
»Dein Wagen *ist* heil«, gab ich zurück, »sonst noch Fragen?«
»Ja. Was wollte die Vogelscheuche hier?«
»Die Vogelscheuche hat einen Namen. Sie heißt Karina und wollte mich besuchen.« Ich sah zu ihm hinein. »Alles klar? Verhör beendet?«
»Die Wäsche stapelt sich. Wie wär's, wenn du mal wieder eine Maschine waschen würdest. Falls du den Weg zum Keller noch findest.«

»Welcher Keller, welche Maschine?« entgegnete ich freundlich und trollte mich in die Küche. Es war kurz nach eins, ich hatte einen Bärenhunger. Vom vortägigen Mittagessen war noch etwas Rinderbraten übrig. Ich wärmte ihn auf und kochte Kartoffeln dazu. Als alles fertig war, füllte ich mir meinen Teller, informierte Udo, daß er essen könne, und setzte mich auf den Balkon, den Teller auf dem Schoß. Keine Schwalbe zu sehen. Der Himmel bezog sich rapide, vielleicht gab es doch bald ein Gewitter.

»Du blödes Weib hast mir alle Soße weggegessen!« Udo stand in der Balkontür und sah mich wütend an. »Und ich *hasse* Pellkartoffeln. Das weißt du genau. Pure Bosheit.«

Fern am Horizont blitzte es, und das Telefon klingelte, bevor ich etwas niederschmetternd Ironisches entgegnen konnte. Das Ding stand offenbar in Udos Zimmer, und er rannte sofort los. Eine halbe Minute später rief er mürrisch: »Dein Vater!«

Mein Vater? wunderte ich mich, stellte rasch den Teller auf die Fensterbank und lief zum Telefon. »Du? Am hellichten Nachmittag? Ist etwas passiert?«

»Nö«, sagte mein Vater, »das Wichtigste ist, daß ich gestern eine Potatoria gefunden hab. Wunderschön blau sieht sie aus, ein Bild von einer Raupe.«

Ich lachte. »Dir geht's also gut?«

»Naja, du weißt ja, wie's einem alten Mann geht, der Töpfe schrubben, Fußboden saugen, Klo putzen muß. Meine einzigen wirklich freien eineinhalb Stunden sind, wenn die Frau in ihrem Italienischkurs ist. Jetzt also. Ich bete zu Gott, daß es noch zehn Fortgeschrittenenkurse gibt. Ich hab schon überlegt, wie ich es anstelle, mir in der Zeit, wo sie weg ist, ein schönes dickes Rumpsteak zu braten, ohne daß sie es anschließend riecht. Bisher ist mir noch nichts eingefallen.«

»Ach, du Armer«, bedauerte ich ihn, halb im Scherz, halb im Ernst. »Warum nimmst du deine Hausmannspflichten nicht einfach etwas weniger ernst und kümmerst dich statt dessen um deinen Kriminalroman?«

»Ach du lieber Himmel, sag das bloß nicht laut«, entgegnete er entsetzt, »wenn das die Frau hören würde! Nein, alles muß genau auf die Minute

erledigt werden, bevor ich sie mittags vom Büro abhole. Erst das Frühstücksgeschirr in die Küche, dann aufräumen, dann Betten machen, dann … naundsoweiter. Und dann, wenn ich mit allem fertig bin, hetz ich los, um deine Mutter abzuholen. – Da denk ich doch mit Neid an das bequeme Observieren im Max-Planck-Institut in Göttingen seinerzeit, als ich noch jung und hübsch war.«
Ich grinste, und mein Vater seufzte. »Das waren noch Zeiten. Jetzt dagegen, na schweigen wir. Komm doch bald mal vorbei und schau dir die Trinkerin an, aber in etwa zehn Tagen ist sie verpuppt, denk dran. Na, dann werd ich die halbe Stunde, die mir noch bleibt, bevor ich deine Mutter wieder abholen muß, versuchen zu nutzen und drei Zeilen weiter schreiben. Und so ging der Welt ein großartiger Schriftsteller verloren. Mach's gut, Kind.«
Ich legte lächelnd den Hörer auf, ignorierte Udos beleidigtes Gesicht, verdrängte die noch in die Waschmaschine zu befördernde Wäsche fürs erste aus meinem Kopf, schnappte mir den griesegrauen Rossel und begann zu lesen. Es donnerte göttlich, und die ersten Tropfen prasselten gegen das Fenster.

Kapitel 4

Ich habe verdammt vergessen, mir heute morgen Zucker in den Kaffee zu schmeißen, und das kann ich mein Leben lang nicht wieder einholen.

Hermann Löns
Das zweite Gesicht

Das Gewitter war weitergezogen, die Sonne guckte zaghaft durch die Wolkennachhut. Ich packte mir als Proviant zwei Äpfel in einen Beutel, legte das Buch mit Block und Stift dazu, trug dann ergeben den heutigen Zankapfel – eine Ladung 60-Grad-Wäsche – in den Keller.
Nun konnte ich mich endlich auf den Weg zu meinem Lieblingsplätz-

chen neben dem kleinen Bach und dem Stoß vermodernden Holzes machen, in dem eine Zauneidechsenfamilie wohnte. Dort saß ich öfter auf einem Stein und las. Ab und an auch das *Heideprinzeßchen,* wenn's mich überkam.
Die Wiese am Bahndamm war gelb von Hahnenfuß, dazwischen spätes Wiesenschaumkraut und Pechnelken. Die Luft war frisch, der Himmel blau. Ein wundervoller Nachmittag.
An meinem Stein angekommen, aß ich erst meinen einen Apfel, sah den Eidechsen ein Weilchen zu und machte mich dann erneut auf Rezeptsuche. – Nein, etwas Spezielles gegen das Schnarchen gab es nicht, stellte ich eine ganze Weile später fest. *Was* es allerdings gab, war ein Rezept, das gegen Schäden aller Art, gewissermaßen universal wirken sollte. Und schließlich war Udos Schnarchen mindestens ein Schaden. Aber mindestens! Ich holte also Blöckchen und Stift aus dem Beutel und schrieb sorgfältig ab:

Man schneide einen Klettenbusch ab und lege ihn ins Haus, daß er welk wird; danach muß man einen Faden von einer Spindel nehmen, der nie gewaschen worden ist, und sprechen: Klettenbusch, ich binde dich, daß du dem Menschen (oder was es ist) den Schaden heilest, das für Beulen, für Schwellen, für Schweine und Schwinden und alles gut ist, was dir fehlen mag.
Nimm den Faden doppelt und fahre um den Busch, wo er am dicksten ist, herum, im Namen Gottes, des Vaters, und mache einen Knopf, und dann noch einmal herum, im Namen Gottes, des Sohnes, und wieder einen Knopf, und dann fahre zum dritten Male herum im Namen des Heiligen Geistes und mache wieder einen Knopf und sprich wieder:
Was ich und du nicht heilen kann,
Das heile die heilige Dreifaltigkeit.
Darnach lege den Busch wieder an einen Ort, da keine Luft zu kann; so heilet der Schaden von Grund aus.

Es war besonders der unscheinbare eingeklammerte Zusatz ›oder was es ist‹, der es mir angetan, mich sofort für dieses Rezept eingenommen hatte, da er mir speziell für Udo hinzugefügt worden zu sein schien. Der Verfasser wußte eindeutig, wovon er sprach, und ich war absolut davon überzeugt, daß die Prozedur wirken würde. Die Erwähnung der Schweine war gewissermaßen nur noch eine Zusatzgarantie.

So weit, so gut. Ich klappte das Buch zu und betrachtete nachdenkend den Himmel. Denn mir war völlig klar, daß man gewisse Präliminarien zu vollziehen hatte, wenn ein solches Rezept das gewünschte Ergebnis zeitigen sollte. Bei Warzen mag es ja vielleicht auch ohne gehen, wie sich im Falle Karinas gezeigt hatte. Doch bei einem größeren Schaden? Und eine solch komplizierte Prozedur? Nicht umsonst hatte es früher spezielle Weiblein für so etwas gegeben.

Der Stein wurde allmählich etwas unbequem, die Sonne war um das Pappelwäldchen gewandert, weshalb ich nun im Schatten saß und fröstelte.

Und so überlegte ich, was zu tun sei. Als erstes fiel mir die Sache mit dem Glauben ein. Ist das nicht wie mit Gott: Man muß dran glauben, damit es funktioniert? Ich prüfte mich also auf Herz und Nieren: Ja, ich war fest davon überzeugt, an die Wirkung dieses Rezeptes zu glauben. Das war somit erledigt. Das zweite, was mir einfiel, war bedeutend unangenehmer: Fasten. Fasten war immer gut. Hatte ich jedenfalls gehört. Bloß wie lange? Und erst mal ein gutes Abendessen. Und das Wochenende. Dann fasten. Drei Tage. Himmel! Wie sollte ich das bloß überstehen!? Es fehlte noch etwas, das Kasteien. Das gehörte auch unbedingt dazu – aber in welcher Weise? Ich brauchte nicht lange zu überlegen. Das Schlimmste, was man mir antun konnte, war Corned-beef-Entzug. So würde ich also für die Dauer von drei Wochen, nein, seufz!!, sagen wir sieben Wochen, auf Corned beef verzichten. Ich hatte diesen Entschluß kaum gefaßt, da kam mir auch schon die ganze Tragweite meines Leichtsinns zu Bewußtsein. *Sieben* lange Wochen ohne Corned beef!?? Aber nun, ich hatte es gesagt, und ich stand zu meinem Wort. Das wäre also bis – hmhm, Freitag, den 9. Juli, oder so etwa. Ich mußte mir den Tag im Kalender rot anstreichen.

Keuschsein verstand sich darüber hinaus von selbst. Mit wem hätte ich auch schon sündigen können, sollen, wollen?

Ein Bummelzug fuhr vorbei, ich hatte mein Problem gelöst und fror inzwischen ziemlich. Also machte ich mich auf den Weg nach Hause und überlegte mir dabei, welches Festmenü ich mir abends gönnen würde.

Als Vorspeise Corned beef mit ein wenig Brot garniert. Als Hauptgericht dann vielleicht Corned beef mit ein paar Nüdelchen. Und zum Nachtisch ... nein, das ginge denn doch zu weit. Schokoladenpudding. Und ab Dienstag wird gefastet.

Ich setzte voraus, daß mein Gatte wie an den meisten Abenden der letzten Zeit nicht dasein würde.

Udo *war* aushäusig. Auf dem Tisch im Eßzimmer lag ein Zettel: »Bin nicht da. Kümmer dich um den Abwasch!« Später, Süßer, später, teilte ich ihm schweigend mit und bereitete mir vergnügt mein opulentes Abendessen zu, schlemmte und schwelgte nach Herzenslust. Anschließend schaffte ich es gerade noch, mich zum Sofa zu rollen und mir das Rezept noch einmal anzuschauen.

Was stand da? Ein Klettenbusch. Der mußte ja wohl aufzutreiben sein. Das war nicht das Schwerste. Aber dann: Eine Spindel mit einem ungewaschenen Faden. Nein, einem *nie* gewaschenen. Woher sollte ich die kriegen? Spinnräder dürften in Heimstedt etwa so häufig zu finden sein wie Leguane. Ich wußte von keinem alternativen Spinner, und die zirka 3000 Einwohner hielten sich was auf ihre Fortschrittlichkeit zugute. Nein, hier gab's bestimmt kein Spinnrad; und selbst wenn doch – wie sollte ich das ausfindig machen?! Mit vollem Bauch konnte ich nicht überlegen. Unmöglich. Ein wenig mehr Wein konnte dagegen nicht schaden. Eine Spindel!

Als ich zwei Stunden später die Überreste meines Festgelages beseitigte und das Geschirr spülte, kam mir die Erleuchtung: das Dorfmuseum. Wenn nicht dort, wo sonst? Gleich am nächsten Morgen, nein besser am Montag oder Dienstag, da war's bestimmt nicht voll, würde ich ins Museum gehen. Da würde ich hoffentlich auch noch nicht völlig geschwächt und entkräftet sein. Aber dann fiel mir entmutigend ein: Selbst wenn die eine Spindel hatten, was immerhin als möglich angesehen werden konnte – wie kam ich dann zu dem nie gewaschenen Faden?

Ich grübelte noch über dieses Problem nach, hockte auf dem Küchenstuhl, das Weinglas auf dem Kühlschrank neben mir, als Udo eintrudelte. Er war offenbar ausgesprochen guter Laune, denn er kam in die Küche, sah mich da hocken und lächelte doch tatsächlich freundlich.

»Warum sitzt du denn hier? Was ist los?«
Ich musterte ihn, ohne zu antworten. Das verunsicherte ihn zunehmend. »He, was ist los? Sprichst du nicht mehr mit mir oder was?« Er ging doch glatt vor mir in die Hocke: »Sag mal, willst du nicht vielleicht zur Abwechslung mal wieder ein paar Nächte in unserem gemeinsamen Bett verbringen? Ich meine Variatio selectat. Ich hätte wirklich nichts dagegen.«
»Aber ich!«
»Nun komm«, er ließ tatsächlich nicht locker, »wollen wir nicht bis auf weiteres das Kriegsbeil begraben und Frieden schließen?«
»Nein danke.«
»Und warum nicht, wenn ich fragen darf?«
»Weil du immer noch schnarchst wie ein ganzes Sägewerk – schon vergessen?«
»Ach, das nun wieder.« Er seufzte indigniert. »Wie ich dir schon zu wiederholten Malen kundgetan habe, schläft, wer sich eines guten Gewissens rühmen kann, auch inmitten einer bayrischen Blaskapelle wie ein Lämmchen.«

Kapitel 5

Lieba e kleines Haubitzchen als nuscht an Artillerie.
Siegfried Lenz
Heimatmuseum

Bevor ich am Dienstagmorgen ins Dorfmuseum ging, das sich großartig Heimstedter Heimatmuseum nannte, trank ich einen Multivitaminsaft, um mich einigermaßen bei Kräften zu halten, wobei ich versuchte, als ich den Kühlschrank öffnete, nicht auf den leckeren Camembert und die Hühnchenreste vom Abend zuvor zu schielen. Seufzend zog ich mir Turnschuhe an und machte mich auf den Weg.
Es wehte ein ziemlicher Wind, der Himmel war bezogen. Kurz vor zehn

langte ich in meiner zu dünnen Jeansjacke frierend am Museum an, das, wie könnte es auch anders sein, genau am entgegengesetzten Dorfende neben einem Kinderspielplatz lag. Flacher einstöckiger Bau offenbar aus den fünfziger Jahren mit einem vorgezogenen Dach, das durch eine dünne rote Säule gestützt wurde.

Mit mir zusammen wartete eine Erst- oder Zweitkläßlerschar samt Lehrerin auf Einlaß. Die war allerdings nicht imstande, ihre Schäfchen ruhig zu halten. Es wuselte, quietschte, schrie, pfiff und krakeelte, jammerte, heulte, lachte, summte.

Sie war wohl Mitte Vierzig mit schon fast völlig weißen, zu einem Knoten aufgebundenen Haaren und gütigen braunen, augenblicklich allerdings eher hilflosen Augen. So weit war ich mit meinen Betrachtungen gekommen, als der Museumswärter, ein kleines hutzeliges Männlein, die Pforten öffnete. Er ließ die Lehrerin samt Zöglingen ungehindert passieren. Von mir verlangte er dagegen drei Mark und, wie ich überrascht feststellte, auch von einem kahlköpfigen älteren Mann mit Brille, der sich unversehens eingefunden hatte. Der Aufpasser, der wohl annahm, außer uns würde an einem Dienstagmorgen niemand mehr kommen, mimte den Führer, und ich bemühte mich, in seiner Nähe zu bleiben, um inmitten des Kindergetümmels ab und an wenigstens ein Wort aufschnappen zu können.

Die jungsteinzeitlichen Scherben im ersten Raum interessierten mich nur höchst mäßig, desgleichen die eisernen Pfeilspitzen, römischen Münzen und Tonlämpchen, und auch den Teppichen und bestickten Tüchern schenkte ich nur geringe Aufmerksamkeit.

Im zweiten Zimmer waren alle Sehenswürdigkeiten neueren Datums untergebracht.

Im dritten Raum nun, der fast ein Saal zu nennen war, wurde es bedeutend interessanter, nicht für die hinterdrein trabenden Kinder, aber für mich – denn hier waren die Gerätschaften, Trachten und sonstigen Utensilien einer typischen Bauernfamilie von ehedem ausgestellt. Die Kinder waren aus irgendeinem Grund abgelenkt, so hatte ich ein Weilchen Muße, mich auf eigene Faust nach einem Spinnrad umzusehen. Den halbglatzigen, bebrillten Mann hatte ich vollkommen vergessen.

»Sie sehen ganz so aus, als suchten Sie etwas.«

»Stimmt«, ich war ein wenig erschrocken, »sehen Sie vielleicht ein Spinnrad?«
Er sah sich kurz um: »Ja, da drüben in der Ecke, warum?«
»Oh, ich würde gerne spinnen lernen, und da wollte ich erst mal wissen, wie so ein Ding überhaupt aussieht.«
Ob er mir meine Lüge abnahm oder nicht, konnte ich nicht erkennen, aber ich folgte mit dem Blick seinem weisenden Finger, und in der Tat, da stand es. Prachtvoll braun und groß. Aber wo war die Spindel? Sein Finger wies erneut. Die Spindel hing an der Wand direkt darüber. Ich betrachtete erst sie, dann den Mann neben mir. Er war groß, mindestens einen Kopf größer als Udo, recht schlank, die noch vorhandenen Haare waren grau, und die Augen, soviel ich sehen konnte, blitzeblau. Hübsche blaue Augen zu einem zynischen Mund.
»Wissen *Sie,* wie man mit so was umgeht? Mit der Spindel, meine ich.«
»Nein, keine Ahnung.« Er blieb gleichmäßig freundlich. »Aber vielleicht weiß es unser Führer. Ich werde ihn fragen, sobald er die Kinder gebändigt hat.«
Das schien allerdings noch ein Weilchen zu dauern. Doch schließlich riefen der Museumsmensch und die Lehrerin im Verein um Ruhe, und die verblüfften Kinder gehorchten tatsächlich – wenigstens für den Augenblick.
Nein, er wußte, wie sich nun herausstellte, auch nicht, wie ein Spinnrad funktionierte, und ich war einigermaßen ratlos, da nahte Hilfe von unerwarteter Seite. Die Lehrerin stand mit erhitztem Gesicht neben uns und erwies sich jetzt als durchaus bewandert auf dem Gebiet des Spinnens. Zunächst einmal erklärte sie uns, die Spindel gehöre überhaupt nicht zu dem Rad, sie sei vielmehr eine Spindel zum Handspinnen, wie der daneben hängende Rocken eindeutig beweise. Sagte sie – und zwar so bestimmt, daß ich keine Sekunde an ihren Worten zweifelte.
Aha, dachte ich, nun ja: Spindel ist Spindel. Es steht nicht geschrieben, um welche Sorte es sich handeln muß. Ich unterbrach also ihren Vortrag über das Handspinnen und fragte: »Sagen Sie, für die Kinder und auch für uns übrige Laien wäre es wirklich *sehr* interessant, wenn Sie uns praktisch vorführen würden, was Sie uns da gerade erklären. Ich meine, eine praktische Demonstration bleibt viel eher im Gedächtnis haften,

meinen Sie nicht auch? … Natürlich nur, wenn Sie dazu imstande sind, heißt das.« Ich versuchte bei dieser Frage ein möglichst unbefangen naiv wissensdurstiges Gesicht zu machen.
Sie musterte mich mit einem ruhigen Blick, während mich das Blauauge von der Seite ansah und der Führer etwas ratlos dreinschaute.
»Ja, ich weiß nicht recht«, sagte sie und überlegte. »Ich bin mir … ich meine, vor mehreren Jahren habe ich das zwar schon einmal versucht, aber …« sie strich sich die Haare zurück und wandte sich an den Museumswärter: »Und außerdem, ich weiß nicht, ob das erlaubt ist.«
»Nun«, entgegnete der nach kurzem Nachdenken, »ich wüßte eigentlich nicht, was dagegen spräche.«
Doch dann erhob sich ein neues Problem: Die Wolle fehlte. Der Führer aber wußte Rat. In der hintersten Ecke des Raumes stand ein bereits ziemlich gerupft ausschauendes ausgestopftes Schaf und daneben ein Korb mit Wollflocken. Davon nahm er ein Häufchen und brachte es stolz der Lehrerin.
Sie nahm vorsichtig die Spindel von der Wand, ließ sich auf einem Stuhl nieder, den der merkwürdige blauäugige Mann von irgendwo hergezaubert hatte, und bat, einige Augenblicke lang nicht gestört zu werden. Die Kinder hatten sich unterdessen um das Schaf geschart, einige versuchten, darauf zu reiten, andere, es noch ein bißchen mehr zu rupfen oder ihm ein paar Zähne auszubrechen – jedenfalls waren sie fürs erste beschäftigt, wie ich aufatmend feststellte.
Die Lehrerin begann nun zu murmeln: »Das um einen Stab, nämlich den Spinnrocken, gewickelte Spinnmaterial wird mit Hilfe eines in Drehung versetzten Stabes, nämlich der Spindel, gedreht. Unten hängt ein Gewicht – sehen Sie, da hängt es …«, sagte sie zu uns gewendet. Der Halbkahlkopf schien sich ein wenig zu langweilen, blieb aber stehen und leistete uns Gesellschaft. »Sobald der Faden die gewünschte Festigkeit erlangt hat … wird er auf die Spindel gewickelt …« Der Rest ging im Krakeel der Kinder unter, die sich bereits wieder nach neuen Reizen sehnten. Der Museumswärter, dem das Vorhaben offenbar inzwischen zu einem richtigen Anliegen geworden zu sein schien, übernahm es, sich um die Zwerge zu kümmern, und erzählte ihnen eine blutrünstige Schauergeschichte.

Unterdessen brachte es die Lehrerin tatsächlich fertig, aus den ungekardeten Wollfusseln ein regenwurmartiges Gebilde von etwa eineinhalb Metern Länge hervorzuspindeln. Sie erhob sich, zeigte erst mir und dann dem Blauauge das Ergebnis, entschuldigte sich für die unterschiedliche Stärke des Fadens und ging dann hinüber zu ihrer Klasse und dem Führer. Alle klatschten Beifall, sie lächelte zufrieden und entspannt. Nachdem der Lärm etwas abgeebbt war, fragte ich sie, ob sie mir den Faden nicht als Andenken schenken würde, was mir wieder einen nachdenklichen Blick vom Mann mit den blauen Augen einbrachte. Nach kurzem Überlegen stimmte sie zu. Das war nun allerdings unserem Führer keineswegs recht, da er das Ding seinerseits als Demonstrationsobjekt für sein Museum begehrte. Schließlich einigten wir uns einträchtig darauf, den Faden zu halbieren; die Spindel kam wieder an ihren Platz.

So kam ich denn in den Besitz von gut siebzig Zentimetern nie gewaschenen, frisch gesponnenen Fadens.

Als ich unter dem Vordach des Museums stand und feststellte, daß es in Strömen goß und ich natürlich keinen Regenschirm dabeihatte, fiel mir das Blauauge wieder ein. Wo war er abgeblieben? Einfach so zu verschwinden. Keine gute Erziehung.

Mein Magen knurrte so laut, daß ein mit seinem Herrchen vorbeitrabender Pudel stehenblieb und mich nachdenklich betrachtete. Ich konnte mich kaum noch auf den Beinen halten, dabei war es erst kurz nach zwölf. Noch nicht mal ein halber gehungerter Tag. Mit letzter Kraft schleppte ich mich nach Hause und warf mich auf mein noch ungemachtes Sofa, nachdem ich mir ein Handtuch um meine triefend nassen Haare gewickelt, mich umgezogen und gelesen hatte, was auf dem Zettel am Spiegel stand: Bin schachspielen, komme spät.

Ich entspannte mich, das waren gute Nachrichten. Keine Gerüche von gebratenem Hühnchen und anderen himmlischen Speisen. Ich beschloß, gleich ein paar Gläser Saft zu trinken und den Nachmittag mit Hardys *Pair of Blue Eyes* im Bett zu verbringen, das kostete am wenigsten Kraft und war bei einem solchen Hundewetter außerdem am gemütlichsten.

Doch dann fiel mir siedendheiß der Klettenbusch ein. Wollte ich das

Experiment nach meiner Fastenzeit starten, dann mußte ich ihn heute besorgen. Sonst war er bestimmt nicht richtig welk und ich sicherlich zu matt zum Suchen. Einen kurzen schwachen Moment lang erwog ich, ein wenig zu schummeln und es statt dessen mit einem Eibenzweig zu versuchen. Eiben sind zwar nicht klettig, dafür aber giftig. Doch dann sagte ich mir, daß das Experimentieren mit den Zutaten eher etwas für fortgeschrittenere Kräuterweiblein war und daß das ganze Projekt ohnedies schon durch Improvisation in Frage gestellt war.
Also stemmte ich mich ächzend hoch, rubbelte mir mit dem Handtuch die Haare trocken, trank ein Glas Multivitamin- und zwei Gläser Gemüsesaft, schlüpfte in einen warmen Anorak, steckte nach kurzer Inspektion meiner Pflanzenbücher den Aichele in einen Beutel und machte mich auf in Richtung Bahndamm, wo es, wie ich hoffte, Kletten in rauhen Mengen geben würde. Meine Laune wurde allerdings nicht besser, als sich am Bahndamm weit und breit keine Klette fand. Dafür trieften Jacke und Hose vor Nässe; in die Gummistiefel rann schon das Wasser, und mein Magen hing mir in den Kniekehlen. Das war einer dieser Momente im Leben, wo man es bedauert, sein herrliches, wonniges bisheriges Dasein nicht ausreichend gewürdigt zu haben. – So lief ich denn mit der Unverdrossenheit deren, die nichts mehr zu verlieren hat, den Weg am Bahndamm entlang, bog dann ab in Richtung Bahnübergang, vorbei an den alten Eichen. Und da, hinter einem Pfaffenhütchenstrauch fand ich ihn, meinen Klettenbusch – und noch dazu einen bildhübschen. Zur Sicherheit, und weil die Kletten selbst noch nicht richtig ausgebildet waren, verglich ich die Pflanze mit der im Aichele und stellte mit Erleichterung fest, daß es sich eindeutig um ein Exemplar der Großen Klette handelte, *Arctium lappa*.
Mit einiger Mühe kappte ich mit meinem Taschenmesserchen den Strunk und schleifte das Ganze hinter mir her in Richtung Heimat. Unterwegs fiel mir allerdings mein siebzig Zentimeter messender Faden ein, der den Busch gerade eben umrunden würde, und da nicht geschrieben stand, wie groß der Klettenbusch sein mußte, teilte ich schlicht ein Sechstelchen ab und hatte es anschließend erheblich leichter mit dem Transport.
Glücklicherweise langte ich mit meiner nunmehr leichten Bürde und

triefenden Kleidern zu Hause an, bevor Udo heimkam und mir neugierige Fragen stellen konnte. Ich zog mich in Windeseile aus, rieb mich trocken, wickelte mich in meinen Bademantel und ließ mir Wasser in die Wanne laufen. Bis sie voll war, warf ich noch rasch einen Blick auf mein Rezept. Der Busch, stand da, sollte erst mal welk werden. Warum bloß? Na gut. Wird schon seine Richtigkeit damit haben. Ich schob ihn einfach unters Sofa. Fertig. Da konnte er bleiben, bis seine Zeit gekommen war.

Die folgenden zwei Tage verbrachte ich fast gänzlich auf dem Sofa. Hardys *Blue Eyes* war am Mittwoch Hardys *Two on a Tower* gefolgt, und auch das ging schlecht aus. Was hätte ihn das jetzt gekostet, fragte ich mich, wenn der Astronom und die Lady zusammen glücklich geworden wären? Sausack!

Am Donnerstagmorgen fing Udo doch tatsächlich an, sich zu wundern. Er kam gegen zehn falsch pfeifend ins Wohnzimmer. Was denn mit mir los wäre. Als ich, die ich auf die Frage nur gewartet hatte, mit Leidensmiene meinen Spruch von seiner Lieblosigkeit vom Stapel ließ, an dem ich während dieser zwei Tage in Hardy-Pausen immer wieder gefeilt hatte, lachte er allerdings zu meinem großen Ärger nur schallend und ging sich in der Küche Speck braten.

So versuchte ich, ihn den restlichen Tag über zu ignorieren, setzte mich, da das Wetter wieder schön warm geworden war, auf den Balkon und begann (man soll ja die Hoffnung auf ein Happy-End nie aufgeben) mit Hardys *Hand of Ethelberta.*

Und so brach denn schließlich doch der Morgen des vierten Tages an, ich nahm meinen Platz am Eßtisch ein, aß zeitunglesend meinen Haferschleim, trank meinen Pfefferminztee.

Udo pfiff munter in der Küche, kam dann mit einem Teller Spiegeleier und einigen Scheiben Toast, setzte sich mir gegenüber und meinte gutgelaunt: »Na, meine Fee, wie geht's? Behandle die Zeitung ordentlich, ich möchte sie auch noch lesen«, und machte sich über sein Essen her.

Ich sah von einem höchst interessanten Artikel auf, starrte ihn kurz an, aß einige Löffel Milchschlamm und dachte nach.

Um mein Experiment ungestört durchführen zu können, mußte ich für ein leeres Haus sorgen, unbedingt. Und heute war ein ausgezeichneter Tag: Neumond, Freitag und auch noch fast Pfingsten. Alles zusammen ergab eine hervorragende Mischung. Vermutlich wäre er ohnehin abwesend, aber ich wollte es nicht darauf ankommen lassen, daß er mir plötzlich und unerwartet dazwischenplatzte. Also nahm ich mich zusammen und fragte so freundlich ich konnte: »Sag mal, gehst du heute wieder weg? Ich meine schachspielen oder so?«
»Hatte ich eigentlich vor, warum?« entgegnete er erwartungsgemäß, langte über den Tisch hinweg nach meiner Hand, die etwas nervös mit dem Kaffeelöffelchen spielte, streichelte sie kurz und zog sie dann wieder zurück, um die Butter mit Orangenmarmelade zu teeren.
»Ach, nur so.«
Kaum hatte er das Haus verlassen und ich mich gewaschen und angezogen, kroch ich unter das Sofa, um meinen Klettenbusch zu begutachten. Er war von dichtem Staub umhüllt, aber eindeutig gewelkt. Jetzt brauchte ich einen guten Platz. Das einzige in dieser Wohnung, oder doch so ziemlich das einzige, was mir gehörte, war der Teppich. Also alles weggeräumt und erst mal gründlich gesaugt. Nun das Rezept. Ich holte den versteckten Faden, hielt ihn in der Hand. In welcher? Warum stand das nicht da? Zaubereien macht man mit der linken Hand, hatte ich irgendwo gehört. Also los. Ich sagte laut und deutlich:
»Klettenbusch, ich binde dich, daß du dem Menschen (oder was es ist), Udo, den Schaden heilest, das für Beulen, für Schwellen, für Schnarchen, für Schweine und Schwinden und alles gut ist, was ihm fehlen mag.«
Etwas kryptisch der Satzbau, besonders das ›das‹, dachte ich. Nun ja, vielleicht ist das Teil der Sache. O Gott, hier steht, ›nimm den Faden doppelt!‹ Unmöglich, er ist viel zu kurz. Und was heißt: ›Mache einen Knopf?‹ Hätte ich wirklich vorher noch einmal gründlich lesen können, das Rezept. Also unterbrach ich meine Zeremonie und schaute im Duden nach. Aha, althochdeutsch: Knoten, Knospe, Knauf. Ich entschied mich für den Knoten. Und nun, auf ein neues.
Wieder kniete ich mich auf den Teppich, wieder sagte ich den Spruch, nahm den Faden, aber nur einfach, anders ging's nicht, und wand ihn um den welken Busch wie verlangt im Namen Gottes des Vaters und

knotete. Dann das Ganze noch einmal, und das war's: Dreimal war nicht drin, selbst so konnte ich von Glück sagen, daß der Faden nicht gerissen war. Zu straff durfte ich ihn nicht ziehen.
»Was ich und du nicht heilen kann, das heile die heilige Dreifaltigkeit.«
Ich bekreuzigte mich für alle Fälle. So, geschafft. Jetzt mußte das Gebilde an einen Platz, ›da keine Luft zu kann‹. Hmm. In den Keller, am besten in den Keller – in eine Kiste. Tatsächlich fand ich im Keller nach langem Wühlen eine mittelgroße Holzkiste, legte meinen verwelkten Busch hinein und nagelte sie vorsichtshalber zu.
Zufrieden legte ich den Hammer wieder auf die Werkbank. Der Schweiß klebte mir die Haare an die Schläfen, und ich war völlig außer Atem. Ich hab meinen Teil getan, sagte ich mir selbst, jetzt muß es bloß noch wirken.

Kapitel 6

Das einzige lateinische Wort, das ihn beeindruckte und das er mit Andacht auswendig lernte, obwohl es gar nicht zu seinem Pensum gehört, ist ›suppledo‹ ich lasse einen Wind von unten wehen, ich furze.

Granzow
Tagebuch eines Hitlerjungen

*I*ch stand am offenen Fenster des Eßzimmers und schaute hinaus. Die nachmittägliche Sonne lag brütend auf dem jenseitigen Berghang; kein Lüftchen rührte und regte sich, ein Schwarzspecht rief sein klagendes ›kiuuu‹ und flog zu einer der beiden hohen Lärchen, die man selbst auf diese Entfernung ausmachen konnte, weil sie direkt oben auf dem Grat standen. Die Himbeeren reiften am Gartenzaun des Nachbarn. In der Ferne bellte irgendwo ein Hund. Davon abgesehen war es heiß, still und friedlich. Hinter mir furzte es.
Ich fuhr herum: »Mein Gott, das ist ja widerlich. Kannst du dir das nicht

abgewöhnen?« Ich hielt mir die Nase zu und bog den Kopf weit aus dem Fenster.
Udo runzelte irritiert die Stirn: »Ich hab dir schon hundertmal gesagt, daß ich auch nicht weiß, was mit mir los ist. Früher hatte ich das nie. Sollte vielleicht doch mal zum Arzt gehen.«
Ich zog meinen Kopf wieder ein, betrachtete ihn nachdenklich. Mein kleines Experiment hatte wohl Nebenwirkungen gezeitigt. Vier Wochen, nein, mehr als vier Wochen war es jetzt her. Udo schnarchte nicht mehr, oder jedenfalls nicht mehr sehr, kein Vergleich – dafür furzte er. Nach Herzenslust und in allen Tonlagen. Er ekelte mich an, noch dazu in diesem entsetzlichen Südseehemd.
»Hör mal«, fuhr er ein wenig verlegen fort, »ich wollte dir nur sagen, daß ich heute abendieggeh. Werd erst spät heimkommen.«
»Schon wieder. Wohin denn diesmal?«
»Ach, Klassentreffen, weißt du.« Er wandte sich zum Gehen.
»Ist ja wohl nicht möglich. Du hattest doch erst letzte Woche dein Klassentreffen.«
»Ja? Ach so, stimmt ja.« Er stotterte beinahe. »Hab ich verwechselt, ich meine, heute ist ja Samstag, da trifft sich immer unsere Arbeitsgruppe … emm rmm … über informatives Gestalten im Deutschunterricht. Na, dann also tschüs.«
Ich war wütend. Gab dieser Typ sich nicht einmal Mühe, gut zu lügen. Was dachte der sich eigentlich? Hält mich wohl für total bescheuert.
Ich hörte das Auto wegfahren und rannte hinunter in den Garten, um dort meinen Zorn loszuwerden. Betrachtete meine ersten reifen Tomaten und stellte erbost fest, daß zwei fehlten.
Ich schrak aus meinen düsteren Gedanken auf, als mich der Himbeernachbar mit dem Holzbein ansprach.
»Gut heiß heute, nich wahr?«
»Hm, die Pflanzen bräuchten ein Gewitter. Die Mädchenaugen lassen schon alle Blätter hängen.«
»Wird schon kommen, sie haben's heute in den Nachrichten gesagt. Na, dann«, er nickte mir freundlich zu und humpelte zu seinen Himbeeren. »Einen schönen Tag noch.«

»Ja, Ihnen auch«, rief ich ihm hinterher und war aus irgendeinem Grund nicht mehr so übelgelaunt. Gab auch noch nette Leute auf dieser Welt, wenn auch nicht eben viele. Ich pflückte zur Sicherheit die restlichen drei fast ganz reifen Tomaten und erwog kurz, ein Totenkopfschild vor das Beet zu stellen. Ich hatte aber keins, und so blieb die Idee ein Gedanke.

Doch jetzt wußte ich, was meinen Tag retten und Udo samt seinen fadenscheinigen Lügen aus meinem Kopf verbannen konnte: Kuchen! Da half nur Kuchen, jede Menge davon auf einmal. Ich würde mich mit einer wahren Kuchenschlacht rächen.

Gesagt, getan. Ich warf mich in Schale, kämmte mir die Haare in die Stirn, damit ich in der Konditorei nicht erkannt würde, und steckte Geld ein. Nicht zu wenig.

Das Café lag an der Heimstedter Ausfallstraße in die große weite Welt und war leider meistens ziemlich gut besucht. Lauter dicke Frauen mittleren Alters, die sich ihr Leben mit Schlagsahnetorte ausfüllten und mit Getratsche über die Nachbarn garnierten. Mich an einem Satzfetzen: »... und mindestens zehn Kilo hat sie ...« und einem weiteren: »... sogar der Gerichtsvollzieher war schon ...« vorbeidrängelnd, konnte ich mir noch einen kleinen Tisch in der hintersten Ecke ergattern.

Ich bestellte kurz darauf bei der in Schweiß gebadeten dickwadigen Bedienung außer einer Tasse Kaffee zwei Stücke Sacher, einen Florentiner und ein Flammendes Herz. Mit stumpfsinnigem Gesichtsausdruck schrieb sie alles auf ihr Blöckchen.

»Wenn Sie ein paar Minuten warten wollen, wird bestimmt ein größerer Tisch frei«, meinte sie dann und schaute auf.

Ich sah in ihr müdes Gesicht: »Ich brauche keinen größeren Tisch, aber vielleicht könnten Sie mir doch noch eines von diesen kleinen hübschen Erdbeertörtchen dazutun.«

Sie stand wie festgewurzelt. Endlich begriff sie, und in ihr Gesicht kam überraschtes und fast ehrfürchtig staunendes Leben.

»Sie können alles auf einen Teller tun«, ergänzte ich zur endgültigen Klärung des Problems noch freundlich, und sie verschwand kopfschüttelnd. Ich drehte mich um und sah, wie sie mit ihren zwei Kolleginnen hinter der Kuchentheke tuschelte und kicherte. Sollte sie doch. Trotz-

dem war ich ein wenig verlegen, als sie mir einige Minuten später das Gewünschte brachte und mir lächelnd »Guten Appetit« wünschte. Ich legte meine *Gefangene* beiseite, um mich in die Schlacht zu stürzen.
Gerade hatte das letzte Stündlein des Florentiners geschlagen, der nach einer der Sachertorten und dem Erdbeertörtchen an die Reihe kam, und mir war schon ganz schön kotzig, da fragte eine warme, leicht kratzige Stimme: »Hier ist doch noch frei?«
Auch das noch! Und schon saß er neben mir und starrte neugierig auf den riesigen Teller, auf dem sich jetzt nur noch eine Sachertorte und das Flammende Herz tummelten.
»Hm-mm«, machte ich einigermaßen verlegen und wich seinem forschenden Blick aus. Das Blauauge betrachtete mich, wie ich mit Unbehagen registrierte, viel zu intensiv. Himmel, war mir schlecht.
»Sie sind doch nicht schwanger?« erkundigte er sich besorgt. »Soll ich Ihnen vielleicht ein paar Rapunzeln klauen?«
Ich hatte mich wieder gefaßt: »Nein, ich bin nicht schwanger … ich hab nur ein paar Tage lang sehr wenig gegessen und deshalb …« Ich bin bestimmt knallrot im Gesicht, dachte ich, gleichzeitig wütend auf mich und auf ihn, der gerade in diesem Augenblick auftauchen mußte.
»Wir kennen uns doch aus dem Museum, nicht wahr? Nun, haben Sie inzwischen spinnen gelernt?« lenkte er netterweise von dem peinlichen Thema ab.
»Nein, bin noch nicht dazu gekommen.« Mein Magen rebellierte, ich fühlte mich elend. »Was hat *Sie* denn eigentlich hierher verschlagen? Oder sind Sie von hier?« Es erschien mir einfach unvorstellbar, wie sich jemand freiwillig in Heimstedt aufhalten konnte.
Er lächelte, und wenn er lächelte, sah er wie ein Junge und um viele Jahre jünger aus: »Ich, … oh, nein, ich bin nicht von hier. Ich hab beruflich in der Gegend zu tun.« *Was* er zu tun hatte, schien er mir allerdings nicht offenbaren zu wollen. Auch gut.
Ich zerkrümelte das arme Flammende Herz mit der Gabel. »Und da gehn Sie in Ihrer Freizeit in das Heimatmuseum und ins Café!«
»Zum Beispiel – wie Sie!« Jetzt grinste er, seine blauen Augen schillerten mich an. Wenn mir bloß nicht so schlecht wär, dachte ich, wär ich ihm eher gewachsen.

»Sagen Sie«, fragte er, nachdem er sich bei der neugierig dreinschauenden Bedienung eine Tasse Kaffee bestellt hatte: »Warum wollen Sie eigentlich das Spinnen lernen?«
Ich schwieg. Ich hatte das Gefühl, er würde mich sofort durchschauen, wenn ich ihm mit irgendeiner Lüge kam. Auch schien er eigentlich keine Antwort zu erwarten, denn er sah versonnen vor sich hin. Ich hielt es nicht mehr aus, als mein Blick zufällig auf das noch übrige Sachertortenstück und das malträtierte Flammende Herz traf. Ich stand auf, drängte mich zum Klo durch und kotzte. Danach ging's mir wesentlich besser. Ich spülte mir den Mund aus, steckte ein Vivil hinein, rückte meine blonde Haarflut zurecht und konnte es wieder mit der Welt aufnehmen. Blauauge aß gerade die letzten Krümel von Sacher und Flammendem Herz, als ich mich wieder zu ihm durchgekämpft hatte.
Wie selbstverständlich er tat. Eine der Strähnen von seinem im Prinzip nach hinten gekämmten grauen Haar hing ein wenig unordentlich über seinen kahlen Kopf.
»Ich darf das da nicht essen«, er deutete vergnügt auf den leeren Teller, »aber ich kann mich einfach nicht beherrschen, oder jedenfalls nicht oft.« Ich mußte lachen, wie er da saß, so stolz auf seine Tat, als ob er eben seiner strengen Mutter ein Schnippchen geschlagen hätte. Dabei ist er sicher an die Fünfzig, nein, eher noch darüber, schätzte ich.
»Wollen wir einen Spaziergang machen?« fragte er jetzt ganz selbstverständlich und ohne jede Anmache. »Ich meine, wenn Sie nicht etwas anderes vorhaben. Sie könnten mir die Gegend ein bißchen zeigen.« Nein, ich hatte nichts anderes vor, betrachtete ihn prüfend. Er hat einen schönen Mund, wohlgeformt und sinnlich, dachte ich, wie ich es schon im Museum bemerkt hatte. Ob er wohl ein Sittenstrolch war? Einfach so mit ihm spazierengehen? Ach Blödsinn, sagte ich mir dann, es ist helllichter Tag, schönes Wetter, er sieht gebildet aus und spricht auch so – carpe diem!
Wie sich herausstellte, hatte er schon bezahlt, wußte also inzwischen um die Anzahl meiner Kuchenstücke. Er ließ sich aber nichts anmerken, seine Kinderstube war also wohl doch nicht schlecht gewesen. Beim Hinausgehen ignorierte ich hocherhobenen Kopfes die feixende Kellnerin.

Wir schlugen den Weg in Richtung Wald ein, kamen unterwegs an meinem Eidechsenplatz neben dem Bahndamm vorbei. Hinter den drei Eichen, deren Tage gezählt waren, begann die sumpfige Wiese. Ich wußte nicht einmal, wie das Blauauge hieß. Bis jetzt hatte er mir auch kaum Fragen gestellt, vielmehr ein wenig von der Gegend erzählt, in der er aufgewachsen war und offenbar auch jetzt noch lebte. Irgendwo in der Nähe von Celle. In einem kleinen Dorf mit ein paar großen Bauernhöfen, wo's die besten festkochenden Kartoffeln gab. Davon verstand er offensichtlich was, denn er hielt mir einen ausführlichen Vortrag über die mangelhafte Qualität sogenannter angeblich festkochender Kartoffeln in Deutschland.
Doch gab's da auch Kornblumen und Mohn und Felder mit zartblaublühendem Lein. Die drei wußte er offenbar auseinanderzuhalten. Was Namen anderer Pflanzen und erst recht von Schmetterlingen und anderem Getier betraf, erwies er sich allerdings als von erstaunlicher Unbedarftheit.
Ich lief neben ihm her, sog den Duft des Heus auf dem gemähten Wiesenstreifen neben dem Bahndamm ein, freute mich über diesen merkwürdigen Mann, der da plötzlich in meinen Tag hineingeschneit war und ihn gerettet hatte. Und so standen wir also schließlich vor der großen sumpfigen Wiesenfläche, konfrontiert mit der Frage, ob wir sie überqueren oder geradeaus weitergehen sollten. Ob er wohl ein Vertreter für festkochende Kartoffeln war? Er hatte vorhin so deutlich keine Antwort darauf geben wollen, daß ich nicht wußte, ob ich ihn direkt nach seinem Beruf fragen sollte. Ich beschloß, dieses Problem erst einmal zu vertagen.
Wir entschieden uns für die Überquerung der Wiese, die sehr hübsch mit rosablühenden Sumpfständeln bewachsen war, mit Flockenblumen, Hornklee und Mädesüß. Blauauge bückte sich, brach ein Stenglein Skabiose und steckte es mir gedankenvoll in das oberste Knopfloch meiner leicht geöffneten Bluse und nahm mich dann völlig selbstverständlich bei der Hand. Einträchtig liefen wir schweigend über die Wiese, während im Buchenhain ein Eichelhäher schimpfte und unsere Füße naß wurden. Bei mir war das kein Problem, ich hatte Sandalen und keine Strümpfe an; er jedoch trug feste, auf Hochglanz polierte

schwarze Schuhe zu blauen Hosen, die mir nebenbei nicht nur viel zu warm, sondern auch ein wenig eingelaufen zu sein schienen. Doch er war offenbar mit seinen Gedanken ganz woanders. Nun gut, mir konnte es egal sein.

So betrachtete ich denn die Eichen am anderen Ufer der Sumpfwiese. Sie waren wunderschön, groß und breit mit ausladenden Kronen. Ich stutzte, und es dauerte eine kleine Weile, bis mir aufging, was mich hatte stutzen lassen. Dort drüben ging ein Südseepalmenhemd. War es möglich, daß es ein so scheußliches Ding zweimal gab? Vermutlich. Aber bei näherer Analyse des Gesamtbildes ... nein, das *ist* Udo, kein Zweifel, sagte ich zu mir. Und: Er war nicht allein. Neben ihm ging eine rothaarige Dampfnudel, die er, soweit möglich, umschlungen hielt. Ich stand und starrte. Er war so damit beschäftigt, zu versuchen, an ihr Gesicht zu kommen, daß er selbst ein Mammut unter den Eichen nicht wahrgenommen hätte, geschweige denn uns mitten auf der Wiese.

Blauauge war, da er immer noch meine Hand hielt, ebenfalls stehengeblieben, musterte nun erst mich verwunderten Blicks, folgte dann der Weisung meiner Augen und schien zu begreifen. Sein Griff wurde fester, und er überlegte offenbar, welche trostspendenden Worte angebracht wären, als ich ihm zuvorkam: »Sie brauchen mich wahrhaftig nicht zu trösten ... das da ist zwar eindeutig mein Mann, das ist aber auch schon alles. Das einzige, was mich aufregt, ist, daß er es wagt, mit dieser Seegurke in meinem Wald spazierenzugehen. Doch«, fuhr ich erbittert fort, »er wandelt nicht ungestraft unter meinen Eichen.«

Blauauge sah mich an, erstaunt. Allerdings hatte ich den Eindruck, eher weil ich einem solchen Subjekt angetraut war, und nicht wegen meiner Rede.

»Weißt du«, sagte er endlich und nahm meine Hand nun in einer beschützenden Geste in seine beiden Hände, »ich stehe auf dem Standpunkt: Jedem seine Kartoffel, solange sie festkochend ist. Der eine mag sie gekocht, der andere gebraten, der dritte als Salat und der vierte als Pommes oder Kroketten – horribile dictu. Ich will damit nur sagen, sei froh, daß du ihn los bist!«

Da ich die Logik seiner Rede durchaus nachvollziehen konnte und nur in puncto Kroketten leicht anderer Meinung war, konnte ich nichts weiter tun als zustimmend nicken. Allerdings fiel mir auf, daß er ohne Übergang in das Du verfallen war, doch beschloß ich, die ungewöhnlichen Umstände dafür verantwortlich zu machen und es ruhig dabei zu belassen.

Das Paar war unterdessen hinter der Wegbiegung verschwunden. Ich seufzte. Also gut, und was jetzt? Er unterstützte meinen Denkprozeß erheblich, indem er fragte: »Und was jetzt?«

Ein wenig verlegen zog ich meine Hand zurück, bohrte meinen rechten Fuß in den Matsch, daß es zwischen meinen Zehen quatschte, und meinte dann: »Wir wollen erst mal aus diesem Sumpf hier raus, hm? … Also zunächst verpasse ich ihm einen gehörigen Denkzettel. Und dann werde ich wohl ausziehen müssen.«

Am drübigen Ufer der Wiese angelangt, wandten wir uns nach links und gingen in einem großen Bogen Richtung Heimat. Mein Begleiter war recht still geworden. Schon seltsam, dachte ich und warf ihm einen verstohlenen Blick zu, da platzt ein Wildfremder plötzlich in dein Leben hinein und auch noch mitten in eine solche Geschichte. Und du findest das völlig selbstverständlich.

Die Luft war abgekühlt, und dunkle Wolken lasteten über dem Dorf. Man konnte förmlich spüren, daß es in Kürze anfangen würde zu regnen. Die Schwalben flogen niedrig über die Wiesen und den Fischteich. Ein luft- und herzreinigender Guß wäre genau das Richtige. Als wir kurz darauf den Dorfrand erreichten, blieb ich stehen, da ich keine Ahnung hatte, in welche Richtung Blauauge wollte.

»Also ich muß jetzt hier links. Ich weiß nicht, wohin …« Das ›Du‹ fiel mir noch schwer, und vielleicht hatte er mich ja auch nur aus Versehen geduzt.

»Ich begleite dich nach Hause, wenn du nichts dagegen hast«, sagte er und ließ lediglich meine Hand los, die er sich unterwegs wieder angeeignet hatte. Wohl aus Rücksicht auf die neugierigen Augen der Nachbarn, mutmaßte ich. Und nun mußte ich doch wenigstens die Frage nach seinem Namen loswerden, die mir schon seit geraumer Zeit auf der Zunge brannte.

»Sag mal, wie heißt du eigentlich?«

Und er antwortete ohne zu zögern, leicht lächelnd: »Gerald-Dietz.«

Das war ein wahrer Schock. Und das sagte er auch noch, ohne rot zu werden. Ich schluckte, brachte es aber beim besten Willen nicht über mich, dazu einen Kommentar abzugeben. Erst bei der nächsten Querstraße war ich in der Lage zu fragen: »Gibt's keine Abkürzung?«
Er lachte, nahm meine rechte Hand und küßte sie: »Du kannst mich nennen, wie du willst. Von mir aus auch Raphael.«
Wir waren vor Udos Elterns Haus angelangt, und ich blieb stehen. Er bedachte das Haus mit einem prüfenden Blick, dann mich, hauchte mir einen keuschen Kuß auf die Stirn und verschwand ohne ein weiteres Wort um die nächste Ecke. Ich sah ihm einigermaßen verblüfft hinterher, wußte nicht, was ich davon zu halten hatte. Überlegte einen Augenblick lang, ob ich ihm hinterherrufen sollte und fragen, wann wir uns denn mal wieder zufällig über den Weg laufen würden. Doch ich brachte seinen Namen einfach nicht über die Lippen. Außerdem hätte er das fragen müssen und nicht ich. Und außerdem hatte er eine rosa glänzende Warze auf der Nase.
So war ich bereits wieder leicht unwirsch gelaunt, als ich die Wohnung betrat. Jeder einzelne meiner künftigen Züge mußte sorgfältig erwogen werden. Außerdem hatte ich zur Abwechslung einen beträchtlichen Hunger. Bei einem opulenten Mahl, das aus Thunfisch aus der Dose mit Bratkartoffeln bestand, entwarf ich meinen Schlachtplan.
Draußen donnerte es gewaltig. Ich zählte beim nächsten Blitz und kam gerade bis zehn, als es erneut krachte. Und schon hörte ich auch die ersten Regentropfen gegen die Scheiben prasseln. Ich stand auf und schloß die Balkontür im Wohnzimmer. Zunächst einmal würde ich es ihm also gehörig heimzahlen. Ich trank einen großen Schluck Rotwein. Das Furzen war längst nicht ausreichend. Auch das Faß war keine genügende Bestrafung für ihn. *Das* hatte er sich schließlich und endlich selbst eingehandelt und zählte deshalb nicht. Aber dann kam mir die Erleuchtung: impotent – man müßte ihn impotent machen. Pupsend und impotent standen ihm lange beschauliche Jahre stummer vergeblicher Reue bevor. Ich wußte auch schon wie. Nicht umsonst hatte ich seit Wochen nach weiteren Rezeptbüchern gefahndet und einige davon ausleihen und kopieren können. Und ich würde ausziehen, da ging kein Weg dran vorbei.

Nachdenklich ging ich in Udos Zimmer und betrachtete die Bücher, die in Vitrinen staub- und bakterienfrei vor sich hin vegetierten. Vielleicht sollte ich seine Lieblinge in den Racheplan mit einbeziehen.
Ich schaute die Regale durch, prägte mir ein, wo Tieck, Storm, Schmidt und andere Favoriten standen, und verfügte mich dann auf mein Sofa. Wo war ich stehengeblieben? Richtig, bei dem Job. Ich würde mich also als Sekretärin ohne jegliche Fähigkeiten bewerben. Am besten bei verschiedenen Stellen gleichzeitig. Schließlich konnte ich zu meiner Verteidigung anführen, daß ich magistrierte Anglistin war und zudem schon einmal vier Wochen als Aushilfe bei den Physikern gearbeitet und lange Reihen kryptischer Formeln abgetippt hatte. Verschweigen würde ich allerdings das nicht sehr ruhmreich endende Kapitel der Diktate.
Ich holte mir kurz entschlossen die uralte Schreibmaschine aus Udos Zimmer und schloß mich für den Rest des Abends im Wohnzimmer ein, während draußen unverdrossen der Regen an die Fenster trommelte.

Kapitel 7

Und dann kriegt man heitere Bäckchen

Thomas Mann
Buddenbrooks

Am nächsten Morgen saß ich Bewerbungen tippend an meinem Schreibtisch. Udo schlief noch den Schlaf der Ungerechten in seinem Plüschbett. Meine Balkontür stand offen, die Luft war nach dem gestrigen Regen herrlich frisch.
Es war unmöglich, an einem solchen Tag schlechtgelaunt zu sein. – Das Tippen nahm mich so in Anspruch, daß ich nicht hörte, wie die Tür aufging.
»Was zum Teufel treibst du da?« fragte Udo. Er sah aus, als sei er eben dem Müllsack entstiegen.

Behende zog ich das Blatt aus der Maschine, registrierte dankbar, daß er seine Brille noch nicht aufhatte und alles nur höchst schemenhaft wahrnehmen konnte: »Ach, ich schreib an Karina.«
»Um acht Uhr morgens, am heiligen Sonntag, und noch dazu, wo sie beinahe um die Ecke wohnt?« Er kam argwöhnisch einige Schritte näher.
Ich drehte mich um, maß ihn mit einem kalten Blick: »Wir haben beschlossen, uns ab heute jeden Morgen brieflich unsere Träume mitzuteilen.«
Udo musterte mich zweifelnd, tippte sich dann gegen die Stirn. »Ich sag's ja, die ist wirklich völlig durchgedreht, und bei dir dauert's auch nicht mehr lange.« Er zog seine Schlafanzughose hoch und gähnte mit weit geöffnetem Mund.
Ich musterte ihn. »Komm, mein Bürzelheld, geh wieder ins Bettchen und träum was Schönes.«
»Vielleicht kannst du mir mal verraten, wie ich von was-auch-immer träumen soll, wenn du im Nebenzimmer einen solchen Höllenlärm veranstaltest?« motzte Udo, warf mir noch einen mißmutigen Blick zu und trollte sich.
Ich wandte mich lächelnd wieder meinen Briefen zu. Beim zehnten hielt ich erleuchtet inne. War ja eigentlich totaler Blödsinn, ins Blaue hinein Bewerbungen zu schreiben. Ich beschloß, nun endlich das zu tun, was ich längst schon hätte tun sollen. Ich setzte mich bequem hin und dachte nach. Und kam zu folgendem weisen Ergebnis: Ich würde meinen ehemaligen kurzzeitigen Chef bei den Physikern um Rat fragen, von dem ich seinerzeit trotz der mißglückten Diktate in aller Freundschaft geschieden war.
Ich zerriß die Bewerbungen und überlegte derweil, wieviel Geld ich wohl vom Konto abzweigen konnte, um erst mal überleben zu können. Und mußte er mir Unterhalt zahlen? Wer würde sich wohl um meine so liebevoll angelegten Beete kümmern, meine Tomaten, meine Wicken? Ob ich ihm die blaue Strickjacke mit den Lederbesätzen klauen konnte? Die Bettwäsche mit den Veilchen? Ob ich mir noch Corned beef würde leisten können, wenn ich allein für meinen Lebensunterhalt sorgen mußte?

Ich setzte mich auf den Boden vor meine beiden Regale und wühlte in meinen gesammelten Zauberwerken. Ich wußte doch genau, daß ich da was gelesen hatte ... Ein kleines unscheinbar braunes Büchlein, das ich unlängst in einem Antiquariat erstanden hatte. Ein Rezept darin war mir ganz besonders aufgefallen. Kein Verfasser, wahrscheinlich alles auf Erfahrung beruhende, lang überlieferte Erkenntnisse. Ich nahm es mit zu meinem Fensterplatz, suchte und fand und las noch einmal aufmerksam, was da stand:

Der schadenfrohe Zauberer nimmt einen Spahn vom Aste eines Eichenbaumes, der gegen der Sonne über gewachsen ist, und schneidet ihn spitzig. Siehet er nun den Ort, wohin einer, den er bezaubern will, den Urin gelassen hat, so eilet er, da derselbe noch warm ist, dahin und tritt einen solchen zugespitzten Spahn an diesem Orte in die Erde. Da verliert diejenige Person, die dahin uriniert hat, ihre Natur oder Mannheit; es wäre denn, daß man den Spahn wieder heraus nähme.

Ich gestand mir nicht ungern ein, daß mir besonders der ›schadenfrohe Zauberer‹ aus dem Herzen sprach. Ich mußte Udo also dazu bewegen, erstens mit mir spazierenzugehen und zweitens irgendwo unterwegs sein Wasser zu lassen. Beim augenblicklichen Stand unserer Beziehung nicht eben leicht zu bewerkstelligen. Weder das eine noch das andere. Denn, selbst einmal angenommen, daß beides planmäßig vonstatten ging, würde er sich schamhaft mit seiner geschwollenen Blase in die Einsamkeit eines Dickichts zurückziehen – und dann? Nun gut, ich müßte eben einfach versuchen, seinen Spuren zu folgen, und die feuchte Stelle ausfindig machen.
Udo hatte einen Vorteil, was das betraf: Er pinkelte so selten, daß es, wenn er's mal tat, jedesmal eine ganze Zeit dauerte, bis er endlich fertig war. Andererseits war es gerade deshalb doppelt schwer, ihn bei einem Spaziergang zum Pinkeln zu bewegen. Aber nun, die Sache war ganz bestimmt einen Versuch wert. Zu dumm, daß ich mich augenblicklich mit ihm überworfen hatte. Ich mußte es wohl oder übel mit einem Friedensangebot versuchen und, falls das nicht funktionierte, schlicht und einfach mit Erpressung.

Also begab ich mich auf die Suche nach meinem Gatten. Er saß im Badezimmer auf dem Klodeckel und war dabei, sich Socken anzuziehen. In der Badewanne taute Apfelblütenschaum, also hatte er wohl grade gebadet. Inzwischen trug er allerdings ein hellblaues T-Shirt und ähnlichfarbene Unterhosen und sah damit aus, wie ich mir meines Vaters Potatoria kurz vor dem letzten Häuten vorstellte.
»Was willst du?« knurrte er.
»Wollen wir nachher spazierengehen?«
Udo zog ein Gesicht. »Ich wollte später in die Stadt fahren ...« sagte er ablehnend.
»Das kannst du doch anschließend immer noch, komm, ständig bist du in deinen komischen Arbeitsgruppen, und nicht mal sonntags hast du für mich Zeit!«
Er sah mich argwöhnisch an, schwieg ein Weilchen und meinte schließlich: »Also gut, wenn's nicht zu lange dauert.«
Ich nickte erfreut. Jetzt blieb noch das Problem mit dem Pinkeln. Glücklicherweise waren einige Flaschen Bier da. Ich strahlte ihn an: »Also gebongt. Auf den Schreck von vorhin bring ich dir erst mal ein Pils. Da läßt sich's auch besser arbeiten.«
»Jetzt? Es ist doch noch nicht mal Mittag.«
»Ach geh, sei doch nicht so langweilig.«
Bevor er noch was sagen konnte, war ich schon in der Küche. Als ich nach dem Flaschenöffner suchte, fiel mir ein Satzfragment des Rezeptes ein, auf das ich vorher nicht geachtet hatte: ›ein Span von einer Eiche, der der Sonne gegenüber gewachsen ist‹ oder so ähnlich. Was zum Henker sollte das heißen? Bevor ich mit Udo spazierenging, mußte diese Frage geklärt sein, und den besagten Span mußte ich auftreiben und anspitzen. Also alles zurückmarschmarsch.
»Udo«, sagte ich, zu ihm ins Schlafzimmer tretend, wo ich ihn fuhrwerken hörte, »da du ja ohnehin keine Lust hast, mit mir spazierenzugehen, kannst du doch in die Stadt fahren – wie du's ja vorhattest.«
Er steckte inzwischen in einer seiner prallengen Jeans und war gerade dabei, sich rücklings aufs Bett zu legen, um auf diese Weise möglicherweise den Knopf und den Reißverschluß zuzukriegen. Jetzt hielt er mit vor Anstrengung rotem Kopf in der Bewegung inne und fuhr mich an:

»Hör mal, ich bin doch nicht dein Hampelmann. Erst hü und dann hott, wofür hältst du mich eigentlich?«

»Nun reg dich ab«, versuchte ich ihn zu beschwichtigen, und gab mir Mühe, nicht loszuplatzen angesichts des Bildes, das er abgab. »Ich meine, wenn du doch in die Stadt wolltest, verschieben wir's halt. Und anstatt meine Einsicht anzuerkennen, regst du dich auch noch auf. Wirklich nett. Wie wär's statt dessen mit morgen?«

Ich lehnte in der Tür, betrachtete seinen Schwabbelbauch, der sich nicht bändigen lassen wollte.

»Morgen geht nicht, da hab ich wieder eine Arbeitsgruppe«, brummte er und ließ ermattet die Hände aufs Polster sinken, um es dann mit frischen Kräften noch einmal zu probieren. Und tatsächlich: der Knopf war zu, der Reißverschluß folgte.

»Jaja, über soziales Verhalten gegenüber seinen zuckerkranken Mitmenschen, nicht wahr?« bemerkte ich freundlich.

Er stutzte: »Was soll das schon wieder? Du bist heute wirklich absolut unausstehlich. Was ist bloß in dich gefahren?«

»Schon gut«, ich lächelte. »Also dann, viel Spaß in der Stadt!«

Kapitel 8

Er erhob sich mühselig und öffnete die Küchentür … Er versuchte es nicht, krumme Mätzchen zu machen.

Roderick Wilkinson
Wer kennt den Boß?

Den ganzen restlichen Sonntag hatte ich über dem kryptischen Satz vergrübelt. Jedenfalls mehr oder weniger. Mir war dabei allerdings nichts anderes eingefallen, als daß er bedeuten konnte: ›der in Richtung Norden‹ wächst oder vielmehr gewachsen ist. Das klang zumindest logisch. Doch war mir meine Interpretation am Montagmorgen immer noch zu unsicher. Der Himmel wußte, wie der Zauber wirken würde, wenn sie falsch war. Ich beschloß, bei den Regensburger Germanisten anzurufen. Wozu gibt's Universitäten und Professoren. Vielleicht wußten die so was.

Udo war schon in der Schule, und so konnte ich ungestört in seinem Schreibtisch nach dem Univerzeichnis wühlen, das er mal von irgendwem bekommen hatte. Ich fand es nach einigem Suchen in der linken oberen Schublade.

Mit dem Verzeichnis in der Hand ging ich ins Wohnzimmer zum Telefon und nahm es dann mit ins Eßzimmer. Vielleicht sollte ich nicht gleich einen Professor bemühen, ein Assistent tat's wohl auch. Und außerdem waren *die* sich wohl nicht zu fein, einem Auskunft zu erteilen und hatten vermutlich mehr Zeit. Während ich noch im Verzeichnis wühlte, klingelte das Telefon so unerwartet, daß ich zusammenschrak. Ich überlegte kurz, ob es meine Schwiegermutter sein konnte. Nein, sagte ich mir dann, die weiß sicher, daß ihr Goldschatz in der Schule ist, und hob ab.

»Hallo«, sagte eine warme, leicht autoritäre Stimme. »Bist du allein?«

»Ja, ...« Mehr fiel mir nicht ein.

»Dachte ich mir. Dein Mann ist in der Schule, ist Lehrer, hast du mir gesagt. Hör mal, wenn's dir recht ist, komm ich eben auf einen Sprung vorbei. Ich wollte dir nämlich einen Vorschlag machen. Bin in zwanzig Minuten da. Hast du einen Kaffee für mich? Ich bring Croissants mit. Dein Mann kommt doch wohl nicht gleich wieder, oder?«

»Wenn nicht die Schule abbrennt, nnnein«, stotterte ich.

»Gut, also dann – bis gleich.« Es klickte. Meine Geistesgegenwart kehrte zurück. Anziehen, waschen. Ich sah ja unmöglich aus! Und Haare kämmen. Ich schaffte es gerade noch, die Hose zuzumachen und mich zu fragen, woher er meine Telefonnummer wußte, da klingelte es.

»Das ging aber schnell«, sagte ich atemlos, als ich ihm die Tür öffnete. Er lächelte bloß und bückte sich, um Nachbars schwarzweiße Katze zu streicheln, die offenbar mit ihm die Treppe hinaufgelaufen war, sich am Türrahmen rieb und sichtlich nichts gegen ein bißchen Milch einzuwenden gehabt hätte.

Ich führte ihn ins Eßzimmer und ging in die Küche, um ihm einen Kaffee und für die Katze ein Schälchen Milch zu holen.

»Milch, Zucker?« Ich schaute zu ihm hin. Er saß am Tisch, einen Finger an der Oberlippe, und las interessiert in dem Zauberbuch, das ich mir als Frühstückslektüre auf den Tisch gelegt hatte. Ich hätte es noch wegräumen sollen. Was erkläre ich ihm, wenn er mich danach fragt? Doch er fragte nicht, sah statt dessen auf und meinte: »Zucker *und* Milch.«

Ich brachte ihm alles und setzte mich zu ihm. Er rührte drei Portionen Zucker in seinen Kaffee und goß ordentlich Milch hinterher. Öffnete die mitgebrachte Tüte, hielt mir ein Croissant hin und nahm sich selbst eins. Das Buch hatte er beiseite geschoben. Er schwieg nachdenklich, während er sein Hörnchen zwischen den Zähnen zermalmte und dabei nicht unbeträchtlich krümelte.

»Also, wenn ich dich unterhalten soll, brauchst du's nur zu sagen«, erklärte ich endlich und schüttelte mir die Brösel vom T-Shirt.

Blauauge Gerald-Dietz rührte in seinem Kaffee herum. Dann entschloß er sich, den Mund aufzumachen: »Sag mir, was ist ein Stereobat: Erstens jemand, der beidhändig was hebt, zweitens eine Batchdatei zum Aufrufen eines dreidimensionalen Programms oder drittens die oberste Stufe des Stylobats, der dem Plattenspieler aufliegt? Nun?«

Ich betrachtete ihn offenen Mundes: »Was? Wie bitte?«

Er drehte sich eine Zigarette, leckte das Papierchen an und wiederholte dann langsam und deutlich: »Ein Stereobat. Erstens jemand, der ...«

»Schon gut, brauchst es nicht zu wiederholen. Ich hab keine Ahnung. Was ist es denn? Und wie kommst du darauf?«

»Ach, vergiß es. Ist nicht so wichtig. Aber gut, damit du was für deine Bildung tust: Ein Stereobat ... ach, ich sag's dir ein andres Mal.« Er zündete sich seine Zigarette mit einem Sturmfeuerzeug an, das offenbar schon mal bessere Zeiten gesehen hatte, denn der Deckel hing nur noch an einem Scharnier. »Du brauchst doch einen Job, nicht? Oder hast du's dir inzwischen wieder anders überlegt?«

»Nein, hab ich nicht. Im Gegenteil«, versicherte ich ihm. Er ist etwas sprunghaft, konstatierte ich bei mir. Was sollte das mit diesem Stereodingsbums?

»Na schön – stört dich doch nicht, der Rauch? – Hast du Lust ... nein, anders, wie gut kannst du die Kommaregeln?«

»Überhaupt nicht.«

»Dann setz dich zwei Tage mit dem Duden hin und lern alles Wesentliche. Dann versuch ich dir einen Job beim Klauser Verlag in Celle zu verschaffen. Okay? Ich komm dann in ein paar Tagen und hör dich ab. ›Statt dessen‹ auseinander oder zusammen und ein Komma zwischen ›ebenso wie‹ oder nicht?«
»Auseinander und mit Komma!«
»Komma richtig, zusammen falsch.«
»Hab ich doch auch gar nicht gesagt.«
»Wie? Richtig.«
Ich fand, es war an der Zeit, Einspruch zu erheben: »He, Moment mal. Vielleicht habe ich auch noch was dazu zu sagen. Vielleicht will ich überhaupt nicht bei diesem Klauser Verlag arbeiten und vielleicht auch nicht in Celle! Wo liegt das überhaupt? Und außerdem ... sag mal ... ist das *der* Klauser Verlag, mit diesen Dünndruckdingern, auf die Udo so steht?«
»Die Dinger heißen Bücher. Merk dir das Wort. Ja, der. Wenn ich auch nicht weiß, ob es die sind, auf die dein Gatte so steht. Ist gerade erst von München nach Celle umgezogen. Aber außer diesen Dünndruckdingern machen die noch 'ne Menge anderer Bücher. Celle ist im übrigen keine Schäre vor Grönland, in diesem Falle auch nicht ein kleiner, nur sehr einfach ausgestatteter Raum innerhalb eines Gebäudes, der für Personen bestimmt ist, die darin abgeschieden oder abgetrennt von anderen leben – nein! ... sondern eine Stadt in Niedersachsen, unweit von Hannover.«
»Aha, nun weiß ich es.« Ich stand auf, um meiner Verlegenheit Herr zu werden, und holte mir eine Tasse aus dem Geschirrschrank. »Ich wollte niemandem zu nahe treten. ... Jedenfalls, was ich sagen wollte ... du kommst da hier einfach so hereingeschneit und ... ach, ich weiß auch nicht. Ich kenn dich schließlich und endlich ja überhaupt nicht. Kann ja jeder kommen!« Ich holte mir Kaffee aus der Küche und setzte mich wieder – goß Milch in die Tasse, pustete und trank einen Schluck.
Er grinste bübchenlike: »Was willst du wissen? Ich bin Anfang Fünfzig, einen Meter fünfundachtzig groß, glaubenslos, frei von ansteckenden Krankheiten und zu keiner Zeit Mitglied der CSU oder ihr angegliederter Organisationen gewesen. ... Hör mal, sei doch nicht kindischer,

als du bist. Du sollst nicht mit mir auf die Bahamas fliegen oder in die Peep-Show gehen. Ich besorge dir einen Job als Volontärin bei einem der besten Verlage, und du beschwerst dich.«
»So. Und warum? Warum zum Teufel solltest du das für mich tun? Du kennst mich nach Adam Riese genausowenig wie ich dich!«
Er hielt den Kopf ein ganz klein wenig schräg: »Wer war Adam Riese? Erstens der Erfinder des Taschenrechners, zweitens der Ehemann von Eva Riese oder drittens eine Mißgeburt? Na, na? Richtig, der Ehemann von Eva Riese. Aber um auf deine Frage zurückzukommen: Sagen wir, weil du ein interessantes Studienobjekt für mich bist, genügt das?«
»Interessantes Studienobjekt. Bin ich vielleicht irgendein merkwürdiges Insekt? Na, vielen Dank auch. Allerdings weiß ich nicht, ob das genügt. Ich muß mir auf alle Fälle die Sache erst mal durch den Kopf gehen lassen. Stimmt übrigens nicht mit Adam Riese. Weiß ich zufällig. Das war ein Rechenmeister, sechzehntes Jahrhundert, und er hieß überhaupt Ries, nicht Riese, und er hat ein Buch geschrieben: *Rechenung auff der linihen vnd Federn*, na, da staunst du, nicht wahr? Ist aber nicht ganz so bemerkenswert«, fuhr ich ein wenig verlegen fort, als ich seinen überrascht anerkennenden Blick sah, »weil Udo es erst letzten Freitag oder so nachgeschaut hat, für seinen Unterricht ... Wie sieht Celle denn aus?«
Er trank vorsichtig, obgleich sein Kaffee schon Gefrierkühle erreicht haben mußte. »Oh, Celle ist eine wunderhübsche kleine Stadt. Wird dir gefallen.«
»Du wohnst in der Gegend, nicht?«
»In der Gegend, ja ...« Er schwieg, als ob er noch was sagen wollte.
Ich fragte nicht. Nein. Dieses eine Mal schaffte ich es, mich zu beherrschen, und war mächtig stolz auf mich.
»Wieso kannst du mir eigentlich einen Job bei diesem Verlag beschaffen?« fragte ich statt dessen, als ich den Mund gefahrlos wieder öffnen konnte. »Arbeitest du denn auch da?«
»Nein, ich kenne da ein paar Leute ganz gut, das ist alles. Der Chef ist zwar nicht gerade ein einfacher Mensch, aber wenn man ihn richtig behandelt, ist er ganz okay. Wird schon gehen.«
Er nahm die Brille ab und fuhr sich mit den Händen über die Augen, als ob er müde sei.

Ich überlegte: »Du hast also Einfluß auf ihn. Warum willst du mir eigentlich nicht sagen, was du von Beruf bist?«
Er setzte seine Brille wieder auf und warf mir einen etwas unklaren Blick zu. »Ach, das spielt vorerst keine Rolle. Irgendwann werd ich dir's schon sagen.« Er stand auf und ging zum Fenster. »Ich mach mich jetzt wieder auf den Weg, und du kannst in Ruhe nachdenken. Aber ...« er kam zu mir und schaute auf mich hinunter, »nicht zu lange. Ich ruf dich in ein paar Tagen wieder an, in Ordnung?«
Ich nickte irritiert. »Sag mal, wie bist du denn überhaupt an meine Telefonnummer gekommen?«
»Kindchen!« Er lächelte. »Es gibt Schwierigeres. Ich brauchte vorgestern bloß auf dein Namensschild auf dem Briefkasten zu schauen. Da standen zwei Namen, der zweite warst du. Eh bien ...« Er gab mir einen Kuß auf die Stirn, strich mir sanft über den Kopf und ging.
Celle in Niedersachsen. Aber warum eigentlich nicht? Was oder wer hielt mich denn hier? Und außerdem: Je mehr Abstand ich zwischen mich und Udo brachte, desto besser.
Ich legte Blauauge und sein Angebot in meinem Kopf erst mal ad acta, griff wieder nach dem Personalverzeichnis und versuchte es schließlich mit der Priv.-Doz. Annemarie Seile. Der Anruf stellte sich allerdings als Fehlschlag heraus, weil sie, wie sich zeigte, auch nicht mehr wußte als ich. Dann eben nicht!
So, und nun würde ich den notwendigen Eichbaum suchen gehen, um vielleicht schon nachmittags, bevor Udo in seine runde Arbeitsgruppe abwanderte, den schwerwiegenden Spaziergang mit ihm zu inszenieren. Falls ich ihn dazu bewegen konnte, hieß das.
Das Wetter war prachtvoll: obwohl noch Juni, fast schon spätsommerlich sonnig und angenehm warm. Ich packte das Lineal mit dem daraufmontierten Kompaß und mein Schweizer Taschenmesser in einen Beutel und machte mich auf den Weg.
Obwohl es bei der sumpfständelbewachsenen Wiese auch Eichen gab, zog ich es doch vor, mir eine andere Stelle zu suchen. Der Förster hatte mir mal erklärt, diese Eichen seien krank. Und ich war sicher, daß ein Zauber besser mit gesundem Holz funktionierte.
Also schlug ich die entgegengesetzte Richtung ein, den Weg, der in ei-

nem großen Bogen durch den Wald einen Halbkreis um Heimstedt zog. In Celle gab es bestimmt keine lichtüberfluteten Waldhänge. Und flach war's, aber das war nicht schlecht – konnte man wenigstens fahrradfahren. Was für ein Job war das überhaupt: Volontärin? Volontärin für was? Was tat man in so einem Verlag? Aber schlimmer als Zahlen- und Buchstabenkolonnen schreiben konnte es ja wohl auch nicht werden. Und was hatte es mit diesem seltsamen Mann auf sich, der mit einem so schrecklichen Namen gesegnet war und auf festkochende Kartoffeln stand?

Jetzt kamen Buchen, dann eine Lichtung mit Holzstapeln und dann moosige Fichten. Keine Spur von einer Eiche. Ich hatte den halben Bogen schon hinter mir, da stieß ich auf einen Tollkirschenstrauch mit lackschwarzen prallen, reifen Früchten. Ich zögerte und gedachte all der Kinderwarnungen, dann pflückte ich kurz entschlossen eine Beere und zermanschte sie langsam im Mund. Schmeckte gar nicht so übel, ein sanfter, milder Brombeergeschmack.

Keinerlei Wirkung. Jedenfalls noch nicht. Der Weg stieg an, führte oben auf dem Grat entlang, von wo aus man den jenseitigen Hang bewundern konnte, und machte dann eine kleine Linkskurve. Und dort standen tatsächlich Eichen. Allerdings riesengroße: Die untersten Zweige waren viel zu hoch und zu massiv, um sie abbrechen zu können. Ich suchte die Umgebung ab und fand schließlich ein Bäumchen, das rundherum brav beästet war. Norden, wo war Norden? Stimmt ja, wozu hatte ich den Kompaß mitgenommen? Ich säbelte einen Zweig mit der Säge meines Messerchens ab und begutachtete ihn. Er dürfte seinen Zweck erfüllen, dachte ich, ist stabil und elastisch.

An der Lichtung, wo sich der Weg in den Wald verabsentierte und die beiden Lärchen standen, suchte ich mir anschließend einen schönen besonnten Baumstumpf, entblätterte meinen Ast, sägte die Querzweiglein ab und versuchte eine Spitze dranzukriegen. Das Ergebnis war ziemlich mangelhaft. Na, es würde wohl gehen. Ich genoß noch ein wenig Sonne und Wärme, machte mich dann auf den Heimweg, weil ich nach einem Blick auf die Uhr – schon nach eins! – mächtigen Hunger bekommen hatte.

Udo war in seinem Zimmer. Offenbar holte er gerade seine Schulutensilien aus der Tasche und legte sie auf seinen Schreibtisch.
»Hallo, Udo!« sagte ich freundlich. »Hast du Hunger? Es gibt noch Gulasch von gestern, ich mach ein paar Nudeln dazu.«
Dann fiel mir ein, daß ich ja eigentlich wenigstens eine Mahlzeit ausfallen lassen müßte, damit dem Fasten zumindest symbolisch Ehre widerführe.
»Ich mag kein Gulasch«, meinte Udo in meine Gedanken hinein. »Was hältst du von einer Pizza?« Mein Vorsatz, zu fasten, siechte angesichts meines barbarischen Kohldampfs und Udos Suggestivfrage dahin. Ich versprach meinem Zauber feierlich, dafür zwei Abende lang zu hungern.
»Hm, klingt gut. Und nach dem Essen könnten wir ein Stündchen oder so spazierengehen. Einverstanden?«
»O nein!« sagte er prompt. »Ich hab noch zu tun. Und außerdem warst du doch gerade erst weg. Zuviel frische Luft ist schädlich. Pizza meinetwegen, aber kein Spaziergang.«
Ich schwieg, bis er am Telefon seine Bestellung aufgegeben hatte. Als er wiederkam und mir zusah, wie ich die schmutzigen Tassen vom Frühstück einweichte, sagte ich sanft: »Ach Udo, ich seh dich ja so selten. Aber na schön, wenn du keine Zeit hast, mit mir spazierenzugehen, dann begleite ich dich eben heut abend – war doch heut abend? – zu deiner Arbeitsgruppensitzung.«
»Unmöglich!« sagte Udo erschrocken.
»Aber wieso denn? Ich verhalte mich mäuschenstill und werde euch auch bestimmt nicht stören. Ich setze mich ins hinterste Eckchen, stricke meinen Pullover weiter und kann dich dabei so oft ich will betrachten. So hab ich doch wenigstens ein bißchen was von dir.«
»Nnnein ... nein, das geht nicht ... ich ... wir ...« Ihm fiel natürlich so schnell keine Ausrede ein.
Mitleidlos betrachtete ich sein entsetztes Gesicht.
»Also gut«, lenkte er nach kurzem inneren Ringen ein, »ich gehe nach dem Essen mit dir spazieren. Habeat sipi.«
»Ach Schatz, das ist aber lieb von dir«, säuselte ich.
Er lächelte gequält.

»Dafür fahre ich die Pizza holen, und du kannst inzwischen den Tisch decken, ja?« bot ich an, holte die Schlüssel und machte mich auf den Weg. Als ich mit dem Essen und mehreren Flaschen Bier zurückkehrte, saß Udo am Tisch und guckte trübselig. Ich goß ihm ein und achtete während des Essens darauf, ihm kontinuierlich nachzuschenken. Er merkte überhaupt nicht, wieviel er trank. Außerdem hatte ich in der Küche, als ich die Pizzen auspackte, seine noch ein wenig nachgesalzen.
»Wir trinken nach dem Spazierengehen Kaffee, ja?« fragte ich ihn, als wir fertig waren.
»Na schön. Komm, dann laß es uns hinter uns bringen.« Er erhob sich schwerfällig.
Ich schlug den Weg in Richtung Bahndamm ein, da ich keine Lust hatte, noch einmal eine zweistündige Wanderung zu unternehmen. Außerdem war es jetzt ziemlich warm. Geradezu heiß. Meinen neu erworbenen Eichenstab schwang ich als symbolischen Spazierstock, um Udo nicht zu irgendwelchen Fragen zu veranlassen. Aber er bemerkte ihn ohnehin nicht. Ihm schien reichlich unbehaglich in seiner Haut zu sein.
Kaum tauchten wir ins Stinkmorchelwäldchen ein, murmelte Udo auch schon was von Austreten und schlug sich seitwärts in die Büsche. Jetzt kam's drauf an. Ich pirschte mich hinter ihm her, und da stand er: vor dem Stamm einer Eiche, nein, Buche.
Ich lugte zwischen Holunderzweigen zu ihm hin und merkte mir die Stelle, wo die Flut auftraf. Als er einige Minuten später sein feuchtes urindampfendes Werk vollendet und sich auf den Rückweg gemacht hatte, stahl ich mich, von ihm unbemerkt, um den Holunder herum zur Stelle seines Wirkens.
Ich nahm meinen Stock in die linke Hand und murmelte: *»Ich habe dich im Namen Gottes geschnitten, Adonay, Eleonay, Sobath, daß du mir sollst gehorsam sein. Nimm dem Udo, meinem Ehemann, die Manneskraft. Abia, obia, fabia«* und stieß den Stock mit aller Kraft in die Erde.
Der Stock glitt tief hinein und blieb stecken. Als ich vorsichtig dran wackelte, rührte er sich nicht. Gut so. Hervorragend, dachte ich.
»He, wo bist du?« hörte ich Udo vom Weg her rufen.
»Ich komm ja schon«, rief ich, bekreuzigte mich und hüpfte zufrieden mit meinem Werk zu ihm zurück.

Kapitel 9

Und schon gemeinsame Brechreize schaffen eine Art ausreichender Sympathie

Arno Schmidt
Aus dem Leben eines Fauns

Freitag morgen. Ich saß an meinem in die dunkelste Ecke des Wohnzimmers gequetschten Schreibtisch und beschäftigte mich mit der Groß- und Kleinschreibung. Himmelherrgott, ist es vielleicht einsichtig, warum ›das gleiche‹ klein und ›das Ganze‹ groß und ›dasselbe‹ klein und zusammengeschrieben wird? Nein, ist es nicht! Solchen Blödsinn werde ich mir nie und nimmer merken können. Und erst die Kommaregeln! Celles leuchtende Farben verblaßten zusehends. Telefon!
»Einen schönen guten Morgen«, sagte Gerald-Dietz, »darüber hinaus zusammen oder auseinander?«
»Auseinander«, sagte ich aufs Geratewohl.
»Falsch«, kam es prompt.
»Dann zusammen«, mutmaßte ich.
»Bravo, du lernst schnell. Treffen wir uns zum Mittagessen?«
Ich überlegte kurz.
»Hmm. In Ordnung. Wann und wo?«
»Ich bin um halb eins vor deinem Haus, oder ist's dir lieber, wenn ich drei Häuser weiter halte?«
»Nein, nein. Ist schon okay. Ich komm dann runter. Also … bis dann dann.«
Ich hatte mich entschieden. Blieben noch einige wenige Fragen zu klären. Erstens wollte ich gerne wissen, ob mein Stock die gewünschte Wirkung gezeitigt hatte. Zweitens blieb zu überlegen, wie ich Udos Bücher beiseite schaffen konnte, ohne daß er es merkte, und last but not least mußte ich ja auch irgendeine Art von Wohnung im Gelobten Land auftreiben. Das letztere wollte ich mittags mit Blauauge besprechen. Ersteres wollte ich abends austesten und mittleres, tja, mittleres war noch nicht klar. Sobald Udo und dadurch auch seine Mama von meinem kurz bevorstehenden Auszug erfuhren, würden sie ihr Eigentum Tag und Nacht bewachen, das war klar. Ich mußte sie also austricksen.

Mir fiel Poe ein, die Geschichte mit dem Brief am Spiegel, den niemand sah. Ich könnte die Bücher gegen andere austauschen, Bücher von mir oder noch besser: auf irgendeinem Flohmarkt erstandene. Bis ihm auffiel, daß da nicht alles so war, wie es sein sollte, konnten mindestens einige Tage vergehen. Zum Lesen kam er im Moment jedenfalls nicht sehr. Und außerdem war es die einzige Möglichkeit, die mir einfiel. Na ja, und meine eigenen Sachen mußte ich allmählich heimlich aus dem Haus schaffen. Bloß wohin damit? Ich würde Blauauge fragen … nein, Karina! Bei Karina konnte ich bestimmt einiges unterbringen. Besonders Udos Bücher. Ich machte mir einen Kaffee, zog mir dann das Telefon zum Sofa und rief sie an.

Es dauerte eine Weile, bis sie abhob.

»Ja … Karina«, meldete sie sich mit verhangen unterdrückter Stimme.

»Hallo Karinchen, ich bin's, sag mal, bist du erkältet? Deine Stimme klingt so komisch.«

»Nein«, schniefte sie. »Ich heule.«

»Achgottachgott, warum denn?«

Diese harmlose Frage brachte offensichtlich ihr Faß zum Überlaufen, denn für eine Weile hörte man es nur schnurpsen, glucksen und schniefen.

»Aber, aber, nun beruhig dich doch mal. Was ist denn nur los?«

»Wart mal, ich hol mir bloß 'n Taschentuch«, piepste sie schließlich. Ich wartete.

»So, ich bin wieder da, jetzt wird's schon gehen«, hörte ich ihre halbwegs beruhigte Stimme. »Ich kann dir das am Telefon nicht erzählen, kannst du nicht vorbeikommen?«

»Ja klar. Gegen vier?«

»Ist gut, ich bin den ganzen Tag zu Haus, leg mich ins Bett und heule.«

»Na, nu komm! Wird schon wieder. Nun, nun, Mädchen, heute abend kommt die Schwarzwaldklinik, hm? Besser? Nein? Hast wohl mal wieder Liebeskummer, was?«

»Ja-a-a-, wenn du wüßtest, wie sehr! Außerdem stimmt das gar nicht mit der Schwarzwaldklinik …« Sie zog die Nase hoch und legte den Hörer auf.

Uff, hatte mich etwas aus der Fassung gebracht, diese Frau. Was sollte ich eigentlich zum Mittagessen anziehen? Ich öffnete gedankenlos meinen armseligen Preßholz-Kleiderschrank, und seine Innereien quollen auf den Fußboden. Triumphierend zog ich meine rote Lieblingsbluse aus dem Kleiderbrei. Sie war zwar arg zerknittert, aber als solche noch deutlich erkennbar. Desgleichen der blaue Rock, den ich kurz danach sichtete. Ich hielt beides im Badezimmer unter den Wasserhahn, um es anschließend zu bügeln.

Als ich damit fertig war, stapelte ich knapp die Hälfte des Kleiderberges ordentlich in die dafür vorgesehenen Fächer und stopfte den Rest einfach in die schmutzige Wäsche. Dann zog ich mir die frisch entknitterten Sachen an.

Mir fiel ein, daß wir bereits Juli hatten. Wann würde ich wieder Corned beef essen dürfen? Bald. Frohgemut setzte ich mich mit dem Duden in einen der beiden häßlich-gelben Sessel, um mich bis zum Mittagessen noch ein wenig zu bilden.

Darüber hinaus … dieser Mistkerl hat mich auch noch verarscht, man schreibt's ja *doch* auseinander. Dem werd ich was erzählen … Udos Schlüssel klapperten. Wieso kam der denn jetzt schon?

»Hallo.« Er schaute mißmutig ins Zimmer. »Was gibt's zu essen?«

»Keine Ahnung, was *du* ißt«, erwiderte ich freundlich. »Ich jedenfalls werde essen *gehen*. Bin eingeladen.«

»Sooo!« Er betrachtete mich interessiert und ließ ein paar Fürze knattern. »Wen hast du denn dazu bewegen können?«

»Kennst du nicht!« sagte ich, seine Unverschämtheit gelassen übergehend.

Udo stand in der Tür und starrte mich an. »Sag mal, um mich kümmerst du dich wohl überhaupt nicht mehr, wie? Ich komme von der Arbeit müde und abgespannt nach Hause«, an dieser Stelle runzelte er erschöpft die Brauen, »freue mich auf ein gutes Mittagessen in mea casa … und du … hast dich wohl extra in Schale geworfen, wie?«

»Manche von uns gehen jeden zweiten Abend in Arbeitsgruppen, die merkwürdigerweise immer bis spät nachts dauern, und manche von uns sitzen derweil zu Hause und langweilen sich. Also sei friedlich.«

Meine Seelenruhe irritierte ihn. »Woher kennst du diesen Kerl eigentlich?«

»Welchen Kerl?«
»Na den, der aus irgendeinem mir nicht erfindlichen Grund auf die komische Idee verfallen ist, dich zum Essen einzuladen.«
»Vom Museum.«
»Vom Museum, sieh mal einer an. Erfahr ich endlich mal, wo du dich rumtreibst, während ich unsere Brötchen verdiene.«
Ich stand auf und drückte mich an ihm vorbei, um mir die Haare zu kämmen und meine Schuhe anzuziehen. Er ließ mich nicht aus den Augen: »Wann bist du wieder da?«
»Keine Ahnung.«
»Ich geh heute abend übrigens nicht in die Arbeitsgruppe.«
»Ach ja? Ist ja interessant«, bemerkte ich und machte mir die Sandalenschnallen zu. Draußen hupte es zweimal.
Udo ging zum Schlafzimmerfenster und pfiff durch die Zähne: »Hat ja ein tolles Auto, dein Galan. Ein Morgan. Scheint ja 'ne Menge Kohle zu haben. Was ist er denn von Beruf?«
»Keine Ahnung, frag ihn doch mal … also dann, tschüs.«
Ich ließ ihn neidvoll-sauer zurück.
Gerade die richtige Mischung, um abends die Wirkung meines Rezeptes problemlos testen zu können, dachte ich, während ich die Treppen hinunterlief.
Blauauge stand neben einem weißen Morgan, rauchte eine Zigarette und öffnete mir die Tür, als er mich sichtete: »Na«, meinte er, »gab's Ärger?«
»Nein, und wenn, wär's auch nicht schlimm gewesen.«
»Hm«, machte er nur, stieg ein und fuhr los. Ich wunderte mich über das Auto, sagte aber nichts. Soo teuer waren die ja nun auch nicht. Dafür sehr hübsch. Aber wie kam jemand, der notorisch zu kurze altmodische Hosen und hellblaue Hemden mit abgewetzten Krägen trug, auf die Idee, sich einen Morgan zuzulegen?
Es gab mit Kalbfleisch gefüllte Ravioli mit irgendeiner wohlschmeckenden Soße. Ich hatte keine Ahnung von der Existenz dieser Pizzeria gehabt. Eine richtige Edelkneipe, ein paar Kilometer außerhalb von Heimstedt – in Richtung Schwandorf. Wir saßen an einem niedlichen kleinen Nischentisch. Gerald-Dietz war eigentlich ziemlich

schweigsam während des Essens. Ich wurde einfach nicht schlau aus ihm. Da schleppte er mich ohne Grund in so eine Nobelkaschemme und sprach dann kaum ein Wort mit mir. Sicher, entgegnete ich mir selber, wenn du ihm völlig schnurz wärst, würd er ja wohl allein gehen und dir nicht auch noch einen Job verschaffen. Aber vielleicht, erwiderte ich mir darauf, war das seine gute Tat des Monats. Denn schließlich und endlich ließ sich nicht leugnen, daß er keinerlei Annäherungsversuche unternahm. Womöglich war er verheiratet. Dieser furchtbare Gedanke, den ich schon früher gehabt und erfolgreich unterdrückt hatte, ließ mich jetzt nicht mehr aus seinen Krallen.

»Bist du verheiratet?« platzte ich heraus und hätte mich anschließend ohrfeigen können. Aber, tröstete ich mich dann, klug ist der Teufel, und den kann der Herrgott nicht leiden.

Er stellte das Glas, das sich auf halbem Weg zu seinem Mund befunden hatte, heftig auf den Tisch zurück.

»Jein«, antwortete er dann und warf mir einen prüfenden Blick zu. »Ich bin verheiratet, aber möglicherweise trennen wir uns.« Für ihn war das Thema damit offensichtlich abgehakt.

»Aha«, sagte ich enttäuscht. »Kinder?« Jetzt kam's auch nicht mehr drauf an.

»Fünf!«

Das verschlug mir die Sprache.

»Wie stapelst du die alle in deinem Morgan?« war das einzige, was mir dazu nach einigem Schlucken einfiel.

Er lächelte sanft. »Wir haben noch ein anderes Auto. Da passen sie alle rein.« Er zündete sich seelenruhig eine Zigarette an, während ich mich über sein gleichmütiges ›wir‹ ärgerte.

»Wie alt sind denn die lieben Kleinen«, fragte ich, als ich mich wieder einigermaßen gefaßt hatte.

»Siebzehn, sechzehn, fünfzehn, dreizehn und zehneinhalb – so ungefähr jedenfalls.«

»Da warst du ja mehr als fleißig«, konnte ich mich denn doch nicht enthalten zu bemerken.

Jetzt hatte er auch noch die Stirn zu grinsen.

Gut, daß ich aufgegessen hatte, auf Nachtisch hatte ich nicht die allergeringste Lust mehr. Am liebsten wäre ich gegangen. »Und wie heißen deine Kinder?« Als ob mich das interessiert hätte!

»Sieglinde, Saskia, Maritta, Desiree ... und Clivia. Alles Mädchen«, ergänzte er noch auf meinen Blick hin. »Deswegen sind's ja so viele geworden, weil wir immer dachten, das nächste *muß* doch einfach ein Junge sein! Andererseits gibt's keine männlichen Kartoffelnamen. Schon Maritta ist ein arges Zugeständnis: Die ist nämlich mehlig ... Du magst deine Mousse nicht essen?? Du erlaubst?«

Er verleibte sie sich auf mein gleichgültiges Nicken hin ein und meinte dann: »Schön. Nachdem nun die Familienangelegenheiten besprochen sind«, er lächelte ein wenig, sah mich dabei nachdenklich an, »können wir nun vielleicht zum geschäftlichen Teil übergehen, hm? Du willst den Job?«

Dessen war ich mir jetzt überhaupt nicht mehr sicher. Unbewußt hatte ich doch auf Blauauge gezählt. Aber wer seine Kinder nach Kartoffeln nennt, der war ja wohl ohnehin nicht ganz zurechnungsfähig. Ich würde da oben mutterseelenallein ohne irgendwelche Bekannten hocken. Von Freunden ganz zu schweigen. Kein übermäßig attraktiver Gedanke.

»Ich weiß nicht«, sagte ich deshalb wahrheitsgemäß, zögerte kurz und ärgerte mich gleichzeitig über mich selbst. »Ich kenne keinen Menschen da ...«

»Na, du kennst doch mich«, meinte er prompt. »Ich werd mich schon um dich kümmern ... wenigstens anfangs«, fügte er hinzu und steigerte mit dieser Bemerkung meinen Zorn.

»Ach geh, du hast mit Mathenachhilfestunden und Pubertätsproblemen bestimmt alle Hände voll zu tun. Und deiner Frau wäre das ja wohl auch nicht recht.«

»Ich sagte dir doch schon, daß ich mich womöglich von meiner Frau trenne«, wiederholte er leicht mürrisch.

»Und die armen Orgelpfeifen? Ach komm, das kannst du nicht machen. Schließlich bist du für ihre Existenz verantwortlich. Auch wenn die arme Maritta mehlig ist.«

Er grinste. »Das stimmt, du hast ganz recht. Wahrscheinlich tu ich's doch nicht. Alles zu seiner Zeit, wie Geissler und der Prediger Salomo so recht bemerken.«

Sein Gesicht verriet nicht, was er dachte. »Jetzt aber mal unabhängig von meiner Wenigkeit«, fuhr er gleichmütig fort, »du bist schließlich noch keine Oma und wirst doch wohl den Mut aufbringen, irgendwo neu anzufangen, selbst wenn du da erst mal niemanden kennst. Und in dem Verlag arbeiten jede Menge nette Leute, denk ich jedenfalls.« Er winkte dem dicken Ober, um noch ein Bier zu bestellen.
»›Darüber hinaus‹ schreibt man übrigens auseinander und nicht zusammen, wie du gesagt hast«, leitete ich meinen Unmut nun in andere Bahnen.
»Ach wirklich? Na, da schau her! Man lernt doch nie aus. Also wie sieht's aus: Ja oder nein?« Der Kellner brachte ihm sein Bier und nickte mir freundlich zu.
»Hm, na ja, ich wäre ja wohl wirklich dumm, die Chance nicht wahrzunehmen! Also ich tu's«, erklärte ich nach kurzem Bedenken zögernd. Wohl war mir bei dieser Entscheidung allerdings nicht.
»Gut«, meinte er in einem Ton, als ob er das sowieso vorher gewußt hätte. »Darauf wollen wir anstoßen.« Er winkte und bestellte zwei Pikkolo. »Hoffen wir, daß du diese Entscheidung nicht bereust!«
»Weiß Gott!« meinte ich und war keineswegs überzeugt davon, das Richtige getan zu haben.

Karina wohnte in Reilsheim, einem mittelgroßen Dorf etwa fünf Kilometer nördlich von Heimstedt – in einem Mehrfamilienbau, im vierten Stock. Als ich bei ihr klingelte, war ich beinahe ebenso fertig wie sie! Allerdings waren meine Augenlider vom Weinen nicht geschwollen wie die ihren, und auch meine Nase triefte nicht. Ich hatte auch keine Zigarette im Mundwinkel. Alles das unterschied uns voneinander. Alles in allem aber nicht eben viel. Karina fiel mir um den Hals und schniefte schon wieder.
»Mir geht's ja sooo mies!« Sie wischte sich mit der Hand über die Nase. Ich klopfte ihr tröstend auf den Rücken und schob sie dabei in die Wohnung. Genauer gesagt in das eine, allerdings dreißig Quadratmeter große Zimmer, das sie ihr eigen nannte. Da sah es chaotisch aus. Überall verstreute Kleider, volle Aschenbecher und Gläser – nicht voll, aber auch nicht leer. Ich drückte Karina aufs ungemachte Bett, öffnete das

Fenster und räumte alles herumstehende Geschirr sowie die Aschenbecher in die Kochnische. Dann setzte ich mich auf den Fußboden vor sie hin.

»Also komm, nun erzähl mal. Was ist los?«

Sie schneuzte sich in ein Taschentuch, das sie plötzlich irgendwo aufgetrieben hatte, und sagte stockend: »Du ... weißt doch ... daß ich vor ein paar Tagen auf einem Workshop in Frankfurt war.«

»Hm«, machte ich, »ich kann mich nur an einen Workshop in Wiesloch erinnern, und das war vor etlichen Wochen.«

»Nein, ach so ... Diesmal war es Mickey More, du weißt doch ... man soll lernen, die ganze Welt zu lieben ... glücklich zu werden.«

»Scheint ja ein voller Erfolg gewesen zu sein.«

»Wieso?« Sie sah mich verwundert an und griff nach dem Zigarettenpäckchen.

»Na, du wirkst ja in der Tat geradezu übermäßig glücklich.«

»Ach«, die Tränen strömten wieder, »du hast ja keine Ahnung, ich war ja *so* glücklich, bis ...« Der Rest des Satzes ging in Gegurgel unter. Sie warf sich mit dem Gesicht aufs Bett und heulte hemmungslos. Ich suchte in meiner Tasche nach einem sauberen Tempo und drückte es Karina in die Hand.

»Also, nun! Jetzt reiß dich mal zusammen. Du hast da einen Mann getroffen. Und dann?« versuchte ich, den roten Faden wieder aufzunehmen. Sie schneuzte sich und setzte sich auf. Schwarze Wimperntuschestriemen verteilten sich über beide Backen. »Ja ... und wir mußten uns am ersten Abend schon gegenübersitzen und einander ... in die Augen schauen und uns gegenseitig unsere Kindheit erraten, nein, sehen.«

»Aha.«

»Na, und wir rieten, nein, sahen allerdings beide was Falsches, wir waren eben noch nicht richtig aufeinander eingestimmt und mußten uns deshalb noch unser schlimmstes Erlebnis erzählen und uns dabei tief in die Augen schauen, und da ... er hatte so wunderschöne grünblaue Augen und erzählte so hingebungsvoll, wie er als Achtjähriger ein paarmal ins Bett gemacht hatte und deshalb von seinem Vater gehänselt worden war, daß mir die Tränen kamen«, was auch jetzt wieder der Fall war, »... und ich mich in ihn verliebte.«

Ich starrte sie an. »Ja, und dann?«
»Wir fühlten uns so miteinander verbunden, als ich ihm mein schlimmstes Erlebnis erzählt hatte ...« Sie überlegte, ob sie mir auch diese traumatische Erfahrung anvertrauen sollte, überlegte es sich zu meiner grenzenlosen Erleichterung aber anders und fuhr fort.
»Wir haben zwei Tage lang alle Arbeitsgruppen, soweit es ging, zusammen gemacht. Abends saßen wir immer noch lange beisammen bei Apfelsaft und Kerzenlicht und haben geredet und geredet, und ich war so glücklich. Endlich jemand, vor dem ich mich nicht zu verstellen brauchte und ganz so geben konnte, wie ich bin. Hab ihm von allen meinen Enttäuschungen mit Männern erzählt, ihn gefragt, was er meint, warum mir immer alle weggelaufen sind. Und er hat mich draufgebracht, daß ich wahrscheinlich wirklich zu gut für sie war. Er hat mir so sehr geholfen.« Sie starrte vor sich hin und wischte sich mit dem Handrücken über das Gesicht, wodurch ein interessantes Schlierenmuster entstand.
»Hm«, meinte ich, »und dann?« Ich konnte es einfach nicht glauben.
»Ja, am dritten Abend dann ... als wir wieder bei Kerzenlicht beisammen saßen ...« sie schneuzte sich umständlich und versuchte sichtlich, sich zusammenzureißen, »da hab ich ihn gefragt, ob er nicht mit mir schlafen wolle.«
»O Gott«, stöhnte ich. »Nicht schon wieder. Warum machst du bloß immer wieder dieselben Fehler?«
»Ich weiß auch nicht, ich dachte eben ... er wäre anders ... ich wollte ihm damit zeigen, wie dankbar ich ihm war ... dafür.«
»Ja, und dann?«
»Ja, er zog abrupt seine Hand zurück, die er auf meiner Schulter hatte, und sprang auf. ›Du bist eine Freundin für mich‹, hat er gesagt, ›und kein Sexualobjekt, du bist wie eine Schwester für mich. Ich glaube, ich hab mich in dir getäuscht‹ oder so ähnlich, und dann ist er verschwunden ... Und die restlichen zwei Tage hab ich ihn mehr oder weniger nur noch von weitem gesehen, am Arm von so 'ner blonden Schnepfe ... Ich hab versucht, noch mal mit ihm zu sprechen, aber er meinte jedesmal freundlich, er hätte keine Zeit ...« Karina fing wieder an zu schluchzen.
»Ach, Karina, nun hör doch bloß mal mit dieser ewigen Heulerei auf.

Schlag dir diesen Typen aus dem Kopf, der taugt genausowenig wie deine bisherigen Galane.«

»Das hab ich mir am Anfang auch gesagt, aber dann ... warum laufen mir bloß immer alle Männer weg? Vor ein paar Wochen hab ich in einer Kneipe einen seefahrenden Schriftsteller getroffen, mich mit ihm unterhalten und dann mit nach Haus genommen. Und dann ... danach ... ich war grad in der Küche, um uns was zu essen zu machen, da ging er Zigaretten holen und kam nich wieder. Was mach ich denn nur falsch?«

Ich betrachtete sie mitleidig: »Ich hab's dir doch schon öfter gesagt. Du rückst den Kerlen zu sehr auf den Pelz und machst ihnen mit dem Holzhammer klar, daß du was von ihnen willst.«

»Ja, ich weiß«, sie seufzte, »du hast ja so recht. Aber Bernd war doch was ganz Besonderes. Und das Schlimmste ist: Ich werde ihn in der nächsten Woche sehen. Die Teilnehmer sollen sich regelmäßig zu so einem Playshop treffen, weißt du. Wo man das weiterführt, was man bei Mickey More gelernt hat.«

Ich machte ein verständnisloses Gesicht.

»Na, man macht halt so Spiele. Man schenkt sich irgend etwas Ausgedachtes oder sagt, was man vom anderen will, und so. Du weißt schon.«

Ich wußte nicht, war aber auch nicht sonderlich interessiert.

»Ich hab keine Ahnung, wie ich mich ihm gegenüber verhalten soll«, fuhr Karina fort und putzte sich die Nase.

»Mach's, wie's in den Büchern steht: Zeig ihm die kalte Schulter, ignorier ihn. Gibt bestimmt noch mehr Typen, die sich deine traumatischen Kindheitserlebnisse anhören wollen.«

»Ach, ich kann das nicht, *du* vielleicht – ich nicht, mir sieht man an der Nasenspitze an, daß es nicht echt ist.«

Ich hatte eine dumpfe Idee im Hinterkopf.

»Karina«, meinte ich langsam, »willst du ihn wirklich haben?«

»Mehr, als du dir vorstellen kannst«, antwortete sie, ohne zu zögern, seufzend und strich sich eine Strähne ihres widerspenstigen Haares aus den Augen.

Ich betrachtete sie skeptisch. »Wann kriegst du deine Tage?«

Sie starrte mich entgeistert an: »Meine Tage? Hast du sonst noch Probleme? Was zum Teufel hat das mit Bernd zu tun?«

»Nun komm, sag schon?«
»In zwei Wochen ungefähr.«
»Das ist zu spät. Setz die Pille so ab, daß du genau bei diesem Treffen deine Tage hast.«
Sie langte nach der Zigarettenschachtel neben sich und schüttelte den Kopf: »Also ehrlich, willst du mich auf den Arm nehmen?«
»Will ich nicht«, entgegnete ich geduldig, »erinner dich an meine Großmutter. Du wirst deinem Bernd auf dem Treffen ein Tränklein einflößen. Wie du das machst, ist dein Problem. Die Mixtur geb ich dir.«
Vor Überraschung vergaß Karina völlig, ihre Zigarette anzuzünden, und ihre Tränen versiegten.
»Ich bring dir die fertige Mixtur vorher vorbei. Sonntag oder so. Dann mußt du nur noch die Blutstropfen an Ort und Stelle druntermischen. Auf jeden Fall – denk dran! – brauchst du einen oder zwei Tropfen Menstruationsblut.«
»Iiiih«, machte Karina und rümpfte die Nase.
»Ich kann's auch nicht ändern. Außerdem mußt *du* es ja schließlich nicht trinken.«
Sie war wie ausgewechselt. Offensichtlich hegte sie keinerlei Zweifel daran, daß die ganze Sache funktionieren würde.
Ich versuchte, ihren Optimismus ein wenig zu dämpfen: »Freu dich nicht zu früh, und am besten lebst du ab jetzt enthaltsam.«
Das gefiel Karina schon nicht mehr ganz so gut. Sie nickte aber.
»Hör mal, du. Ich werde in absehbarer Zeit ausziehen. Udo weiß allerdings noch nichts von seinem Glück.«
Karina hatte sich inzwischen ihre Zigarette angezündet und starrte mich an: »Dein Ernst? Ist ja hervorragend. Ich konnte Udo noch nie leiden. Er mich ja auch nicht. Hab mich schon hundertmal gefragt, wie du's so lange mit so einem Arschloch – pardon! – aushalten konntest.«
»Gute Frage! Am Anfang war er nicht so. Aber es ging recht schnell. Und dann? Dann, tja, die Gewohnheit. Ich hab alles, brauch mich nicht wesentlich um was zu kümmern. Und richtig schlimm ist's wirklich erst seit einem Jahr, seit wir hier wohnen. Seine Mutter, du weißt …« Ich seufzte: »Auf jeden Fall ist's jetzt Zeit. Und wenn du dir allein deine Brötchen verdienen kannst, kann ich es auch!«

»Klar kannst du! Wo willst du denn hin?«
»Nach Celle. Ein Freund besorgt mir dort eine Stelle bei einem Verlag.«
Karina spitzte die Ohren: »Ein Freund? Kenn ich ihn?«
»Nein, zufällig kennst du ihn nicht. Sag mal, kann ich vorübergehend ein paar Sachen bei dir deponieren? Bücherkisten und so? Weißt du, Udo soll erst im letzten Moment davon erfahren.«
»Klar, kein Problem«, erklärte Karina sofort. »Kannst jederzeit dein Zeugs bringen.«
»Fein. Bist du in den nächsten Tagen da oder spielst du irgendwo Theater?«
»Nein, erst wieder in drei Wochen in Kaiserslautern. Abends jobbe ich aber meistens.«
»Ich komm tagsüber vorbei. Am besten vormittags, wenn Udo in der Schule ist ... Und denk daran, enthaltsam zu sein, okay?«
Sie fiel mir doch tatsächlich um den Hals: »Du bist wirklich eine wahre Freundin. Wenn ich dich nicht hätte!«
Ich lachte. »Nun wart erst mal ab, ob es überhaupt klappt.«

Kapitel 10

Es gibt eigentlich gar keinen Genuß als im Gebrauch und Gefühl der eigenen Kräfte, und der größte Schmerz ist wahrgenommener Mangel an Kräften, wo man ihrer bedarf.

Arthur Schopenhauer,
Die Welt als Wollust und Verstellung

Als ich gegen kurz nach sechs zu Hause eintraf und die Haustür öffnete, kam Udo aus seinem Zimmer, eine Zigarre in der einen und ein Glas Wein in der anderen Hand. Er stak in dunkelblauen Shorts, die neueren Datums und daher dem Umfang seines Leibes angepaßt waren, und trug dazu ein gelb-blau kariertes kurzärmeliges Hemd.

»Das war aber ein ziemlich langes Mittagessen …« Er schaute auf die Uhr. »So rund sechs Stunden … muß ja ziemlich viele Gänge gegeben haben.« Er stand gegen den Türrahmen gelehnt und betrachtete mich unfreundlich, aber so, als ob er ungewohnte neue Aspekte an mir wahrnehmen würde, die mich, wenn schon nicht interessant, so doch bemerkenswert erscheinen ließen.

»Ich war noch bei Karina.«

Er verzog geringschätzig den Mund: »Gibt's die auch noch? Ich versteh wirklich nicht, was du an der findest.«

»Ja, die Geschmäcker sind verschieden«, sagte ich freundlich und ergänzte: »Trahit sua quemque voluptas«, wohl wissend, daß dieser Spruch nicht zu seinem Repertoire gehörte, und schob ihn beiseite.

Er trank einen großen Schluck und schwieg. Er sah aus, als versuchte er im Geiste die Vokabeln zu übersetzen und wüßte schon bei ›trahit‹ nicht, ob es sich um ein Substantiv, Gerundivum, Tu-Wort oder Adjektiv zu ›sua‹ handelte.

Ich ging ins Badezimmer. Während ich mir das Wasser über den Körper rinnen ließ, dachte ich daran, daß ich ja heute abend testen wollte, ob mein Zauber gewirkt hatte, und seufzte. Wenn ich zu was keine Lust hatte, dann dazu.

In meinen leichten roten Seidenmorgenrock gehüllt, holte ich mir ein Glas aus der Küche und ging damit in Udos Zimmer. Er saß auf seinem Schreibtischstuhl und blätterte in seinem Langenscheidt Latein-Deutsch. Die Rotweinflasche stand neben ihm auf dem Tisch. Ich goß mir ein und überlegte mir dabei meinen nächsten Schritt. Machte es mir in dem kleinen Sessel bequem, der seine Leseecke darstellte, und begann die Unterhaltung: »Na, was hast du heute so erlebt? Komm, erzähl mir was.«

Er legte das Wörterbuch beiseite, sah mich an und antwortete schließlich mit einer Gegenfrage: »Du bist es doch, die heute was erlebt hat. *Ich* hab noch nie in einem Morgan gesessen. Erzähl doch mal, wie war's denn? … Ach … bist du sicher, daß du das lateinische Zitat auch richtig zitiert hast? Welches Wort hast du nach ›sua‹ gesagt?« Er rückte an seiner Brille und zupfte dann an seinem Schnurrbart.

Ich tat verwundert: »Nach ›sua‹? Nun, natürlich ›quemque voluptas‹!«

»Ah, ja, ja ...«, er hüstelte. »Hab gedacht, du hättest was verwechselt. Sicher ... Horaz, nicht wahr?«
»Vergil, Eklogen«, erklärte ich trocken.
Er wand sich sichtlich: »Mein ich doch. Nun also, wo waren wir?« Er trank sein Glas leer und goß sich nach. »Richtig, bei deinem Morganbesitzer. Also? Wie war's?«
»Wie war was?«
»Na, euer Diner.«
»Du meinst Lunch? Oh, höchst erfolgreich. Aber das kann dich doch kaum interessieren.« Wie fang ich's nur an, zärtlich zu ihm zu sein, dachte ich.
»Doch, das interessiert mich sehr«, beharrte er, »inwiefern erfolgreich?«
»Weil er versprochen hat, mir im Herbst Tulpen- und Osterglockenzwiebeln mitzubringen.«
Er starrte mich ungläubig an: »Willst du mich auf den Arm nehmen?«
»Nein, wieso sollte ich!« Ich wollte ihn nicht verärgern, mir war nur in der Eile nichts Besseres eingefallen, und um ihn von diesem Thema abzulenken, trank ich erst aus, rutschte dann vom Sessel auf den Boden in die Nähe seiner Füße und kraulte seine linke Wade.
»Mm-m-m«, machte er und legte mir seine Hand auf den Kopf. *Meine* Hand wanderte indessen weiter hinauf, und er machte intensiver »h-m-m-m«, ließ sich hingebungsvoll massieren. Ich mußte unbedingt noch was trinken. Die Flasche war leer.
»Ach, Liebster, holst du uns noch einen Wein?«
Er stand schwerfällig auf und ging in die Küche. Als er wiederkam, hatte er sich seiner Shorts entledigt und setzte sich sockig zu mir auf den Teppich. »Prost«, sagte er und stieß mit mir an.
»Prost, mein Lieber!« entgegnete ich und trank.
Er rückte ein wenig näher zu mir heran, nahm mir das Glas aus der Hand. Seine feuchten Lippen trafen mich erst unter dem rechten Auge, dann sogar meinen linken Mundwinkel. Widerwillig ließ ich mich küssen. Ich konnte allerdings nicht behaupten, daß dadurch irgendwelche Regungen erzeugt wurden, die einem Beischlaf förderlich gewesen wären. Das konnte *er* allerdings nicht wissen und ging wie seit eh und je davon aus, daß ich am Dahinschmelzen war.

Er zog mich auf den Teppich und legte sich auf mich drauf. Zu meinem grenzenlosen Bedauern konnte ich jetzt deutlich spüren, daß er *nicht* impotent geworden war. Sollte ich das Experiment als gescheitert betrachten?

Ich machte die Augen zu und beschloß durchzuhalten. Streichelte seinen kurzen Dicken, den wir in einer schwachen Stunde sinnreich Dietrich getauft hatten, und entlockte Udo leichte Grunzlaute, während seine Lippen und seine Zunge mich weiterhin bearbeiteten. Udo ächzte lauter, zog mit der einen Hand mein Höschen ein Stück abwärts und quetschte sich zwischen meine Beine und Dietrich in die dafür vorgesehene Öffnung. Und werkte und schaffte, bis das Wunder geschah, das ich erfleht hatte: Dietrich sackte in sich zusammen und rutschte aus mir heraus.

Udo blickte offenen Mundes auf mich herunter, rollte sich dann schwerfällig auf die Seite und begutachtete das, was von seinem besten Stück noch übrig war. Ich biß mir auf die Zunge. Er sah regelrecht bedauernswert aus, wie er da so erschlagen rücklings auf dem Teppich lag.

Ich gab ihm einen flüchtigen Kuß: »Nu komm, das kann jedem mal passieren, ist doch nicht schlimm.«

Er wies mit einer schroffen Handbewegung jeglichen Tröstungsversuch von sich: »Ich weiß schon, was du wirklich denkst ... brauchst nichts weiter zu sagen.«

Er setzte sich auf, zog die Unterhose, die noch an seinem linken Bein hing, hoch und stand auf. Ich hörte ihn in der Küche rumoren, und ein wenig später kam er mit einem halb mit Rum gefüllten Wasserglas wieder ins Zimmer, setzte sich auf seinen Lesesessel und guckte frustriert vor sich hin.

»Also geh, sei so gut und mach kein Drama aus der Sache!« sagte ich energisch, setzte mich ebenfalls auf und zog den im Verlauf des Scharmützels aufgegangenen Morgenrock wieder fest um mich. »Du bist wahrscheinlich überarbeitet ... Kein Wunder bei den vielen Arbeitsgruppenabenden ...«

Obwohl ich abendbrotlos geblieben war, schlief ich in dieser Nacht hervorragend.

Der nächste Vormittag fand mich ausgeruht, wenn auch nicht übermäßig gutgelaunt am Frühstückstisch, wo neben einem Teller mit Toastbröseln und einem mit Butter und Orangenmarmelade verschmierten Messer eine Mitteilung Udos wartete: »Komme nicht zum Mittagessen und abends erst spät: Arbeitsgruppe!« Aha, sagte ich mir, er will seine Potenz austesten! Und bedeutend frohgemuter dachte ich an den vor mir liegenden Tag.
Beim zweiten Toast fiel mir ein, daß Blauauge von keinem konkreten Termin gesprochen hatte bezüglich meiner Stellung in Celle. Und ich hatte nicht einmal eine Telefonnummer von ihm. Gestern hatte ich mich ziemlich frostig von ihm verabschiedet, was er kommentarlos hingenommen hatte. Und wenn er nun eingeschnappt war? Mir wurde ganz flau im Magen, als mir aufging, was für ein leichtgläubiges Huhn ich war. Ich wußte grade mal eben den Vornamen von diesem Menschen. Das war schon fast alles. Und daß er einen Morgan fuhr. Und wenn er nun nicht mehr anrief? Mir wurde klar, daß ich ihn schon ziemlich in den Plan meines Lebens eingebaut hatte. Wenn ich den Job in Celle nicht bekam, was dann? Irgendwie war er es gewesen, der mich dazu gebracht hatte, etwas Konkretes zu unternehmen. Und wenn er nicht dabeigewesen wäre, als ich Udo mit seinem Drops sah, wer weiß, wie ich dann reagiert hätte.
Grübelnd verbrachte ich den halben Vormittag mit Aus-dem-Fenster-Starren, Seufzen, Zum-Telefon-das-nicht-klingelte-Schauen und Ziellos-durch-die-Wohnung-Wandern.

Als ich gegen zwei Uhr mittags zu einer dritten Runde durch den Garten aufbrach und gerade an den Wicken schnupperte, hupte es. Ich schnaufte vor Erleichterung.
Blauauge kletterte aus dem Morgan und kam leichtfüßig auf mich zu. Ich mußte zugeben, daß ihm sein hellblaues Hemd in Verbindung mit einer beigefarbenen Leinenhose sehr gut stand. Er hatte offensichtlich beschlossen, heute einen auf Verführer zu machen. »Komm, steig ein, wir fahren ein Stück! Heute nachmittag ist Flohmarkt in Schwandorf.«
Ich war so erleichtert über seine noch vorhandene Existenz, daß ich die

Treppe hochrannte, Geld in mein Portemonnaie stopfte, die Tür abschloß und einstieg. Erst jetzt fiel mir auf, daß heute überhaupt kein Superwetter war, im Gegenteil: Es sah aus, als würde es gleich loskübeln. Wunderbarerweise hatte sich meine Laune allerdings abrupt gebessert – von mir aus konnte es hageln. Ich bemühte mich sehr, Gerald-Dietz nicht allzu deutlich anzustrahlen.

»Hör mal, wie heißt du eigentlich mit Nachnamen, ich weiß ja rein gar nichts von dir … außer, daß du einen Stall voll Kinder hast.«

»Jodeleit«, sagte er ruhig.

Ich stöhnte. »Gerald-Dietz Jodeleit. Himmelherrgott, du machst es einem wahrlich nicht leicht.«

»Hab ich das behauptet?« Er lächelte und nahm meine Hand. Für meinen Geschmack fuhr er entschieden zu schnell.

Er nahm eine mir unbekannte kleine Straße, die in netten Windungen durch Dörfchen hindurch und an Waldstücken vorbeiführte. Ich fragte mich zum ersten Mal, wo er eigentlich wohnte – solange er in der Gegend weilte. Er kannte sich offenbar recht gut aus. Ich fragte ihn.

Er drosselte die Geschwindigkeit ein wenig und meinte kurz: »Bei Bekannten in Reilsheim.«

Er hielt immer noch meine Hand, bis ich sie ihm entzog und sagte: »Denk an die Kinder hütende Gattin!«

Mit einem scharfen Blick in meine Richtung bremste er und hielt am Rand eines Maisfeldes. Wandte sich mir zu und sagte ernst, um nicht zu sagen schroff: »Hör mal, Mädchen, um meine Familie kümmre *ich* mich schon. Sind wir uns einig?«

Als er meinen halb erschrockenen, halb trotzigen Gesichtsausdruck sah, fügte er hinzu: »He! Cheer up. Niemand ist den Moskitos in die Hände gefallen.« Er hob mein Kinn an: »Gut?«

Ich nickte und schluckte.

»Es fängt gleich an zu regnen«, lenkte ich ab, um meine Fassung wiederzugewinnen.

Gerald-Dietz sah zum Himmel: »Hm, werden sehen. Es gibt höchstens einen Guß.« Er stieg aus und klappte das Verdeck hoch. Als er sich wieder gesetzt hatte, wandte er sich mir zu, nahm mit einer seltsam rührend anmutenden Geste meine Hand, küßte sie, legte sie auf meinen Schoß und patschte sie ein wenig: »Wär besser, wenn du dir um deine Zukunft Gedanken machen würdest und nicht um mich oder … hm … meine Familie.«

Der Schwandorfer Marktplatz war nicht zu verfehlen. Wir hatten in einem Gäßchen geparkt und drängten uns jetzt durch das bummelnde Volk. Gerald-Dietz hatte sich mit einem schwarzen Schirm bewaffnet und hielt mich am Arm fest, auf daß ich nicht verlorenginge. Der Flohmarkt bestand aus mehreren Reihen von Ständen, die meisten waren wenigstens für mich uninteressant, anscheinend nur Haushaltskram und keine Bücher. Blauauge blieb dagegen bei allem stehen, was Ähnlichkeit mit Messern hatte. Prüfte, begutachtete und verwarf.

Schließlich kamen zwei Stände hintereinander mit mehreren Bücherkisten. Ich erinnerte mich sehr wohl an mein Vorhaben, Udo einige Prachtexemplare der Schundliteratur zu vererben, und feilschte mit dem Händler des ersten, einem kleinen Mann in Bermudashorts, um Wogatzkis *Romanze mit Amelia,* Hermann Vielés *Der Herzbruchhügel* und Julius Wolffens *Sachsenspiegel.* Ich hielt ihm die Bücher hin, er warf einen prüfenden Blick darauf und meinte: »Sagen wir alles zusammen für zehn.«

»Ach kommen Sie«, protestierte ich. »Drei davon sind in Fraktur geschrieben, kann ja doch keiner mehr lesen! Und sehn Sie mal, wie klein die sind.«

»Da ham Sie auch wieder recht. Also schön: sieben!«

Blauauge, der dem Handel interessiert zusah, mischte sich jetzt ein: »Fünf! Bar auf die Hand!« Als ob ich sonst mit einem Scheck bezahlt hätte!

»Also schön«, seufzte das Männlein, »weil heute Samstag ist.« Gerald-Dietz wollte ihm das Geld geben, ich hielt ihn zurück: »Das ist *mein* Geschäft! Du darfst sie tragen.«

»Hm«, machte er, nachdem ich am Nebenstand noch einen Schwung Bücher erstanden hatte. »Sag mal, ich hab dich bislang eigentlich für recht … nun, wie kommt's, daß du solche Bücher liest? Ich frag mich allmählich, ob ein Verlag wie Klauser der richtige Platz für dich ist. Und ich muß solchen Schund auch noch schleppen.«

Ich sah ihn ein wenig verlegen von der Seite an. »Die sind nicht für

mich. Ich will sie gegen ein paar Bücher von Udo eintauschen. Als Rache. Wenn ich Lücken lasse, merkt er's sofort. Verstehst du?«
Er grinste. »Das ist natürlich was anderes. Dann nur zu. Aber paß auf, daß er's nicht zu früh merkt, sonst kriegst du Ärger ... Ah, halt mal kurz, da sind wieder Messer!«
Er drückte mir die Büchertüte in die Hand, wühlte und zog schließlich ein zusammengeklapptes, leicht rostiges Messer mit Holzgriff aus einem alten Blechkasten hervor. Studierte es eingehend, zeigte es mir und begann mit der Besitzerin zu feilschen. Diesmal verschlug zu meinem Vergnügen allerdings weder sein Charme noch sein: »Fünf Mark! Bar auf die Hand!«, und er mußte acht Mark berappen. Ich meinerseits bekam einige Schritt weiter ein hübsches silbernes Armkettchen von ihm geschenkt. Was es kostete, erfuhr ich nicht, denn er schickte mich auf die andere Seite, noch mehr Schund kaufen, derweil er verhandelte.
Und dann fing es an zu gießen wie aus Kübeln. Blauauge setzte dazu an, seinen Schirm aufzuspannen, während ich die Bücher hielt, aber der klemmte. Eine Speiche hatte sich irgendwo verhakt, und bis er sie endlich befreit hatte, waren wir beide tropfnaß. Glücklicherweise war's nicht weit bis zum Auto, aber ich fror doch ziemlich, als wir endlich saßen. Gerald-Dietz legte mir eine Decke über die Beine und schlug vor, im nächsten Gasthaus einen Kakao zu trinken.
Im nächsten Dorf fanden wir eine anheimelnde Kneipe. Es regnete immer noch in Strömen, und ganz Kavalier der alten Schule hieß er mich sitzenbleiben, bis er mit seinem Schirm auf meiner Seite angelangt war. In der Schankstube, in der sich außer uns nur ein einsam an der Theke sein Bier trinkender Mann befand, war es dämmrig und ein wenig verräuchert. Blauauge bestellte zwei heiße Schokoladen, ließ sich dann mir gegenüber nieder und ging zur Tagesordnung über, was mich wiederum nicht wenig ärgerte. Was zum Teufel wollte er eigentlich von mir? Ich mußte an La Rochefoucauld – oder war es Vauvenargues? – denken. Der sagte, er kannte einen Mann, der vor Ärger darüber starb, daß er ein Amt nicht angeboten bekam, das er abgelehnt hätte, wenn man es ihm angeboten hätte! Hätte Blauauge versucht, mich rumzukriegen, hätte ich ihn, hochmütig auf seinen reichhaltigen Nachwuchs verweisend, si-

cherlich abblitzen lassen … zumindest anfangs. Aber daß er es offensichtlich gar nicht *wollte,* frustrierte mich maßlos.
»Ich hab gestern noch mit Gregor Thewall, dem Verlagsleiter, und seinem Personalmenschen telefoniert. Sie sind einverstanden, es mit dir zu versuchen. Irgendwer ist bei denen ausgefallen. Trifft sich also gut. Sie brauchen allerdings ganz schnell deine Unterlagen. Du weißt schon, das Übliche. Und ein paar Paßfotos.«
»Ich muß erst welche machen lassen.«
»Wir fahren einfach am Regensburger Bahnhof vorbei. Dieses polizeiliche Führungsdingsbums kannst du dann nachreichen. Ich bürge schon für dich.« Er grinste. »Wenn's natürlich auch ein Risiko ist.«
»Vielen Dank! Wann soll ich denn anfangen?«
»Am besten ab ersten August, schaffst du das?«
»Wenn ich bis dahin da oben ein Zimmer oder eine kleine Wohnung finde, schon. Wenn nicht, dann nicht. Und ich hab keine Ahnung, wie ich das anfangen soll.«
»Daran hab ich selbstverständlich gedacht. Das dürfte nicht allzu schwierig sein, wenn du keine zu hohen Ansprüche stellst und meinem Urteil vertraust.«
»Das kommt wohl in erster Linie darauf an, wieviel ich verdienen werde. Und was heißt deinem ›Urteil vertrauen‹?«
»Nun, ich muß morgen für ein paar Tage nach Hause fahren …«
»Aha!« unterbrach ich ihn und hätte mich anschließend mal wieder ohrfeigen können.
»… und da suche ich eine Wohnung für dich«, fuhr er ungerührt fort. »Für eine Zweizimmerwohnung wird dein Gehalt reichen, denke ich. Hast du denn viele Möbel?«
Ich überschlug im Kopf meinen Besitz und kam zu dem frustrierenden Ergebnis, daß es alles in allem nur eine Handvoll Kram war.
»Nein, nicht viel.«
»Um so besser, kannst dir ja nach und nach kaufen, was du brauchst. Hast du deinem Gatten schon was gesagt?«
»Nein, das mach ich erst ganz am Schluß.«
Ich ließ meine Schokolade kalt werden. Blauauge dagegen war mit seiner schon fertig. Nötigte mich mit einem mißbilligenden Blick zu trin-

ken, nahm sich, als ich fertig war, die Tasse und kratzte mit dem Löffelchen den Bodensatz aus.
Trübselig sah ich ihm dabei zu. Wenn er nur halb so verrückt nach mir wäre! Regen, Regen. Bin ich denn ein Neutrum? Sah er denn nicht meine göttlichen blonden Locken, meinen wohlgekurvten Mund und meinen hinreißenden Augenaufschlag? Er sah nichts – nur den überaus trägen, häßlichen, fetten Hund der Wirtin, dem er jetzt den Kopf graulte.
»Was soll ich denn eigentlich konkret da machen?« erkundigte ich mich endlich.
»Ich weiß auch nicht genau, hab vergessen zu fragen. Aber du wirst es schon hinkriegen.« Die Frage schien ihn nicht übermäßig zu beschäftigen. Klar, dachte ich unwillig, *er* braucht ja nicht da zu arbeiten. Doch direkt darauf schämte ich mich meiner Undankbarkeit.
»Hm«, meinte ich also nur, »dein Wort in Gottes Ohr. Wollen wir wieder?« Alles besser, als ihm beim Kopfkraulen zuzuschauen. Er bezahlte bei der Wirtin, und eine Stunde später setzte er mich, mit Paßfotos ausgestattet, vor meiner Haustür ab.
»Ach so, hier ist übrigens die Adresse des Verlages, schick deine Unterlagen da hin«, meinte er noch und drückte mir ein kleines Kärtchen in die Hand. »Und mach es am besten morgen … Wir sehen uns in ein paar Tagen wieder«, fügte er noch hinzu, während er in seinen tropfnassen Morgan kletterte.
»He!« rief ich. »Wie krieg ich denn überhaupt meinen Kram da oben hin?«
»Ich hab einen alten VW-Bus«, gab er zurück, »kein Problem.«
Winkte und fuhr ab.
Der Regen hatte meine goldblonden Locken in fade Strähnen verwandelt, wie ich bei einem Blick in den Badezimmerspiegel unmutig feststellte. Kein Wunder, daß er den fetten Hund der Wirtin attraktiver gefunden hatte.

Kapitel 11

Aber siehst du, wenn nun eine der Frauen zu mir kommt, und sie hat einen Scheuerlappen in der Hand, dann denke ich immer, daß sie gekommen ist, um mich umzubringen. Um mir das Scheuertuch in den Mund zu stopfen und ganz behaglich zuzusehen, wie ich daran ersticke.

Ernst Wiechert
Missa sine nomine

Wir saßen im Café Kirsch, in einer Fußgängerpassage im Zentrum von Regensburg. Gegenüber gab's einen Blumenstand mit Rosen in den unterschiedlichsten Farben, daneben ein Schuhgeschäft und einen Supermarkt, vor dem zwei Halbstarke standen und rauchten. Grüne Kästen mit Hängegeranien grenzten die Tische und Stühle des Cafés vom Rest der Welt ab. Dort also saßen wir, Karina und ich, an einem Freitagnachmittag unter einem großen Sonnenschirm und hatten eben Eis und Kaffee bestellt.

Und Karina war nicht mehr das, was sie vor zwei Wochen gewesen war. Sie räkelte sich auf ihrem Stuhl. Alles an ihr strahlte. Die Haare standen stramm vom Kopf ab, die Lippen glänzten lackrosa und die Fingernägel ebenfalls. Sie hielt es gerade noch aus, bis die wortkarge Bedienung uns unsere Sachen gebracht hatte, dann platzte sie heraus: »Du, es ist alles ganz wunderbar gelaufen. Ich bin ja sooo glücklich. Restlos … oder jedenfalls fast. Und er liebt mich, liebt mich wirklich. Er hat's mir gesagt und …«

»Langsam, langsam«, unterbrach ich sie. »Erzähl mir doch mal von Anfang an – du bist reingekommen, und alle waren schon da …«

»Nein, nein, ich bin hingekommen, und es war noch kein einziger Mensch da. Außer Moni. Moni hat das Treffen organisiert und den Raum im Fitneßcenter gemietet. Ich hab mich gleich umgesehen. Wo die Getränke waren und so. Moni hatte glücklicherweise verschiedene Säfte eingekauft, da konnte ich später meinen Johannisbeersaft dazustellen, ohne daß es auffiel. Aber jedenfalls … ach du, es hat alles so toll geklappt, obwohl beinahe eine Panne passiert wär, das heißt, eigentlich *ist* sie passiert …«

»Du sollst der Reihe nach erzählen«, mahnte ich und goß Milch in meinen Kaffee.
»Ich versuch's ja«, sagte Karina ein wenig ungeduldig. »Ich bin also in den Umkleideraum gegangen und hab mir bequeme Sachen angezogen ... das machen wir immer, damit nichts Beengendes unsere innere Freiheit und Kreativität einschränkt.« Karina in bequemen Sachen war etwas, das meine Vorstellungskraft überstieg. Sie grub mit ihrem Löffelchen in ihrem Zitroneneis und fuhr fort: »Dann hab ich vorsichtshalber die Tür abgeschlossen. Wie du's mir gesagt hast, hab ich eine Schüssel aus Blech mitgenommen, hab mit Filzstift vorsichtig auf die ersten beiden Salbeiblätter ›Adam Eva‹ und ›Jesus Maria‹ geschrieben, allerdings war ›Jesus Maria‹ etwas zu lang, da hab ich den Rest auf die Rückseite vom zweiten Blättchen geschrieben, das war doch wohl in Ordnung?«
»Bestimmt«, versicherte ich und lächelte über ihren treuherzigen Gesichtsausdruck. »Hattest du auch ordentlich gefastet?«
»Hab ich! Ich war halbtot, als ich da ankam. Aber schließlich wußte ich ja, wofür ich mich kasteite, das hielt mich aufrecht. Na ja, und auf das dritte hab ich dann ›Karina‹ auf die eine und ›Bernd‹ auf die andere Seite geschrieben und sie dann in der Schüssel verbrannt. Ich hab fast eine dreiviertel Tüte Salbeiblätter verbraucht. Kannst ja mal probieren: Gibt nicht viele Blättchen, die nicht halb durchgebrochen oder sonstwie beschädigt oder zu klein sind!«
Ich nickte. »Ist sowieso besser, wenn man seine eigene Salbeipflanze hat. Nun gut, und weiter?«
»Also, jedenfalls mußte ich noch ein wenig nachkrümeln, hat mehr gekohlt als gebrannt. Na gut, dann hab ich das Pulver mit dem Inhalt aus deinem Fläschchen vermischt und bin aufs Klo gegangen. Die drei Tropfen Menstruationsblut waren allerdings nicht ganz so einfach. Hast du das schon mal versucht?« Sie kicherte. »Drei Tropfen von irgendwas abmessen ist schon an sich ein Problem ohne Pipette oder was, aber Menstruationsblut ...«
Sie schüttelte sich: »Jedenfalls hab ich's einigermaßen hingekriegt. Ich hab alles kräftig geschüttelt und das Gläschen wieder in meinen Sachen versteckt. Am liebsten hätte ich den Inhalt sofort in den Johannisbeer-

saft gekippt, aber du hast mir ja ausdrücklich gesagt, daß ich das erst ganz kurz vorher tun sollte.« Sie schwieg einen Augenblick. »Und dann kam das Schwerste. Bernd kam mit dieser Blondine und hing immer mit ihr zusammen, am Anfang zumindest.«

»Was habt ihr da eigentlich gemacht?« Ich sah prüfend zum Himmel, eine Wolke verdunkelte die Sonne, ein angenehm kühlender Wind kam auf.

»Wir haben uns im Kreis gesetzt und der Reihe nach gesagt, was uns gerade beschäftigte.« Karina hatte ihr Eis aufgegessen, fingerte sich eine Zigarette aus ihrer Tasche und zündete sie sich an.

»Wie?« fragte ich. »Einfach so? Und dann? Ich meine, wenn da einer gesagt hätte, ich … was weiß ich … ich hab seit zwei Wochen einen fürchterlichen Durchfall … was hätten dann die anderen dazu gesagt?«

Karina musterte mich mißbilligend. »So was *hat* niemand gesagt. Aber selbst wenn … nichts. Niemand hätte was dazu gesagt, auch zu allem anderen nicht.«

»Und was soll dann das Ganze?«

»Es ist allein schon eine Befreiung, davon zu sprechen, verstehst du? Es macht dich frei.«

»Aha«, erklärte ich, »und was hat dein Berti erzählt?«

Karina sah mich ein wenig unsicher an. »Bernd heißt er! Tja, das war ein bißchen merkwürdig, ehrlich gesagt. Hat mich etwas … na … in uns allen steckt alles Mögliche, von dem wir keine Ahnung haben … und irgendwann kommt es raus …«

»Also«, beharrte ich, neugierig geworden, »was hat er denn nun erzählt?«

»Er sagte, ich weiß es noch wörtlich: ›Nachts träume ich von Blutwurst. Ich träume, ich esse Würste aus der Hand. Sie sind heiß und frisch aus der Wurstsuppe, und der Talg tropft aus ihnen, einmal Leberwurst, einmal Blutwurst.‹«

»*Das* hat er gesagt?« fragte ich ungläubig.

»Hm«, meinte Karina, »genau das. Erst hab ich ihn angestarrt und alle anderen auch. Dann sagte Gabi, die Gruppenleiterin dieses Abends, daß wir gemeinsam versuchen sollten, diesen Traum zu deuten, gewissermaßen exemplarisch.«

»Und«, fragte ich, »was kam dabei heraus?«

»Ach ... ehrlich gesagt, nicht allzuviel. Eine Frau hat gemeint, er hätte verborgene kannibalische Neigungen. Ein anderer hat gesagt, er sei zu vegetarisch ernährt worden und hätte jetzt ein krankhaftes Verlangen nach deftigem Essen. Kommt mir allerdings etwas zu prosaisch vor, diese Deutung, was meinst du?« fragte Karina.

Ich schüttelte den Kopf. »Also wie ging's weiter?«

»Na, später, beim Kochen in der Küche vom Fitneßcenter, da hab ich zufällig neben ihm gestanden und ihn gefragt, ob er sehr unter seinem Traum leiden würde. Er hat mich angesehen, ein bißchen erstaunt, und dann gemeint: ›Du bist wirklich ein liebes Mädchen, Karina, daß du solchen Anteil an meinen Problemen nimmst.‹ Na, er hat noch ein bißchen weitergeredet und dabei in der Buchweizengrütze gerührt, während Anni ausnahmsweise mal nicht an seiner Seite klebte, sondern sich mit Stefan unterhielt. Stefan, mußt du wissen, hatte nämlich auch ...«

»Schon gut«, unterbrach ich Karina hastig, »du kommst vom Thema ab. Wolltest du noch was trinken?«

Ich winkte der Kellnerin. »Ich hätte gerne einen roten Martini mit Eis und Zitrone, und du?«

Karina wollte ein Hütchen. Ich schüttelte mich und fragte: »Wie kannst du bloß solches Zeug trinken?«

»Ehrlich gesagt, mir schmeckt es auch nicht besonders«, erklärte sie, »aber es macht schnell beschwipst, und nach solchen Workshops hab ich das nötig, irgendwie ... da geht immer alles so anständig zu und sauber, so ohne Sex 'n' Crime 'n' Rock 'n' Roll.« Sie sah ein wenig verschämt drein.

Ich mußte lachen. »Ich versteh sowieso nicht, wieso du zu so was hingehst und meistens auch noch einen Haufen Geld dafür bezahlst. So dicke hast du's ja auch nicht, oder?«

»Ach, ich komm mir dann immer so vor wie bei einer Entziehungskur, verstehst du? Eine andere Welt ist das, und dann denk ich, vielleicht kommt ja doch was dabei raus. Bisher hatte ich allerdings noch nicht übermäßig das Gefühl. Oder sagen wir nur manchmal.« Sie grinste. »Ist eine Art Sühne für mein sonstiges unmoralisches Leben. Vielleicht erteilt mir der liebe Gott ja mal Absolution und belohnt mich mit einem

Mann, der mich nicht nach spätestens zwei Wochen sitzenläßt. Noch hat Bernd über eine Woche Zeit dazu.«

»Ach, du Huhn«, sagte ich nur. Mehr fiel mir dazu nicht ein. Die Kellnerin brachte unsere Getränke.

»Ja also«, sie nippte an ihrem Ungetränk, »wo war ich? Ach so, ich hab also krampfhaft überlegt, wie ich ein Weilchen mit ihm allein sein konnte, um ihm den Trank einzuflößen, da kam mir der Zufall, das heißt die Tagesordnung zu Hilfe. Wir sollten uns alle gegenseitig etwas vom anderen wünschen. Irgendwer von irgendwem ... natürlich nur irgendwas Erfüllbares. Also zum Beispiel ein Lächeln oder ein liebes Wort oder eine Massage oder so.«

Ich schüttelte den Kopf und trank einen Schluck Martini.

»Als ich an der Reihe war, wünschte ich mir, nach dem Spiel fünf Minuten mit Bernd zu reden. Das war zwar ungewöhnlich, aber niemand fand etwas dabei, und Bernd ging ohne weiteres darauf ein. Na jedenfalls, nach dem Spiel saßen alle noch zusammen, und ich hab mich mit Bernd in ein Eckchen gesetzt. Das Gläschen hatte ich einstecken; ich hab ihm gesagt, ich würde uns beiden was zu trinken holen und ging zum Tisch, wo mein Johannisbeersaft stand. Klappte ja auch alles prima, ich konnte ihm ungesehen deine Mixtur in sein Glas kippen und den Saft draufgießen, mir hab ich auch ein Glas voll Saft gegossen, und dann hab ich ihm seins gegeben. Ich wollte grad mit ihm anstoßen, da kam Anni. Und Anni wollte was zu trinken, und ganz Kavalier hat er ihr sein Glas gegeben. Sie hat auch getrunken, und ich wollte ihr grad das Glas entreißen, da sagte sie: ›Puh, das schmeckt ja fürchterlich, was ist denn das?‹ Ich sagte schnell: ›Das ist selbstgemachter Johannisbeersaft, der schmeckt etwas intensiver, weil Holunderbeeren mit drin sind, ist aber sehr gesund. So, jetzt trink mit mir, Bernd. Auf ex, auf unsere alte Freundschaft.‹ Und er hat dann auch tatsächlich das ganze Glas ausgetrunken. Du kannst dir nicht vorstellen, wie erleichtert ich war, und was ich durchgemacht hab, als Anni trank.«

Ich nickte, lachte und trank meinerseits meinen Martini aus.

»Aber das war intelligent von mir, nicht? Ich mein, das mit den Holunderbeeren. Aber sag, was hast du denn eigentlich in diesen Trank reingetan, daß der so grauslich geschmeckt hat?«

»Das ist mein Geheimnis. Aber eine Zutat war eines deiner verheult-verrotzten Taschentücher. Rotz und Ohrenschmalz sind zwei wundervolle Ingredienzien. Nun, und dann? Wie hat sich denn die Wirkung bemerkbar gemacht?«

»Hat ein bißchen gedauert, das heißt, auf dem Treffen war nichts weiter zu bemerken. Sie waren beide sehr nett zu mir, Bernd und Anni. Wir ham uns voneinander verabschiedet und gesagt, wir würden voneinander hören. Das war Freitag. Und zwei Tage später stand er dann vor meiner Tür mit einer Flasche Apfelwein in der einen und einem Strauß Fresien in der anderen Hand ... Glaub's oder nicht: Es ist das erste Mal, daß mir ein Mann Blumen mitgebracht hat ... und seitdem, also seit genau fünf Tagen tun wir entweder täglich miteinander telefonieren, oder er kommt zu mir.«

»Wo wohnt er denn überhaupt?«

»In Straubing. Ist also nicht allzu weit.« Sie zögerte einen Augenblick, als ob sie noch etwas sagen wollte.

»Was ist denn, Karina, da ist doch noch irgendwas, oder?« Mein Glas war leider leer, und der Himmel war inzwischen gleichmäßig bewölkt, aber so, als ob es doch nicht regnen würde. Schade, dachte ich.

»Ja, hm. Anni, nun – sie folgt uns auf Schritt und Tritt, sie hat schon an dem bewußten Abend, Sonntag, als er mich besuchte, unten auf ihn gewartet, und vor drei Tagen kam sie hoch und hat gesagt, daß sie sich in mich verliebt hätte, in mich und in Bernd, und daß sie nicht wüßte, was sie tun sollte. Und seitdem hängt sie ständig an einem von uns beiden dran. Heute ist offensichtlich Bernd an der Reihe. Allmählich geht uns beiden das auf den Geist.«

Ich lachte: »Ach du lieber Gott, da hat der Zaubertrank ja was angerichtet. Das mußt du nun in Kauf nehmen oder sie entzaubern.«

Karina verzog das Gesicht. »Könnte sein, daß ich bald darauf zurückkomme. Es sei denn, ich entdecke inzwischen lesbische Neigungen in mir ... Was durchaus sein könnte, ich war schon immer offen für alles, was da kam.«

»Zu offen!« meinte ich mehr zu mir selbst, denn was das anging, würde kein Rat bei ihr fruchten. Sie starrte zum gegenüberliegenden Schuhladen. »Da drüben steht übrigens einer von denen, für die ich deiner Meinung nach zu offen war.«

Ich folgte ihrem Blick.

»Der Lange da«, erklärte sie mir, »der mit den schwarzen Haaren. Ich war total verrückt nach ihm. Bin von dem Mistkerl sogar schwanger geworden.« Sie konstatierte es, keinerlei Regung spiegelte sich dabei auf ihrem Gesicht.

»Aha, also auch einer von denen, die sich verabsentiert haben.«

»Klar, nach dem zweiten Mal schon. Hatte mich zweimal abgeschleppt, zu sich nach Hause. Und am dritten Morgen hat er mich wüst beschimpft. Gesagt, ich hätte ’nen Hängebusen und ’ne Geiernase.« Sie faßte sich an die Nase.

»Und wenn er auch nicht ganz unrecht hat, mit beidem übrigens nicht«, fügte sie trübselig hinzu, »so hat mich das doch ganz schön fertiggemacht.«

Ich folgte dem Kerl mit den Augen.

»Was ist er von Beruf? Tennislehrer?«

»Nein, Urologe.«

»Das ist ja noch besser als Tennislehrer!« Ich lachte. »Und? Als du schwanger warst? Hast du’s ihm gesagt?«

»Klar. Ich hab ihn angerufen, und weißt du, was er gesagt hat? ›Du blöde Schnepfe bist sogar zu blöd zum Aufpassen gewesen.‹«

»Ja und du? Hast du ihm nicht ins Gesicht gespuckt?« Ich konnte es wieder mal kaum glauben.

»Per Telefon? Und außerdem, was hätt’s denn geändert? Schließlich stimmt’s ja, was er sagte.« Sie starrte melancholisch ins Leere. »Du kannst dir das eben nicht vorstellen. Da kommt so ein hübscher, großer Typ daher, dem die Frauen nachlaufen …«

»Das sagt *er* wohl?« warf ich spöttisch ein.

»Nein, ich hab’s gesehen, und nicht nur einmal. Du weißt doch, daß ich öfter in der Kneipe jobbe. Er geht fast jeden Abend hin, so auf zwei oder drei Bier. Du hast ihn bestimmt auch schon gesehen. Da sind ’ne ganze Reihe von Frauen, die auf ihn stehen. Auch wirklich gutaussehende. Und ich bin häßlich oder jedenfalls nicht hübsch, und das einzige, was ich ihm geben kann, ist mein Körper, na … und Zuneigung und so …

aber ganz offensichtlich hat das keinem bisher genügt. Bis auf Bernd ... bis jetzt«, fügte sie noch düster hinzu.
»Oje!« seufzte ich. »Was redest du da eigentlich? Von Verstand oder etwas Derartigem hast du wohl noch nie was gehört!?«
Jetzt sah sie mich an mit dem überlegenen Blick der Mutter gegenüber ihrem dreijährigen Sprößling. Sie sagte spöttisch: »Und du glaubst wirklich, daß der was zählt? Du bist ja ziemlich naiv.«
Ich schwieg. Was hätte ich ihr auch sagen können.
»Siehst du, du sagst nichts, kannst gar nichts sagen.«
»Komm, hat keinen Wert! Du kapierst doch sowieso nicht, daß die dich alle mal können. Häng dich doch bloß nicht immer derart an jemanden. Bringt doch bloß Kummer, Not und Elend, hm?«
»Leicht gesagt.« Karina seufzte. »Was glaubst du denn, warum ich zu diesen ganzen Workshops tigere? Hat mir nur bis jetzt, wie gesagt, nicht übermäßig viel gebracht.«
Ich hatte das Thema eigentlich satt, und außerdem war mir kühl geworden. Das Gespräch erinnerte mich zudem an meine eigene Misere und an Blauauges fünf Kinder. Hilf, Himmel!
»Na, jedenfalls hast du jetzt Berti.«
»*Und* Anni«, ergänzte Karina.
»Du, wenn's dir recht ist, bring ich dir später am Abend die ersten paar Kisten vorbei, ja? Vorausgesetzt ich krieg das Auto, was keineswegs sicher ist.«
Sie zögerte. »Ja, ist gut. Bernd kommt nachher, dann lernst du ihn gleich kennen.« Ich mußte lachen, sie war so leicht zu durchschauen.
»Keine Sorge, ich bleib nicht lange, ich komm rein, sag artig guten Tag, stell die Kisten ab und geh wieder.«
Karina war dankbar. Gab mir einen Kuß und umarmte mich: »Bis später dann.« Und verschwand um die nächste Ecke.

Auf dem Weg zu meinem trauten Heim übergrübelte ich meinen Umzug. Blauauge hatte vor vier Tagen von weiß-der-Himmel-wo angerufen, um mir mitzuteilen, daß er so etwas wie eine Wohnung für mich gefunden habe. ›Wohnung‹ sei vielleicht etwas übertrieben, da ihr ein Bad und eigentlich auch eine Küche fehle und ich zweifelsohne Besseres gewöhnt sei, aber das ließe sich nun mal leider nicht ändern. Ach ja, und im Souterrain liege die Wohnung auch, und im Sommer sei sie sehr schön kühl ... und im Winter auch, fügte er noch bei, um mir die neue Behausung besonders schmackhaft zu machen.

Ich bedankte mich für seine Mühe und unterdrückte die Frage nach seinem gegenwärtigen Aufenthaltsort und nach dem nächsten Rendezvous. Diese Anstrengung nahm mich so in Anspruch, daß ich völlig vergaß, mich nach dem Preis der Wohnung zu erkundigen. Jedenfalls wurde die Sache allmählich eilig, ich mußte mich mit meinem heimlichen Auszug beeilen.

Kisten hatte ich in den letzten Tagen genug im Keller gestapelt. Gerald-Dietz hatte gesagt, er käme in ein, zwei Tagen vorbei, um nach dem Rechten zu sehen. Die ein, zwei Tage waren allerdings seit gestern vorbei, und noch hatte ich nichts von ihm gehört. Warum machte er sich so viel Mühe mit mir und war gleichzeitig so indifferent? War ich denn so unattraktiv geworden?

Meine Stimmung sank abrupt auf den Nullpunkt. Udo betrog mich mit einer Bettpfanne, und Blauauge Gerald-Dietz wollte nichts von mir wissen und auch sonst niemand. Mir fiel der Typ ein, der Karina geschwängert hatte. Und plötzlich hatte ich nicht übel Lust, mich an den Kerl ranzumachen und ihm heimzuzahlen, ganz ohne Zauber, was er ihr angetan hatte. Und damit mein Selbstwertgefühl aufzupolieren. Hach, es verlangte mich so richtig danach, mich an den Männern zu rächen. Diese Aktion setzte allerdings voraus, daß Udo aus irgendeinem Grund das Auto nicht brauchte – und ich hatte Glück. Das Auto stand da, Udo aber war nicht zu Hause: mit seinen Eltern bis spät unterwegs, wie auf einem Zettel stand, den er neben das Telefon gelegt hatte. Nun gut, sagte ich mir: Alea iacta est.

Kapitel 12

Siehe! Ich komme bald; und meine Vergeltung mit mir; um Jedem zu vergelten, wie sein Werk sein wird.

Offenbarung 22, 12

Als ich überlegte, ob ich mich jetzt an Udos Büchern vergreifen sollte, klingelte das Telefon. Doch es war nur meine Mutter, die hören wollte, ob alles in Ordnung sei. Während sie auf mich einredete, fiel mir ein, daß ja Freitag war und sie eigentlich in ihrem Italienischkurs hätte sein müssen.

»Der ist fertig«, erklärte sie. »Ma io facerò un'altro corso nel ... nel ... na, im Herbst!«

Ich hatte meinen Eltern bis jetzt noch kein Wort über meinen geplanten Umzug erzählt, wußte einfach nicht, wie ich das anfangen sollte – schon gar nicht am Telefon. Zwar hegte ich die starke Vermutung, daß sie über meine Heirat mit Udo nicht übermäßig entzückt gewesen waren und daß sie ihn nicht gerade innig liebten. Doch ich war mir keineswegs sicher, ob sie es begrüßen würden, wenn ich ihn verließ. Außerdem wollte ich ja auf jeden Fall verhindern, daß Udo vorzeitig von meinem Vorhaben Wind bekam. Trotzdem! Ich hätte schon längst vorbeifahren sollen. Und als ihr Redestrom ein wenig versiegt war, erklärte ich ihr, ich würde am nächsten Wochenende, wenn Udo das Auto nicht brauchte, bei ihnen vorbeischauen. Sie dachte sich nichts Böses dabei und bat nur, kurz vorher Bescheid zu sagen. »Ciao, mia cara fillja. Mille baci per il tuo sposato.«

Während ich in den Keller lief, um ein paar Kisten zu holen, fragte ich mich zum x-ten Male, warum sich Blauauge nicht meldete. Ich jedenfalls hatte mir einen gemeinen Plan zurechtgelegt, mit dem ich Udo nachhaltig schädigen konnte und den ich kurz entschlossen in die Tat umsetzte. Ich schälte seine Tieck-Bände vorsichtig mit einem Teppichmesser aus ihrer Hülle und ersetzte sie durch meine auf dem Flohmarkt erstandenen Schätze, die ich kunstgerecht so in die Tieck-Deckel einklebte, daß die möglichst wenig verbappt wurden. *Stella Termogen* mußte halbiert werden, und wie es sich traf, kam Hälfte eins nicht neben die

Hälfte zwei zu stehen; aber um so größer würde Udos Freude sein, wenn er die Fortsetzung schließlich im Tieck-Band fünf dann doch noch fand. Desgleichen wurde Willi Heinrich rüde auf Seite 490 geteilt. *Sie saß rauchend in einem …* Worin sie saß, würde Udo erfahren, wenn er nichtsahnend Band zwölf öffnete, in dem sich ehemals *Alla Moddin, Carl von Berneck* und *Das Ungeheuer und der verzauberte Wald* befunden hatten. Auch einen Mini-Quellekatalog ereilte dasselbe Schicksal. Um die armen Tiecks tat's mir natürlich leid, aber vielleicht würde ich sie neu einbinden lassen – oder auch nicht. Der wichtigste Teil war jedenfalls erledigt.

Zufrieden mit meinem Werk betrachtete ich Udos Regale: Es sah alles ganz genauso aus wie vordem. Nur roch es ein wenig nach Klebstoff, also öffnete ich das Fenster sperrangelweit und hoffte, daß Udo in den nächsten Tagen aus irgendeinem Grund nicht zum Lesen kommen würde. Alle übriggebliebenen Bucheinbände verstaute ich in Tüten und warf sie in den Müll. Jetzt mußte ich nur noch meine neuerworbenen Schätze möglichst schnell außer Haus schaffen. Ich polsterte die Tieckkiste noch mit ein paar Pullovern aus, stopfte mein Lieblingsbadehandtuch an den Rand und verschloß sie. In den letzten hochgeholten Karton kamen die anderen getauschten Bücher und noch ein paar Handtücher.

Vier Kartons also insgesamt. Nur beeilen mußte ich mich jetzt, wenn ich verschwinden wollte, bevor Udo samt Eltern zurückkam. Meine Transaktion hatte länger als anderthalb Stunden gedauert. Als ich mit kritischem Blick meine beiden Regale begutachtete, fragte ich mich, wie ich in aller Welt Udo zwei Wochen lang davon abhalten konnte, in diese Richtung zu schauen. Er mußte schon auf beiden Augen blind sein, um nicht zu sehen, daß immer weniger drinstand. So rannte ich noch einmal in den Keller und belud mich mit Udos alten Schul- und Kinderbüchern, die dort in einer Ecke verstaubten, pustete einmal darüber und räumte sie ordentlich ein. So sah es schon viel besser aus.

Mir fiel ein, daß ich noch nichts gegessen hatte – und das um kurz vor acht! Also auf nach Regensburg in Karinas Stammkneipe. Mit letzter Kraft schleppte ich die Kisten ins Auto, duschte rasch und machte mich auf den Weg.

Voll war's, alle Tische besetzt. Also drängte ich mich zur äußersten rechten Ecke des Tresens durch, da, wo er sich zur Wand hinbog und wo die Zeitschriften lagen. Es dauerte ein ganzes Weilchen, bis der ausgesprochen kurzhaarige Jüngling hinterm Ausschank mich bemerkte. An seinem linken Ohrläppchen baumelte ein goldener Ring. Ich bestellte mit Käse gefüllten Pfannkuchen und eine Schorle und sah mich um. Einige Leute kannte ich vom Sehen. Mit wenigen hatte ich mehr als ein paar Worte gewechselt. Ein oder zwei Typen, die ich undeutlich mit Karina in Verbindung brachte, schauten zu mir rüber und nickten grüßend. Aber obwohl ich heute nach Bestätigung gierte, war es mir mit leerem Magen absolut unmöglich zu lächeln.

Erst als ich meinen Pfannkuchen verschlungen hatte und bei der zweiten Schorle angelangt war, registrierte ich Karinas Machotyp. Er saß vor den Zapfhähnen, also ein ganzes Stück entfernt, und unterhielt sich angeregt mit einer Braunhaarigen, die ihn sichtlich anschmachtete und von der ich meist nur den Hinterkopf zu sehen bekam. Ich hatte es ja nicht glauben wollen, aber nun sah ich es mit eigenen Augen. Sie war etwa einen Kopf kleiner als er und trug eine weiße Rüschenbluse. Er trug ein weißes T-Shirt und darüber einen saloppen rosafarbenen Sommerblazer, aus dessen Brusttasche eine schwarze Sonnenbrille herausschaute. Neben ihm auf dem Tresen stand ein großes Glas Hefeweizen, neben ihr ein Rotwein. Jetzt prostete sie ihm zu und sagte dabei offenbar einen neckischen Toast, jedenfalls grinste er und stieß mit ihr an.

Ich betrachtete ihn ausgiebig. Irgendwann würde er doch herschauen müssen. Ich starrte unentwegt. Jetzt blickte er auf. Ich lächelte, und er, ein wenig verwundert, lächelte prompt zurück. Seine aufgetakelte Braunhaarige folgte seinem Blick, wandte sich um, sah mich und verwickelte ihn wieder ins Gespräch. Schob sich ein wenig vor ihn, um ihm die Sicht zu versperren. Ich mußte lächeln, und meine Laune stieg. Wenn ich noch nicht *ganz* unattraktiv war, würde er bald noch mal hergucken, um zu sehen, ob ich ihn immer noch so unwiderstehlich fand. Aha, er verlagerte seine Position und fixierte mich. Unbefangen hob ich die Augen, er nahm sein Glas und prostete mir zu. Die Aufgetakelte fuhr sich mit der Hand wiederholt durch die Haare, sagte ein paar Worte. Was immer es war – es schien ihn nicht übermäßig zu beeindrucken. Jetzt war's genug, er hatte angebissen. Ich nahm mir eine Illustrierte und vertiefte mich in einen Bericht über Stephanie von Monaco: *Er* war dran. Es dauerte auch tatsächlich keine zehn Minuten, da stellte der Ohrringjüngling eine zweite Schorle neben mein Glas. Ich sah ihn fragend an.

»Von Jürgen«, meinte er.

Und Jürgen sah beifallheischend zu mir hin. Seine Rüschenbluse war verschwunden, hatte kampflos das Feld geräumt. Bevor ich ihm noch ein Dankeschön zulächeln konnte, war er bereits aufgestanden und zwängte sich samt seinem Weizenbier zu mir durch. Er drängte meinen Nachbarn nebst Barhocker beiseite und quetschte sich neben mich.

»Sag mal«, begann er, »ich kenn dich doch von irgendwoher?«

»Wahrscheinlich von hier«, meinte ich und hob mein Glas: »Zum Wohl!«

Er musterte mich ungeniert, und wie es schien, gefiel ihm das, was er sah, denn er grinste verführerisch, wobei sich sein rechter Mundwinkel ein wenig nach unten und der linke ein wenig nach oben verzog. Sein Gesicht war glatt wie ein Babypopo, ein wenig dümmlich, dem von Sylvester Stallone an Ausdrucksfähigkeit um nichts voraus. Ich konnte mir beim besten Willen nicht vorstellen, wer auf so jemanden hereinfiel – höchstens Karina.

»Ist ja komisch, daß wir noch nie was … ich meine miteinander gesprochen haben«, machte er weiter Konversation. »Ich meine, was …« Ihm fiel nichts mehr ein. Er beherrschte doch glatt ein Repertoire von drei Sätzen!

Ich prostete ihm zu, und schon hatte er über dem Problem, daß sein Glas leer war, seine Frage vergessen und bestellte sich bei dem Tresenmenschen, den er Mike nannte, noch eines. Ich hatte den Eindruck, als überlegte er krampfhaft und vergeblich, worüber wir uns unterhalten könnten, und kam ihm zu Hilfe, indem ich ihn nach seinem Beruf fragte.

»Arzt«, meinte er, »Urologe. Und du?«

»Anglistin.«

»Aah ja«, meinte er, und da uns jetzt jeglicher Gesprächsstoff ausgegangen war, sahen wir Mike beim Zapfen zu, und Jürgen meinte ge-

ringschätzig: »Daß hier aber auch immer Schwule arbeiten! Ist ja furchtbar.« Und als ich schwieg: »Was meinst du, sollen wir woandershin gehen?«
Ich zögerte, dachte an Karina und meine vier Kisten im Auto. Es war schon nach neun, bis Reilsheim brauchte ich wenigstens zehn Minuten, und ich wollte sie nicht bei irgendwelchen wichtigen Aktionen stören.
»Paß auf«, sagte ich deshalb zu Jürgen und strahlte ihn an: »Ich muß grad noch was erledigen, dann komm ich wieder … oder … Wir können uns natürlich auch woanders treffen …«
»Weißt du was, ich hab noch ein gutes Weinchen zu Hause, wir könnten ihn zusammen trinken. Was hältst du davon?«
»Warum nicht. Wenn du mir sagst, wo du wohnst?«
Er beschrieb mir den Weg, erklärte mir, daß er Kempinsky hieß, und ich versicherte ihm, ich sei spätestens um halb elf bei ihm, überließ ihm die Zeche für meine beiden Schorlen und bezahlte bei Mike nur meinen Pfannkuchen. Auf dem Weg zu Karina versuchte ich mir vorzustellen, welche verborgenen Qualitäten er wohl besaß, daß die Frauen auf ihn flogen. Und versagte kläglich.

Ich klingelte. Es dauerte ziemlich lange, bis der Summer ertönte. Ich ließ mir Zeit mit der Treppe, außerdem war der Karton nicht gerade ein Leichtgewicht. Jedenfalls hatte Karina genügend Muße, die Knöpfe an ihrer Bluse, und er, die seiner Hose zu schließen. Im zweiten Stock ging das Treppenlicht aus. Ich stolperte, und eine Stimme sagte: »Au, das war mein Fuß.«
Ich erschrak so, daß ich beinahe den Karton fallen gelassen hätte. Jemand machte das Licht wieder an, wohl Karina, denn sie rief von oben: »Hallo! Kommt da wer?«
»Ich bin's«, rief ich und betrachtete die Besitzerin des malträtierten Fußes. Sie hockte zusammengekauert auf dem Treppenabsatz, schmutzig dunkelblonde Locken umrahmten eine große Brille und einen ängstlichen übersensiblen Mund. Von den Augen konnte ich bei der Beleuchtung nicht viel sehen. Mir war klar, wen ich da vor mir hatte.
»Du bist Anni, nicht wahr?«

Sie sah mich schüchtern-ängstlich an und nickte: »Hm. Und wer bist du?«
»Ich bin eine Freundin von Karina.«
Sie seufzte: »Ich auch. Nur will sie mich nicht zur Freundin … und Bernd auch nicht.«
Karina rief ungeduldig: »Wo bleibst du denn?«
»Ich komm ja schon«, rief ich hinauf und sagte leise zu Anni: »Ich komm gleich wieder.«
»Hm«, sie nickte, »ist gut.«
Karina stand vor ihrer Haustür und sah mir entgegen. »*Sie* hockt da, nicht wahr? Komm rein.«
Ich erkannte ihr Zimmer kaum wieder, so ordentlich war es. Was die Liebe so alles bewirkte! Auf dem Bett hockte ein schulterlanghaariger jeansbehoster Buddha im Schneidersitz. Er rauchte und hatte ein Glas Rotwein in der Hand. Im übrigen hatte er ein freundliches, etwas verschlafen-verkniffenes Gesicht.
»Hallo«, sagte Bernd ruhig.
»Magst du einen Schluck?« fragte er dann, als ich meinen Karton in einer Ecke abgeladen und ihn durch Kopfnicken begrüßt hatte. »Rotwein«, ergänzte er noch und deutete auf die Flasche, die auf dem Fußboden neben dem Bett stand. Ich schüttelte den Kopf. Karina, die sich neben mir postiert hatte, strahlte ihre Neuerwerbung höchst bewundernd an.
»Möchtest du noch, Schatz?« fragte sie, und ich zuckte zusammen. Er hielt ihr, ohne seine Position zu verändern, das halbvolle Glas hin, und sie schenkte ihm nach. Beide nahmen eigentlich weiter keine Notiz von mir.
»Hallo«, sagte ich jetzt ziemlich nachträglich in Richtung Buddha und dann zu Karina: »Ich hol rasch noch die anderen Kisten, ich laß oben die Tür solange offen.«
»Ist gut«, meinte sie uninteressiert, während sie Bernd nicht aus den Augen ließ. Ich schüttelte zum zweiten Mal den Kopf. Die Wirkung des Zaubertränkleins schien auf sie übergegangen zu sein. Aber wenn sie's glücklich machte … mir sollte es recht sein. Ich hatte andere Sorgen.
Beim Abstieg traf ich wieder auf Anni. Die hatte ich ganz vergessen.
»Komm, hilf mir grade mal«, forderte ich sie auf. Und anstandslos erhob

sie sich und folgte mir. Unten belud ich sie mit einem Karton, nahm selbst einen, und wir stiegen wieder hinauf. Vor der Wohnungstür blieb Anni stehen und meinte leise:

»Ich möcht da lieber nicht reingehen, die wollen mich nicht.« Sie stellte die Kiste auf den Boden und bot eifrig an: »Ich geh die letzte auch noch holen«, und verschwand nach unten.

Karina saß neben ihrem Angebeteten und wünschte mich ganz offensichtlich zum Teufel.

»Bin gleich fertig«, tröstete ich sie, während Bernd ungerührt an seinem Glas nippte und mir zusah, wie ich die Kisten stapelte. Ich hörte Anni die Treppe raufschnaufen, ging zur Tür und nahm ihr den letzten Karton ab. Apathisch hockte sie sich auf eine Stufe und starrte wieder ins Leere.

Karina fragte ziemlich kurz angebunden: »Alles erledigt? Das ist übrigens Bernd.«

»Ach wirklich?« Ich grinste. »Wär ich nicht drauf gekommen. Ich ruf dich an, Karina, wegen weiterer Kisten, okay?«

»Ist gut«, antwortete sie und drehte sich auf den Bauch, um an den Wein ranzukommen. Ich schloß die Tür hinter mir. Lieber einsam & allein als so. Ganz bestimmt.

Anni war immer noch da. Ich hockte mich neben sie und legte einen Arm um sie. »Komm, nimm's nicht so schwer. Warum suchst du dir nicht einen anderen?«

»Es gibt keinen anderen wie ihn«, meinte sie leise.

»Na, na! Das ist aber übertrieben. Was ist denn so Besonderes an ihm?«

»Einfach alles«, sagte sie.

»So ein Unsinn! Paß auf, bist du bereit, zu tun, was ich dir sage?«

»Hm«, meinte sie nur.

Das Licht ging aus, wir saßen im Dunkeln.

»Okay, dann gehst du jetzt nach Hause, nimmst dir einen Zettel, einen großen, und beschreibst diesen Bernd in nüchternen Worten. Also angefangen bei den Haaren. Wie sind seine Haare?«

»Schöön!«

»Blödsinn«, sagte ich, »seine Haare sind lang, strähnig, fettig.« Ich spürte, wie sie mich ansah. »Weiter – seine Augen?«

»Schöö-«

»Nicht die Spur! Seine Augen sind trüb, von einem völlig nichtssagenden Braun, wie Pudelkacke«, log ich überzeugend. »Weiter! Seine Nase?«
Ich hörte, wie sie zu ihrem ›schöön‹ ansetzte, dann hielt sie inne.
»Na?« ermutigte ich sie.
»Nun ja, sie ist ein bißchen klein geraten, und die Nasenlöcher sind meistens verklebt … und … Haare gucken unten raus.«
»Die Backen?«
»Hängebacken wie ein Hamster«, kam es prompt.
»Na siehst du. So mußt du's machen! Und zum Schluß liest du dir durch, was du da geschrieben hast, und dann sagst du ganz bestimmt nicht mehr, daß es keinen gibt wie ihn. Und dann machst du genau das gleiche mit Karina. Wetten, daß du dann geheilt bist?« Ich tastete mich mit ihr bis zum nächsten Treppenabsatz vor und drückte dort auf den Lichtknopf. Wärst du nur so gescheit gewesen, dieses Spiel mit Udo zu machen, bevor du ihn geheiratet hast, sagte ich zu mir selbst. Und was ist mit Blauauge?
»Ich dank dir«, sagte Anni unten vorm Auto, und ihre Stimme klang nicht mehr ganz so trostlos wie vorhin: »Ich werd's so machen, wie du gesagt hast. Hoffentlich hilft es.«
Ich verabschiedete mich von ihr mit einem freundlichen Schulterklopfen und ging mich an den Männern rächen.

Kapitel 13

Für wie dämlich schätzen Sie mich eigentlich ein?

Hartley Howard
September im Regen

Ich verfuhr mich mehrere Male, bevor ich die Kirchgasse fand. Außerdem war ich schon ziemlich müde, und mir graute ein wenig vor den nächsten Stunden. Während der Fahrt zu Jürgen war mir klargeworden,

daß ich keine blasse Ahnung hatte, worin meine Rache genau bestehen sollte. Ich konnte nur hoffen, daß mir rechtzeitig was einfallen würde.
Weit und breit war kein Mensch zu sehen – und das an einem Freitagabend. Dafür sichtete ich fast auf Anhieb die angegebene Nummer 169: ein Mehrfamilienhaus. Ich parkte, stieg aus und begutachtete unter der nächsten Laterne mittels Minispiegel erst einmal mein Konterfei.
Meine Nase glänzte nicht wenig, also Puder drauf, den Lidstrich nachgezogen und fertig. Sollte ich für den Typen noch ein wenig Parfüm verschwenden? Nun, man muß auch mal was investieren, sagte ich mir und sprühte mich ein. Als ich fertig war und mich auf den Weg zu meinem Helden machen wollte, kamen mir ein paar Ideen ... Die erste war leicht in die Tat umzusetzen, eine zweite bedurfte einer gewissen Vorbereitung, die weiteren würden sich schon irgendwie finden. Also die schwierigere zuerst.
Ich schaute mich um. Keine Telefonzelle weit und breit. Ich ging bis zur nächsten Querstraße, und da stand eine, vielleicht hundert Meter weiter. Ich dachte kurz darüber nach, wie man wohl in Auckland, Neuseeland, hieß. Smith, vermutlich. Aber Smithe gab's sicher viel zu viele. Ich ging im Kopf alle mir bekannten Whisky-Marken der Reihe nach durch, vielleicht kam ich so auf einen Namen, den ein Mensch in Neuseeland haben konnte: Tullamore Dew: nein. Chivas Regal: nein. Glenmorange: nein. Glenfiddich: nein. Jameson: hm?!
Da fiel mir plötzlich ein Name ein: John McLellan. John McLellan hatte einen dicken Bauch, lichtes blondes Haar, ein rosiges freundliches Gesicht, und er war Kanadier. Ich hatte ihn vor Jahren in Thailand getroffen, wo er mir aufgefallen war, weil er Hardy las.
Die Auslandsauskunft war weder besetzt noch hörte man ›bitte warten‹. Nach dreimaligem Klingeln meldete sich ein Mann. Ich verlangte die Nummer von John McLellan in Auckland, Neuseeland, und er fragte im Ton desjenigen, der jeden Tag mehrere Male nach der Nummer von John McLellan in Auckland, Neuseeland, gefragt wird, ob ich nicht auch die Straße wüßte. Doch gab er sich bei meiner verneinenden Antwort zufrieden und bat mich um einen Moment. Nach einem geschlagenen Weilchen, während ich nach Zettel und Stift kramte, kam seine Stimme: »Ich hab hier nur einen J. T. McLellan.«

»Das ist er!« sagte ich rasch, bevor er es sich anders überlegen konnte: »John Thomas.« Ich war mächtig stolz auf mich. Ich notierte mir: 00649-4808691.

Nach diesem Erfolg hatte ich große Lust, es gleich noch einmal zu versuchen. Schließlich war es ja möglich, daß John Thomas zufällig heute abend nicht zu Hause, sondern die Kakapos im Park füttern gegangen war.

Wie wär's mit Grönland, dachte ich also bei mir. Dort und im dazugehörigen Dänemark heißt jede zweite Frau Ditte, wie man von Andersen Nexö weiß, und der Nachname Christiansen kam mir ohne jegliche bewußte Assoziationen in den Sinn. Das klang so, als ob es in die Ecke paßte, wobei mir nicht ganz klar war, welche Ecke eigentlich.

Darauf bauend, daß ich nicht rein zufällig denselben Mann am Telefon haben würde, wählte ich erneut die Nummer der Auslandsauskunft. Diesmal antwortete eine Frau. Sie klang müde. Als ich ihr den Namen sagte, fiel mir siedendheiß ein, daß ich ja überhaupt keine Stadt in Grönland wußte. Ich stotterte ein wenig herum, während ich krampfhaft in meiner Tasche nach meinem Kalender fahndete, der auch einen Kartenteil enthielt. »In Grönland!« warf ich der Frau am Telefon derweil hin, um sie ein wenig zu beschäftigen, doch sie ließ sich nicht aus der Fassung bringen: »Welche Stadt, bitte?«

»Ähmmm, ja … kleinen Moment«, ich blätterte und blätterte. Gottlob, ich hatte es gefunden. Vor Nordamerika, wer hätte das gedacht! Und da stand sogar eine Stadt; eine einzige, das war bestimmt die Hauptstadt. Ich entzifferte: »In Godthåb, oder so ähnlich.«

»Wie schreibt sich das?«

»Geranie, Oktopus«, bei D fiel mir nichts ein, »Dingsbums, Thunfisch, das gilt für die ersten beiden Buchstaben von Thunfisch«, erklärte ich ihr, »Armenhaus mit einem Kringel drauf und Butterbrot.« Ich war zufrieden mit mir, sie allerdings nicht, wie es schien. Denn sie brummte irgendwas von Buchstabierregeln und ließ mich dann lange warten. Ich packte meinen Kalender wieder ein und sah auf die Uhr: schon kurz vor elf. Hoffentlich war er noch nicht eingeschlafen! Sie meldete sich wieder, und ihre Stimme klang nicht mehr ganz so unbeteiligt: »Wie, sagten Sie, heißt die Stadt?«

Ich hatte es schon wieder vergessen, und mein Kalender ruhte in meiner Tasche. »Geranie, Oktopus …«, daran konnte ich mich noch erinnern. Ich kramte, blätterte und fand, was ich suchte: »Godthåb. Das muß wohl die Hauptstadt sein. Geranie, Oktopus …«
»Schon gut«, unterbrach sie mich rüde, »ich glaub's Ihnen. Nur finde ich hier keine Stadt, die so heißt. Warten Sie bitte noch einen Moment.«
Ich wartete, packte aber diesmal meinen Kalender vorsorglich noch nicht weg.
»Aha, jetzt hab ich's«, ihre Stimme klang richtiggehend munter. Das war wohl einer dieser Momente, für die es sich lohnte, Auslandsauskunftangestellte zu sein: eine Stadt in Grönland ausfindig machen, dachte ich.
»Die Stadt heißt auf grönländisch Nuuk, mit zwei ›uu‹. Wie war der Name?«
Ich wiederholte es ihr.
»Tut mir leid, ich finde hier keine Ditte.«
»Vielleich etwas anderes mit ›D‹?« schlug ich enttäuscht vor.
»Nein, es gibt überhaupt nichts mit ›D‹; von ›B‹ geht es direkt über zu ›E‹.«
»Nein, Sie haben mich falsch verstanden«, improvisierte ich rasch: »Ich meinte nicht ›D‹, sondern ›G‹ wie Geranie.«
»Gustav«, sagte sie mechanisch, »ja, da gibt's einen Gullan Christiansen.«
»Der wird's sein«, erklärte ich sofort und notierte mir seine Nummer: 00299-20420. Ich bedankte mich und legte auf.
Befriedigt trat ich den Rückweg an.
Ich klingelte bei Kempinsky und stieg, als der Summer ertönte, in den zweiten Stock hoch. Jürgen riß schwungvoll die Tür auf: »Da bist du ja endlich!« rief er in einem Ton aus, als ob wir seit einigen Monaten bereits das Bett teilten.
»Hab mich erst mal verfahren«, entschuldigte ich mich.
Er roch stark nach einem muffigen Duftwässerchen, wie ich nicht umhinkonnte zu bemerken, als er mir voran durch eine sparsam möblierte Diele ins Wohnzimmer ging. Offenbar hatte er in aller Eile aufgeräumt, oder war er in Erwartung abendlicher Damenbesuche immer so ordentlich? Ich sah mich um: steriler Eßtisch samt Stühlen, kalt und schwarz, in der linken Ecke. Regale, ebenfalls schwarz, ohne Bücher, dafür aber mit

dezent plazierten Tongefäßen. Schwarzer Hi-Fi-Turm. Der Teppich dagegen war hellbeige. Und darauf stand eine gleichfalls beigefarbene, mit weichem Stoff bezogene Couch nebst zwei Sesseln. Gerade richtig für mein Vorhaben. Jürgen war damit beschäftigt, von irgendwoher Gläser und Wein zu holen, wie er sagte. Ich ließ mich auf einem der Sessel nieder und sah mich nach dem Telefon um. Aha, da neben dem Flügel oder Klavier oder was das war. Schwarz war es – natürlich!
Als Jürgen ins Zimmer trat, stand ich auf und gab ihm einen sanften Kuß auf den Mund. Er stellte Wein und Gläser auf dem Glastisch ab und umarmte mich. Pappte seinen feuchten Mund auf meinen, stopfte mir seine Rinderzunge zwischen die Zähne. Widerlich. Ich befreite mich möglichst unauffällig, rief ablenkend: »Oh, du hast ja auch einen Flügel. Kannst du denn spielen?«
»Das ist ein Klavier«, meinte Jürgen pikiert. »Ja … ein wenig! Ich komponiere selbst hin und wieder ein bißchen. Wenn du willst, spiel ich dir nachher was vor.«
Ach du lieber Himmel, das fehlte mir noch, dachte ich und erklärte im Brustton der Überzeugung: »Ja, liebend gerne! Du bist ja so was wie ein Allroundtalent, nicht wahr?« Jeder Nicht-Urologe hätte spätestens jetzt Lunte gerochten oder mich für eine oberhohle Nuß gehalten. Nicht so mein Jürgen: Das ging ihm runter wie Butter.
»Ach«, sagte er bescheiden, »ich male auch ein wenig! Das da zum Beispiel ist von mir.« Er zeigte auf ein Machwerk, bei dem grelle Grüntöne überwogen und das offensichtlich eine Landschaft darstellen sollte.
Nachdem er mir einige Minuten zur ausgiebigen Bewunderung seines Erzeugnisses gegönnt hatte, wandte er sich der bereits geöffneten Weinflasche zu. Um mich mit der Nase darauf zu stoßen, daß es sich um was Besseres handelte, erklärte er: »Ein 1989er Château La Croix de Berny. Nicht unedles Tröpfchen!« und goß unsere Gläser voll.
»A nos amours!«
Das wüßt ich aber, dachte ich und stieß mit ihm an. Er saß inzwischen neben mir auf dem Sofa, hatte die rechte Hand auf mein Knie gelegt und begann, es zu streicheln. Ich war bereit für den zweiten Akt, nahm mein noch wohlgefülltes Glas in die Hand und hielt es fest. Meine andere Hand legte ich auf Jürgens und fuhr ihm mit den Fingern sanft den

Arm hinauf. Er seufzte wohlig, und ich beugte mich zu ihm hinüber, um ihm einen Kuß auf den Hals zu geben. Seine Hand ließ mein Knie Knie sein, er legte den Arm um mich und zog mich an seine Brust. »Ah, ich bin verrückt nach dir«, murmelte er dabei in einem Ton, den er vermutlich für leidenschaftlich hielt.

»Hmm-mm«, schnurrte ich genießerisch, drehte den Kopf, um ihn zu küssen, und hielt das Weinglas *ziemlich* schräg. So ergoß sich zu meinem Entsetzen der kostbare Château La Croix de Berny nicht nur über Jürgens Rücken, sondern vor allem über den Sofabezug.

Er fuhr auf und besah sich die Bescherung: »Hast du vor, mir die Wohnung zu ruinieren, oder was? Wie, zum Teufel, soll ich das wieder sauber kriegen! Das hab ich erst vor zwei Monaten gekauft!« ergänzte er noch, sichtlich der Verzweiflung nahe.

»Siehst du, das liegt nur daran, daß du mich rein verrückt gemacht hast«, beschwichtigte ich bestürzt. »Jemand, der so attraktiv ist, sollte sich besser kein helles Sofa zulegen!«

Als ich ihm ohne zu grinsen brav und treuherzig in die Augen blickte, fragte er geschmeichelt und ein wenig besänftigt: »Und was mach ich jetzt damit?«

»Also meine Großmutter, die war Haushälterin, und die hat mir mal gesagt, das bewährteste Mittel wäre, Weißwein drauf zu gießen, oder auch alten Cognac, und dann über Nacht einwirken zu lassen.«

Er sah ungläubig drein. »Bist du sicher?«

»Also ich hab's selbst mehrfach ausprobiert, mit beidem, und man sah am anderen Morgen absolut überhaupt nichts mehr«, versicherte ich ihm im Brustton der Überzeugung.

»Na schön«, meinte er zögernd. »Ich kann's ja versuchen, hoffen wir, daß du recht hast. Ist ohnehin nicht mehr viel zu verderben.«

Er zog sein verschandeltes T-Shirt über den Kopf, verschwand und kam kurz darauf mit einer Flasche in der Hand zurück. Ich sah ihm zu, wie er offenbar in Ermangelung von Weißwein Cognac Robin auf den nierenförmigen Fleck goß. Das Ergebnis sah nicht sehr berauschend aus, was ich ihm vorher hätte sagen können, und er schaute deprimiert zu, wie sich die Flüssigkeit ausbreitete und in Verbindung mit dem Wein eine interessante Färbung ergab.

Ich legte rasch eines der rotseidenen Kissen auf den Fleck, umarmte Jürgen flüchtig und zog ihn ablenkungshalber vom Ort des Geschehens weg zum Klavier.
»Kümmer dich nicht mehr darum und vertrau auf meine Großmutter: Morgen ist dein Sofa wieder so beige wie eh und je.« Dieu me pardonnera, c'est son métier, dachte ich dabei. »Komm, spiel mir ein Stück vor, bevor wir …« Ich verstummte jungfräulich verlegen.
Eitel wie er war, setzte er sich prompt ans Klavier und begann sanftes Geklimpere zu erzeugen, das weder Fisch noch Fleisch war und genau zu ihm paßte. Ich holte mir noch ein Glas Château La Croix de Berny, stellte mich neben den Künstler – und überlegte, wie ich nun weiter verfahren sollte.
Glücklicherweise quälte er mich nicht allzu lange, brachte ein paar disharmonische Schlußakkorde und sah dann zu mir auf. Ich tat ihm den Gefallen und fragte, ob das seine eigene Komposition gewesen sei, und wunderte mich nicht, als er bejahte. Entsetzlich, dachte ich nicht zum ersten Mal an diesem Abend. Ich war müde und vom langen Tag ziemlich gerädert und wollte daher die Sache nicht mehr als nötig in die Länge ziehen.
Also trank ich mein Glas aus, stellte es dann auf dem Klavier ab und setzte mich auf Jürgens Schoß. Er reagierte sofort, indem er mich küßte, befummelte und dann nach einem kurzen Weilchen hochzog.
»Komm«, sagte er mit ein wenig veränderter Stimme, »drüben ist's bequemer.« Er manövrierte mich in sein Schlafzimmer.
Zu dumm, da stand ja *auch* ein Telefon! Die Einrichtung entsprach ganz der des Wohnzimmers. Ein überbreites Bett, schwarzer Kunstsamt mit versteckter Beleuchtung und orangefarbenen Kissen. Zu beiden Seiten, wie schon im Wohnzimmer, Halogenlampen mit Dimmer. Über die ganze Breite der gegenüberliegenden Wand zog sich ein Schrank, dessen Vorderfront aus Spiegeln bestand, ein schwarzer Teppich bedeckte den Boden. Ich ließ mich anstandslos von ihm aufs Bett ziehen.
»Wie wär's mit ein bißchen Musik?« fragte ich ihn nach einem weiteren Schwung Befummeln und Küssen, um ihn ein wenig hinzuhalten und einen Grund zu haben, warum ich nicht vom Schlafzimmer aus telefonieren konnte. Natürlich konnte ich nur hoffen, daß er auch hier einen

CD-Player oder Tapedeck oder sonstwas hatte und nicht nur die Anlage, die im Wohnzimmer stand. Aber Machotypen wie er sorgten bestimmt für eine entsprechende Atmosphäre in ihrem Spielzimmer. Ich hatte recht: Er sprang auf, ordnete mit der Hand seine teilweise hart gewordenen Weichteile, die gottlob noch von der Hose bedeckt waren, ging zur anderen Seite des Bettes und machte sich an einer Art Armaturenbrett zu schaffen. Es folgte das undefinierbare Gesülze einer Frauenstimme. Bevor er mich erneut umarmen konnte, sagte ich rasch:
»Ach du, ich hab total vergessen, daß ich heute nachmittag einer Freundin, der grade ihr Freund weggelaufen ist, versprochen hatte, noch vorbeizukommen. Dann bist du mir über den Weg gelaufen«, ich legte ihm zärtlich eine Hand auf die Brust, »und da hab ich überhaupt nicht mehr dran gedacht. Kann ich vielleicht grad mal telefonieren?«
»Meinst du nicht, die schläft schon längst?« fragte Jürgen mit einem Blick auf seine Uhr ein wenig mißmutig.
»Nein, nein, sie ist eine Nachteule, und außerdem ist sie im Augenblick fix und fertig, wegen ihrem Freund. Dauert nicht lange.«
Er streckte sich auf dem Bett aus. »Du kannst von hier oder vom Wohnzimmer aus anrufen.«
Ich sprang eilends auf: »Ich ruf von drüben aus an, dann kannst du die Musik laufen lassen. Gefällt mir übrigens. Ich bin gleich wieder da!« Ich gab ihm einen Kuß und verschwand, nicht ohne die Tür sorgfältig hinter mir zu schließen. Jetzt aber schnell, lange würde er nicht auf mich warten.
»Beeil dich«, rief er mir noch hinterher. »Ich bin ganz wild nach dir!«
Rasch kramte ich aus meiner Handtasche den Zettel mit den Exotennummern und ging dann zum Telefon. Während ich überlegte, ob ich es mit Gullan oder John Thomas versuchen sollte, fiel mir ein, daß es bei Grönland vermutlich erhebliche Verständigungsprobleme geben würde. Was sprach man in Grönland? Ob man da oben auch Englisch lernte?
In jedem Fall war John Thomas der bessere Kandidat. Also wählte ich seine Nummer, lauschte ein wenig seltsam berührt dem Rauschen im Hintergrund und wartete. Es hatte gerade eineinhalbmal geklingelt, als jemand abhob und mit heller, klarer Stimme sagte: »Yes?«

Er klang, als ob er gerade um die Ecke wohnte. Ich staunte über die Wunder der Technik und vergewisserte mich vorsichtshalber: »Mr. McLellan, Mr. J. T. McLellan in Auckland, New Zealand?«
»Yes, ouh, yeess!«
»Oh, wonderful!« Warum hatte ich Trottel mir nicht vorher genau überlegt, was ich ihm eigentlich sagen wollte, damit er nicht auflegte. Ich konnte ihn mir etwas vorsingen lassen, aber sicher hätte er sich darüber gewundert, und vielleicht mochte er fremden Frauen auch nichts vorsingen, schon gar nicht am Telefon. Außerdem mußte ich zurück ins Schlafzimmer. Mein Blick fiel auf eine Fernsehzeitung, die aufgeschlagen in dem Fach unter dem Telefon lag. Man sah eine Brockhauswerbung, die mit einem Preisausschreiben gekoppelt war. Genau, das war's: Er hatte bei einem Preisausschreiben gewonnen, unter einer Bedingung!
»Ehmm … I'm Mrs. ähh, Mrs. Kempinsky from the Brockhaus Corporation, in Germany«, fuhr ich also fort, »you are the happy winner of a journey to Tasmania.«
»What? What did you say? But I didn't … I don't know what you're talking about. What corporation??« Er klang jetzt beinahe aufgeregt.
Verdammt, ich hatte ja ganz vergessen, daß man in Neuseeland Schafe oder Keas züchtete und keine Bücher las.
»Mr. McLellan«, sagte ich also hastig, »you are exactly the ninehundredandninetyninth person I am phoning with. And therefore you are the happy winner of a journey to Tasmania.«
»Ouh!« Aus dieser Äußerung ging nicht hervor, ob er mir glaubte, oder was er sonst so bei sich zu Hause in Neuseeland dachte, deshalb fuhr ich fort: »There is only one condition connected with the prize, namely that you take your bible … I trust yo do own one?«
Es blieb ein Momentchen still – das war wohl ein wenig zuviel verlangt von einem Schafzüchter, und ich suchte im Kopf schon nach Alternativen, als er sagte: »Yes, oh yeess, I've got a bible.«
»Well then, please get it, and then read me aloud the text of the Johannesevangelium, oh sorry, I mean the Revelation of St. John … well, you know what I mean?«
»You mean the …?«
»Yes, exactly.« Der liebe Gott mußte es gut mit mir meinen, daß ich aus-

gerechnet an einen bibelkundigen Neuseeländer geraten war. »But please do read the whole text, it will be recorded here, and in exchange you will be getting a letter from us within the next few days.«
Wieder blieb es einen Augenblick still, dann sagte John Thomas: »Well, I don't know what all this is about. But since I have nothing better to do at the moment, I might as well do what you want.«
Ich lobte im stillen seine Einsicht, fragte mich gleichzeitig, wieso er am hellichten Vormittag nichts Besseres zu tun hatte, als jemandem am Telefon aus der Bibel vorzulesen, und sagte: »That's quite nice of you. So I will leave you alone for the moment ... But just one question«, und schon wieder einmal hatte die Neugier gesiegt: »Why are you at home and not at work at this time of day?«
Er lachte ein wenig: »Because I am sixtyeight and long since retired. And besides: it's Saturday.«
»Oh, yes, I forgot. But what was your profession then?«
»I worked in a bank.«
Ich verfluchte mich und meine Fragerei, mit der ich mir nur Enttäuschungen einhandelte, bedankte mich und legte den Hörer neben die Gabel. Ich war auf dem Weg zur Küche, als ich Jürgen rufen hörte: »Wo bleibst du denn? Sag deiner Freundin, sie soll schlafen gehen, das hilft am allerbesten bei Liebeskummer.«
»Bin schon auf dem Weg!« rief ich und ging ins Schlafzimmer.
»Tut mir leid, daß es so lange gedauert hat«, sagte ich zu meinem Galan, der mir die Arme entgegenstreckte und mich auf sich drauf zog. »Aber meine Freundin war das heulende Elend selbst, und da konnte ich einfach nicht sofort wieder auflegen.«
»Ja klar«, murmelte er, den Mund auf meinem Hals, »aber jetzt laß uns nicht mehr an sie denken, sondern an uns.«
Ich ließ einige Minuten Knutscherei über mich ergehen, aber als er ernsthafte Anstalten machte, mir das T-Shirt auszuziehen, entwand ich mich seinen Armen: »Ich brauch noch einen Schluck von deinem köstlichen Rotwein, warte, ich hol schnell ein Glas für uns.« Und ehe er was erwidern konnte, war ich schon aufgesprungen, rückte mir im Gehen hastig das Leibchen wieder an seinen Platz und lief zum Telefon.
»And when the seven thunders had uttered their voices ...« hörte ich,

und nun hielt ich es aus Sicherheitsgründen doch für geboten, den Hörer samt Telefon unter dem Sofa zu verstecken.
Obwohl ich gerne gewußt hätte, was meinen Urologen der Spaß schon gekostet hatte, war ich froh, daß er ein Telefon ohne Zähler hatte. So würde es eine wirkliche Überraschung werden.
Während ich meine Tasche neben die Eingangstür legte und den dicksten Schlüsselbund, der an einem Brettchen hing, hineinwarf, dann ins Wohnzimmer zurückging, um den Wein einzugießen, dachte ich darüber nach, was wohl der arme John Thomas von der ganzen Geschichte hielt. Vielleicht würde ich ihm irgendwann ein erklärendes Briefchen schreiben. Für den Moment galt es lediglich, mich hier unauffällig aus dem Staub zu machen.
Das gefüllte Weinglas in der Hand, ging ich zur Schlafzimmertür. Jürgen hatte sich inzwischen seiner Hose entledigt und trug nur noch seine stark ausgebeulte, ebenfalls blütenweiße, stromlinienförmige Unterhose. Ich betrachtete ihn, wie er da lag und mir lässig die Hand hinstreckte.
»Da fang«, sagte ich und warf ihm aus der sicheren Entfernung das volle Weinglas zu, das er, perplex, natürlich nicht auffing. »Weißt du was? Fick dich selbst! Ich steh nicht auf Urologen ... Bemüh dich nicht, ich find schon allein raus«, rief ich noch aus dem Wohnzimmer über die Schulter zurück.

Ich fühlte mich gleichzeitig siegreich und ziemlich elend, oder, wie es in einem Krimi hieß, eiskalt und verbittert zugleich, als ich kurz darauf im Auto saß und begierig die frische Nachtluft ins Auto wehen ließ. Den Schlüsselbund hatte ich in weitem Schwung aus dem Fenster geworfen. Blauauge, dachte ich, ach, Blauauge. Fünf Kinder. Ich versuchte ihn aus meinem Kopf zu verbannen, konnte aber nicht umhin, mir vorzustellen, wie wohl *sein* Bett aussah und wie es wohl sein würde, mich von *ihm* küssen zu lassen. Bestimmt hatte er keine Zunge wie ein Ochse! Und bestimmt hatte er auch keine eigenen Klavierstücke komponiert. Aber wieso war ich mir da eigentlich so sicher? Ich wußte schließlich nicht einmal, was er von Beruf war. Und vor meinem geistigen Auge erschien kein anheimelndes Ikea-Bett, sondern ein Eheschlachtschiff mit dicken Federbetten. In dem einen lag schon seine

Frau, eine große, breitgebaute dauerwellgelockte Blondine, nein, keine Blondine. Frauen mit fünf Kindern sind keine richtigen Blondinen! Also so ein dezentes Kackbraun.

»Gerald-Dietz! Komm mir endlich die Füße wärmen. Und schau nach, ob die Kinder richtig zugedeckt sind, und auch, ob die Haustür abgeschlossen ist. Und hast du auch die Standuhr aufgezogen?«

Ich seufzte und bremste vor einer Kreuzung. Ringsum alles dunkel, kaum ein Auto unterwegs zu dieser späten Stunde. Nein, Blauauge war auch kein wärmender Gedanke. Überall nur Nieten. Er hatte nicht mal *versucht,* mich zu küssen. Der gierige Mund von Jürgen vergegenwärtigte sich mir mit aller Deutlichkeit. Aber ich konnte nicht behaupten, daß dieses Erlebnis mein Selbstbewußtsein aufgebessert hätte.

Der einzig halbwegs erfreuliche Gedanke waren die Udo entwendeten Bücher. Ich mußte schleunigst da raus. Wann wohl dieser fünffache Vater anrufen würde? Nichts wußte ich. Nicht mal die Adresse meiner neuen Wohnung. Aber darum wenigstens hatte er sich ja wirklich gekümmert. Außerdem war ich gerade dabei, ganz schön undankbar zu sein, sagte ich mir, als ich in unsere Straße einbog. Schließlich hatte er mir einen Job verschafft. In Celle. Wer hatte schon einen Job in Celle?

Kapitel 14

Ich liebe ihn, aber hin und wieder mechte ich ihm die Blutkerperchen raussaugen.

Opa Munster

Ich hab keine Ahnung, wo er nun schon wieder steckt!« sagte meine Mutter, nachdem sie mich umarmt hatte. Mit ›er‹ war mein Vater gemeint, der nicht auffindbar schien.

»Ach, ich weiß«, fuhr sie fort, als wir im Wohnzimmer standen, »komm mit auf die Terrasse, er ist vermutlich im Garten.«

Auf der Terrasse gab's weiße Stühle mit orangefarbenen Sitzkissen, einen Tisch und einen aufgespannten Sonnenschirm. Es war sehr heiß.
»Schau, wie schön die Rosen blühen, Kind!« Sie wies mit dem Finger. »... Irgendeiner von seinen Schmetterlingsfreunden hat ihm Eier von weiß-der-Himmel-was geschenkt, im Frühling wohlgemerkt, und nun ist eine Legion von diesen widerlichen kleinen grünen Dingern daraus geworden, die sich standhaft weigern, irgendwas anderes als, ich hab's vergessen, zu fressen. Das ...«
»Osterluzei! Ich hab's dir schon tausendmal gesagt. Und sie sind nichts weniger als grün!« Mein Vater kam um die Hausecke und sah meine Mutter strafend an. Während er mich umarmte, ergänzte er: »Mit so einer Frau bin ich nun geschlagen! Und *wie* hat sie meine siebenundvierzig bildhübschen Raupen genannt? Glaubt bloß nicht, ich hätte das nicht gehört! Ich mag vielleicht eine Lupe zum Lesen brauchen, aber meine Ohren sind voll funktionsfähig. Hat sie vielleicht: ›widerliche kleine grüne Dinger gesagt‹?? Dafür kriegt sie jetzt keinen Martini, das hat sie nun davon. Setz dich«, ergänzte er noch und verschwand dann im Haus, vermutlich um den Martini zu holen.
Ich sah meine Mutter an, die nur den Kopf schüttelte.
»Nun sag mal, wer ist hier mit wem gestraft, hm? Seit er pensioniert ist, nimmt diese Schmetterlingsmarotte überhand. Vorher hielt sich das ja noch in Grenzen, da hatte er genug zu tun mit seinen Sternen. Jetzt fährt er sogar regelmäßig zur Insektenbörse nach Frankfurt. Kannst du dir das vorstellen? Wegen dieser Biester!«
Sie band sich eine Schleife ihres Hängerkleides fester und fuhr sich mit der Hand durch die hellbraunen, gelockten Haare.
»Nun«, fragte sie, als sie sich mir gegenüber gesetzt hatte: »Was gibt's Neues bei euch. Come va Udo?«
»Ganz gut – glaub ich.«
»Was willst du damit sagen: ›glaub ich‹? Das klingt, als ob du ihn nicht oft siehst.«
Ich wollte nicht mit der Tür ins Haus fallen und lenkte ab: »Was ist denn das da?«
»Was, wo?«
»Na, das da, um die Kiefer, dieser weiße Kragen.«

»Ach das! Das hat Papa gemacht, weil er nämlich unter der Kiefer dicke Kögel gefunden hat, frag mich nicht wie, und jedenfalls behauptet er jetzt, da seien Kiefernspinner, -spanner oder weiß-der-Himmel-was drauf, und da er nicht auf den Baum klettern wollte, um sie zu suchen, hat er sich diese Methode da ausgedacht.«

»Ja, genial, nicht wahr?« Mein Vater war mit drei Gläsern und einer Flasche rotem Martini wieder auf der Terrasse erschienen, stellte alles auf dem Gartentisch ab und setzte sich zu uns. Er sah gesund aus, nur seine Haare ... waren die letztes Mal auch schon so weiß gewesen?

»Denn, mußt du wissen, wenn die Kiefernschwärmerraupen reif sind, dann klettern sie vom Baum, um sich in der Erde zu verpuppen. Nun, was müssen sie tun, um zur Erde zu klettern? Richtig: Sie haben keine andere Wahl, als den Baumstamm zu diesem Zweck zu benutzen – wenn sie sich nicht kopfüber vom Baum stürzen wollen. So stoßen sie auf meine geniale Fanganlage, kommen nicht mehr raus, und ich brauch sie bloß einzusammeln. So, und bevor du jetzt deinen Martini trinken darfst, mußt du mitkommen und dir meine Antilochia-Pflanzen anschauen. Ich war leider gezwungen, diese Mühe auf mich zu nehmen, weil nämlich die einzige andere mir bekannte Quelle, ein verwilderter Garten vor Ramstein, bei siebenundvierzig, und es waren schon über sechzig!, hungrigen Mäulern binnen kurzem völlig versiegt ist. Was ich natürlich vorherbedacht hatte, und deshalb ... na egal. Jedenfalls, da sind sie!«

Ich sah einige kurzgewachsene krautähnliche Pflänzchen, fast kahl.

»Und davon willst du siebenundvierzig Raupen am Leben erhalten?« fragte ich ungläubig.

»Tja«, mein Vater kratzte sich am Kopf. »Ich bin guter Hoffnung, daß sie sich dieser Tage verpuppen. Sonst muß doch noch mal der verwilderte Garten herhalten, vielleicht ist ja inzwischen was nachgewachsen. – Natürlich wirst du sie dir nachher angucken kommen!«

»Aber klar.«

Als ich meinen Martini schlürfte und wir über allerlei sprachen, fragte ich mich, wie ich wohl mit meinem Geständnis rausrücken sollte. Also jetzt oder nie, dachte ich, als ich das Glas leer hatte.

»Hört mal, ihr beiden, ich habe einen Job gefunden«, erklärte ich, als meine Mutter mal eine ihrer seltenen Redepausen machte.

»Einen Job? Was für einen Job?« Das war meine Mutter.
Mein Vater steckte sich nur eine Zigarette an und harrte weiterer Erläuterungen.
»Einen Job als Volontärin bei einem Verlag – in Celle.«
Nun war selbst meine Mutter für einen Augenblick sprachlos.
»Und«, machte ich Nägel mit Köpfen, »ich werde Udo verlassen. Nur weiß er noch nichts davon, und ich wäre euch sehr dankbar, wenn ihr's ihm auch nicht sagen würdet, bis ich es tu.«
»Ich brauch 'n Schnaps«, sagte meine Mutter, die gerne jede Gelegenheit zu einem Schnaps ausnutzte. So wurden aus großen Katastrophen kleinere Katastrophen. Mein Vater stand gehorsam auf.
»Du auch?« fragte er, an der Terrassentür, zu mir gewandt. Ich nickte.
»Warum? Perché? Warum verläßt du Udo? Du hast ein schönes Heim, ein Haus, einen Garten, Geld genug – was willst du? Behandelt er dich denn schlecht?«
»Erstens, Mama, ist es nicht *mein* Geld und *mein* Haus, wie mein Gatte seit unserer Hochzeit nicht müde wird, mir unter die Nase zu reiben. Und zweitens hat er eine Freundin.«
»Eine Freundin? Du meinst eine Geliebte? Una metressa, veramente?« Was für ein Glück, daß ich dieses Argument hatte, denn das war etwas, was ihr einleuchtete. »Bist du sicher?«
»Ganz sicher!«
Ich verschwieg ihr, daß sich seit letzter Woche wieder einiges geändert hatte. Denn nicht nur hatte Udo Freitag nacht vor einer Woche doch tatsächlich auf mich gewartet und mich mit Fragen überschüttet – wo ich gewesen sei und was ich gemacht hätte. Ich hatte kaum noch die Augen offenhalten können und nur was von ›Karina‹ und ›Kneipe‹ gemurmelt und mich ins Bad verzogen.
Schließlich hatte er mich in Ruhe gelassen, nicht jedoch ohne mir noch durch die Badezimmertür rufend zu erklären, Dietrichs *einmaliges* Versagen habe nur damit zusammengehangen, daß er immer allein schlafen müsse, und da sei er eben entwöhnt. Und ob ich das verantworten könne, kleckerte er noch nach. Und – da ich das natürlich *nicht* verantworten könne, müsse ich also wieder in seinem Bett schlafen.
Das einzige, was ich am nächsten Morgen daraus hatte schließen kön-

nen, war, daß ihm seine Flamme aufgrund seiner neuerdingsen Impotenz sang- und klanglos den Abschied gegeben und er sich nunmehr auf das Altbewährte besonnen hatte.
Und seitdem war er die Aufmerksamkeit in Person. Es fehlte nicht viel, und er hätte mich in der großen Pause angerufen, um mich zu fragen, wie's mir denn so ging? Da er jedoch augenblicklich Ferien hatte, blieb mir wenigstens das erspart. Diese nicht vorhersehbare Entwicklung war mir unangenehm, weil sie mich in meiner Bewegungsfreiheit erheblich einschränkte.
»Das ist natürlich etwas anderes«, sagte meine Mutter jetzt nach einigem Nachdenken und wiederholte lautstark, als mein Vater mit Schnaps und Gläschen kam: »Du, der Udo hat nämlich eine Geliebte!«
»Schh«, machte ich, »das muß nicht gleich die ganze Nachbarschaft erfahren.«
Mein Vater goß uns allen ein und trank ein wenig. »Hast du dir das gut überlegt?«
Ich warf ihm einen Blick zu. Ihn erschütterte so leicht nichts. »Es ist eine Chance. Ich weiß nicht, was mich da oben erwartet. Aber eine andere Möglichkeit hab ich nun mal nicht. Ich muß Geld verdienen, wenn ich mich von Udo trenne.«
»Hmm«, machte mein Vater. »Und wann soll das stattfinden?«
»Am ersten August fang ich an.«
Meine Mutter hatte ihr Gläschen schon leer getrunken und hielt es meinem Vater zum Nachfüllen hin. »Das sind ja nicht mal mehr zehn Tage!« rief sie empört und trank noch einen Schnaps.
»Weißt du, daß deine Mutter inzwischen einen Marmeladenladen aufmachen könnte?« lenkte mein Vater nun ab. »Ich hoffe immer, daß ihr eines Tages die Gläser ausgehen, aber nix da! Auf die Idee, mir statt dessen mal 'n paar Rumpsteaks einzumachen, kommt sie natürlich nicht.«
»Ach, hör doch bloß nicht auf den!« sagte meine Mutter mit wegwerfender Handbewegung.
»Komm, zeig mir deine bildschönen gutgenährten Raupen«, sagte ich lachend zu meinem Vater, um weitere Diskussionen zu unterbinden und der Frage, die ihr irgendwann einfallen mußte, wer mir denn den Job verschafft habe, aus dem Weg zu gehen. Das Schlimmste war in jedem

Fall überstanden. Wir überließen sie dem Slibowitz und gingen ins Haus.
Während ich die kleinen dicken borstigen Würmer pflichtschuldigst bewunderte, sagte mein Vater plötzlich: »Weißt du, ich wollte es eben nicht sagen, aber ich konnte den Kerl noch nie leiden.«

Und nun war Donnerstag, der 29. Juli, und nur mehr vier ganze Tage trennten mich von meinem Arbeitsbeginn in Celle, denn der Erste war ein Sonntag. Ich saß im Kirschbaum und sorgte mich. Alles war soweit möglich in bester Ordnung und gepackt, und Blauauge hatte immer noch nicht angerufen. Er hatte sich zugegebenermaßen am Sonntag gemeldet, in recht förmlichem Ton erklärt, er käme dieser Tage, um mir beim Umzug zu helfen, würde aber vorher noch Bescheid sagen.
Das war der Stand der Dinge. Jaja, dachte ich, kommst du heute nicht, so kommst du morgen. Und vielleicht morgen auch nicht. Ich stopfte mir eine dicke Kirsche in den Mund, die, wie ich vorher festgestellt hatte, ein kleines Loch enthielt. Während ich kaute, stellte ich mir vor, wie ich gerade auf eine ekelhaft fette, weiße Made biß, und ich spuckte die Kirsche in hohem Bogen aus.
Ist jedenfalls allerhöchste Zeit, von hier zu verschwinden, dachte ich. Ein wahres Wunder, daß Udo bislang noch nicht eines der umgetauschten Bücher in die Hand genommen oder sich sinnend vor meine Regale gestellt hat. Dafür war hauptsächlich Klemens verantwortlich, der vor etwa zehn Tagen vorbeigekommen war und ihm leihweise seine Sammlung Donalds von 1951–1958 überlassen hatte. Udo saß nun in jeder freien Minute mit einer seiner Davidoffs und einer Flasche Rotwein in seinem Lesewinkel und schmökerte.
Meine Sachen waren praktisch alle gepackt, von den hundertachtundzwanzig Handtüchern hatte ich zwanzig für mich abgezweigt, ohne daß es sonderlich aufgefallen wäre.
Hinzu kam mein Teppich und allerlei größerer und kleinerer Kram, tja, und dann hätte ich natürlich noch gern die Waschmaschine mitgenommen … Aber wenn Blauauge nicht bald anrief, würde die ganze Sache auffliegen, und an die Folgen mochte ich nur höchst ungern denken. Ich hatte genug von Kirschen, kletterte unter erheblichen Schwierig-

keiten vom Ast aufs Garagendach und überlegte grade, wie ich es bewerkstelligen sollte, von da auf den Boden zu gelangen, als ich Udo kommen hörte, der bei seinen Eltern gewesen war.

»Was machst du denn da oben?« rief er mir gutgelaunt zu.

»Ich hab Kirschen gegessen! Hilf mir mal hier runter!« antwortete ich und hätte mich besser gefühlt, wenn er weiterhin pampig zu mir gewesen wäre, wie im ganzen letzten Jahr.

»Was hättest du denn gemacht, wenn ich nicht zufällig gerade jetzt gekommen wäre?« Er stellte sich auf das Gartenmäuerchen und hielt mir die Hand hin.

»Dann hätte ich eben hier gesessen, bis eine freundliche Seele mich gerettet hätte; oder bis unser Nachbar eine Leiter drangestellt hätte; oder ...«

»Schon gut. Setz dich hin und dann spring. Keine Angst, ich halt dich fest.«

Ich sprang, er fing mich auf, drückte mich an sich und gab mir einen feuchten Kuß.

»Heute schläfst du wieder in unserem Bett, nicht wahr? Und zur Feier des Tages geh ich Pizza holen.«

Während er zum Italiener fuhr, deckte ich den Tisch und fürchtete mich vor dem Abend. Diesmal würde ich ihn wohl nicht, wie in den letzten Tagen, vertrösten können oder unbedingt noch den Film um elf gucken wollen, um mich dann mit mühsam aufgesperrten Augen gerade noch auf mein Sofa schleppen zu können. Ach, warum erlöste mich nicht der Mistkerl von einem Gerald-Dietz! Warum rief er nicht endlich an?

Und dann rief er zur denkbar ungünstigsten Zeit tatsächlich an. Nachdem er mich tagelang auf glühenden Kohlen hatte sitzen lassen, brachte er es nicht einmal fertig anzurufen, wenn er hoffen konnte, mich allein vorzufinden! Nein, es war natürlich Mittagszeit, und Udo saß mit mir am Tisch und spachtelte als krönenden Abschluß unseres Mahles Milchreis mit Kirschsoße aus dem Plastikbecher in sich hinein, als das Telefon klingelte. Da Udo einen weiteren Weg hatte, war ich schneller.

»Hallo«, sagte Blauauge, »ich nehme an, ich störe nicht.«

»Nein ...« Ich war ratlos.

»Wie geht's denn meiner Lektorin in spe?«
Ich sagte nur: »Gut!«
»Na, aber«, frotzelte er, »sei doch nicht so einsilbig! Na schön: Also, mit anderen Worten, dein Mann sitzt neben dir!?«
»Ja!«
»Dann scheuch ihn mal schleunigst aus dem Haus. Um zwei bin ich mit dem Bus bei euch. Wir laden alles ein, und ab geht's nach Celle. Da sind wir dann erst ziemlich spät, aber anders geht's nun mal nicht. Okay?«
»Nein!!« Ich war entsetzt. Das kam so plötzlich. Und wie sollte ich Udo aus dem Weg schaffen? »Geht's denn nicht auch morgen? Morgen früh?«
»Tut mir leid, Kleine! Ich muß morgen wieder zu Hause sein.«
Zu Hause! Zu Hause bei der Mutter seiner fünf Gören.
»Na gut. Ich will's versuchen«, meinte ich lahm, und er korrigierte mich sofort: »Nein, du *wirst* dafür sorgen, daß dein Mann wohin-auch-immer geht, wenn du nicht willst, daß er deinem Auszug beiwohnt. Also. Ich bin um zwei da.« Damit hängte er ein.
Na, der ist gut, dachte ich. Ich legte so langsam wie möglich den Hörer auf die Gabel, in der Hoffnung, daß mir in der Zwischenzeit vielleicht doch noch ein Geistesblitz das verödete Hirn erleuchtete. Aber nix da! Ich hob den Hörer noch einmal auf, um ihn mit einem Peng hinzulegen, überlegte gerade, ob ich diese Zeremonie noch einmal wiederholen sollte, da fragte Udo auch schon: »Wer war denn das?«
»Das? … Wer? … Ach so, am Telefon meinst du … ja, das war … das war Karina!«
»So … Karina. Und warum hast du so entsetzt ›nein‹ gesagt?«
Udo war aufgestanden und schaute mir nun höchst interessiert auf die linke Hand, die noch immer den Hörer umklammert hielt.
»Ich hab ›nein‹ gesagt? Bist du sicher, daß du dich nicht verhört hast?«
Was bist du doch für eine dumme Pute, dachte ich. Er sah jetzt aus wie ein Papagei, den man am Schwanz kraulen will, während man ihn auf der anderen Seite mit einer Erdnuß abzulenken versucht.
»Nein?« wiederholte ich, als er mich mit besagtem Blick stumm musterte. »Ach so ja, jetzt weiß ich's wieder, sie hat sich eine, nein, zwei deutsche Doggen gekauft, abgerichtete natürlich, und die wollte sie mir zeigen, und da war ich natürlich total entsetzt.«

Udo glaubte mir sichtlich kein Wort – hätte ich auch nicht getan. Wußte aber nicht recht, was er sagen sollte. »Machst du Witze? Was sollte Karina mit zwei Doggen anfangen?«

»Ja, weißt du, sie will züchten, das bringt viel Geld, sagt sie. Schafft finanzielle Unabhängigkeit und so.« Ich war glücklich, eine Ausrede gefunden zu haben. »Jedenfalls bringt sie die jetzt *nicht* mit.«

»Was soll denn das heißen?«

»Na, daß sie gleich vorbeikommt.«

»Hm«, er lehnte noch immer an der Wand neben dem Telefon, und ich dachte, gleich macht er es wie Piglet und schützt noch eine dringende Besorgung vor, die nicht zu verschieben ist. Da sagte er auch prompt: »Du, ich hab noch eine dringende Besorgung zu machen ... erklärst du es deiner, hm, Freundin, ja? Vor vier bin ich garantiert nicht zurück.«

»Ach«, entgegnete ich langsam, »das ist aber schade, wo sie dich doch *zu* gerne gesehen hätte. Aber vielleicht triffst du sie dann ja noch, wenn du um vier wieder hier bist.«

»Oh, wartet nur nicht auf mich, es wird aller Wahrscheinlichkeit nach doch länger dauern, ich muß noch einiges für Papa erledigen.«

Udo zog sich ein Jackett über, murmelte noch etwas Unverständliches und verschwand.

Hoffentlich kam er nicht noch einmal zurück, weil er etwas vergessen hatte. Aber das Risiko mußte ich eingehen. Ich holte die letzten Kisten aus dem Keller und füllte sie mit allem, was mir gerade in die Hände fiel. Um Viertel vor zwei war ich fertig.

Und nun, wo blieb mein Retter? Erst Hektik machen und dann? Ich pflückte schnell noch ein paar reife Tomaten im Garten und stopfte sie in eine Plastiktüte, dazu ein wenig Schnittlauch. Und wurde langsam kribbelig. Schon Viertel nach zwei. Ein Bus hielt vor dem Tor, endlich, da war er. Nur nicht zeigen, wie sehnsüchtig ich ihn erwartet hatte.

»Long time no see«, sagte ich also nur nonchalant, als ich ihm an der Gartenpforte gegenüberstand. Er lächelte, seine Augen schlugen freundliche Fältchen. Der Bus hatte ein Hochdach und war augenscheinlich *ziemlich* alt. Und grün!

»Ist die Hoffnung«, meinte er theatralisch weisend. »Wo ist dein Promöhl?«

»Mein Promöhl?« entrüstete ich mich. »Wie redest du mit mir? Hast mir nicht mal Tag gesagt, und überhaupt. Mich da einfach vor vollendete Tatsachen zu stellen. Und was, wenn ich nicht zu Hause gewesen oder Udo nicht gegangen wäre oder gar-nicht-auszudenken seine Eltern dagewesen wären, hm??«

»Ach, ich hab mich einfach auf dich verlassen.« Er grinste und folgte mir ins Haus. »Was hätte ich sonst auch tun können. Hab schließlich nicht unbegrenzt viel Zeit zur Verfügung.«

Wir standen vor den wenigen Kisten und fingen an runterzutragen. Ich die leichten, er die schweren. Ging ziemlich schnell. Trotzdem war ich anschließend in Schweiß gebadet. Dann kamen die sperrigen Sachen an die Reihe.

Bei den Blumentöpfen streikte Gerald-Dietz allerdings, setzte sich auf den Eßzimmertisch und rauchte eine Zigarette, während ich ins Bad ging, um noch schnell zu duschen. Als ich mich eben wieder angezogen hatte und das Fenster im Bad öffnete, hörte ich das Auto vorfahren. Nein, nicht das von Udo. Viel schlimmer: das seiner Eltern!

Ich stürzte ins Eßzimmer: »Was jetzt? Seine Eltern kommen!«

Blauauge war keiner von denen, die sich leicht aus der Ruhe bringen ließen. »Was fehlt denn jetzt noch?« fragte er nur ruhig und strampelte ein bißchen mit den Beinen, die heute ausnahmsweise mal nicht in einer dunkelblauen Hose mit Bügelfalte, sondern wahrhaftig in Jeans steckten.

»Nur noch die Waschmaschine, aber die gehört leider nicht mir. Das duldet sie *nie*! Nie und nimmer. Sie wird sich vors Auto werfen und vorher per Notruf die Polizei alarmieren. Unmöglich. Wir müssen ohne sie verschwinden.«

»Ah geh, immer mit der Ruhe«, meinte er gelassen, »laß mich nur machen!«

Ich hörte, wie meine Schwiegermutter die Treppe heraufkeuchte und in der Haustür stand.

»Was ist denn hier los?« fragte sie atemlos und sah auch schon Blauauge auf dem Tisch thronen. »Was machen *Sie* hier auf *meinem* Tisch?«

Dann sah sie mich an der Wand lehnen. »Und du? Was ist hier eigentlich los? Wo ist Udo?«

»Udo ist in der Stadt«, meinte Blauauge ruhig, noch bevor ich antworten konnte, zuckte nur ein wenig mit seinem rechten Arm, was ich trotz meiner Panik als Zeichen seiner immerhin doch ein wenig vorhandenen Nervosität registrierte. »Er hat Ihre Schwiegertochter rausgeworfen, oder besser gesagt, *gebeten* auszuziehen, weil er mit seiner Freundin zusammenziehen möchte.«

»Was?« Sie schnappte nach Luft. »Was reden Sie da für einen Blödsinn?« Sie blickte, nun doch unsicher geworden, von einem zum anderen. »Ist das wahr?« fragte sie mich dann beinahe ruhig.

Ich nickte nur.

»Die einzige Bedingung war die Waschmaschine. Udo hat ihr die Waschmaschine vermacht.« Blauauge sah sich suchend nach einem Aschenbecher um. Als er keinen fand, sprang er vom Tisch und ging in die Küche.

Meiner Schwiegermutter war das Blut in den Kopf gestiegen: »*Meine* Waschmaschine? Kommt gar nicht in Frage! Stimmt das überhaupt?« Sie sah sich nach Blauauge um, den sie offensichtlich seiner Halbglatze wegen als eine Art Respektsperson akzeptiert hatte. Gut, daß sie allein gekommen ist, dachte ich.

»Natürlich stimmt das«, meinte Blauauge und tauchte aus der Küche auf. »Geschäft ist Geschäft. Waschmaschine gegen Schwiegertochter. Sonst bleibt sie und bügelt Ihrem Sohn seine Hemden nicht mehr. Und wie sie ihm dann erst das Leben schwermachen wird ...«

Sie ließ sich auf einen Stuhl fallen und überlegte. Nicht lange allerdings, das Argument hatte ihr eingeleuchtet. Und schließlich war sie geschäftstüchtig, wenn ihr auch das Herz blutete wegen der Waschmaschine. Aber mich den Rest meines Lebens durchzufüttern wäre erheblich kostspieliger geworden.

»Gut, meinetwegen. Packen Sie sie ein und verschwinden Sie.«

Mir war nicht klar, wen sie mit ›sie‹ meinte, mich oder die Waschmaschine.

»Ich jedenfalls werde hier auf meinen Sohn warten.«

Blauauge nickte ihr zu, und wir verließen die Wohnung. Als wir schon auf der Treppe waren, rief sie: »Du hast doch nichts von meinen Sachen mitgenommen, oder?«

»Nein, natürlich nicht! Wie werde ich denn …«
Aber ich wußte, wir hatten keine Zeit mehr zu verlieren, sie würde in der Wohnung alles auf den Kopf stellen. Also schnell. Die Waschmaschine war nicht eine von den leichtesten. Aber besser ein gebrochenes Kreuz als noch länger hierbleiben.
Und irgendwie schafften wir es, samt Constructa ins Auto zu kommen. Als wir die Türen zuschlugen, öffnete sich oben im Schlafzimmer das Fenster, und meine Schwiegermutter gellte: »Halt!«
Blauauge gab Gas.

Kapitel 15

Ringsherum gibt es Föhrenwälder. Hm … he … hö … mm …

Manfred Hausmann
Die Frühlingsfeier

*I*ch betrachtete ihn aus den Augenwinkeln, sein Profil mit der überaus markanten Nase, die Hände auf dem Lenkrad, die obligate Zigarette zwischen den Fingern, und hätte ihm gleichzeitig um den Hals fallen und das mir zugewandte Ohrläppchen abreißen mögen.
Da saß ich nun mit all meinem Charme und all meinen Kartons und schaffte es nicht. Ihn zu kratzen. Er sah zu mir hin und lächelte. Und jetzt war ich ihm ausgeliefert. Kein Mensch mehr weit und breit. Nicht mal Karina, bei der wir vor zwei Stunden die restlichen Kartons eingeladen hatten.
Sie war Gerald-Dietz, der tatkräftig hantierte, mit großen Augen gefolgt und hatte sich ganz offensichtlich gefragt, was ich mit einem Obergrufti wie ihm anfangen wollte oder was ich an ihm fand. Ich gab innerlich zu, daß auf Bernds Kopf noch alle Haare waren, wo sie sein sollten. Aber: Sie waren häßlich, fettig und voller Schuppen – vermutlich. Außerdem konnte er nicht mit einer so hübschen schwarzgeränderten Brille aufwarten und vor allem (!) nicht mit solchen Sommerseeaugen.

Aber da ich wußte, daß Karina gegenwärtig auf beiden Augen blind und von ihrem Buddha regelrecht besessen war, schwieg ich. Außerdem legte ich ohnehin nicht den geringsten Wert darauf, sie von den Qualitäten meines Retters in Kenntnis zu setzen. So hatte ich ihr lediglich einen strengen Blick zugeworfen, der besagen sollte: Hüte deine lose Zunge! Und sie hatte mich nur einmal, als Blauauge gerade mit einem Karton im Arm verschwunden war, leise gefragt: »Du sag mal, das ist doch nicht dein Ernst, der da! Oder doch?«
Ich warf ihr einen verärgerten Blick zu. »Weißt du, Karina, Frauen, die auf solche Arschlöcher wie deinen Urologen reinfallen, sollten entmündigt werden. Im übrigen ist er verheiratet und hat fünf Kinder, also keine Panik! Im übrigen ist *er* es, der mir einen Job verschafft hat, und er hilft mir auch beim Umzug, wie du siehst. Wie viele deiner Schönlinge haben irgend etwas Derartiges für *dich* getan?«
Karina sah ziemlich kleinlaut drein. »Entschuldige, war nicht so gemeint. Aber er hat nun mal ein klein bißchen wenig Haare. Und irr ich mich, oder hat er so was wie eine Warze auf der Nase? Aber er kann sie ja abbinden, wie ich das getan hab, und den Faden dann rückwärts in einen Bach werfen. Na, du wirst ihm schon ein gutes Rezept raussuchen!«
»Mir gefällt seine Nase so, wie sie ist«, erklärte ich, nahm einen Karton und folgte Gerald-Dietz die Treppen hinunter.
Zum Abschied hatte Karina mich umarmt und sogar ein paar Tränen vergossen.
Ich griff nach meiner Tasche. Sie enthielt mein ganzes Vermögen in Form von dreitausend Mark, die ich von Udos Sparbuch abgehoben hatte, bevor wir zu Karina gefahren waren.
»Was mach ich jetzt mit dem Ding?« hatte ich Gerald-Dietz gefragt, als wir die Sparkasse verließen. »Ich hab ihm immerhin noch fünfzehnhundert Mark draufgelassen.«
»Am besten, du wirfst es in einen Briefkasten, unsere deutschen Beamten werden bestimmt dafür sorgen, daß er es zurückerhält.«
Na, da ist er billig bei weggekommen, mein Gatte; braucht keinen Unterhalt und nix zu zahlen, dachte ich. Aber er wird trotzdem schäumen vor Wut.

»Schwer von Segen ist die Flur, junge Frau, was sinnst du nur?« Blauauges Stimme klang warm, ein wenig müde, und er legte mir kurz eine Hand aufs Bein. »Tut's dir denn leid?«
Er fischte nach seinem Tabakpäckchen im Handschuhfach. Der Bus paßt viel besser zu ihm als der Morgan, dachte ich.
»Nein«, ich schaute auf die Straße, »nein, ist halt ein weiterer Abschnitt. Was kommt … keine Ahnung. Und … ich bin jetzt allein … total und völlig.«
»Jetzt fehlen nur noch die Geigen und ein Taschentuch«, sagte er vergnügt, »mit den Geigen kann ich leider nicht dienen, ein Taschentuch aber kann ich dir anbieten!« Sprach's, zog eins aus der Hosentasche, hielt es mir hin. Eigentlich war ich drauf und dran gewesen zu grinsen. Als ich aber sah, daß sein Taschentuch schön zusammengefaltet, blütenweiß und gebügelt war, kam mir jeglicher Humor abhanden. Ich warf ihm einen *sehr* gemischten Blick zu. »Das findest du wohl komisch, wie? *Du* hast diese Sorgen ja nicht. Wer zum Teufel bist du überhaupt?«
Er zündete sich die Zigarette an, ließ den Rauch nachdenklich aus seinen Nasenlöchern entweichen und öffnete sein Fenster ein wenig. Mir eine Antwort zu geben, hielt er nicht für notwendig. Die Luft, die hereinwehte, war nicht mehr ganz so heiß, die Landschaft hübsch hügelig, die Autobahn erfreulich leer.
Gerald-Dietz seufzte. »Weißt du, ich hätte dich eigentlich nicht für eine solch alte Tränenkanne gehalten! Soll ich dich beim nächsten Parkplatz aussetzen und mir statt deiner eine süße Blonde mitnehmen?«
Nun mußte ich doch lachen: »Na hör mal! Ich *bin* eine süße Blonde, falls dir das noch nicht aufgefallen sein sollte.«
»Ach wirklich?« Er grinste. »Sieht man dir gar nicht an. Und süße Blonde jähmern nicht. Die ondulieren sich die Haare, sprühen sie mit Dreiwettertaft ein, lackieren sich die Fußnägel rosa, lesen Modezeitschriften, falls sie des Lesens mächtig sind! Die haben also gar keine Zeit, sich selbst zu bedauern.«
»Ein bißchen Selbstmitleid ist was ganz Nettes, mußt du mal ausprobieren.«
Blauauge warf seine Zigarette aus dem Fenster: »Ach, papperlapapp! Du

kannst dir einfach vornehmen, ab jetzt jeden Samstagnachmittag von drei bis vier Uhr sentimental zu sein, so richtig mit Heulen und allem, was dazugehört. Dann hast du den Rest der Woche Ruhe. Na, guter Vorschlag?«

»Genial! Ich werd's mir merken.«

Gerald-Dietz sah auf die Uhr: »Ist schon nach halb acht. Hast du noch keinen Hunger?«

»Doch, und wie.«

Er lächelte. »Ich auch. Ich fahr bei der nächsten Ausfahrt raus, und wir suchen uns irgendwo was, einverstanden?«

Blauauge schüttelte mich leicht an der Schulter: »Wir sind in Celle, wach auf!«

»Ich hab gar nicht geschlafen«, brummelte ich unwirsch und setzte mich auf. »Nicht gerade übermäßig viel zu sehn. Ist's hier sonst heller?«

»Hin und wieder, zumeist bei Tage.« Er schien keine Spur von müde zu sein.

»Wie spät ist es denn überhaupt?«

»Nach zwei.«

Ich sah zu ihm hinüber, konnte aber im Dunkeln nur schemenhaft den Umriß seines Kopfes und den glühenden Punkt seiner Zigarette ausmachen. Ich fröstelte in meinen dünnen Sommersachen.

Wir umrundeten einen Park, soviel konnte ich erkennen. Aber dann? Reichlich finstere Straßen, und kein Mensch zu sehen. Dann kam Wald, zumindest waren da Bäume links und rechts, viele Bäume. Ein paar kleinere Straßen und schließlich ein Bahnübergang. Dann wieder Bäume, ein paar Häuser, eine Linkskurve. Dann eine Rechtskurve, und vor einem der nächsten Häuser hielt er.

»Wie heißt das hier?« fragte ich ihn müde.

»Großmoor, ist ein Vorort von Celle.« Er reckte sich und gähnte. »Wir sind da«, verkündete er.

Ich schaute aus dem Fenster. Auf meiner Seite sah man überhaupt nur Bäume.

»Schöne ruhige Gegend, nicht wahr!« Er stieg aus, streckte sich noch einmal ausgiebig und meinte: »Uff!«

Ich ging ums Auto herum zu ihm hin und legte ihm die Arme um den Hals: »Tausend Dank, wirklich!« Machte mich sofort wieder von ihm los – nicht daß er dachte, ich wolle was von ihm.

»Schon gut, schon gut«, murmelte er verlegen und öffnete eine Gartentür. Ich stolperte im Stockdustern hinter ihm her und wär beinah über die erste Stufe einer Treppe gefallen, die in die Tiefen des bereits angedrohten Souterrains eines Hauses hinabführte, von dem ich nicht viel mehr sah, als daß es nur anderthalb Stockwerke hoch war. Blauauge suchte umständlich nach dem Schlüssel und anschließend vergeblich nach einem Lichtschalter.

Ein langer schmaler Gang, mit zwei weit oben angebrachten Sehschlitzen an der rechten Seite, führte zu einem kalten, düsteren Zimmer, das links in einen weiteren Raum führte. Hier fand er den Lichtschalter, und ich sah mich fröstelnd um. Die ganze linke Wand bestand aus eingelassenen Bücherregalen, die rechte aus vier Fenstern. Ein runder Tisch mit zwei abblätternden Rohrstühlen, ein Schrank und ein eisernes Krankenhausbettgestell an der hinteren, grasgrün gestrichenen Wand machten das gesamte Mobiliar aus, während das Vorderzimmer ein monströser Schreibtisch beherrschte. Dort gab's auch ein Regal und ein Waschbecken.

»Wo ist das Klo?« fragte ich und versuchte, mir meine Enttäuschung nicht allzusehr anmerken zu lassen.

Er wies auf eine Tür, die vom Gang abzweigte. Ich guckte hinein. Wenn man auf dem Klo sitzt, geht die Tür nicht mehr zu, konstatierte ich düster.

»Und wo soll die Küche installiert werden?«

»Na, hier im Gang, natürlich!« Er war nicht zu erschüttern. »Ist doch massig Platz.«

Ich sah zweifelnd den Flur entlang. »Und zum Rein- und Rausgehen überquert man Herd und Kühlschrank auf einer Hängebrücke?«

Er grinste. »Naja, das ist dann so das rechte Pionierfeeling. Aber sag mal, ich kann mich des Eindrucks nicht erwehren, daß du nicht übermäßig glücklich über deine neue Heimat bist«, sagte er dann und nahm mich am Arm. »Na komm, schau mich an!«

Widerstrebend sah ich zu ihm auf. Er wirkt fast so, als ob ihm mein

Wohlbefinden irgendwie am Herzen läge – wenn ich's nicht besser wüßte, dachte ich unwillig.

»Komm, Mädchen, mußt ja nicht für den Rest deines Lebens hier wohnen. Suchst dir eben bald was anderes. Und soo schlimm ist's doch nun auch wieder nicht, oder?« Er drückte mich kurz an sich.

»Nein«, antwortete ich zögernd.

»Wirst sehen, morgen früh sieht alles schon ganz anders aus«, meinte er ermutigend.

Da hatte ich zwar meine ernsten Zweifel, fragte aber nur: »Was jetzt? Auspacken, mitten in der Nacht?« Der Gedanke begeisterte mich nicht im geringsten, um nicht zu sagen: Er entsetzte mich geradezu.

Gerald-Dietz sah mich gedankenvoll an: »Nein, das werden wir morgen machen. Ich fahr das Auto bei mir in die Garage, dann kommt garantiert nichts weg.«

»Und was sagt deine Frau dazu?« Ich biß mir sofort auf die Lippen. Er maß mich mit einem strengen Blick und nahm mich dann erneut in die Arme. Mir wurde heiß. Vielleicht hatte er auf der nächtlichen Fahrt seine unstillbare Liebe zu mir entdeckt. Jetzt würde es passieren, seine Leidenschaft mit ihm durchgehen. Er würde mich küssen, aufs Bett werfen und … Aber es passierte nichts. Er drückte mich kurz und freundschaftlich, ließ mich dann wieder los.

»Hast du Zahnbürste, Pasta und dergleichen?«

Ich stand ziemlich belämmert da und hätte ihn schütteln mögen. »Verdammt«, entfuhr es mir denn auch. »Warum hast du mich überhaupt hergebracht? Was soll ich hier, mutterseelenallein? Und morgen früh hab ich nicht mal Brötchen und Kaffee. Nur zerdrückte Tomaten mit welkem Schnittlauch. Ach, es ist *zu* und *zu* trostlos.«

Ich setzte mich auf den monströsen Schreibtisch und ärgerte mich, daß ich nicht wenigstens eine Flasche Wein eingepackt hatte. »Ich hab's mir überlegt«, erklärte ich düster. »Ich werde die samstägliche Stunde Selbstmitleid auf jetzt verlegen. Bietet sich grade so gut an.«

»Nun isses aber gut, hm!? Jetzt gehst du brav ins Bett und schläfst ein paar Stunden. Und versuch's mir zuliebe mal von der positiven Seite zu sehen: *Kein* schnarchender Ehemann erschüttert ab heute nacht mehr dein Trommelfell, und *keine* dreigeteilten Polster verrutschen alleweil.«

Das hatte ich ihm nämlich erzählt. »Ist das nichts? Und was das morgige Frühstück angeht«, er zögerte kurz, »ich bring Mohnbrötchen mit, vom besten Bäcker der Stadt, und Kaffee in einer Thermoskanne.«
Er warf mir einen warnenden Blick zu, wußte offensichtlich genau, was ich dachte und womit ich vermutlich ansonsten herausgeplatzt wäre. Nämlich, ob seine Gattin sich nicht wundern würde, wenn er mit einer Thermoskanne Kaffee und einem halben Stück Butter das Haus verließ.
»Aber nicht, daß du denkst, das geht jetzt jeden Tag so!« hielt er noch für geboten hinzuzufügen. »Ist eine Ausnahme. Normalerweise ...«
»Schon gut, schon gut«, unterbrach ich ihn. »Ich weiß es zu schätzen. Und werde dir ewig dankbar sein.«
Er fixierte mich. Jetzt merkte man ihm an, daß auch er müde war. Tiefe Linien zogen sich von der Nasenwurzel zum Mund.
»Ach, tut mir leid! Hör einfach nicht auf mich. Ich bräuchte dringend was zu trinken. Dann ging's mir vielleicht besser. Und natürlich hab ich Schaf nicht dran gedacht, was mitzunehmen.«
»Hmm«, er schlug sich mit der Hand vor den Kopf, »aber ich.« Und wieder einmal hätte ich ihm um den Hals fallen können. »Wie du siehst, denke *ich* an alles! Zum Beispiel auch an den Korkenzieher *und* zwei Pappbecher! Bleib sitzen, ich geh die Sachen holen ... Oder nein, komm mit, du kannst dein Bettzeug reintragen.«
Ich kann nicht behaupten, daß er mich in der nun folgenden nächtlichen Stunde zu verführen versuchte. Nein, leider. Trotzdem aber fühlte ich mich auf seltsame Art mit ihm verbunden. Ich saß auf dem recht breiten Bett, er zog sich einen Korbstuhl heran und stellte eine Kerze, die er auch schon in weiser Voraussicht eingepackt hatte, auf den runden Tisch, den er ebenfalls näher rückte. Das Licht im Nebenzimmer ließ er an. So wirkte der Raum schon etwas weniger kalt. Nur die Fenster waren schwarze Löcher. Ich mußte als allererstes Vorhänge nähen.
Gegen drei war die Flasche leer, und Blauauge war, nachdem er mir die Tüte mit dem Waschzeug geholt und mir einen kurzen, zärtlichen Kuß auf die Stirn gegeben hatte, gegangen. Ich lag im Bett und konnte nicht einschlafen. Es war so still draußen, man hörte nicht das geringste Geräusch. Und auch an das Bett mußte ich mich erst gewöhnen, da gab

es so überhaupt nichts zum Anlehnen und Einkuscheln. Und ungewaschen war ich obendrein.
Aber dann mußte ich doch eingenickt sein, denn ich sah Gerald-Dietzens Gattin vor mir. Sie lag mit Lockenwicklern und Rüschennachthemd im Bett und las Reader's Digest. Die beiden Pummelbacken waren dick mit einer hellgrünen Paste beschmiert.
»Hör mal, Schatz«, ruft sie und schiebt die auf der glitschig grünen Nase verrutschte Brille zurecht. »Ich les grad die Rubrik: ›Bereichern Sie Ihren Wortschatz‹. Weißt du, was eine Mofette ist?«
Und Blauauge, der sorgfältig seine Hose über eine Stuhllehne legt, antwortet interessiert: »Klingt wie ein zusammenklappbares Fahrrad mit Hilfsmotor.«
»Falsch!« antwortet seine Frau triumphierend: »Soll ich's dir sagen?«
Ich fuhr auf, bevor sie dazu kam, ihr Wissen zum besten zu geben. Mußte mich besinnen, wo ich war, schüttelte den Traum ab und wickelte mich so in meine Bettdecke, daß nirgendwo auch nur noch ein Fitzelchen von mir rausschaute. Dann stellte ich mir vor, ich läge in einem bequemen Eichhörnchenkobel hoch oben im Wipfel einer dicken Kiefer. Die Eingangstür war verrammelt, und kein Feind, wer es auch sein mochte, konnte hereinschlüpfen. Nicht mal Gerald-Dietzens Frau.

Kapitel 16

Alle Frauen sind klebrig und öd. Alle Männer Halunken.

Wladimir Majakowskij
Liebesbriefe an Lilja

Die Sonne blendete mich. Die Strahlen fielen von schräg oben ins Zimmer und beschienen nur die Fensterseite, das Bett eingeschlossen. Immerhin ein Lichtblick, daß ich wenigstens eine Stunde lang eine helle Wohnung hatte. Die Korbsessel müssen unbedingt gestrichen werden,

stellte ich blinzelnd fest und knüllte mir das Kopfkissen, um einen besseren Überblick zu haben, zu einer Bettwurst zusammen.
Mein Kopf fühlte sich ziemlich benommen an. Wie spät es wohl war? Ich hängte mich aus dem Bett und suchte auf dem Boden nach meiner Uhr. Erst kurz nach neun. Kein Wunder, daß ich kaum die Augen aufhalten konnte. Um zehn wollte Blauauge kommen. Ich stand widerwillig auf und warf einen Blick aus einem der Fenster: Schräg oben sah man den Himmel, direkt vor dem Fenster führte ein gestufter Betonschacht zum Rasen hinauf, über den ich gerade eben noch hinwegsehen konnte.
Nach Katzenwäsche und Klobesuch und Anziehen machte ich mich daran, die Wohnung eingehender zu inspizieren.
Aha, da ging ja noch eine Glastür vom Flur, der meine Küche werden sollte, nach rechts ab. Sie war verschlossen. Ich überlegte mir, wer wohl über mir im Haus wohnte. Eine Bekannte von ihm sei die Besitzerin, hatte Blauauge auf meine Frage gemeint. Eine Malerin mit Mann und Mutter. Und zwei Söhnen. Ich stellte weiterhin fest, daß der Flur immerhin schon einen kleinen wachstuchbezogenen Tisch beherbergte, was mir gestern in meinem Schockzustand entgangen war. Er würde das Zentrum meiner Küche darstellen, die vorerst nur aus einem alten Zweiplattenherd bestand, den ich aus unserem Keller mitgenommen hatte. Die beiden Sehschlitze zeigten eine andere Seite des Gartens, der in der Hauptsache ebenfalls aus Rasen zu bestehen schien. Am jenseitigen Ende konnte ich grade noch ein paar Rosenstöcke und Bäume ausmachen. Was ich brauchte, war ein Kühlschrank, dann Farbe für die Stühle: Rot natürlich. Stoff für Vorhänge. Mein Gott, ist dieser Schreibtisch ein Monstrum, dachte ich übergangslos, als ich ins Vorzimmer trat.
Ich öffnete neugierig die Seitenklappen und sah nach, ob mein Vorgänger nicht was Hübsches vergessen hatte. Einen kleinen zusammengelegten Kühlschrank beispielsweise. Aber ich fand nur einen uralten schwarzen Locher.
Über meinem Kopf polterte es. Kurz drauf hörte ich eine hohe Frauenstimme. Ich konnte allerdings trotz gespitzter Ohren kein Wort verstehen. Eine dunklere Stimme entgegnete etwas in aufgeregtem Ton.

Schien ja eine interessante Familie zu sein. Die Inspektion der Bücherregale im Wohnzimmer förderte nichts außer einem alten Aral-Atlas und einem Krimi zutage: Bill Knox, *Ins Feuer mit der Hexe!*

Der Kleiderschrank war ganz leer, unterm Bett hatte auch niemand rein zufällig einen Koffer mit Golddukaten liegen lassen. Alles in allem eine Enttäuschung, diese Untersuchung. Als ich noch überlegte, was ich nun anfangen sollte, verdunkelte ein Schatten das eine der vier Fenster. Blauauge war in den Schacht hinabgestiegen und verdüsterte die Sonne. Ich seufzte, öffnete das Fenster und ließ ihn ein. Er hatte eine Tüte dabei und duftete verführerisch nach Brötchen, Rasierwasser und Bierwurst.

»Gekochtem Schinken«, belehrte er mich kurz darauf, »du leidest wohl unter olfaktorischen Halluzinationen. Aber wenn du magst, bring ich das nächste Mal Bierwurst mit.« Er gab mir einen herzhaft brüderlichen Kuß auf die Backe und hielt mich kurz von sich ab, um mich prüfend zu betrachten. Dann ließ er sich auf einem der Korbstühle nieder.

»Gibt's hier vielleicht zufällig Tassen?« fragte er.

Ich ging die Becher vom Vorabend spülen. »Hast du an Milch gedacht?« fragte ich ihn, als ich ins Wohnzimmer zurückkam.

»Nein, hab ich nicht. Ich trink meinen Kaffee schwarz. So eine Unart kommt mir nicht ins Haus.«

»Was? Ich erinnere mich noch sehr gut, daß du bei mir zu Hause, ich meine in dem Haus meines Mannes, selbst Milch in den Kaffee getan hast«, sagte ich erstaunt.

»So? Kann ich mich nicht dran erinnern. Aber ich will mal nicht so sein. Hier!« Er zog grinsend ein Fläschchen Dosenmilch aus der Tüte hervor. Legte dann Brötchen, ein Stück Butter, gekochten Schinken auf den Tisch. Er sah beneidenswert wach und ausgeschlafen aus. Und wieder stach mich bei dem Gedanken an seine gehabte Nachtruhe die Eifersucht. Doch schaffte ich es, sie wenigstens für den Augenblick erfolgreich zu verdrängen.

»Also was nun? Magst du jetzt den Kaffee mit oder ohne Milch?« fragte ich lediglich irritiert.

»Wie's kommt. Mal mit, mal ohne«, entgegnete er lächelnd.

»Aha! Und wie sollen wir jetzt die Brötchen entzweien? Ohne Messer?«

»Ist Chorobates a) der Sprecher des Chors in der griechischen Tragödie oder b) der Zustand des Überbrücktwerdens einer Synapse oder c) eine südamerikanische Alligatorart?« gegenfragte Gerald-Dietz und zog ein rotes Schweizer Taschenmesser aus seiner Hosentasche.

»C«, erklärte ich aufs Geratewohl und fragte mich zum wiederholten Mal, ob wirklich alles mit ihm in Ordnung war.

»Falsch, durchgefallen! So wirst du nie eine gute Lektorin. Dir könnte man ja sonstwas auf die Nase binden.« Er lächelte unverschämt, während er mit seinem Messerchen kunstgerecht ein Brötchen halbierte und mit der mitgebrachten Butter beschmierte.

»Schinken oder Schinken?«

»Na, wenn du mir die Wahl läßt, dann nehme ich Schinken. Du kannst mir aber natürlich auch Schinken geben.«

»Na schön, dann geb ich dir eben Schinken.«

Wie neu lackiert wirkt er, stellte ich unwirsch fest und konnte mich nun doch nicht beherrschen. »Wie geht's denn den lieben Kleinen? Vermissen sie ihren Erzeuger nicht beim Frühstück?« fragte ich so natürlich freundlich wie möglich, damit er mir nicht wieder mein Interesse übelnahm.

»Allen geht's bestens, danke der Nachfrage«, meinte er seelenruhig und schmierte sich selbst ein Brötchen. »Nein, ich glaube nicht, daß sie ihren Papi vermissen. Sie sind ja schon recht groß, wie du weißt. Die haben andere Sorgen, als ihrem Vater hinterherzuweinen. Gehen in die Disco oder was weiß ich wohin.«

»So genau wollte ich das gar nicht wissen«, sagte ich mürrisch.

»Wenn du es nicht wissen wolltest, warum fragst du dann?« erkundigte er sich in gleichbleibend sanftem Ton. »Sind gut, die Brötchen, nicht wahr?«

»Hervorragend!« antwortete ich wahrheitsgemäß und versuchte Blauauges Kinder samt deren Mutter in den letzten Winkel meines Kopfes zu verbannen, was mir allerdings nur mangelhaft gelang. Ich aß den letzten Bissen und ließ mir von ihm ein weiteres Brötchen schmieren.

»Du siehst noch ziemlich müde aus. Was hast du denn geträumt in deiner ersten Nacht hier?« Gerald-Dietz sah mich forschend an. Zwei Mohnkrümel zierten seine Oberlippe. Ob ich es wagen konnte, sie zu entfernen? Ich beschloß, mich vorerst nicht zu trauen.

»Gibst du mir noch einen Schluck Kaffee?« bat ich ihn. Er schenkte mir ein und beharrte: »Hast du meine Frage *geflissentlich* überhört oder *absichtlich*?«

Er erinnerte mich an den kleinen Prinzen, der nie eine Frage vergaß, die er einmal gestellt hatte. »Nein, weder das eine noch das andere, sondern bewußt. Müssen wir nicht da oben einen Antrittsbesuch machen? Ich meine, bevor wir anfangen, das Auto auszuräumen? Schließlich will deine Malerin doch bestimmt ihre neue Mieterin kennenlernen, wenn sie schon ... wieviel war das noch mal, was ich für die Wohnung bezahlen muß? Fünfhundertfünfzig? Also wenn sie schon fünfhundertfünfzig Mark von mir kriegt.«

»Mhmm«, nickte er und leckte das Messer ab. »Erst Frühstück, dann Arbeit.«

Ich kaute meinen letzten Bissen und lehnte mich dann zurück. Er aß auf eine seltsam indifferente Art und Weise. So, als ob es ihm letztlich egal wäre, was er da in sich hineinstopfte. Ich sah ihm zu, wunderte mich und begann schließlich, ihm von dem morgendlichen Gepolter und Geschrei zu erzählen. Er lachte.

»Ja, ich hätte dich vorwarnen sollen. Das ist eine höchst impulsive Familie da oben. Da ist also, wie ich dir gesagt hab, die Malerin mit ihrem Mann, der schon ein ganz klein wenig angegammelt ist.« Er grinste. »So wie ich! Nein, schon etwas älter! Na, du wirst ihn kennenlernen. Jedenfalls haben sie zwei Söhne, Bernhard und ... den Namen von dem anderen hab ich vergessen... Du magst das letzte Brötchen nicht mehr essen? Na gut, dann werd ich mich erbarmen ... Wo war ich? Ach so, ja, dieser Bernhard ist ziemlich verzogen. Er ...«

»Wie alt ist er denn?«

»So um die Sechzehn. Er weigert sich standhaft, ein ›undeutsches‹ Gericht zu essen, und tyrannisiert die ganze Familie damit. Seine Mutter macht und kocht, was er will, um den Familienfrieden zu erhalten, denn er wird tobsüchtig, wenn ihm was in die Quere kommt. Sein armer Bruder, wie heißt er denn noch mal? ... hat vermutlich ganz schön unter ihm zu leiden – ich kenn ihn allerdings kaum.« Blauauge trank einen Schluck Kaffee und goß sich nach, nachdem er einen Blick auf meine noch halbvolle Tasse geworfen hatte.

»Laß deinen Kaffee nicht kalt werden! – Na, und dann ist da noch die Oma. Die hätte ich beinah vergessen. Hält sich für was Besseres. Sie färbt ihr Haar lackschwarz, schminkt sich auf Vamp und zwängt sich in Pumps, mit denen sie den ganzen Tag lang in der Wohnung herumstöckelt. Hast du noch nichts gehört?«
Ich schüttelte den Kopf.
»Na, dann wohnt sie vielleicht nicht über dir. Sie ist wohl wirklich ein wenig verrückt oder neurotisch oder was weiß ich. Der eine Sohn, Bernhard, regt sich jedenfalls fürchterlich darüber auf, daß seine Oma wie eine Hure herumläuft, wie er es ausdrückt, und in regelmäßigen Abständen kracht es gewaltig zwischen den beiden.«
»Nette Familie, zu der du mich da gebracht hast!« warf ich lakonisch ein.
»Ich konnte in der Eile keine andere auftreiben«, entschuldigte er sich. »Außerdem sind sie wirklich nett – davon abgesehen.«
»Woher weißt du eigentlich so genau über die Verhältnisse da oben Bescheid?« erkundigte ich mich argwöhnisch.
»Von der Mutter, die seh ich ab und an.«
»Aha!« bemerkte ich, enthielt mich aber jedes weiteren Kommentars. »Und wie sehen diese Zusammenstöße aus, zwischen Oma und Enkel?«
»Nun, er kennt die empfindliche Stelle seiner Großmutter ganz genau: ihre Vitrine. Aber wie gesagt, davon abgesehen ist er schon ein lieber Kerl«, fügte Gerald-Dietz kauend hinzu, als er meinen mehr als skeptischen Blick registrierte.
»Züchtet irgendwelche seltenen Pflanzen, um sie dann im Wald auszusetzen, und brennt seinen eigenen Schnaps. Holunder.«
»Und der Vater, was sagt der zu all dem?«
»Der ist pensionierter Museumsdirektor und fern aller irdischen Belange. Er sitzt zumeist mit Stöpseln in den Ohren im Keller, also quasi neben dir, in seiner Bibliothek und schreibt Gedichte, die er dann im Selbstverlag veröffentlicht. Und …«
»Du, ich glaub dir kein einziges Wort mehr«, unterbrach ich ihn entrüstet. »Du hast vorhin selbst gesagt, mir könnte man ja alles erzählen.« Ich ärgerte mich, daß ich ihm bis jetzt so auf den Leim gegangen war.
Er aber hob drei Finger und meinte: »Großes Indianerehrenwort. Alles,

was ich dir erzählt hab, ist wirklich wahr. Wenn mich Bernhards Mutter nicht angelogen hat, aber das halte ich für sehr unwahrscheinlich.« Ich musterte ihn. Zumindest sah er ehrlich aus. Also begann ich mich zu fragen, wo zum Teufel ich hier gelandet war.
»Und deine ehemm: Freundin, die Malerin, wie steht die zu solchen, nun, doch recht ungewöhnlichen häuslichen Umständen?«
»Ich nehme an, sie hat Freunde ... und läßt im übrigen ihren Sohn Bernhard schalten und walten, wie's ihm paßt.« Gerald-Dietz warf mir einen amüsierten Blick zu, während er sich zur Abwechslung mal wieder eine Zigarette drehte. »Sie steht sich wohl auch nicht allzugut mit ihrer Mutter und ist insgeheim ganz froh, wenn ihr Bernhard eins draufgibt. Aber das ist bloß eine Vermutung von mir. Jedenfalls kocht sie ihm seine echt deutschen Gerichte und fügt sich auch sonst seinen Launen, um des lieben Friedens willen. Hat's denn heute morgen geklirrt?« erkundigte er sich interessiert.
Ich mußte lachen. »Nein, oder jedenfalls hab ich nichts gehört. Aber kann man denn hochgehen, wenn da oben Krieg herrscht?«
Blauauge war sich seiner Sache nicht sehr sicher. »Also so genau kenn ich die Verhältnisse nun auch wieder nicht.« Er klopfte sich die Krümel vom hellblauen Hemd und stand auf. »Du oder ich?«
»Du oder ich *was*?« fragte ich verständnislos.
»Den letzten Schluck Kaffee.« Er griff nach der Thermoskanne.
»Du«, entschied ich großzügig. »Wer hat ihn eigentlich gekocht, den Kaffee?«
Er seufzte entnervt, warf mir einen strengen Blick zu und zog mich hoch. Goß sich den letzten Rest Kaffee ein, trank ihn in einem Schluck im Stehen und ging mir dann voran.

Der Tag versprach heiß zu werden, wovon man in meiner Höhle nicht viel gemerkt hatte – und ich hoffte sehr auf ein Gewitter. Der Garten war zur Straße hin ziemlich krautundrübig mit Birken, Haseln und Fichten bestanden. Nur an den beiden Längsseiten und, wie ich ansatzweise sehen konnte, auch hinter dem Haus gab es zusätzlich zum Rasen etliche Blumenbeete. Rosen in verschiedenen Farben, ein paar Dahlien, Rudbeckia, Rittersporn und Malven. Blauauge stand geduldig rauchend auf dem Rasen, bis ich meine flüchtige Inspektion beendet hatte, und fragte dann: »Fertig? Bist du soweit?«

Ich nickte, und er klingelte.

Die Malerin hatte blauschwarzes Haar und dazu passende blauschwarze extrabreite Augenschatten. Ihr Lippenstift war auch nicht ohne: grellrosa. Karina hätte ihre helle Freude an ihr gehabt. Sie trug einen zitronengelben Hosenanzug. Alles in allem machte sie ihrer Mutter, wie ich sie mir nach Blauauges Beschreibung vorstellte, nicht wenig Konkurrenz.

Sie umarmte Gerald-Dietz *mehr* als herzlich, schenkte ihm ein breites Begrüßungslächeln und gab mir zumindest freundlich die Hand.

»Das ist also unsere neue Untermieterin aus dem Süden.« Ihre Stimme war hell, um nicht zu sagen ein klein wenig durchdringend.

Ich sah hilflos zu Blauauge, der mich aber wieder mal im Stich ließ, und entgegnete dann zögernd unbestimmt: »Ja, wie man's nimmt. Ein schönes Haus haben Sie«, fuhr ich dann rasch fort.

»Finden Sie?« ertönte eine laute und unbekümmerte Stimme hinter mir. »*Ich* meine, es gehört gründlich eingestampft! Hier ist alles morsch und brüchig, was nur morsch und brüchig sein kann.« Ich drehte mich um. Aha, vermutlich der jähzornige Bernhard. Er war groß, unförmig korpulent, mit einem pfiffig intelligenten Gesicht voller roter Pickel.

»Mein Sohn Bernhard«, erklärte die Dame in Zitrone verlegen. »Er macht nie einen Hehl aus seiner Meinung und hat meistens andere Ansichten als der Rest der Familie; aber ansonsten ist er …«

»Jaja, ich glaube kaum, daß das irgend jemanden hier interessiert, was ich ansonsten bin, Mama«, unterbrach sie der Flegel. »Interessieren Sie sich für Fledermäuse?« wandte er sich gleich darauf an mich.

»Brennend«, versicherte ich überrascht.

»Na fein, dann kommen Sie doch heute abend mit, wenn Sie wollen.« Letzteres sagte er in einem Ton, der es ratsam erscheinen ließ, seinen Vorschlag anzunehmen. »Ich habe eine gute Laterne organisiert. Im Wald hinter Dasselsbruch soll's noch Mopsfledermäuse geben, hat mir vor zwei Tagen ein Bekannter gesagt. Wir fahren hin und schauen, ob wir welche zu Gesicht kriegen, ja? *Sie*«, wandte er sich nun an Blauauge, »können natürlich auch gern mitkommen.«

»Oh, nein, nein, vielen Dank, aber ich muß arbeiten«, beeilte der sich zu versichern, um mich damit meinem Schicksal zu überlassen.
»Aber *Sie* kommen doch, oder? Sie müssen ja ohnehin Ihre neue Heimat kennenlernen.« Das galt wieder mir.
»Im Prinzip gerne.« Ich suchte krampfhaft nach einer Ausrede. »Doch ginge es nicht vielleicht morgen abend statt heute? Ich meine, ich muß meinen ganzen Kram auspacken und mich erst mal ein wenig einrichten, einkaufen und so.«
»Na ja, das versteh ich natürlich«, meinte Bernhard großzügig, »also dann abgemacht: morgen abend.« Er sah aus wie ein unbekümmerter Zehnjähriger.
»Okay, warum nicht.«
»Okay?« Eine Falte erschien auf seiner Stirn. »Warum sagen Sie nicht gut oder schön oder meinetwegen? Die deutsche Sprache hat doch Wörter genug, um genau das auszudrücken, was man sagen will. Ich bin nicht der Ansicht, daß die Amis ein Vorbild in was auch immer für uns sind.«
Ich starrte ihn verdutzt an, der war ja irre. »Ja, ehmm, natürlich ...«
Die zitronengelbe Mama kam mir zu Hilfe: »Du, Bernhardchen, ich glaube, Papa hat dich gerade gerufen ...! Geh doch mal nachschauen, was er will.«
»*Ich* habe nichts gehört«, meinte der Stoffel ungerührt und bewegte sich nicht von der Stelle. Offenbar wartete er auf die Fortsetzung meiner Entschuldigung. Ich warf Blauauge, der, seelenruhig gegen den Türrahmen gelehnt, eine weitere Zigarette rauchte, einen hilfeheischenden Blick zu. Und diesmal nützte es sogar was: »Weißt du, Bernhard, du solltest mal im Großen Meyer, den ihr sicherlich habt ...«
»Ach«, fiel die Mutter hastig ein, als sie die drohenden Unmutswolken im Gesicht ihres Sohnes gewahrte. »Bitte, Bernhard, Lieber, geh doch nach Papa schauen. Ich bin ganz sicher, daß er dich gerade gerufen hat.«
»Also von mir aus«, murrte ihr Sprößling und wandte sich zum Gehen, blieb aber vor Blauauge stehen. »Darüber werden wir noch reden müssen.«
»Sicher, ein andermal«, lächelte der und schnipste die Asche auf den Rasen. Bernhard verschwand grummelnd in den Tiefen des Hauses.

»Ach bitte, kommen Sie doch auf einen Augenblick herein«, besann sich jetzt die Frau auf ihre Rolle als Gastgeberin oder Wohnungsvermieterin oder was auch immer.
»Du, wir müssen noch das ganze Auto ausladen. Vielleicht ein andermal, ja?«
»Ja, das versteh ich natürlich«, sagte sie, sichtlich erleichtert. »Kommt doch einfach morgen oder sagen wir Sonntag mittag zum Essen. Wir würden uns freuen. Dann lernen Sie auch meinen jüngeren Sohn und meinen Mann kennen, und wir können das mit dem Mietvertrag regeln«, ergänzte sie zu mir gewandt.
Ich fragte mich, wie sie am Sonntag Bernhard in Schach zu halten gedachte, und sah Blauauge an. Der nickte. »Ja gerne, einverstanden.«
Ich bedankte mich für die Einladung, und mit einem Gruß an ihren Gatten verabschiedeten wir uns. Hörten, als wir über den Plattenweg zum Auto gingen, gerade noch, wie der Sohn im Hintergrund blökte: »Was hast du gesagt!! … Papa sitzt mit Ohrstöpseln in den Ohren friedlich in seinem Sessel und denkt über einen Hexameterreim auf ›Sülze‹ nach. Er wollte überhaupt nichts …«
Weiter konnte man nichts hören, und ich kicherte so, daß ich mich verschluckte: »Hat der eben wirklich ›Hexameterreim auf Sülze‹ gesagt?« Ich prustete laut los, als wir neben dem Auto standen und außer Hörweite des Hauses waren. »Das gibt's doch gar nicht! Was für eine Familie! Ist ja herrlich. Hab ich mich auch wirklich nicht verhört?«
Blauauge, der sich bis jetzt beherrscht hatte, nickte und lachte ebenfalls. Mir kullerten die Tränen über die Backen, und ich hielt mich an seinem Arm fest.
»Pilze«, meinte er nach einem Weilchen.
»Nein, das geht nicht.«
»Geht doch! Aber na gut: ›erfülltse‹.«
»Und der ganze Vers?« Ich wischte mir über die Augen und lehnte mich gegen den Bus. »Na komm schon, den ganzen Vers. Zeig, was du kannst.«
»Wir müssen ausräumen und nicht Hexameter reimen. Außerdem reimen sich ehrliche Hexameter nicht … Aber seiner soll's augenscheinlich doch«, fügte er noch nachdenklich hinzu.

Er öffnete die Schiebetür, verharrte dann und drehte sich zu mir um. »Also einer auf Pilze ist nicht so schwer ... wart mal ...« Er setzte sich in die geöffnete Tür und trat seine Zigarette aus.
Wie fröhlich er aussehen kann, dachte ich und sah ihm beim Denken zu.
»Also hör«, kam es nach kurzer Pause:
»Ethelbert liebte Marleen am meisten bei Erbswurst und Sülze.
Doch, weh mir! Verfault ist die Wurst, und Marlenen entwachsen jetzt Pilze.«
Ich lachte und lobte ihn.
»Los jetzt«, ging er wieder zur Tagesordnung über. »Du hast deinen Reim auf Sülze, und jetzt räumen wir das Auto aus.«
»Trotzdem: Pilze gilt nicht!«
»Pilze gilt doch«, er stand auf und drückte mir einen Karton in die Hand.
»Ich hab übrigens ein Einstandsgeschenk für dich. Hab's grad noch mit Müh und Not in den Bus gekriegt. Es ist nicht ganz neu und auch nicht sehr groß, dafür brauchst du es ganz dringend!« Er lächelte mich an. »Einen Kühlschrank. Ist so ein kleiner, aber für dich allein wird er ja wohl ausreichen, für den Anfang.«
Was wäre ich ohne ihn, dachte ich, stellte meine Kiste ab und gab ihm einen Kuß auf die Wange. »Schon gut, schon gut«, wehrte er grinsend ab. Es dauerte eine ganze Weile, bis wir, außer Atem, verschwitzt und erledigt, aber glücklicher- und erstaunlicherweise unbelästigt von Bernhard dem Schrecklichen, auf je einem Rohrsessel in meinem Verlies saßen.
»Ich hab Durst!« verkündete ich.
»Und was glaubst du, was *ich* hab?« Sein Gesicht glänzte vor Schweiß, und sein hellblaues Hemd war nicht mehr *ganz* frisch.
»Wenn ich eine Dusche hätte, würde ich sie dir anbieten«, erklärte ich. »Ich hab aber keine. Dafür lad ich dich auf ein Bier in 'ne Kneipe ein, wenn du noch Zeit hast.«
»Das ist ein Wort«, meinte mein Kavalier und fuhr sich mit einem seiner blütenweißen, gebügelten Taschentücher übers Gesicht. »Dafür fällt mir dann vielleicht doch noch ein Hexameterreim auf Sülze ein, der vor deinen Augen Gnade findet. Aber zu spät darf's nicht werden.«

Das heimatliche Mittagessen, jaja – dachte ich. »Ich weiß schon«, sagte ich kurz angebunden.
Er stand auf, warf mir einen prüfenden Blick zu und meinte dann heftig: »Nun hör mal zu. Kannst du nicht ein kleines bißchen dankbarer sein? Bin ich nicht schließlich hier, entlade im Schweiße meines Angesichts einen Lastwagen, obwohl ich weiß Gott Dringenderes zu tun hätte? Und zum Dank muß ich auch noch unter Vorwürfen verdurstend einen Reim auf Sülze machen.«
Als er mein erschrecktes Gesicht sah, strich er mir über die reichlich zerzausten Haare: »Komm, sei lieb, hm?«
Ich sah ihn mit gemischten Gefühlen an. Was sollte man davon halten. Und plötzlich zog er mich hoch und zu sich heran. Er nahm mich ganz fest in die Arme und flüsterte mir zärtlich ins Ohr:
»Reich mir, o edelster Wirt, noch eine Scheibe der Sülze.
Wonniglich ziert sie den Tisch und innigste Wünsche erfülltse.«

Kapitel 17

Er biß auf die Zähne und ging weiter

Hans Gruhl
Die lange Spur

Blauauge hatte mich nach unserem gemeinsamen, angenehm friedlich verlaufenen Umtrunk, zu dem ich zwei Würstchen mit Pommes aß, vor meiner neuen Wohnung abgesetzt und war sang- und klanglos verschwunden. Aber er würde ja am Sonntag mit mir zu der geräuschvollen Familie zum Essen gehen und mich am Montag zum Verlag bringen, tröstete ich mich. Das hat er schließlich versprochen.
Ich dagegen beschloß, mich draußen ein wenig umzusehen und einen Spaziergang zu machen, bevor ich daranging, das Chaos in meiner Wohnung zu beseitigen. Und, sagte ich mir, es ist nichts so eilig, daß es nicht

durch Liegenlassen noch eiliger würde. Als ich melancholisch durch meine Fensterschlitze in der Küche den Rasen draußen beäugte, fielen mir einige Schopftintlinge ins Auge, die mich aus einem unerfindlichen Grund ein wenig versöhnlicher stimmten. – Und wohin war er jetzt gefahren?

Ich ließ mir Wasser über das Gesicht laufen und wusch mir die Hände, und unwillkürlich kam mir in den Sinn: *Jammervoll klagte das Schwein: Die Sau, die ich liebt', ist nun Sülze …*

Mehr fiel mir nicht ein, aber das war doch wenigstens was. Es entsprach ganz meiner Stimmung. Nun aber los!

Als ich die paar Stufen von meiner Behausung hinaufgestiegen war und eben einen prüfenden Blick gen Himmel schickte, der sich bezogen hatte, kam Jung Wotan pfeifend um die Ecke. Er trug kurze blaue Hosen und ein schmuddeliges Hemd, begrüßte mich begeistert und erklärte mir dann, er habe heute morgen nicht beim Ausladen helfen können, weil *Don Giovanni* im Fernsehen übertragen worden sei.

»Aber jetzt steh ich zu Ihrer vollen Verfügung. Ich helf Ihnen beim Auspacken!«

Kein rettender Engel zeigte sich im Gebüsch hinter ihm. Ich aber wollte auf jeden Fall verhindern, daß er mich auf meinem Ausflug begleitete. Die drohende Aussicht auf den nächsten Abend mit ihm und Fledermäusen genügte mir vollauf. Nur wie stellte ich das an? Ich überlegte fieberhaft und sagte unterdessen: »Das find ich total lieb von dir. Ich weiß überhaupt nicht, wo ich anfangen soll. Ich muß grad noch kurz weg, dann klingel ich bei euch, gut?«

Das Okay hatte ich noch rechtzeitig runterschlucken können.

»Ich kann mitkommen, wenn Sie möchten, dann zeig ich Ihnen ein wenig das Dorf«, erbot er sich, wie ich befürchtet hatte, und war offensichtlich schon auf dem Sprung.

»Nein, du bist wirklich ein Schatz, aber ich … ich hab noch eine Verabredung mit Gerald-Dietz, du weißt schon, dem Mann von heute morgen, dauert aber nicht lange.« Lügen gegenüber solch offenherzigen Menschen war mir nicht gegeben, ich kam mir jämmerlich schlecht dabei vor, aber er schien's zu schlucken.

»Später müßte ich allerdings noch einkaufen. Ist ja ein endlos langer

Weg bis zum Spar, hab ich vorhin festgestellt. Ich muß mir unbedingt ein Fahrrad zulegen.«

»Oh, das ist kein Problem. Bis Sie ein eigenes haben, können Sie das von meiner Oma nehmen. Die fährt sowieso nie!«

»Ich weiß nicht. Das wird ihr nicht recht sein.«

»Klar, wieso nicht?« meinte er unbekümmert. »Steht doch nur rum und vergammelt. Ich glaub, sie ist in den letzten zehn Jahren kein einziges Mal damit gefahren. Kommen Sie.« Er winkte energisch, und ich folgte ihm zögernd hinters Haus in einen Schuppen, dessen Tür nur angelehnt war. Er war vollgerümpelt mit Holz, alten Nistkästen, Blumentöpfen, Garten- und anderen Geräten und schließlich ein paar Fahrrädern.

Bernhard holte eines davon, ein altes schwarzes, raus und begann es aufzupumpen.

»Du, ich weiß wirklich nicht, frag doch bitte lieber erst deine Oma«, beharrte ich.

Er sah auf, schüttelte den Kopf. »Schön, schön, Sie können schon mal damit fahren, ich frag nachher meine Oma. Aber sie hat ganz bestimmt nichts dagegen. Vermutlich weiß sie nicht einmal mehr, daß sie ein Fahrrad besitzt!«

Das war natürlich ein verlockendes Angebot, und nach kurzem Bedenken sah ich mich außerstande, es abzulehnen.

»Passen Sie auf, es wird bestimmt ein Gewitter geben«, rief er mir ein paar Minuten später fröhlich winkend hinterher. Dagegen wird aufpassen auch nicht viel nützen, dachte ich, winkte dankend zurück und radelte los.

Ein kleiner dicker Hund mit Ringelschwanz überquerte die Straße und trottete dann ein Weilchen neben mir her. Ein paar Häuser weiter begannen Wiesen. Einige Kurven, dann ein schöner Hof. Dunkles Fachwerk, breit und alt! Davor drei riesige Kastanien. Dann gabelte sich die Straße. Nach rechts führte sie, wie ein Schild behauptete, nach Dasselsbruch. Aha, das war also da, wo Bernhard am nächsten Abend mit mir hinwollte. Nach links sah es eher grün aus. Und ohne weiter zu überlegen bog ich ab. Die Straße verengte sich, ging erst in einen Schotter- und anschließend in einen Sandweg über. Links und rechts gab's jede

Menge Mais mit fast reifen Kolben und eingezäunte Wiesen, auf denen einige Kühe in Halbtrauer grasten, die meisten allerdings gemütlich wiederkäuend saßen. Kein Mensch weit und breit. Die Luft war still und lastend. Weit oben am Wolkenhimmel kreiste ein Bussard. Zu beiden Seiten standen Birken, Ebereschen voller orangener Beeren, Zitterpappeln und Eichen. Das Gras sah sehr trocken aus. Hatte offenbar schon länger nicht geregnet. Zweige streiften mein Gesicht, es wurde sumpfig, und ich überlegte, ob ich nicht das Rad stehenlassen und ein Stück zu Fuß weitergehen sollte. Vielleicht gab's da ein richtiges Moor?

Also versteckte ich das Rad im Gebüsch. Von den Wiesen her rief ein Brachvogel, erst zweimal kurz, dann den langgezogenen Triller.

Entschlossenen Schritts folgte ich dem federnden Weg, dem glokkenheidegesäumten. Brombeersträucher mit reifen Früchten. Reife schwarze Faulbeeren. Dann eine Linksbiegung und Kiefern, darunter zwei Ameisenhaufen. Nun hatte ich Nadelwald links und kleine Birken und Ebereschen rechts von mir. Ab und an sah man zwischen den Bäumen richtiges Moor, schwarze Löcher, dazwischen Bulten und Gräben. Ein klein bißchen mulmig war mir schon. Und sofort fing ich an, mir lebhaftest auszumalen, wie aus dem Moorloch da drüben ein schwärzlicher Arm mit der Hand eines Toten herausragte. Die Finger im Todeskrampf verkrümmt. Ich ging schneller, und ein durch das Unterholz krachender Hase wäre beinahe an meinem Herzstillstand schuld gewesen.

Und nun auch noch so ein widerlich großer Tümpel, rabenschwarz, mit einem Häuschen dabei. Besser umkehren, sagte ich mir, das reicht für den Anfang! Da sprang was aus dem Wasser. Lieber nicht hinschauen. Natürlich schielte ich dann doch. War wohl ein Fisch gewesen.

Aber der Teich hatte mir den Rest gegeben, ich machte, daß ich aus diesem merkwürdigen Wald wieder herauskam. Ein paar Tropfen patschten mir auf Gesicht und Arme. Der Himmel war völlig schwarz geworden, nicht allzufern donnerte es, die Moorlöcher sahen noch weniger heimelig aus als vorher. Ich merkte, daß ich zitterte, und hatte nur noch den einen Wunsch, möglichst schnell hier zu verschwinden. Ich lief, ohne mich umzusehen, den Pfad entlang zum Rand des Erlenbruchs zurück, wo das Fahrrad auf mich wartete.

Kurz vor Großmoor fing es dann tatsächlich an zu regnen, es blitzte, vom Donner ganz zu schweigen, und ich kam triefend naß zu Hause an. Sehnte mich nach einem warmen, wohlbezogenen Bett, einem heißen Tee, einem netten, mir noch unbekannten Upfield. Aber nichts da. Was auf mich wartete, waren unzählige Kartons zum Auspacken, eine ungemütliche kalte Wohnung und weder Tee noch Upfield.
Als ich mein Rad hinten in den Schuppen schob, kam Bernhard mit einer Plastiktüte auf dem Kopf um die Hausecke. Nein, er war wahrlich keine Schönheit mit seiner Hakennase, den kleinen, aber munteren Augen und den vielen Pickeln. Aber seine Energie strahlte ihm förmlich aus allen Poren. Offensichtlich herrschte Friede im Haus, denn er begrüßte mich lautstark fröhlich wie vor eineinhalb Stunden und erklärte dann: »Na, gerade noch rechtzeitig! Alles erledigt?«
»Gerade noch rechtzeitig ist gut«, meinte ich mit einem schiefen Grinsen, »ich bin tropfnaß. Ich werd mir bestimmt einen Schnupfen holen!«
Der Regen troff von seiner Plastiktüte in seinen Hemdkragen, wie ich fasziniert konstatierte. Mußte ein ekelhaftes Gefühl sein. Ihn aber schien's nicht im geringsten zu stören.
»Ach«, er lachte, »das bißchen Regen macht doch nichts, und gegen die drohende Erkältung weiß ich ein gutes Mittel«, fuhr er vergnügt fort. »Warten Sie einen Moment auf mich, dann bring ich Ihnen was!«
»Einverstanden. Aber nur, wenn du mich duzt, sonst nicht ... Ich heiße Daniela. Daniela Herzog.«
Er nahm impulsiv meine Hand und schüttelte sie wie einen Pumpenschwengel. »Abgemacht! Sehr erfreut. Geh schon rein, ich komm dann gleich und helf dir beim Auspacken.«
Ich nickte lächelnd über seinen Enthusiasmus und stieg in mein Verlies, währenddes er anhub in voller Lautstärke und erstaunlich sauberen Tönen »Erst gespießt und dann gehangen ...« zu schmettern und mit seinem tropfenden Tütenhut hinter dem Haus verschwand. Er ist schon ein Unikum, dieser Bernhard, dachte ich, als ich mich rasch meiner nassen Sachen entledigte, mich mit dem einzigen ausgepackten Handtuch trockenrieb und mich aus einem anderen Karton mit Unterwäsche, einem T-Shirt und Leggings versorgte.
Als ich das eine immer noch offene Wohnzimmerfenster schloß, vor

dem sich schon eine mittlere Wasserlache gebildet hatte, hörte ich von den Büschen links ein melodiöses »... duu – hu – hu – hu – hu – huuu: mein Leh-bänn« herübertönen.
Gleich darauf klingelte es vehement, und Bernhard stand mit seinem Plastiktütenhut auf dem Kopf und einer Flasche im Arm in der Tür.
»Da ich nicht wußte, ob du kleine Gläschen hast, hab ich vorsichtshalber welche mitgebracht.«
Ein umsichtiger junger Mann, alles was recht ist, dachte ich bei mir und ließ ihn herein.
»Das ist von mir selbst hergestellter Holunderschnaps«, verkündete er stolz. »Und er wirkt. Nach zwei Gläschen davon kriegst du keinen Schnupfen.«
Wir setzten uns, Bernhard zog die Tüte ab, fuhr sich durch seine braunen, leicht strähnigen Haare und goß uns ein.
»Wirklich gut!« Ich fühlte mich tatsächlich in jeder Hinsicht besser. »Bernhard, ich darf aber nicht vergessen, noch einkaufen zu gehen. Sonst hab ich weder heut abend noch morgen früh was zu essen!« mahnte ich nach dem zweiten Schnaps.
»Jaja«, meinte er mit leicht gerötetem Gesicht. »Wart noch 'ne viertel oder halbe Stunde, dann hat's aufgehört zu regnen. Inzwischen trinken wir noch eins, damit die kleinen Bakterchen nichts zu lachen haben. Der hat nämlich mehr als fünfzig Prozent.«
Ich fragte mich, wie er bei seinen Anlagen zum Säufer wohl als Vierzigjähriger sein würde, stellte aber weiterhin fest, daß es mir egal sein konnte, und ließ ihn nachschenken. Der Holunderschnaps schmeckte wie konzentrierte Gesundheit. Bernhard strahlte bei meinem wiederholten Lob übers ganze Gesicht. Dann warf er einen Blick in die Runde und meinte zuversichtlich: »Das haben wir schnell in Ordnung gebracht hier, nur keine Sorge.«
Ich wollte, ich hätte seinen Optimismus teilen können. Aber seine Gegenwart tat mir unzweifelhaft gut, wenn ich auch das Gefühl hatte, in baldiger Zukunft vor Hunger kollabieren zu müssen. Die Pommes hatten nicht lange vorgehalten. Schwindelig war mir nun, vermutlich der beiden Schnäpse wegen, auch noch.

»Das geht übrigens klar mit dem Fahrrad«, meinte Bernhard als nächstes. »Meine Oma wußte, wie ich dir gesagt hab, überhaupt nicht mehr, daß sie so was wie ein Fahrrad besitzt. Sie sagt, du kannst es gern haben.«
»Sag mal«, kam mir eine Idee, »kann ich es ihr nicht abkaufen? Das wär mir schon lieber, als es geliehen zu bekommen.«
»In Ordnung, ich red mit ihr und sag dir dann Bescheid. Na, noch einen?«
»Nein, bloß nicht«, wehrte ich ab. »Drei derart hochprozentige Schnäpse am hellerlichten Nachmittag im Sommer genügen mir vollauf, um vom Fahrrad zu fallen. Ich muß aber noch ins Dorf. Kommst du mit?« Ich stand auf, um nach den Wetterverhältnissen zu gucken. Es tröpfelte nur noch ein wenig.
»Na klar. Trinken wir halt hinterher noch einen.« Bernhard erhob sich ebenfalls, nahm seine Tüte vom Tisch und knüllte sie zusammen: »Weißt du denn, was du brauchst? Sonst schreib dir lieber einen Zettel. Ich jedenfalls vergeß sonst immer die Hälfte.«
»Ging mir früher auch so«, stimmte ich zu. »Jetzt mach ich mir allerdings oft eine Liste im Kopf. Das hab ich mal wo gelesen. Es trainiert das Gedächtnis, weißt du?«
Er sah mich verständnislos und zweifelnd an.
»Na, schau«, erläuterte ich. »Ich brauche Brot. Also stell ich mir im Kopf einen Teller vor, auf dem eine Brotscheibe liegt. Aber auf das Brot gehört natürlich was drauf, und das ist in meinem Fall Corned beef, gekochter Schinken und mittelalter Gouda ...«
»Was, das legst du dir alles auf einmal auf dein Brot? Das muß ja grauslich schmecken.« Bernhard sah zunehmend befremdeter aus. Er war mit seinen Gedanken glücklicherweise so bei dem neuen Spiel, daß er nicht auf Fremdwörter geachtet hatte. Ich atmete auf. Von nun an würde ich vorsichtiger sein.
»Nein, natürlich nicht, ist ja bloß wegen dem Erinnern«, sagte ich geduldig. »Dann brauch ich auch Eier, also stell ich mir auf dem gekochten Schinken und dem mittelalten Käse auch noch ein Spiegelei vor, auf das ich Salz und Pfeffer, ein wenig Seife und Zahnpasta streue. Die brauch ich nämlich auch.«
»Ihgitt!!«

»Schließlich mische ich Wein, Milch und Sprudel zu einem leckeren Getränk zusammen und ...«
»Du hast die Butter vergessen«, warf Bernhard fachmännisch ein. »Und da dein Brot schon fertig aufgetürmt ist, mußt du sie zerlassen und in dein Getränk mischen, um sie nicht zu vergessen.«
»Ja, aber was mach ich mit dem Klopapier, dem Kaffee und den Äpfeln?«
»Nun, das ist doch ganz einfach. Zu deinem Essen fehlen dir noch die Servietten, also das Klopapier. Hinterher gibt's Kaffee und zum Nachtisch Äpfel. Nichts leichter als das.«
»Genau«, meinte ich erleichtert, »du hast das Prinzip kapiert. Dann also los.«

Kapitel 18

GROAORR ... AAARRRGHHH!
(... SOCK!)

Batman, mündlich

*I*ch sah mich zufrieden in meinem Wohnzimmer um. So konnte es sich schon eher sehen lassen. Satt und ausgeschlafen fand ich das Leben doch ganz nett – trotz regnerischem, schwülem Wetter und trotz der auf dem Zweiplattenkocher aufgewärmten Dosenrouladen.
Während ich an meinem Küchenfensterschlitz stand und darauf wartete, daß mein Kaffeewasser kochte, dachte ich an Blauauge. Er hatte gestern spät noch bei Presslers, so hießen die Hauswirte nämlich, angerufen, um sich für den Sonntag zu entschuldigen und das Essen um eine Woche zu verschieben.
Mich dagegen würde er am Montag früh um acht abholen, um mich zum Verlag zu bringen. So die mündliche Auskunft Bernhards, der, nachdem er mir tatkräftig beim Auspacken geholfen hatte, noch mal runterkam, um mir Bescheid zu sagen.
Ich unterdrückte ein Seufzen, als ich an den geplanten Ausflug dachte,

denn noch immer konnte ich mich für einen Spaziergang im Dunkeln nicht übermäßig begeistern.
Die Stunden zwischen Frühstück und Mittagessen waren mit Kistenwegräumen und ähnlichen Aktionen draufgegangen, und nun wußte ich nicht recht, wohin mit mir.

Also bezahlte ich erst einmal bei der zitronengelben Mama, die heute allerdings in einem grünen Kostüm steckte und nicht mehr ganz so affektiert wirkte, meine Miete und legte mich dann mit dem *Geheimnis der Sappho* aufs Bett, um die Zeit bis um acht mit Lesen zu verbringen.
Als Bernhard um Punkt halb neun klopfte, stand ich schon gestiefelt und gespornt bereit. Allein bei der Vorstellung, durch nasses Gras zu stapfen, schüttelte es mich. Genau das würde allerdings mein Schicksal sein, wie ich mit einem Blick in den Garten feststellte. Aber nun …
Also begab ich mich auf Fledermaustour. Wir fuhren mit den Rädern denselben Weg, den ich tags zuvor genommen hatte, bogen aber diesmal nicht links ab, sondern durchquerten Dasselsbruch. Kamen an einer Reitbahn vorbei und gerieten schließlich auf einen schmalen gepflasterten Weg, der in einen Feldweg mündete, der wiederum offensichtlich zu einem Kiefernwald führte. Ich hatte alle Mühe, mich bei den Tausenden von Pfützen auf dem Rad zu halten, während Bernhard keinerlei Probleme zu kennen schien. Das einzige, was ihn bewegte, seine einzige Sorge war, ob wir doch tatsächlich eine Mopsfledermaus zu Gesicht bekämen.
Wir waren etwa zwanzig Minuten gefahren, es hatte wieder zu regnen begonnen, und es dämmerte bereits, als Bernhard vom Rad sprang und mich dadurch zwang, ein Gleiches zu tun. Nun war ich ihm ausgeliefert. Er erzählte mir des langen und breiten, daß die Mopsfledermaus nach Blasius am liebsten in gebirgigen waldigen Gegenden weilt, nicht sehr gesellig ist und Burgverliese bevorzugt.
Ich sah ihn fragend an: »Das ist dann ja hier der ideale Ort! Woher weißt du denn, daß es die hier geben soll?«
Er blieb völlig ungerührt. »Ein Freund von mir ist Hobbychiropterologe. Und der hat sie vor ein paar Tagen hier gesichtet.«

»Dann waren sie vielleicht auf dem Durchzug von einem Verlies ins andere«, mutmaßte ich.
»Unsinn, Fledermäuse sind doch keine Zugvögel! Die können zur Not auch in Scheunen und verlassenen Häusern wohnen, und davon gibt es hier genug. In der Dämmerung kommen sie raus und machen Jagd auf Kleinschmetterlinge. Und weißt du«, fuhr er begeistert fort, »von allen einheimischen Arten ist die Mopsfledermaus am wenigsten bissig und hält es in Gefangenschaft, wenn man sie ordentlich füttert, ganz leidlich aus. Steht im Brehm. Sie kann richtig zahm werden.«
Ich mußte grinsen. »Das klingt, als ob du gerne eine fangen und mit heim nehmen würdest.«
»Oh, wenn ich *rein* zufällig eine abgestürzte fände … dann sofort.«
»Deine Oma würde einen Nervenzusammenbruch kriegen, meinst du nicht?«
Bernhard gab keine Antwort, hub statt dessen laut zu singen an: »*Onkel* und *Tante*, *das* sind *Verwandte*, die man am besten nur von hinn-tänn sieht …«
Bis zum Waldrand war er mit Singen beschäftigt, sehr zu meiner Freude. Dann legten wir die Räder ins nasse Gras, und er zündete unter erheblichen Schwierigkeiten die mitgebrachte Laterne an. Und nun stolperten wir nebeneinander her durch den Regen einen zugewachsenen Grasweg entlang. Binnen weniger Minuten hatte ich trotz meiner Gummistiefel nasse Füße und Hosenbeine. Meine Haare trieften obendrein, da mir die Mütze von meinem dünnen Regencape alle zwei Minuten nach hinten rutschte. Ich fluchte vor mich hin – aber leise. Bernhard hatte mir bedeutet, Fledermäuse bekäme man nur zu sehen, wenn man keinen Krach mache. Außerdem, so ein bißchen Feuchtigkeit: ah pah! Und so hielt ich denn den Mund. Ich gab ihm lediglich flüsternd zu bedenken, daß Barbastella barbastellus bei einem solchen Hundewetter bestimmt auch lieber zu Hause im Trockenen hängen würde, als sich herumzutreiben, zumal sich die Kleinschmetterlinge bestimmt auch verkrochen haben würden, aber er winkte bloß verächtlich mit seiner Laterne, und mir blieb nichts weiter übrig, als ihm zu folgen. Eine endlos lange Zeit, wie mir schien.
Im Stockdustern stapften wir einher, ohne viel mehr zu hören als Wald-

käuze. Ich klammerte mich an Bernhards Jacke in der Hoffnung, etwas von seiner beneidenswerten Unbekümmertheit ginge auch auf mich über.
»Komm, wir sehen ja doch nichts«, flüsterte ich schließlich, auf die Gefahr hin, mir auf ewig seine Gunst zu verscherzen.
»Doch, doch, wir warten hier ein Weilchen, du mußt halt Geduld haben. Ist dir kalt?«
Soviel Anteilnahme hätte ich ihm nicht zugetraut. Dennoch: Mir war nicht kalt, *trotz* meiner feuchten Gliedmaßen. Innerlich aber war ich völlig erstarrt. Wir saßen also auf einem Holzstapel und warteten. Unterdessen hörte es auf zu regnen, und kleine Nachtfalter umschwirrten die in einiger Entfernung auf einem Baumstumpf abgestellte Laterne, das war alles.
Es knackte. Ich fuhr derart zusammen, daß sogar Bernhard was merkte. »Da!! Siehst du sie? Da!!!« Ich dachte entsetzt, er habe gleich zwei oder drei Männer mit Äxten gesichtet, so aufgelöst war er. Dann schubste er mich und zeigte auf die Laterne. Ich sah zwei blitzschnell huschend-fliegende und wieder verschwindende Schatten. Aha!
Es knackte wieder, diesmal beträchtlich lauter. Das war *kein* kleines Tier, nie und nimmer. Ich stieß Bernhard an, der immer noch höchst fasziniert seinen Fledermäusen nachträumte.
»Bernhard! Hörst du das nicht? Da knackt's«, flüsterte ich ihm ins Ohr. Er zuckte ungerührt mit den Schultern. »Wohl 'n Tier.«
Ich schüttelte den Kopf und drehte mich mit dem Mut dessen, der ohnehin gleich gespalten wird, ein zweites Mal um. Dort zwischen den Bäumen, direkt hinter uns, schimmerte ein Licht. Ich schüttelte Bernhards Arm. Es knackte lauter, und plötzlich hörte man leise und probierend zaghaft:
»Kennst du den Duft, Geliebte, verführerisch wabbelnder Sülze? ...« (kleines Päuschen und kurzes Räuspern): »rhm-rhm, *Béhreits durch ihn des Mannes innigste Sehnsüchte stillt'se.«*
Ich war so verblüfft, daß ich nicht einmal merkte, wie erleichtert ich war. Bevor ich anfing zu kichern, war Bernhards Vater, denn niemand anders konnte das gewesen sein, verschwunden. Zumindest hörte ich nichts mehr. *Sehen* konnte ich ohnehin nichts.

Endlich wandte sich Bernhard mir zu. »Was hast du denn? Ist dir nicht gut? Du vertreibst ja die Fledermäuse!«
»Hör mal«, jetzt flüsterte ich nicht mehr, »dein Vater ist eben hier vorbeigegangen. Jedenfalls nehme ich an, daß er's war. Er hat Reime vor sich hin geflüstert.«
»Was? Bist du sicher? Papa nachts im Wald? Wo ist er denn hingegangen?« Angesichts einer solch schockierenden Nachricht sprang er auf.
»Ich weiß nicht. Dahinten ist ein Licht im Wald. Was ist das überhaupt? Ich dachte, wir seien hier jwd.«
»Nein, wir sind einen Bogen gegangen, um in die Nähe der Obstbaumwiesen zu kommen. Das da muß, wenn ich mich nicht irre, eine Telefonzelle am Waldrand sein, da, wo Dasselsbruch aufhört. Da führt ein Weg durch den Wald hin, eine Abkürzung. Hierum ist's länger und nicht so gut zu laufen. Da hinten führen dann mehrere größere Spazierwege zusammen, vielleicht haben sie deshalb eine Telefonzelle hingestellt, ich weiß auch nicht. Aber was treibt er da? Bist du sicher, daß es mein Vater ist? Du kennst ihn doch überhaupt nicht.«
»Ich hab dir doch gesagt, daß er Gereimtes vor sich hinsagte. Komm, Bernhard, laß uns gehen«, bat ich jetzt. »Es ist schon spät, ich friere.«
Wider Erwarten machte er keine Schwierigkeiten. »Ich werd morgen noch mal herkommen. Ich möchte aber doch gerne wissen, was mein Vater hier zu suchen hat. Komm, laß uns an der Telefonzelle vorbeigehen. Das nimmt sich von der Zeit her nicht viel, ob wir so oder so rum laufen.«
»Ja, und die Räder?« protestierte ich. Die Aussicht auf eine weitere Nachtwanderung ließ mich fast zusammenbrechen und die Nerven verlieren.
»Da kommen wir dran vorbei, ich hab dir doch gesagt, daß wir einen Rundgang gemacht haben.« Er nahm seine Laterne auf und marschierte los. Ergeben stolperte ich hinter ihm her auf das Licht zu und kam mir vor wie im Märchen von den Bremer Stadtmusikanten. Nach kurzem Marsch traf unser Pfad auf einen Weg, den offensichtlich Bernhards Vater gewandelt war, und wir sahen auch tatsächlich die Telefonzelle, in der ein Mann mit dem Rücken zu uns stand und telefonierte.

»Das ist ja wirklich Papa!« rief Bernhard.
Als wir näher herankamen, hörten wir ihn sprechen, konnten aber nicht verstehen, was er sagte. Schon hängte er den Hörer ein und blieb noch einen Moment stehen, bevor er sich umwandte und die Tür öffnete. Er war – wie man bei der hell erleuchteten Telefonzelle gut erkennen konnte – ein kleiner, schmächtiger Mann, augenscheinlich sehr gebrechlich, mit weißen Haaren, feinen, leicht ätherischen Gesichtszügen und gütigen, durch eine kleinglasige Brille hilflos in die Welt blickenden Augen. Als Direktor von was-für-einem-Museum-auch-immer konnte man ihn sich beim besten Willen nicht vorstellen. Wahrscheinlich hatte er eine äußerst tatkräftige Sekretärin besessen.
Ich überlegte mir, warum er abends um zehn von einer Telefonzelle aus telefonierte. Bernhard konnte sich offenbar auch keinen Reim darauf machen. Er trat jetzt vor und rief: »Papa! Was in aller Welt hast du hier zu suchen?«
Bernhards Vater schrak zusammen, blickte uns einen Augenblick lang verwirrt an und entgegnete dann: »Ja, ich … äh … wollte nur noch einen kurzen Abendspaziergang machen.«
»Bei *dem* Wetter?« entgegnete Bernhard vorwurfsvoll. Sieh mal einer an, dachte ich, vorhin, als es noch tatsächlich ein Wetter war, da hat er das gar nicht zur Kenntnis genommen.
Der Vater blickte sich erstaunt um und meinte dann zaghaft: »Ist so schöne frische Luft nach dem Regen, und da dachte ich …« Erst jetzt schien er mich wahrzunehmen. »Aber wen hast du denn da bei dir, Bernhard?«
»Das ist doch unsere neue Untermieterin. Aber sag, was hast du dann in der Telefonzelle gemacht, wenn du nur spazierengehen wolltest?«
»Guten Abend, mein Fräulein. Ich hoffe, Sie werden sich bei uns wohl fühlen und mir vielleicht demnächst einmal in meiner Bibliothek einen Besuch abstatten. Ich bin zwar augenblicklich sehr beschäftigt mit einem Vers-Epos, aber …«
»Papa!« Bernhard wurde zunehmend ungeduldiger. »Warum telefonierst du nicht von zu Hause aus?«
»Eh, wie bitte? Habe ich telefoniert? Nein, ich glaube, du irrst dich, mein Sohn.«

Bernhard gab es auf, nahm den Arm seines Vaters und führte ihn den dunklen Weg entlang, bis wir nach einer Viertelstunde tatsächlich wieder bei unseren Fahrrädern ankamen.
Bernhards Vater, der in Gedanken wahrscheinlich bei seinen Sülzreimen war, schwieg, ließ seinen Sohn reden und ging allein weiter in Richtung Heimat, während wir uns auf unsere Räder schwangen.
»Also so etwas!« murmelte Bernhard ein paarmal während der kurzen Rückfahrt. Ich dagegen war heilfroh, daß ich mir nicht das Genick brach. Mir war kalt. Nicht einmal Bernhards Vaters Hexameterpaar konnte mich noch zum Lachen bringen.
Wider Erwarten schließlich wohlbehalten zu Hause angelangt, konnte ich mich gerade noch einigermaßen höflich von Bernhard verabschieden, dann schloß ich seufzend die Wohnungstür hinter mir und sah auf die Uhr. Schon nach halb elf.
In dieser Nacht träumte ich von Charles Adams' kleiner Fledermaus, die nicht wie die übrigen kopfüber vom Dachbalken herabhängt, sondern darauf sitzt und sagt: »Mami, ich krieg immer Ohrensausen.«

Kapitel 19

Sind sie einzuordnen unter ›Misanthrop‹, ›Misogyn‹ oder einfach unter ›Miesepeter‹ ...?

Sidney H. Courtier
Haus ohne Menschen

Das Verlagshaus war rosa. *Ziemlich* rosa! An der Fassade zogen sich lange kannelierte weiße Pilaster vom Dach bis zum Boden. Sah sehr vornehm aus, alles in allem. Ein breites dreistöckiges Gebäude mit vielen hohen Fenstern. Im Erdgeschoß gab's einen Juwelierladen, bei dem die Uhren von fünfhundert Mark an aufwärts kosteten. Neben dem hölzernen zweiflügligen Tor waren zwei Messingschilder angebracht. Auf dem

einen stand: *Verlag Clemens Klauser,* auf dem anderen: *Dr. H.-G. Schmitt und Dr. R. Rainer, Rechtsanwälte.*
Die Tür war weit offen, und ich stieg ein wenig eingeschüchtert mit Gerald-Dietz die gebohnerte Holztreppe hinauf. Die Decke war stuckverziert, das Treppengeländer mit schön geschwungenen Knäufen versehen. Und mein Begleiter stak in seinen strengsten dunkelblauen Bügelfaltenhosen, schwarzen blankpolierten Schuhen und einem seiner hellblauen Hemden.
Noch ein Messingschild im ersten Stock. Die Tür daneben war ebenfalls nicht abgeschlossen. An einem Empfangstisch saß eine nichtssagende ältere Dame und telefonierte. Gerald-Dietz nickte in ihre Richtung und ging dann, von mir gefolgt, zielstrebig den gewienerten Flur entlang, vorbei an mehreren Zimmern und drei Kopierern, dann rechts um die Ecke und noch mal ein Stück. Das Haus hatte mithin noch eine Art Hintergebäude, von dem man, wenn man davor stand, nichts ahnte.
Dann klopfte er an eine Tür, wir traten ein. Schon wieder eine Dame, diesmal eine etwa Vierzigjährige mit kurzen braunen Haaren und freundlichem Lächeln.
»Guten Tag, Herr Jodeleit!« sagte sie, und ich folgerte, daß er hier recht gut bekannt sein mußte. Mich sah sie fragend an. »Herzog«, sagte ich rasch, »Daniela Herzog.«
Sie lächelte, drückte auf einen Knopf. »Herr Jodeleit und Frau Herzog sind da«, sagte sie mit ein wenig nuscheliger Stimme, stand auf und öffnete uns die Tür ins Allerheiligste.
Der Verlagsleiter sah aus wie ein dicker, gemütlicher Wiener, mit dem nicht zu spaßen war. Kurzer weißgrauer Bart um einen genußsüchtigen Mund. Schütteres graues Haupthaar, nach hinten gekämmt. Goldgerandete Brille auf gerader Nase. Seine wäßrig blauen, unpersönlichen Augen betrachteten mich ziemlich oberflächlich wie einen neuen Karteischrank. Ich schätzte ihn auf Mitte Sechzig. Das also war mein Chef Gregor Thewall.
»*The*wall«, stellte er sich vor, erhob sich halb und reichte mir über seinen riesigen Schreibtisch hinweg zerstreut die Hand. Ich wunderte mich ein bißchen. Er hätte ja wenigstens ganz aufstehen und um den Tisch herumkommen können. Aber wahrscheinlich war eine solche Ehrenbe-

zeugung Autoren vorbehalten. Gerald-Dietz erhielt immerhin ein freundliches: »Ja grüß Sie Gott, lieber Freund!«
Man hätte sagen können, daß er anfing, mich zu verunsichern. Blauauge stand ungerührt neben mir. Zuckte nicht mal mit dem Ellbogen.
Ich dagegen brachte nur ein verlegenes »Herzog. Guten Tag« heraus, das allerdings als mein Beitrag zur Unterhaltung vollauf zu genügen schien.
»Sie sind also unsere neue Mitarbeiterin. Schön, schön. Herr ... nun ja, unser Kollege hier hat mir schon von Ihnen berichtet. Wollen wir also hoffen, daß wir uns miteinander vertragen und Sie sich gut hier eingewöhnen.«
Thewall ließ sich ächzend in seinen schwarzen Ledersessel zurückfallen und sah aus, als ob er hoffte, diese lästige Sache sei hiermit erledigt. Wir dagegen setzten uns auf die beiden vor dem Schreibtisch stehenden Stühle und harrten der Dinge, die da kommen sollten.
Er sei vor vierzehn Tagen erst von einem Angelurlaub in Schottland zurückgekommen, erzählte Thewall übergangslos, als die nette Sekretärin vor jeden von uns eine Tasse Kaffee gestellt hatte und wieder verschwunden war. »*Solche* Lachse«, strunzte er zweihändig. »Aber mächtig teurer Spaß das Ganze. Na, Sie wissen ja. Selbst wieder mal was Gutes gefangen?«
»Schon 'ne Weile her«, winkte Gerald-Dietz mit einem lächelnden Blick zu mir ab, »gestern waren's nur ein paar kleine Brassen und zwei Plötzen.«
Ein paar Brassen? Gestern? Und deswegen hatte er die Verabredung zum Essen vertagt? War ja kaum zu glauben.
»Mit einem Drillingsschnepper oder einem Tiroler Hölzel?« erkundigte sich Thewall interessiert.
»Mit einem Stehaufblei«, antwortete Blauauge. »Manchmal nehm ich allerdings auch ein Laufblei von zwanzig oder dreißig Gramm.«
»Köder?« Thewall hatte sich zurückgelehnt, rieb sich den Bauch und war ganz bei der Sache. Mich hatte er augenscheinlich vollkommen vergessen.
»Knetmischung aus Maisschrot, Weizenkleie, ein paar Maden und altem Brot. Man muß aber aufpassen, daß er nicht zu weich wird, sonst ist er gleich weg.«

Mein neuer Chef nickte versonnen. »Ich verseh den Hakenschenkel meist noch mit einer kleinen, weichen Styroporkugel, wenn ich auf Brassen geh, damit der Köder nicht im Schlamm oder Kraut versinkt.«

Ich hörte der nun folgenden Unterhaltung über die Gewässer in der näheren und weiteren Umgebung einschließlich Kanadas und Irlands mit wachsendem Erstaunen zu. Das durfte doch einfach nicht wahr sein! So erfuhr ich unter anderem, daß man im Mai zum Lachssprung nach Salmon-Sowieso-Bridge gehen mußte, und dann aß man Räucherlachs und Buttermilchbrot.

Als sie sich nach etwa einer halben Stunde offenbar alles Wesentliche mitgeteilt und sich lose zu einem gemeinsamen Angelwochenende verabredet hatten, erinnerten sie sich auch wieder meiner Wenigkeit.

»Ihren Aufgabenbereich wird Ihnen Frau … na ja, die Kollegin … ähm … zeigen, ja … schön, schön«, wandte sich mein zukünftiger Chef noch einmal leutselig an mich. Blauauge stand auf, und auch Thewall lüpfte seinen Allerwertesten andeutungsweise, um mir damit das Ende unserer Konversation bildlich vor Augen zu führen.

»Ja … aber …« stotterte ich, doch Blauauge trat mir unauffällig gegen das Schienbein. Ich verstummte.

»Was ist denn noch?« fragte der Herr Verlagsleiter leicht ungehalten und offenbar mit seinen Gedanken längst schon beim Mittagessen oder im nächsten Flugzeug nach Irland.

»Nichts, nichts«, beeilte ich mich, rasch zu sagen. »Auf Wiedersehen und vielen Dank.«

Thewalls Gesicht entspannte sich. Er nickte mir wohlwollend zu und wirkte wieder so urgemütlich wie zu Beginn unserer Unterredung. »Auf baldiges Petri Heil dann, Herr Kollege. Haha.«

Draußen lehnte ich mich gegen die Wand. »Puh, was ist denn das für einer? Und warum hast du mich denn getreten?«

»Na, das geschah nur zu deinem Besten«, grinste Blauauge, »du willst dir's doch nicht gleich mit ihm verderben, oder?«

»Ja aber«, protestierte ich. »Ich weiß noch nicht mal, wieviel ich hier eigentlich verdiene. Und was bin ich denn genau? Volontärin … was ist eine Volontärin? Was muß ich denn tun? Ich hab keinerlei Vertrag gekriegt. Weiß meine Arbeitszeiten nicht und ...«

»Jetzt halt doch mal die Luft an«, unterbrach mich Gerald-Dietz und drehte sich eine Zigarette. »Immer mit der Ruhe! Du wirst nicht volontieren, denn dann hättest du wahrlich nur einen Hungerlohn gekriegt. Du hast pro forma drei Monate Probezeit, in der du eingearbeitet wirst, dann bist du Lektoratsassistentin. Wieviel du kriegst und was deine Aufgaben sind – davon hat der Chef keine Ahnung. Ich glaub, er weiß nicht mal, wer hier was tut. Dafür gibt's den unbezahlbaren Herrn Manniger. Der ist für das Personal zuständig. Ich werd dich gleich bei ihm abliefern, da kannst du all deine Fragen loswerden.«

»Ja, und du?« erkundigte ich mich erschrocken.

Er lächelte und strich mir über den Kopf. »Ma chère, ich hab noch was zu erledigen. Ich hol dich, sagen wir, in etwa eineinhalb Stunden vorn am Empfang wieder ab, und wir gehen essen. Zur Feier des Tages. Bis dahin dürften die wesentlichen Dinge geklärt sein ... Nun guck mich nicht so an, man sollte meinen, du würdest eben eingeschult.«

»Schon gut, schon gut, Papa. Ich werd schon nicht weinen. Aber vielleicht sagst du mir endlich mal, wieso du dich hier so gut auskennst?«

»Weißt du, wie trostlos wäre doch unsere Welt, gäbe es keinerlei Geheimnisse mehr«, antwortete Blauauge.

»Gehen wir also zu deinem Herrn Manniger. Aber ich werd schon noch dahinterkommen, verlaß dich drauf.«

Als wir knapp zwei Stunden später zusammen im ›China Town‹ saßen und Truthahn mit Brokkoli und Champignons beziehungsweise Szechuanente aßen, resümierten wir meine Eindrücke. Oder konkreter gesagt: Ich redete die meiste Zeit.

»Also weißt du, der Manniger ist ja wirklich ein richtiger ... na, du weißt schon, so einer, der den Frauen, vor allem den älteren, so völlig hanebüchene Komplimente macht, wie vorhin bei mir – was hat er noch mal gesagt: ›Aah, das Zimmer erhellt sich bei Ihrem Eintritt, schöne Frau‹ ... oder so was Ähnliches.«

Gerald-Dietz grinste.

»Kann man sich bildlich vorstellen, wie so ein armes Weib dahinschmilzt und ihm spätestens nach zwei Wochen ihr mühsam Erspartes überschreibt. Dann hinterläßt er ihr noch einen Brief, der mit den Worten endigt: ›Und so werde ich Sie, verehrteste Gnädige, denn nie in meinem fürderhin von Kummer und Sorge gezeichneten Leben vergessen. Aber es hat nicht sollen sein … blablabla … Auf ewig der Ihre …‹«

»Meinst du nicht, du hast eine etwas zu blühende Phantasie?« meinte Blauauge und goß sich und mir ein wenig Rotwein aus der Karaffe nach.

»Von wegen! Wie der schon aussieht! Ich meine, so glattgebügelt und proper. Der personifizierte Karteischrank.«

»Deine Truthahnschnipsel werden kalt«, mahnte Blauauge ungerührt. »Er ist, was ich gehört habe, schon ganz in Ordnung, laß ihn man. Einer muß sich ja schließlich drum kümmern, daß nicht das Chaos ausbricht. Außerdem hat er meines Wissens grade geheiratet. Ist also kein Heiratsschwindler. Ist der jetzt erst mal abgehakt? Wer ist die oder der nächste? Ada Walcz?«

Ich schluckte rasch den während seiner Rede hastig in den Mund gestopften, aus Reis mit Truthahn und Champignons bestehenden Bissen hinunter. »Die hab ich bereits umgetauft in ›Rastamop‹. Sieht doch haargenau so aus, oder etwa nicht?«

»Ich weiß, unter uns und ehrlich gesagt, nicht, was ein Rastamop ist«, gestand mein Gegenüber ein und schaufelte sich gekonnt mit den Stäbchen eine große Portion Reis mit Gemüse in den Mund. Ich sah ihm neidvoll dabei zu.

»Na, das weiß doch jedes Kind. Ein Rastamop ist eine Mischung aus einem Rastapuli«, ich sah seinen fragenden Blick und erklärte: »Bist *du* aber ungebildet, das sind doch diese ungarischen Zottelhunde mit Vorhang vor den Augen. Also eine Mischung aus denen und einem schwarzbehaarten Fledderwisch.«

»Aha. Jetzt hab ich's kapiert. Wegen ihrer Haare. Gut, gebongt.«

»Und außerdem sag mal, du kennst sie, ja?«

Blauauge nickte.

»Sie wirkt, als ob sie für die Anzahl gesprochener Wörter pro Minute bezahlt würde … Ist sie denn so überlastet?«

»Ich hab keine Ahnung. Kann schon sein. Schließlich betreut sie die Auslandsliteratur, außer Spanisch und Französisch, soweit ich weiß, und das ist bei einem solchen Verlag nicht gerade wenig … Bei den Deutschen mischt sie zuweilen auch noch mit, obwohl's da einen anderen Hauptverantwortlichen gibt, mit dem ich … na, egal.« Er trank einen Schluck Wein.

»Mit dem du was? Na sag schon!!« Vielleicht ließ er sich ja herab, mir ein wenig mehr von sich zu erzählen.

Aber er schüttelte nur den Kopf. »Erzähl weiter!«

Ich seufzte. »Ich frag mich, wie sie es überhaupt schafft, auch nur *ein* Buch in Ruhe zu lesen.«

»Vergiß das Essen nicht! – Also *ich* könnte mir durchaus vorstellen, daß genau darin das Geheimnis ihres Erfolges besteht. Sie liest die Bücher nicht, sagt auf gut Glück ja oder nein und hat dann eben Glück.« Blauauge sah von seinem leeren Teller auf meine noch zu zwei Dritteln volle Platte.

»Nimm dir soviel, wie du willst«, bot ich ihm an. »Das wäre dann aber reichlich riskant, denn schließlich könnte sie ja auch genausogut Pech haben, oder? Nein, irgendwie muß sie's doch ab und an schaffen, ein Buch wirklich zu lesen. Ich frag mich, ob sie mich überhaupt wahrgenommen hat. Was meinst du?«

Er nahm sich Reis und Truthahn. »Ich weiß nicht, ich war ja nicht dabei. Aber bei Rastamops kann man wie bei Heffalumps nie wissen. Wenn nicht, wird sie sich morgen wundern, wenn du in ihrem Zimmer sitzt. Na, hast du's dir anders vorgestellt?«

»Ein wenig schon. Das wirkt alles so furchtbar hektisch da. Außer beim Manniger. Kaum zu glauben, daß dabei dann so völlig ruhige, selbstgenügsame Bücher rauskommen. Ich dachte immer, ein Lektor sitzt an einem sonnenüberfluteten Schreibtisch, umgeben von lichten Grünpflanzen. Es ist völlig still im Zimmer, man hört nur das Gurren der vor dem Fenster sitzenden Tauben. Der Lektor ruht in seinem Sessel und liest den genialen Roman einer neuen Autorin. Ab und an greift er mechanisch nach der Kaffeetasse, die von einer mokassinbeschuhten, daher lautlosen Sekretärin nachgefüllt wird. Am Abend geht er dann nach Hause, erfüllt von tiefem Frieden, und freut sich die ganze

Nacht schon auf die Fortsetzung des genialen Romans. Ist er dann mit Lesen fertig, streicht er – nach Rücksprache mit der Autorin – sämtliche Semikola und ersetzt sie durch Punkte, entfernt alle ›dochs‹ am Satzanfang, weil diese sein ästhetisches Empfinden stören, baut dafür ›jedochs‹ oder ›allerdingse‹ ein. Dann gibt er das Ganze in die Setzerei, macht ein äußerst befriedigtes Gesicht und geht zum Chinesen um die Ecke zu einem verspäteten Mittagessen.«

Gerald-Dietz lachte und besah meine Platte. »Hast du keinen Hunger mehr?« Er bemühte sich, nicht allzu hoffnungsvoll zu klingen.

»Nein, iß auf, wenn du magst.« Er hatte bereits den Löffel in der Hand, und ein wonniges Lächeln breitete sich auf seinem Gesicht aus.

»So jedenfalls hab ich mir das vorgestellt«, fuhr ich fort. »Das Buch wird natürlich ein Riesenerfolg, sein Chef lädt ihn, den Lektor, zu Lachs und Sahnetorte ein, die unbekannte, aber geniale Autorin wird über Nacht Millioneuse, kauft sich ein Haus auf Ameland, schreibt weitere geniale Romane, und alle sind glücklich.«

Es dauerte nicht sehr lange, und die Platten waren leer bis auf zwei Salatblätter. Blauauge fertigte sich eine Zigarette und betrachtete mich mit einem wohlwollenden Blick. »Und was sonst noch?«

»Sonst hab ich niemanden kennengelernt. Wen gibt's denn da noch?«

»Hm«, Gerald-Dietz dachte nach. »Wohl noch drei oder vier weitere Lektoren mit wenigstens zwei Sekretärinnen, dann, ach ja, Thewalls rechte Hand, Muschunski oder so ähnlich heißt er. Dann jemanden für die PR. Mehr weiß ich auch nicht. Wirst du schon mit der Zeit rausfinden. Weißt du denn schon, was du tun mußt?«

Ich verzog das Gesicht: »Fürs erste kopieren. Einen ganzen Berg. Dann krieg ich weitere Weisungen von Rastamop.«

»Hm«, machte Gerald-Dietz wieder. »Und der große Boß? Was hältst du von dem?«

Ich musterte ihn, um zu sehen, ob er sich über mich lustig machen wollte. »Hab ich dir doch schon gesagt: Ein richtiger Diktator. Zum Angsteinflößen. Hoffentlich hab ich mit dem nicht viel zu tun. Wahrscheinlich kriegt er einen Wutanfall nach dem anderen. Hat er noch nie einen Herzinfarkt gehabt?«

»Ich würd dich jetzt zwar lieber anlügen«, meinte Blauauge, »aber bes-

ser, du weißt Bescheid, dann kannst du dich vorsehen: Er ist ein Choleriker. Aber nicht immer. Wenn er will, kann er auch sanft und lieb wie ein Lämmchen sein … allerdings meistens erst nach einem Mittagessen, bei dem es wenigstens zwei Kognaks zum Nachtisch gegeben hat.« Er winkte der unfreundlichen Kellnerin, drückte, als sie da war, seine Zigarette im Aschenbecher aus und bezahlte.
»Na bravo! Ein zweiter Bernhard also«, sagte ich, als sie wieder gegangen war. »Ich würde liebend gern auf das alkoholisierte Lämmchen verzichten, wenn er in der übrigen Zeit gleichmäßig nett wäre! Oder wenigstens freundlich, von lieb ganz zu schweigen.«
Blauauge musterte mich strengen Blicks. »Du kannst wohl immer nur mosern, was? Den ganzen Tag lang tust du dir selbst leid. Macht das großen Spaß? Die schiere Lust? Reines Vergnügen?«
»Wahnsinnig witzig«, kommentierte ich nur, mit meinen Gedanken nicht recht bei der Sache. »War das vorhin dein Ernst, daß du wegen ein paar Fischen die Verabredung bei Presslers abgesagt hast??«
Blauauge nickte ein wenig verlegen.
»Und das hast du am Freitag noch nicht gewußt?«
»Doch … nein, das heißt, ich hatte eine Verabredung und hab sie vergessen.«
Eine Verabredung zum Angeln war ihm wichtiger als ich! Dann aber dachte ich an seine zuvorigen Worte und war wieder einmal beschämt über meine Undankbarkeit. Ich griff über den Tisch und legte kurz meine Hand auf seine, die mit der Rechnung spielte: »Sorry! Ich werd mich bessern! Und danke fürs Essen und überhaupt.«
Er lächelte: »You're welcome.«
»Ich möchte wissen, wie lange es dauert, bis Udo sich bei mir meldet, oder gar, o Graus, nicht auszudenken, bei mir aufkreuzt«, sagte ich mehr zu mir selbst, als wir aufstanden.
»Woher sollte er denn wissen, wo du wohnst?«
»Ich weiß auch nicht, von Karina.«
Blauauge besah mich überrascht. »Ja, hast du ihr denn gesagt, wo du hinziehst?«
»Na, du warst doch dabei. Irgend etwas mußte ich ihr doch sagen. Schließlich ist sie so was wie meine Freundin. Aber die Adresse wußte

ich ja selbst noch nicht. Und da ich nicht im Telefonbuch stehe, wie sollen sie mich da finden.«

»Na bitte, dann ist ja alles in Ordnung«, erklärte Blauauge und hielt mir die Tür auf.

Allerdings hatte ich Karina gesagt, daß ich bei einem bekannten Verlag arbeiten würde, es war also eine Kleinigkeit für Udo herauszufinden, welche Verlage es in Celle gab. Wenn er es wollte!

»Weißt du was?« sagte Gerald-Dietz. »Wir beide machen an deinem letzten freien Nachmittag, bevor das harte Leben beginnt, noch einen schönen Spaziergang.«

Ich lächelte ihn an und hängte mich bei ihm ein.

Und nun konnte mich nicht einmal mein Kellerloch mehr depressiv werden lassen. Nicht heute abend wenigstens. Gerald-Dietz hatte mich nach einem langen Besichtigungsrundgang durch Celle wieder zu Hause abgesetzt. Meine Beine waren müde, meine Augen auch. Das Städtchen war hübsch. Zumindest die Innenstadt. Jede Menge bunte Fachwerkhäuser mit Schnitzereien und in altertümlichem Deutsch verfaßten Widmungsinschriften. Blauauge hatte mir ein Haus gezeigt, wo quer über die Front geschrieben stand: *Das bauen ist ein grosse lust, daß so viell kost, hab ich nicht g'wußt,* und lachend erzählt, daß neulich morgens mit Kreide darunter gestanden hätte: *Und das es so viell kosten thut, hättst wissen soll'n Du fozenhut.* Wär sogar in die Zeitung gekommen.

Allmählich sieht es wohnlicher bei mir aus, konstatierte ich, als ich nach dem Abendessen zufrieden meine neue Umgebung betrachtete. Die Bücher füllten zwar die Regalwand beileibe nicht aus, doch ich hatte sie gleichmäßig verteilt. Das Bett war gemacht und mit einer bunten Häkeldecke geschmückt. Bernhard hatte mir eine stabile Holzkiste aus dem Schuppen geschenkt, die mir, von einer Tischdecke verborgen, nunmehr als Nachttisch diente, auf den ich die eine meiner beiden kleinen Lampen gestellt hatte. Die andere stand auf dem monströsen Schreibtisch, an dem ich allerdings wohl kaum sitzen würde. Er war wirklich riesig groß und ungemütlich.

Jetzt blieb mir nur noch nachzuschauen, wann am nächsten Morgen der

Bus nach Celle fuhr. Außerdem fiel mir die merkwürdige Sache mit Bernhards dichtendem Vater ein. Was da wohl dahintersteckte? Bernhard jedenfalls war offenbar ziemlich beunruhigt. Daß dieser würdige alte Mann eine Freundin hatte, konnte ich mir beim besten Willen nicht vorstellen. Aber was dann? Ich schüttelte den Kopf und sagte mir: Warum plagst du dich mit unklaren Dingen? Je höher man kommt, desto klarer wird alles.

Kapitel 20

Aber Bjartur hatte keine Lust, sich vor dem Schlafengehen mit der herzkranken Frau herumzustreiten. Er zog sich aus, kratzte sich hier und da, deklamierte aus dem Reimgedicht von Göngu-Hrolfur einige Kehrreime über die Herkunft des Grimur Aegir, legte sich hin und schlief ein.

Halldór Laxness
Sein eigener Herr

Oh, es war ein wahrer Leidensweg! Rastamop und Thewall machten mir das Leben schwer. Rastamop aus chronischer Überlastung, mein Chef aus purer Bosheit. Anscheinend war ich neben Manniger und dessen Mitarbeiterin, einer Frau Salm, und meiner Nachbarin, der Lektorin für Kinderbücher, Sammelwerke und Sonderbände, der einzige Mensch im Haus, der regelmäßig greifbar war. Gut, es gab auch noch die Sekretärinnen und die Palastwache – die schienen für Thewall aber nicht zu zählen. Zudem war die Sekretärin, die für Frau Walcz und meine Nachbarin mit dem unmerkbaren Namen zuständig war, seit ein paar Wochen erkrankt und fiel daher als Blitzableiter aus. Bei Manniger traute er sich wohl nicht so recht, und meine Nachbarin bot ihm, wie ich bald merkte, die Stirn. Blieb also nur ich.

Ob Thewalls Boshaftigkeit angeboren war, ob er sadistische Neigungen hatte; ob seine Frau ein Drache war und er sich deshalb an seinen Untergebenen schadlos halten mußte – ich wußte es nicht.

Jedenfalls verging im ersten Monat kaum ein Tag, an dem er nicht unvermutet in Rastamops und mein Büro hereinschneite, um sich an mir schadlos zu halten.
Bei einem dieser Male hatte er sich mir als dem Standard-Opferlamm zugewandt und nach meiner eben gefüllten Kaffeetasse gegriffen. Nach einem Schluck hatte er sie wieder hingestellt und mich angeknurrt: »Ich möchte doch künftig darum bitten, mich selbst entscheiden zu lassen, ob und wieviel Milch oder Zucker ich in meinen Kaffee tue!«
»Aber«, wagte ich bescheiden einzuwerfen, »das ist ja auch *mein* Kaffee.«
»So!! Und warum stellen Sie ihn dann vor mich hin, wenn ich fragen darf?« entgegnete er. »Sie haben außerdem, wie ich sehe, meinen Drehbleistift in der Hand, den ich schon seit Tagen vermisse. Ich frage mich bloß, wie *Sie* zu ihm kommen.« Ich wollte entrüstet entgegnen, daß ich ihn von meinem eigenen Geld erstanden hatte, hielt es aber dann doch für geraten, mich nicht mit ihm anzulegen.
Und so war er nach einigem Hin und Her mit meinem Drehbleistift abgerauscht, und ich hatte den Kaffee in den Ausguß gegossen.
Immerhin wurde mir auf diese Weise sehr schnell klar, warum Rastamop ihr Büro nur sehr sporadisch mit ihrer Gegenwart beehrte. *Ich* dagegen konnte mich nicht verdrücken. *Sie* kam morgens gegen zehn schon angestreßt herein, schüttete einen von mir gebrühten Kaffee hinunter, grüßte mich herablassend und versorgte mich mit ausreichend Arbeit für die ganze Woche.
»Sind Sie doch bitte so nett und kopieren Sie mir dieses hier und das Manuskript da zweimal. Und, ach ja, eh ich's vergesse, übertragen Sie doch bitte meine Korrekturen sauber auf diese Fahnen hier und schikken Sie sie …« undsoweiter undsoweiter.
Ich hoffte, auch nur die Hälfte davon zu behalten. Wie ich ebenfalls schon nach wenigen Tagen merkte, genügte das auch vollauf, um mich kaum zu Atem kommen zu lassen. Wenn ich Glück hatte, war sie anderntags mit dem von mir Geleisteten zufrieden. Wenn ich Pech hatte, hätte sie gerade die andere Hälfte am dringendsten benötigt. Ich bekam trotz Nachforschungen nicht heraus, was sie eigentlich den ganzen Tag trieb bzw. wo sie sich herumtrieb. Telefonate richtete ich ihr aus, wenn sie mich von wo auch immer zwischendurch anrief, oder ich legte ihr

Zettel hin. Mir war völlig schleierhaft, wer meine Arbeit vorher erledigt hatte – selbst wenn man die offenbar inzwischen dauerkranke Sekretärin in Rechnung stellte –, bis ich eines Tages dahinterkam: Ich hatte eine Vorgängerin gehabt, die wegen irgendeines Leidens in Kur mußte, dortselbst einen gutsituierten Konditormeister kennen- und liebengelernt und vor etwa sechs Wochen geheiratet hatte. So war das also. Ich sah meinen Weg deutlich vor mir.

Und wenn ich dann also auf dem Flur an einem der drei Kopierer stand, tauchte unweigerlich mein Oberchef auf, stellte sich neben mir in Positur und begann zu plaudern. »Nun, wen haben wir denn da?! Unsere neue Kollegin! Was kopieren wir denn heute Schönes?? Ah, ein Manuskript. Ja von wem denn?«

Dann zog er mir das Blatt aus dem Kopierer, das gerade oben lag, und begann zu lesen. Doch das war nicht das Schlimmste.

Als mir das zum ersten Mal passierte, am Ende der ersten Woche, und ich geduldig stand und wartete, bis er geruhte, mir das Blatt wiederzugeben, zog er plötzlich mit einem Grunzlaut des Protestes einen Rotstift aus der Jackettasche und strich herzhaft ein Wort durch, um es durch ein anderes zu ersetzen.

»Ah …«, er gab ein Geräusch von sich, als hätte er soeben einen überfälligen Eiterpickel gesichtet. »Ein Komma vor einem ›beziehungsweise‹! Welcher Hornochse hat das hier verzapft?« Und dann zu mir als dem einzigen vorhandenen Hornochsen gewandt: »Schauen Sie sich denn nicht an, was Sie da machen?« Und er zeigte mit spitzem Finger auf ein Komma an der falschen Stelle.

Ich bemühte mich, ihm klarzumachen, daß dies das eben eingetroffene Manuskript eines Herrn namens Hanno Bro war, das … weiter kam ich nicht. Er unterbrach mich mit extrem genervter Stimme barsch: »Gehn Sie, sind Sie still! Wenn ich Ihre geschätzte Meinung hören möchte, werde ich es Sie wissen lassen, Frau Kollegin. Fürs erste sind Sie hier, um etwas zu lernen!« Er fixierte mich mit seinen kalten Äuglein durch seine Goldrandbrille, während seine Oberlippe leicht vibrierte. Er nahm das besagte Blatt, warf mir einen abfälligen Blick zu und stapfte in sein Zimmer.

Ich hatte keine Ahnung, was ich machen sollte. Eine Zeitlang hoffte ich, er werde mir die korrigierte Seite im Laufe des Tages rückerstatten. Als er aber um halb fünf immer noch nicht damit erschienen war, und da ich um die Bedeutung eines Originales wußte, nahm ich schließlich all meinen Mut zusammen und machte mich auf den Weg ins Allerheiligste. Auch das noch: Seine Sekretärin war schon nach Hause gegangen. Also klopfte ich zaghaft an die Tür.

Ich vernahm ein mürrisches »Herein«. Thewall saß hemdsärmelig hinter seinem Schreibtisch wie Fitz-Oblong, zwei graue Hosenträger spannten sich über seinem Kugelbauch, eine seiner grauen Haarsträhnen fiel ihm unordentlich ins Gesicht, und eine Zigarette verqualmte gerade im Aschenbecher. Er sah mich an wie eine lästige Fliege und war sichtlich nicht erfreut.

»Ich ... eh ... Verzeihung«, stotterte ich, »das Blatt ... ich bräuchte ... das ...«

»Wovon reden Sie?« blaffte er mich an.

»Das Blatt, das Sie heute morgen mitgenommen haben, ... es war ein Original, ich sollte eine Kopie davon machen ...« Mir war ganz flau.

»Hören Sie, ich hab keine Ahnung, wovon Sie eigentlich reden!« Er schien mit Nerven und Geduld ziemlich am Ende zu sein. »Wenn Sie auf die Sachen, die Ihnen anvertraut werden, nicht aufpassen können ... nun ... dann ist das ja wohl Ihre und nicht meine Angelegenheit, nicht wahr?« Er überschaute dennoch gönnerhaft flüchtig seinen mit Papieren bedeckten Schreibtisch und sah dann wieder mich an. »Ich habe es Ihnen längst zurückgegeben, also dann auf Wiedersehen! Wie Sie sehen, bin ich beschäftigt.«

Damit war ich entlassen. Die Kraft kehrte urplötzlich in meine Beine zurück, und ich war bloß noch wütend. Nur, was machte ich jetzt? Wahrscheinlich hatte er es längst in den Papierkorb befördert.

Am anderen Ende des Ganges stand die – erstaunlicherweise bayrische – Reinemachefrau, von allen Frau Permafrost genannt, mit ihrem Schiebekarren voller Putzutensilien und einem großen blauen Müllsack. Sie war meine letzte Rettung. Ich ging zu ihr hin und erklärte ihr das Problem. Sie war klein und rund, stets adrett und proper gekleidet, hatte ein hübsches, freundliches Gesicht. Sie nickte wissend. »Ja, i woas,

i kenn dös. Da werd halt a Mensch dappig. Aba brauchens net ängsten. I mach's scho.«
Sie ließ sich in etwa beschreiben, wonach sie schauen sollte, was allerdings ziemlich schwierig war – wie sollte sie ein beschriebenes Blatt von einem anderen unterscheiden? Dann fiel mir allerdings ein, daß das Manuskript eine Kopfzeile hatte, auf der Hanno Bro stand. Schnell fügte ich noch eine Beschreibung des mir unrechtmäßig entwendeten Drehbleistifts bei, vielleicht hatte sie ja zufällig Gelegenheit, ihn an sich zu nehmen, ohne daß es auffiel.
Sie nickte gelassen, nahm den Müllsack beim Kragen, marschierte den Gang hinunter und verschwand in Thewalls Reich. Sie hatte keine Angst vor ihm, brauchte vermutlich auch keine zu haben. Tüchtige Putzfrauen verlieren nicht so leicht ihre Stellung. Ein paar Minuten später kam sie wieder heraus, lächelte auf ihre ruhige, adrette Weise.
»So … Jetza hamma's!« verkündete sie, als sie wieder bei mir angelangt war. »I hab mir denkt, vielleicht, daß i wa derfrag, weil i net gwußt hab, z'weg'nwas daß i da eina muß, aba dös hot's hernach nit braucht.«
Sie zog behutsam ein Blatt Papier aus dem blauen Sack und glättete es. Ein Fußabdruck war deutlich darauf zu erkennen. Aber es war mein Blatt, wie ich an dem von ihm gestrichenen Komma vor dem ›beziehungsweise‹ und dem ›Hanno Bro‹ in der Kopfzeile erkannte. Er hatte noch fünf falsche Kommata ausgemerzt und dann offensichtlich die Lust verloren, denn die untere Hälfte war noch jungfräulich unberührt.
»Und dös hab i aa!« Triumphierend zog sie aus einer ihrer Kitteltaschen meinen Drehbleistift. Er hätte unter einem Stapel von Manuskripten hervorgeguckt!
Ich bedankte mich überschwenglich bei meiner Retterin.
»'S is scho recht«, winkte sie gutmütig ab, strich sich über die von mir in Unordnung gebrachte Lockenpracht und setzte ihren Weg fort. Ich machte schnell noch eine Kopie von der einen Seite, ordnete sie richtig ein und verließ aufseufzend meine Arbeits- und Leidensstätte.

Was meine Laune in den ersten vier Wochen ebenfalls beträchtlich dämpfte, war die *sehr* sporadische Anwesenheit Blauauges. Vielleicht wußte der Himmel, wo er sich rumtrieb, ich jedenfalls nicht. Er erfuhr nicht mal, daß ich bereits nach zehn Tagen Telefon hatte. Und: Er hatte die Hausbesitzerin angerufen, um die Einladung zum Essen erneut zu vertagen, was ich wiederum erst von Bernhard erfuhr. Ich war ganz schön sauer. Konnte er nicht mal vorbeikommen, um mir das selbst zu sagen?

Vielleicht mußte er mal eben nach Irland zum Räucherlachsessen ... ach nein, das war ja im Mai. Na, wer weiß, vielleicht gibt's im August besonders viele Barsche in Kanada, Seezungen vor Dänemark oder was weiß ich, dachte ich am Ende der zweiten Woche. Von mir aus braucht er sich überhaupt nicht mehr blicken zu lassen. Dabei wollte ich ihn von meinem ersten Gehalt zum Essen einladen. Als ich am Freitag der vierten Woche zur Arbeit fuhr, beschloß ich, ihn mir endgültig aus dem Herzen zu reißen.

Trotz der beiden weit geöffneten Fenster, die auf den Platz hinaus gingen, war es drückend heiß und schwül im Zimmer. Mein Schreibtisch stand in der dunkelsten Ecke, gleich links neben der Tür. Jeder, der sie öffnete, stolperte gewissermaßen zuerst über mich. Rastamop hatte ihren natürlich vor einem der Fenster, da war es hell und freundlich. Rechts von der Tür und an der linken Wand waren Regale angebracht, in denen ein ziemliches Chaos herrschte. Davon abgesehen gab's noch ein paar Stühle, die meistens mit Manuskripten oder anderen Dingen belegt waren, einen Zusatztisch für dies und jenes, eine Garderobe, eine Kaffeemaschine und einen Kühlschrank.

Frau Walcz musterte mich mürrisch, als sie um kurz nach zehn eintraf. Sie grüßte, nahm sich eine Tasse Kaffee und sah ihre Post durch. Anschließend begutachtete sie die von mir am Vortag geleistete Arbeit und meinte kurz angebunden, sie hätte ganz unbedingt genau die Kopien gebraucht, die ich *nicht* gemacht hatte.

Ich versuchte ihr zu erklären, daß ich hoffnungslos überlastet sei, sie unterbrach mich jedoch mit: »Schon gut, ist nicht zu ändern. Machen Sie's dann aber bitte heute.« Sie drückte hastig die Zigarette aus, nuschelte: »Ich muß dringend ...« und verschwand.

Diese ihre Angewohnheit, einen nicht ausreden zu lassen und selbst nicht auszureden, fing an, mir erheblich auf den Geist zu gehen. Was meine Laune betraf, so war sie auf einem Tiefpunkt angelangt. Selbst

Frau Permafrost war für mich in die Rubrik der beneidenswerten Personen aufgerückt. Im Vergleich zu mir führte sie das reinste Luxusleben, wurde von allen mit Samthandschuhen angefaßt. Und ich? Kopieren mal wieder.

»Einen schönen guten Morgen, Gnädigste.« Der charmante Herr Manniger kam auf mich zumarschiert, murmelte »die Sonne geht auf, wenn ich Sie ...« und verschwand in seinem Zimmer.

Da ich die halben Tage auf dem Flur am Kopierer verbringen mußte, hatte ich inzwischen die meisten anderen Mitarbeiter des Verlages kennengelernt. Besonders aufgefallen war mir nur noch ein aufgeblasener Lackel, der offenbar die von Blauauge bereits erwähnte rechte Hand von Thewall und ein rechtes Ekel war. Er grüßte mich außerdem für mein Empfinden ein bißchen zu freundlich, blieb stehen, plauderte herablassend und blasiert von diesem und jenem, meistens allerdings von dem hochinteressanten Job, den ich mir da an Land gezogen hätte. Seine etwas unsteten, allzu ehrlichen Augen saugten sich fest und hinterließen ein unsauberes Gefühl.

Sobald sich bei einer solchen Gelegenheit zufällig Thewall blicken ließ, wurde er ganz Untertan, beflissen und demütig. Wahrscheinlich wartete er schon seit Jahren darauf, daß der Alte endlich einer Herzattacke zum Opfer fiel, damit er zum Nachfolger avancieren konnte.

Heute allerdings schien er nicht dazusein. Ich konnte mich jedenfalls eine Zeitlang ungestört meinen Kopien widmen. Als ich Thewalls Stimme vom Empfang her vernahm, raffte ich in Windeseile mein Manuskript zusammen, um erst mal in meinem Zimmer zu verschwinden. Ich sah ihn grade noch mit einem Mann, der mir entfernt bekannt vorkam, den Gang entlangkommen. Aber bevor ich ihn noch genauer mustern konnte, hatte ich mich schon verdrückt. Aufatmend schloß ich die Tür hinter mir. Also dann Korrekturen übertragen. Diese Schrift von der Walcz! Etwa zehn Minuten später klopfte es gegen die Tür: Thewall! Ich schrak zusammen. Seinem Schicksal entging man nicht.

»Frau Kollegin«, begrüßte er mich einigermaßen zuvorkommend, streckte mir gar ein weiches Händchen entgegen und strich sich dann über seinen kurzen grauen Bart. »Wissen Sie, wo der Klemmer ist?«

»Welcher Klemmer?« Ich stand verunsichert auf.

»Na, mit dem … Dings … dem Exposé von … na … von … Sie wissen schon. Er ist grade bei mir! Nun stehen Sie hier doch nicht rum wie festgenagelt! Sind Sie so gut und suchen Sie ihn.«
»Wie sieht der Klemmer denn aus?« brachte ich endlich heraus.
»Na, wie schon, einer von den üblichen Klemmern eben!«
Rat- und hilflos begann ich blindlings, nur um etwas zu tun, herumzuwühlen. Fand natürlich nichts. Er seinerseits durchsuchte derweil, nicht faul, Rastamops Schreibtisch. Sichtete einen Brief, den er interessiert las und dann einsteckte. Er hatte ihn offensichtlich in bessere Laune versetzt, denn er meinte plötzlich: »Wenn Sie ihn gefunden haben, bringen Sie ihn mir rüber, ja? 's wird schon, Frau Kollegin, s'wird schon.« Und damit verschwand er. Ich dagegen mußte mich setzen.
's wird schon. Und wie kam ich nun dem besagten Klemmer näher? Nachdem ich mich ausgiebig bemitleidet hatte, kam ich auf die glorreiche Idee, meine Nachbarin zu fragen. Im Gegensatz zu Rastamop war sie die meiste Zeit anwesend. Außer Frau Permafrost und der ständig telefonierenden Empfangsdame war sie der einzig wirklich nette Mensch in diesem Verlag. Immer, wenn sie an mir vorbeikam, während ich kopierte, sagte sie irgendwas Aufmunterndes – blieb stehen, um mich zu fragen, ob ich was bräuchte, ob ich mich in Celle eingewöhnt hätte oder dergleichen. Wenn ich Probleme hätte, hatte sie wiederholt gemeint, dann solle ich getrost zu ihr kommen. Und nun hatte ich ein Problem.
Sie saß an ihrem Schreibtisch buchstäblich in Manuskripten eingegraben und schaute klein und irgendwie verhutzelt daraus hervor. Ihre undefinierbarfarbigen kurzen Haare schienen sich keinerlei Frisur zu fügen, machten vielmehr, was ihnen paßte. Sie hatte eine Vorliebe für monumentalen Ohrschmuck. Heute war es eine Figur, die auf einem Reifen stand.
Sie sah mir aus kohlegeschwärzten Augenrändern entgegen und lächelte freundlich: »Halloo! Was gibt's denn, Frau Herzog? Ich seh Ihnen an, daß was nicht stimmt.«
»So kann man's nennen. Herr Thewall sucht einen ganz bestimmten ›Klemmer‹, wie er sich ausdrückt. Von dem Autoren, der gerade bei ihm ist. Aber ich weiß erstens nicht, wie der Autor heißt, und zweitens nicht, was genau er mit einem Klemmer meint.«

Sie lachte. »Ja, da mußten wir alle mehr oder weniger durch. Der Klemmer ist bestimmt eine Manuskriptmappe, hier, so was ...« Sie zeigte auf ein Manuskript, das in einer Art dickem Schnellhefter stak, »und der Autor ... Moment mal.«
Sie stand auf. Sie war zwar nicht gerade das, was man als hochgewachsen bezeichnet, aber ein wenig mehr als halb so groß wie ich schon. »Ich muß ihn sowieso was fragen, da schau ich mir den Herrn mal an. Keine Sorge, lassen Sie sich von ihm bloß nicht einschüchtern.«
Ich fragte mich, wo diese kleine Person den Mut hernahm. Sie wirkte absolut gelassen, als sie sich auf den Weg zu ihm machte. Fünf Minuten später war sie wieder da und lachte. »Also, das Problem ist geklärt. Der Autor heißt Lars Mittorp, und das Exposé von seinem neuen Buch hat, wie ich von Jasper erfahren hab, Ada bei sich zu Hause. Ist also alles okay. Im Prinzip wäre Jasper dafür zuständig, kennen Sie ihn?«
Ich nickte. »Ich bin ihm vorgestellt worden.« Er hatte, wie ich mich erinnerte, ein ausdrucksloses Gesicht.
»Schön, er kümmert sich um die deutsche Literatur, aber manche Autoren nimmt ihm Ada ab. Und einer ihrer Lieblinge ist Mittorp. Aber wissen Sie, das wird nicht das letzte Mal sein, daß Sie für Thewall etwas suchen müssen. Diesmal war's nicht sein Fehler, aber oft genug sind wir schon irgendwelchen Manuskripten hinterhergelaufen und haben sie dann an den unmöglichsten Stellen wiedergefunden. Eine seiner Lieblingsstellen ist das Ablagebrett unterm Spiegel im Herrenklo. Da hab ich den Jasper drauf angesetzt.«
»Wie lange sind Sie denn schon beim Verlag?« fragte ich.
»Ein paar Jahre, so um die fünf oder sechs«, meinte sie. »Ich hab mich dran gewöhnt. Und irgendwie funktioniert's am Ende ja auch meistens. Daß ein Manuskript wirklich verschwunden wäre, hab ich jedenfalls noch nicht erlebt.« Sie tastete vorsichtig einen ihrer Ohrringe ab.
»Haben Sie eigentlich keine Hilfe? Ich meine jemanden wie mich?«
»Doch, im Prinzip schon. Eine Volontärin hin und wieder. Zur Zeit hab ich allerdings niemanden, nur eine Sekretärin zusammen mit Ada, die allerdings krank ist, wie Sie ja sicher wissen.« Ich nickte. Wenn sie wüßte, wie sehnsüchtig ich auf deren Genesung wartete, in der Hoffnung, daß sie dann einen Teil der Kopierarbeit übernehmen würde!

Ich bedankte mich und wollte gehen, als mir Thewall wieder in den Sinn kam: »Was ist denn nun mit diesem Exposé, soll ich jetzt zum Chef gehen und ihm sagen, daß Frau Walcz es hat?«
»Nein nein, ist nicht nötig. Ich hab ihn bereits informiert. Dachte mir, daß es Ihnen so lieber wäre.«
Erleichtert ging ich wieder zurück an meinen Kopierer. Und während ich emsig meine Seiten einlegte ... dachte ich daran, daß meine Sessel noch zum Trocknen im Freien auf dem Rasen standen, und hoffte, daß es bis zum Abend nicht regnen würde. Außerdem hatte ich vor zwei Tagen im Sperrmüll in Großmoor ein Küchenregal, einen kleinen Tisch und ein Schränkchen gefunden und nacheinander mit Hilfe von Bernhard nach Hause transportiert. Die Sachen wollte ich am Wochenende ebenfalls streichen.
Es herrschte freitägliche Stille, und ich überlegte mir, welch ein friedliches Arbeiten es sein könnte, wenn dieser Menschenschreck nicht wäre. Rastamop war einfach nur hektisch, aber sie war ohnehin die meiste Zeit nicht da. Mit Thewall war das eine völlig andere Sache.
Allerdings, einmal angenommen, es würde mir glücken, ihn auf die eine oder andere Weise aus dem Verkehr zu ziehen: Wer würde dann an seiner Stelle Verlagsleiter? Wenn's dieser Muschunski wäre, dann lieber nicht. Der wär um keinen Deut besser als der Alte. Nur wie bekam ich das im vorhinein heraus? Und es schien mir, nach allem, was ich gehört hatte, sehr wahrscheinlich, *daß* er es werden würde. Die Muschunskis dieser Welt kriegen die oberen Posten. Ich beschloß, mich diskret bei Manniger zu erkundigen, falls er nicht schon sein Wochenende begonnen hatte.
Ich hatte Glück, er war noch da und erkärte mir auf betuliche Weise, daß sich Muschunski innerhalb von drei Jahren vom einfachen Volontär bis zu seiner jetzigen Position hochgearbeitet hatte und inzwischen mit für das Verlagsprogramm zuständig war. »Oh, er ist wirklich tüchtig«, beeilte er sich zu beteuern. »Der Chef hält große Stücke auf ihn. Stellen Sie sich also besser gut mit ihm, wenn Sie hier Karriere machen möchten.«
»Hm, ja natürlich. Vielen Dank auch für die Auskunft.« Ich sah ihn an und bemühte mich, meine nächste Frage in möglichst neutralem Ton zu stellen: »Dann wird er wohl mal der Nachfolger von Herrn Thewall?«

»Das ist sehr gut möglich, um nicht zu sagen wahrscheinlich«, brummte Manniger, während ihm Schweiß auf der Stirn perlte. »Ich weiß darüber zwar auch nichts Konkretes, aber, wie gesagt ...«
Ich bedankte mich, lobte noch rasch seine Gliederkaktusse, was ihn sichtlich für mich erwärmte, und verließ das Zimmer.

Ich fühlte mich erschlagen, mutlos, deprimiert. Ich war müde und desillusioniert. Gerade in der richtigen Stimmung zum Inswassergehn. Zwar hatte ich mich keinerlei Illusionen bezüglich meines Umzugs in nördliche Gefilde hingegeben, und über meine Arbeitsstelle hatte ich ohnehin keine Träume gehegt, denn daß ich zunächst eine Art Laufbursche sein würde, hatte mir Gerald-Dietz ja schon angedeutet. Nein, ich mußte der traurigen Wahrheit ins Auge blicken: Die Sonne war verdüstert, die Welt öde, leer und trist, weil ... ja, weil Blauauge meine Kreise mied.
Wobei ›mied‹ den Kern der Sache noch nicht einmal traf, weil es einen willentlichen Entschluß voraussetzte. Ich war ihm vermutlich einfach nur entfallen. Er war nicht da. Punktum. Er hatte mich vergessen und meinem Schicksal überlassen. Und ich merkte, wie sehr ich doch auf ihn gezählt hatte.
Also ging ich ins Kino und besah mir Mickey Rourke in der Kirche, wie er den Heldentod starb. Und zu beiden Seiten vorne und hinten Pärchen, kichernd, knisternd, schäkernd. Ach, die Welt meinte es nicht gut mit mir. Warum begegnete mir kein Mickey, der sich für mich in den Kirchturm schwang? Er bräuchte ja nicht gleich dabei abzustürzen.
Trübsinnig fuhr ich mit dem letzten Bus in mein Heim und fand einen Zettel, auf dem geschrieben stand:
»Knödelessen morgen 20 Uhr einschließlich deinem Gerald-Dietz. Dein Bernhard.«

Kapitel 21

Ich goutiere ihn ungemein, denn er goutiert mich, und so sind wir, glaub' ich, in eine gewisse Parallele der Freundschaft gerathen.

Ludwig Tieck
Die Theegesellschaft

Das war kein Hoffnungsschimmer, das war eine glatte Beleidigung. Von Blauauge, nicht von Bernhard, versteht sich. Der bildete sich ein, daß ich springen würde, wenn er Piep sagte. Nein, du Schaf, korrigierte ich mich: Er sagt ja nicht mal Piep. Wahrscheinlich hat Bernhards Mutter ihn angerufen. *Sie* hat bestimmt seine Telefonnummer! Und so muß er notgedrungen auch mich ertragen. So wird's gewesen sein. Aber ich werd das nicht mit mir machen lassen, ich werd's ihm zeigen. Nur hatte ich keine Ahnung, wie ich das bewerkstelligen sollte.

Wieso lud die Malerin eigentlich seine Frau nicht ebenfalls ein? Das machte man doch in der Regel so, oder? Na ja, die hatte ja schließlich fünf Kinder zu beaufsichtigen.

Ach, es war alles ein Elend. Einen Freund. Ich brauchte einen Freund. Jemanden, der mich auf Händen trug und mir Pralinen schenkte. Nur, woher kriegte ich den? Nach kurzem Nachdenken beschloß ich, mein samstägliches Mittagsmahl irgendwo einzunehmen, wo Leute waren, und der einzige Platz, der mir einfiel, war der Karstadt, den ich entdeckt hatte, weil er sich mehr oder weniger direkt um die Ecke vom Verlag befand. Vielleicht traf ich ja wen. Und außerdem wollte ich am Wochenende ein Rezept für den Boß suchen. Rein pro forma und falls alle Stricke rissen ...

Am nächsten Vormittag verbrachte ich einige Zeit vor meinem Kleiderschrank, der ganz gegen meine bisherigen Gewohnheiten erstaunlich aufgeräumt war. Was sollte ich anziehen? Nach einigem Anprobieren entschied ich mich schließlich für enge rote Jeans und ein weißes, weit ausgeschnittenes T-Shirt. In meiner Eishöhle konnte ich natürlich nicht feststellen, wie die allgemeine Witterung war, doch als ich eines der Fenster öffnete, kam angenehm frühherbstlich warme Luft herein.

Sehr gut! Meine Sessel waren hübsch rot geworden, wahre Schmuckstücke. Das Küchenmobiliar wollte ich nachmittags in Angriff nehmen. Als ich in der Küche stand, um es zu begutachten, sah ich die graubehosten Beine des Postboten den Plattenweg hinauf zum Haus kommen. Kurz darauf klapperte mein Briefkasten.
Eine Postkarte aus Vernazza von meinen Eltern. In der Handschrift meiner Mutter stand da zu lesen: *Cara filia. Stiamo molto bene. Alle nove, qualche volta anche dieci svegliamo, e poi andiamo fuori di casa, e poi pranziamo da un trattore, e dopo pranzo scriviamo, e poi sortiamo, e indi ceniamo ma che cosa? ...* Usw. usw. *Baci da Mama,* und klein geschrieben von meinem Vater: *Ich hoffe, Du denkst an ein paar Saturnia pavonia für mich, die verpuppen sich jetzt!* Oje, dachte ich entsetzt, die hab ich ja ganz vergessen. Bevor meine Eltern nach Italien gefahren waren, hatte mir mein Vater ans Herz gelegt, ein paar Nachtpfauenaugenraupen für ihn zu suchen. An Heide und Mädesüß säßen die ... und da ich sozusagen mitten im Gelobten Land weilte ... na, und nun hatte ich's verschwitzt. Aber vielleicht konnte ich ja heute noch eine Fahrradrunde drehen und sehen, was zu machen war. Dann hatte ich jedenfalls meinen guten Willen bewiesen.

Die Cafeteria war ziemlich voll. Klar, es war Samstag. Ich setzte mich an einen der größeren Tische, möglichst dekorativ und sichtbar, und widmete mich halbherzig meinen matschigen Nudeln. Mir gegenüber saß ein gelocktbärtiger bemützter Mann mit dicken Schmollippen, dunklem Teint, breiten, weit herabgezogenen Augenbrauen und schmal geschnittenen fremdländischen Augen vor einem Glas Bier und verschlang nicht mich, sondern ganz offensichtlich meine Quarkspeise mit den Augen. Ob er kein Geld hatte, sich selbst eine zu leisten? Und dann pflanzten sich kurz drauf auch noch zwei Frauen mit großen Einkaufstüten an meine beiden Seiten, die eine mit einer Kohlroulade, die andere mit einem Stück Wiener Kirschtorte, und ich ließ jede Hoffnung fahren, hier einen netten mittelalten, nichtverheirateten oder geschiedenen kinder- und mutterlosen begüterten Mann aufzugabeln. Den bärtigen Sumerer würde ich nicht nehmen.
Ich schob meinen Teller beiseite und wollte gerade meinen Quark in Angriff nehmen, als ich zufällig in die hungrigen Augen meines Ge-

genübers sah. Na schön, sagte ich mir, ist doch ohnehin bestimmt viel zu süß … und schob ihm den Becher über den Tisch, als eine männlich tiefe Stimme neben mir sagte: »Dem Aussehen nach zu urteilen Buchhändlerin!«
Der Mann aus Uruk nickte gerade dankend, ohne auch nur eine Miene zu verziehen, und machte sich über die Nachspeise her, als gäbe es nichts Köstlicheres auf der ganzen Welt – während die beiden Frauen sich bedeutsame Blicke zuwarfen. Sie hatten hinterher mit Sicherheit ein Gesprächsthema. Kurzum: Ich war abgelenkt und fühlte mich außerdem nicht angesprochen.
Nun setzte sich ein großer dünner Jemand mit schwarzen, glatten, langen Haaren und einem kleinen weißgehäkelten Käppi auf dem Kopf gelassen auf den einzig noch freien Platz neben dem Babylonier, der von nichts Notiz nahm außer dem unverhofft erlangten Quark. Ein kluges, ein wenig kaltes Gesicht wandte sich mir zu: »Stimmt's? Hab ich's getroffen?«
»Stimmt nicht«, entgegnete ich und musterte ihn.
»Eins zu null, du darfst mich zum Essen einladen, weil ich verloren hab«, meinte er ungerührt und begann seinen Teller Schnitzel mit Pommes leer zu spachteln. Einen Augenblick lang war ich tatsächlich sprachlos. Er aber nahm mir die Sorge um eine passende Erwiderung ab, indem er fortfuhr: »Am liebsten mag ich Tortellini mit richtigem Parmesan. Nicht diesem Rindenhumus, den sie einem hier meist in abgepackter Form andrehen.«
Vielleicht ein Irrer? Der Selbstgespräche führte? Doch nein, er blickte auf und sah mir direkt in die Augen. Die seinen waren glücklicherweise nicht blau, sondern eindeutig braun. Ich atmete auf. »Aber natürlich, der Herr. Wann darf ich das Mahl anrichten?«
»Och, heute, oder besser morgen abend, so gegen acht wäre gut.« Kein Muskel in seinem Gesicht zuckte. Er verstand ganz offensichtlich sein Geschäft. Und widmete sich ungerührt wieder seinen Pommes, die er in einem See von Ketchup ertränkt hatte.
Der Mesopotamier war inzwischen mit dem Quark fertig, rührte sich aber nicht von der Stelle, wie ein Hund, der auf einen weiteren Knochen hofft.

Aber, dachte ich jetzt, ist das nicht das, was du noch gestern abend gewollt hast? Nein: Von wegen! Wo waren die Pralinen?
»Nur wenn du mir Pralinen mitbringst«, konterte ich also prompt.
»Auch noch Ansprüche! Na gut, wenn's denn sein muß. Werd sehn, was sich machen läßt. Ich Karl, du Jane?«
Ich mußte lachen. »Nein, nicht ganz: Daniela. Aber nenn mich ruhig Jane. Warum auch nicht. Das paßt zu Tortellini.«
»Nun sag, bist du nun Buchhändlerin?« fragte er mit vollem Mund, um den sich ein Ketchup-Rand bildete.
»Nein, ich arbeite beim Klauser Verlag, aber erst seit kurzem. Und du?«
»Raten!«
»Na, irgendwas Absurdes, so was wie Informatiker oder so, nein, wie wär's mit Orientalist? Aber hier gibt's keine Uni, also vermutlich Schnorrer.«
»Volltreffer!« Karl schob das Tablett beiseite, rein zufällig in Richtung des lauernden Sumerers, der sich wortlos über die restlichen Pommes und den Fettrand vom Schnitzel hermachte, und blitzte mich anerkennend an: »Zwei zu null, du darfst mich noch mal zum Essen einladen!«
»Was denn nun, Schnorrer oder Orientalist?«
Die Damen vom Lande erhoben sich und verschwanden grußlos.
»Beides«, entgegnete Karl und setzte sich mit seinem Bier neben mich. »Also, hab ich zwei Essen gut?«
»Sonst noch was?« fragte ich entrüstet, mußte aber grinsen; er hatte so was unverschämt Jungenhaftes an sich.
»Eins nach dem anderen. Erst kommen mal die Tortellini, nein, weil heute so ein wunderschöner Tag ist und wir jetzt gerade ein Uhr und zehneinhalb Minuten haben, werde ich dir jetzt gleich, ich hoffe, du weißt die Ehre zu schätzen, einen Kaffee spendieren. Na, ist das ein Wort?«
Ach, das Leben konnte doch auch Spaß machen! Dieser ulkige Typ mit dem Mützchen war amüsant. Und was war so ein Name wie Gerald oder Dietz gegen das gute altdeutsche Karl?
Der Kaffee war mies, Karl jedoch höchst unterhaltsam. Während er mir anschaulich seine letzte Nordafrika-Jeeptour schilderte, überlegte ich,

wie ich mich mit ihm an Blauauge rächen konnte. Oder es wenigstens probieren. Wahrscheinlich kratzte es ihn ja nicht im mindesten. »Hat 'n bißchen lange Zotteln, oder stehst du auf so was?« würde er vermutlich anmerken. Ein Versuch konnte trotzdem nicht schaden. Und er sollte ruhig wissen, daß er nicht mein einziger Augenstern war.
Karl könnte einfach spätabends nach den Knödeln zu mir kommen. Und ich könnte während des Essens oben bei den Vermietern so nebenbei ins Gespräch einfließen lassen, ich müsse jetzt aber leider gehen, da ich noch Besuch erwartete. Ja, das war gut.
Ich unterbrach also Karls weitschweifigen Vortrag über die Fetzenbäume in der Westtürkei und fragte: »Hast du nicht Lust, heute abend, so gegen zehn, zu mir auf ein Glas Wein zu kommen?« und ergänzte hastig, als ich seinen bedeutsamen Blick sah: »Ich meine wirklich nur auf ein Glas Wein!«
»Oder zwei oder drei«, meinte er wie immer höchst ungerührt. »Und am liebsten mag ich übrigens Quittengelee.«
»Zum Wein?« fragte ich überrascht.
Er lächelte sein irgendwie freudloses Lächeln. »Zum Frühstück natürlich, du Dummchen, was denn sonst. Dafür garantiere ich dir eine sinnenfrohe Nacht.«
Nun war ich doch ein wenig perplex. »Hör mal, ich hab dir den kleinen Finger gereicht, keineswegs meine Hand oder gar meinen Körper«, gab ich zur Antwort und war mächtig stolz auf meine Redegewandtheit.
»Man wird sehen«, erklärte er nur lakonisch und völlig unbeeindruckt, beugte sich zu mir herüber und gab mir unvermutet einen Kuß auf die Nase. »Aber gern, ja, ich komme gern.« Und er streifte mich mit einem beinahe nachdenklich zu nennenden Blick.

Was soll ich bloß anziehen? fragte ich mich zum zweiten Mal an diesem Tag, zog mein T-Shirt aus und wusch mich. Das Küchenschränkchen war fertig gestrichen, blitzeblau, das Regal wenigstens geschrubbt. Blieb das Kleiderproblem. Schließlich mußte ich mich sicher fühlen, gefeit gegen alle äußeren und inneren Gefahren. Anziehend, doch unnahbar. Schließlich entschied ich mich für das Rote mit dem braunen Gürtel.

Es klingelte. Nein, ich mach nicht auf. Ich denke gar nicht dran. Schnell noch den Gürtel zu. Es klingelte. Du kannst klingeln, bis du schwarz wirst, dachte ich und kämmte mir die Haare. Ein Schatten vor einem der Wohnzimmerfenster. Das hat man von einer Souterrainwohnung. Natürlich Er!

»He, Danni, bist du plötzlich ertaubt?« rief er durch die Öffnung des schräggestellten Fensters.

»Nenn mich nicht Danni! Ich bin keineswegs taub. Ich wollte nur vielleicht nicht gestört werden«, gab ich würdevoll zurück. »Aber manche Leute nehmen ja auf die Intimsphäre eines anderen nicht die geringste Rücksicht. Schließlich hätte ich ja auch Besuch haben können.«

»Nimm *mich* statt dessen!« Gerald-Dietz lächelte durch den Spalt zu mir herein und fügte hinzu: »Und vielleicht machst du jetzt bald das dämliche Fenster auf.«

Ich seufzte so laut, daß er's nicht überhören konnte, und ging zum Fenster, um ihn hereinzulassen. Wortlos. Dann zog ich mir vor dem Spiegel im Vorzimmer den Lidschatten nach, während er sich auf den dicken Schreibtisch hockte und mir zusah. Er trug, wie ich unwirsch feststellte, beigefarbene Hosen, die regelrecht bis zu den Füßen reichten und ihm leider gut standen.

»Neu?« Er leckte sein Papierchen ab.

»Neu was?«

»Na, das Kleid?«

»Spielt das irgendeine Rolle?«

»Ganz hübsch.«

Ich drehte mich zu ihm um. »Vielen herzlichen Dank für das Kompliment, falls es eines sein sollte.«

Er bedachte mich mit einem ernsten Blick und schwieg einen Augenblick. »Ich hab dich wohl zu lange allein gelassen«, sagte er dann langsam.

»Keine Sorge, ich bin nicht auf dich angewiesen. Ich erwarte nachher noch Besuch, wenn du's genau wissen willst. Jemand, der« … nein, der war nicht lieb, zärtlich, sanft und einfühlsam. Oder doch? Wer weiß … »der lieb, nett, sanft, zuvorkommend und ausgesprochen anwesend ist. Und nicht mit fünf halbwüchsigen Kindern gesegnet. Von einer Frau ganz zu schweigen«, log ich, denn ich wußte keineswegs, ob Karl nicht verheiratet war oder Kinder hatte oder beides. Er sah nicht so aus. Aber Blauauge eigentlich auch nicht.

»Soso«, er nickte, zuckte unbewußt mit dem rechten Arm und sah immerhin ein wenig bedrückt aus. »Also mit einem Wort: genau das Gegenteil von mir.« Er stand auf. »Na, dann will ich dich nicht länger stören. Wir sehen uns ja sowieso gleich oben beim Essen.«

Nein, bitte geh nicht, dachte ich, sagte aber kein Wort, als er ging und die Tür hinter sich zuschlug. War das nötig gewesen? Ich zweifelte an mir und meinen Methoden. Bravo, Daniela, hast du prima hingekriegt! Hätte dir Dr. Dr. Rolf Steinbrech die Aufgabe gestellt, in zehn Sekunden einen Mann zu vergraulen, hättest du den Rekord gebrochen.

Die Hausbesitzerin war diesmal in ein weißes Leinenkostüm gekleidet und zurechtgemacht, als würde sie auf eine Party gehen. Bei der Hitze hier drin, dachte ich, muß sie die Schminke vermutlich alle halbe Stunde erneuern. Ihr Gatte dagegen trug einen unscheinbar grauen Sommeranzug und sah damit sehr distinguiert aus. Nebeneinander betrachtet wirkten die beiden so verschieden wie ein Graureiher und eine Mandarinente.

Gerald-Dietz saß bereits auf der altdeutschen Couch und unterhielt sich angeregt mit dem Dichter, ein Glas Whisky neben sich. Beide Männer erhoben sich höflich und gaben mir die Hand. Als ob er mich nicht kennen würde, dachte ich, während mir der sanfte Hausherr einen Wermut anbot und einschenkte.

Ich saß bei Tisch neben Bernhard, schräg gegenüber von Blauauge, der sich angeregt mit Madame unterhielt. Der am Kopfende plazierte Gatte sprach selten und wenn, dann mit seiner leisen körperlosen Stimme von den guten alten Zeiten, seiner Doktorarbeit – »hundert Seiten über die deutsche Romantik, einfach so runtergeschrieben, aber keineswegs schlecht« – oder von Literatur.

Ich schaute unauffällig zu Gerald-Dietz, um zu sehen, wie er auf Frau Presslers Wortschwall reagierte. Er mimte hervorragend Interesse. So blieb mir also nur Bernhard, der Gerald-Dietz geflissentlich übersah. Claudio, der jüngere Sohn, hatte sich entschuldigen lassen, weil er ir-

gendwohin mußte, und die Oma hatten sie vermutlich an einem ihrer Ohrensessel festgebunden.
Wenn man von einigen höflichkeitshalber an mich gerichteten Worten absah, ignorierte mich Gerald-Dietz vollkommen. Je mehr er mich ignorierte, desto mehr trank ich, und je mehr ich trank (nein: ich mußte *nicht* in die Stube spein), desto aufgekratzter wurde ich. Ich flirtete mit Bernhard, der sichtlich nicht wußte, wie ihm geschah, und vor Verlegenheit einen zunehmend röteren Kopf bekam. In eine kurze Gesprächspause hinein – selbst Madame schaffte es, für eine Minute den Mund zu halten – fragte ich ihn: »Sag mal, ich hab gelesen, daß es in Amerika regelrechte Vampir-Fledermäuse gibt, die Tieren und Menschen das Blut aussaugen.«
»Ja, die Neuwelt-Blattnasen! Am berüchtigtsten ist der Gemeine Vampir: Er schleicht sich an das schlafende Opfer an und sucht sich ganz behutsam eine geeignete Stelle aus ... das kann bis zu zehn Minuten dauern. Dann nimmt er die Haut sanft zwischen die Zähne und befeuchtet sie mit viel Spucke, bis sie ganz weich und nachgiebig ist. Dann beißt er einen kleinen Lappen ab, bis Blut kommt, und dann trinkt er ...«
»Iiih!« quietschte die Mama und wedelte affektiert mit der Hand. »Das ist ja furchtbar. Doch nicht beim Essen!« Sie wandte sich an Gerald-Dietz, der nickte, sich aber ansonsten ungerührt seinen Knödeln widmete und sich vom Dichter noch eine Scheibe Sauerbraten auf den Teller legen ließ.
»Ich bitte dich, Bernhardlein, kannst du nicht von etwas weniger Blutrünstigem reden?« fragte Madame jetzt.
»Warum, Mama, das ist wirklich interessant. Fledermäuse sind ausgesprochen freundliche, ja regelrecht anhängliche Tiere. Sie sind total liebevoll mit ihren Kindern. Immer, wenn eins fiept, kommt die Mutter sofort und nimmt es auf den Rücken.«
Seine Mutter, die merkte, daß er von seinem Lieblingsthema nicht abzubringen war, wandte sich demonstrativ ab und begann wieder auf Blauauge einzureden, dessen Augen und Aufmerksamkeit sich allerdings nur widerwillig von seinem Sauerbraten lösten.
Ich hingegen ließ mich von Bernhard über Blattnasen und Kuhschellen informieren – und, wie ich zu meiner Verwunderung merkte, interes-

sierte mich tatsächlich, was er erzählte. Und das Essen war gut, besonders der Rotkohl. Also konnte die Malerin auch noch was anderes als malen. Selbst der anspruchsvolle Bernhard war, wie er verkündete, ausnahmsweise einmal mit seiner Mutter zufrieden.
Gegen halb zehn wurde ich, getreu meinem Plan, bewußt auffällig unruhig. Ich sah wiederholt auf die Uhr, sagte schließlich in eine allgemeine Gesprächspause hinein, ich müßte jetzt leider leider gehen, weil ich noch Besuch von einem lieben Freund erwartete. Und vielen herzlichen Dank auch für den schönen Abend und das gute Essen. Freundlicher Blick zur Hausherrin, kalter Blick zu Blauauge, warmer Blick zum Hausherrn, der sich erhob, um mich hinauszubegleiten, und sehr herzlicher Blick zu Bernhard.
Gerald-Dietz seinerseits schien mich überhaupt nicht wahrzunehmen, geschweige denn meinen Abgang zu registrieren. Also schon wieder eine Fehlanzeige. Er nickte mir abwesend zu, wie dem Busfahrer beim Einsteigen, und wandte sich gleich darauf seinem Tabaksbeutel zu. Nicht sehr frohgemut kehrte ich in meine Wohnung zurück und hoffte inständig, Karl würde nicht kommen.
Keine zehn Minuten, nachdem ich zurück war und mich einigermaßen regeneriert hatte, klingelte es. Mir war keineswegs mehr klar, aus welch hirnrissigem Grund ich einen wildfremden Menschen zu mir eingeladen hatte, noch dazu um diese nachtschlafende Zeit. Mein Racheplan erschien mir überaus kindisch.
Karl stand unbekümmert vor meiner Tür und übergab mir mit theatralischer Gebärde eine zehn mal zehn Zentimeter große Pralinenschachtel. »Die kleinste, die ich auftreiben konnte«, betonte er. »Ich will schließlich nicht für den Ruin deiner Figur verantwortlich sein.«
»Sag mal, erzogen hat dich wohl keiner, was?« entgegnete ich wider Willen lachend und merkte zu meinem Erstaunen, daß er tatsächlich die Gabe besaß, meine Laune zu bessern. Vielleicht lag's auch am Alkohol. »Komm rein, wo du nun schon mal hier bist. Aber faß mir bloß nichts an. Sonst muß ich morgen Großputz veranstalten.«
Jetzt war die Reihe mit Sprachlossein an ihm. Ich enthob ihn der Mühe einer Antwort: »Eins zu eins, mein Lieber. Möchtest du nicht ablegen?« Mit gezieltem Blick auf sein gehäkeltes Kopfutensil.

»Nein, nein, vielen Dank, ohne mein Mützchen werde ich sichtbar, weißt du? Und das möchte ich dir zu diesem Zeitpunkt doch noch nicht zumuten. Es könnte dich umhauen.« Er setzte sich ungeniert breitbeinig auf mein Bett. Natürlich, wohin denn auch sonst. Und sah sich um.
Ich hielt ihm eine Flasche Rotwein hin, nebst Öffner. »Hier, tu was.«
Er streckte einen Arm aus und zog mich neben sich. »Sei nicht so ungemütlich. Du gefällst mir, weißt du das?« Er drehte den Öffner in den Korken. »Du könntest mir glatt … nein, doch nicht. Oder?« Plopp. Ich sprang auf, um die Gläser zu holen.
»Könntest was?« fragte ich, als ich wieder neben ihm saß.
Er goß ein und schwieg einen Augenblick. »Ach Blödsinn. Und außerdem, wenn du auf Pralinen stehst, dann sowieso nicht.«
»Du machst es aber wirklich spannend. Na, wenn du's nicht sagen willst, dann behalt's eben für dich. Was willst du hören?«
»Offenbach«, entgegnete er prompt. Und trällerte: »Je t'adore …«
»Hab ich nicht, Offenbach.«
»Macht nix, trink erst mal. Wir werden uns zusammen besaufen.«
»Oh, warum denn?« Ich trank gehorsam.
»Einfach so. Und weil du keinen Offenbach hast«, ergänzte er noch. »Was kannst du mir statt dessen bieten?«
»Wie wär's mit Roy Orbison?«
Er stöhnte: »O Gott. Das ist ja noch schlimmer als Pralinen. Aber das ist wahrlich ein guter Grund zum Sichbesaufen, das stimmt. Gieß mir nach, meines Herzens Schöne.«
»Nur, wenn du ihn dir auch anhörst.«
Er ließ sich mitsamt dem leeren Glas hintenüber fallen. »Komm her, du Weib, auf daß ich dich umarme.«
»Moment!!« Ich konnte gerade noch austrinken, da lag ich auch schon, von ihm am Arm gezogen, neben ihm. Ein seltsames Gefühl im Bauch. Es breitete sich aus und nahm nach und nach von meinem ganzen Körper Besitz. Er strich mir sanft über den Kopf, wischte ein paar Haarsträhnen beiseite und berührte mit dem Zeigefinger meinen Mund. Sein Blick war eindringlich. Er richtete sich halb auf und betrachtete mich. Ich fühlte, wie jeder Widerstand schwand.
»Gib mir noch was zu trinken«, bat ich ihn. »Und leg Roy Orbison auf.«

»Oje.« Er rappelte sich hoch. »Na schön, wenn's denn sein muß. Wo find ich den Schmalzheini denn?«
»Liegt neben dem Recorder, eine Kassette. Kannst du gar nicht verfehlen. Plattenspieler hab ich noch keinen.« Ich wollte mich aufsetzen.
»Nichts da. Du bleibst schön liegen. Sonst könntest du's ja auch selbst machen. Rühr dich nicht vom Fleck.«
Im Aufstehen zog er den Pullover über den Kopf, und ich fragte mich, was nun folgen würde. Und sagte mir, daß ich ziemlich genau wußte, was da auf mich zukam. Blauauge! Phh, selbst schuld, wenn er mich nicht liebt. Dieser trotzige Typ hier, der wie ein Halbwüchsiger wirkt – der will was von mir. Und hat so zärtliche Hände. Da waren sie wieder. Sie begannen mich sanft, ach so sanft zu streicheln.
Oh-oh-oh-damm-bi-du-aah, oh-je-je-jee-je, ... only the lonely. Er ließ sich Zeit, übereilte nichts. Goß mein und sein Glas voll, zwischendurch, ohne mich aus den Augen zu lassen, und ließ mich trinken. Sein Gesicht war seltsam weich geworden, verletzlich, verwundbar. Ich brauchte Trost, und er irgendwie auch. Wir klammerten uns aneinander, rieben unsere Körper aneinander, hielten uns fest. Und er küßte mich sanft, sanft, wie seine Hände waren. Und glücklicherweise unterließ er jede frotzelnde Bemerkung.
Als wir nebeneinander lagen und verschnauften, fragte ich mich, ob Blauauge wohl noch oben war. Karl dagegen schien zu schlafen. Ich rappelte mich schließlich hoch und sah ihn an. Er hatte die Augen geschlossen, und seine Züge waren völlig entspannt. Ich küßte ihn leicht auf den Mund und mußte lächeln.
»Warum lächelst du?« fragte er träge.
»Ich dachte, du hast die Augen zu.«
»Denken ist nichts für Frauen! Sag, warum du gelächelt hast.«
»Weil du immer noch dein Käppi auf dem Kopf hast. Wie zum Teufel hast du das befestigt?«
»Festgeklebt, was sonst!«
»Ach komm, Blödsinn! Laß sehen!«
»Nein, nein«, fiepte er, »du nimmst mir meine Kraft, nein, zu Hiiilfe!«
»Schhhh, mach nicht so einen Krach, sonst schmeißen die mich gleich wieder raus hier.«

»Wer: die?«
Ich zog eine Haarspange aus seinem Mützchen und lüpfte es: »Ah-hà! Keine Glatze! Warum also dann?«
»Wer: die?« wiederholte er beharrlich.
»Na, meine Vermieter. Du bist ja gar nicht sichtbarer als vorher. Lügner!«
Er drehte sich auf die Seite und grinste. »Na guck mal richtig hin ...« Bedeutsame Pause. »Na, siehst du's jetzt?«
»Hmm«, meinte ich, ein klein wenig verlegen. »Wie man's nimmt.«
»Was soll das denn heißen? Du Hexe, komm her.« Und er nahm mich in die Arme.

Kapitel 22

Der *Mensch ist etwas, was überwunden werden muß*

Zarathustra, mündlich

Karl war weg. Zwar ohne Quittengelee, dafür hatte es aufgebackene Mohnbrötchen und Bierwurst gegeben. Ich hatte mich für Mittwoch wieder mit ihm verabredet, denn ich wollte die Sache nicht zu eng werden lassen. Fürs erste fühlte ich mich heiter, beschwingt und gut. Mit einem vage schlechten Gewissen, wenn ich an Blauauge dachte. Aber nur *sehr* vage.
Heute. Heute wollte ich mir ein Rezept raussuchen, eines, mit dem ich den wüsten Chef ausschalten würde. So stand ich entschlossen vom Tisch auf, räumte das Frühstücksgeschirr in den Küchenflur und suchte die Zauberbücher zusammen.
Es klingelte. Seufzend ging ich öffnen, in der Annahme, Karl hätte was vergessen. Aber es war Blauauge. Ich sah ihn fassungslos an. Er hatte eine Zeitung unter dem Arm und fragte: »Läßt du mich rein, oder ist dein Besuch noch da?«
Er sah mich nicht an, fixierte vielmehr irgendeinen Punkt zu meiner Linken.

»Der ist weg. Komm rein.« Nun warf er mir einen undefinierbaren Blick zu, folgte mir dann ins Wohnzimmer. Er betrachtete das zerwühlte Bett und meinte kühl: »Aber wohl noch nicht lange.«
»He, was ist los? Seit wann kümmerst du dich um mein Privatleben?«
Er schwieg, warf sich in einen der Rohrsessel, entfaltete seine Zeitung. Ich sah einen Moment lang auf ihn hinunter, nahm ihm dann mit dem Mut, den ich meinem nächtlichen Abenteuer zu verdanken hatte, die Zeitung aus der Hand. »Erstens red ich mit dir. Zweitens ist die Zeitung von gestern, und drittens: Zeitung lesen kannst du ja wohl auch zu Hause.«
»Du könntest mir vielleicht einen Kaffee kochen«, entgegnete Blauauge ungerührt und legte die Beine auf den anderen Rohrsessel.
»Ach, ist er daheim ausgegangen? Verdanke ich diesem bedauerlichen Umstand die Freude deines Besuches?« entgegnete ich spitz.
»Nein, aber bei uns geht es zur Zeit etwas hektisch zu. Die beiden Jüngsten haben die Windpocken«, gab er zurück.
»In dem Alter? Die Armen! Und um ihrem gepunkteten Anblick zu entfliehen, kommst du zu mir. Ich fühle mich geehrt. Und was, wenn ich mich nun anstecke?«
Blauauge starrte auf das ungemachte Bett: »Hat's Spaß gemacht?«
»Was?«
»Na, was wohl!«
»Ach *das* – ja natürlich! Ich hab dich was gefragt!« lenkte ich ab, als ich merkte, daß er vorhatte, dieses Thema eingehender zu behandeln.
»Du hattest bestimmt längst die Windpocken«, erwiderte er, kratzte sich am Kopf und zündete sich die fertig gedrehte Zigarette an.
»Woher willst du das wissen?« Ich war empört. »Aber ich hab sie tatsächlich schon gehabt. Also schön, ich mach dir einen Kaffee, und du darfst meinetwegen sogar deine Zeitung lesen. Fühl dich wie zu Hause.« Sein Interesse an meinem Liebesleben hatte mich weicher gestimmt.
»Vielleicht könntest du, bevor du den Kaffee aufsetzt, erst mal das Bett machen?«
»Warum denn? Stört es dich?«
»Ich bin ein ordentlicher Mensch, weißt du.« Seine Stimme klang ungerührt wie immer, dennoch machte mein Herz einen Hüpfer. War er gar eifersüchtig?

»Soso. Wer's glaubt!«
Er warf mir einen erstaunten Blick zu. »Ich weiß nicht, worauf du anspielst. Zynismus paßt nicht zu dir, hast du das von deinem neuen Liebhaber? Wie heißt er überhaupt?«
»Wenn du's unbedingt wissen mußt: Karl heißt er. Karl Süßmann, um genau zu sein.« Ich baute mich vor ihm auf. »Was ist eigentlich in dich gefahren? Du läßt dich wochenlang nicht blicken, läßt kein Sterbenswörtchen von dir hören, und jetzt spielst du hier den Inquisator.«
»Den was?«
»Na Inquisator. Weißt schon, was ich meine.«
Er lächelte. »War mir gleich klar, daß du mit Fremdwörtern auf Kriegsfuß stehst. Hat sich übrigens gemacht, die Wohnung. Die Sessel sind gestrichen, oder?«
Ich nickte. »An den Vorhängen sitz ich noch, aber die sind in ein paar Tagen auch fertig.«
»Und deine Arbeit? Kommst du klar?«
»Jaja«, sagte ich leichthin.
»Na fein«, meinte er. »Jetzt mach endlich das Bett.«
»Ist ja die Härte! Kommt her und kommandiert.« Ich setzte mich auf die Bettkante und starrte ihn entrüstet an.
»Nun komm, Kindchen, nicht böse sein«, lenkte er erstaunlicherweise ein und streckte eine Hand nach mir aus. »Komm mal her.«
Ich schüttelte den Kopf. Er seufzte. »Na gut, komm ich eben zum Berg.« Er legte seine Zigarette im Aschenbecher ab und setzte sich neben mich aufs Bett, allerdings mit sichtlichem Widerwillen. »Nun erklär mir mal, warum du auf einmal so stachlig geworden bist.« Er legte seinen Arm um meine Schulter.
»Ich hab's dir bereits gesagt. Du läßt dich wochenlang nicht blicken, kein Wort von dir. Und dann sehen wir uns zwangsläufig, und du meinst, ich müßte dir nach wie vor zu Füßen liegen.«
»Hast du das denn jemals getan?«
»Wie man's nimmt. Du *mir* jedenfalls nicht.«
»Und deshalb gehst du mit dem nächstbesten dahergelaufenen Typen ins Bett!«
»Sei nicht so arrogant«, fuhr ich auf. »Du glaubst wohl, die Welt dreht

sich nur um dich! Vielleicht hat mir der Typ gefallen, auf den Gedanken bist du wohl noch nicht gekommen?«

Blauauge ließ sich auf den Rücken fallen und fuhr sich mit der einen Hand über die Augen. »Doch. Doch natürlich. Und?«

»Und was?«

»*Hat* er dir gefallen?«

Ich zögerte. »Auf eine Weise ja.« Ich warf ihm einen Blick zu, aber er hatte immer noch die Hand über den Augen. »Karl war, nein, er *ist* direkt und offen und zärtlich. – Anders als gewisse andere Männer, die ich kenne.«

»Und du kannst dir nicht denken, daß es für ein solches Verhalten vielleicht Gründe gibt, wie?«

»Na sicher. Eine Frau und fünf Kinder sind bestimmt Grund genug. Nur frag ich mich, was du dann überhaupt hier bei mir verloren hast.«

»Mein Herz!« Er schlug sich theatralisch gegen sein hellblaues Hemd und setzte sich dann auf. »Hast du's vielleicht gefunden?« Er guckte interessiert unters Bett. »Nein, hier gibt's nur jede Menge Staub, aber kein Herz. Ja wo hab ich's denn dann gelassen?«

»Kannst du nicht einmal ernst sein? Was soll der Zirkus? Ich weiß nicht, was du von mir willst, und du machst dich über mich lustig!«

Er sprang auf. »Was hieltest du von einem kleinen Ausflug heute nachmittag? Ich hab ein bißchen Zeit.«

»Wohin denn?«

»Abwarten.« Er stand auf. »Ich hol dich so gegen vier Uhr ab, in Ordnung?«

»Und was ist mit dem Kaffee?«

»Den trink ich ein andermal.«

Karl hat also doch eine Wirkung gehabt, dachte ich, als ich in der sogenannten Küche stand und darauf wartete, daß das Wasser kochte. Ein Rezept – da war ich stehengeblieben! Was wäre eine angemessene Strafe für einen Verlagsleiter? Na klar doch: Legasthenie. Was Schlimmeres konnte ihm gar nicht passieren. Jedenfalls Thewall nicht, der sich immer in alles einmischen mußte. Da würden ihm dann alle seine richtigen oder falschen Kommata auch nichts mehr nützen. Genau das war es. Die Schwierigkeit bestand nun allerdings darin, Selbiges in die Tat umzuset-

zen. Und ich war todsicher, daß es keinen Zauber gab, der genau das bewirkte. So würde ich also irgendeine Art von Mischzauber inszenieren müssen. Das Problem war, die richtige Mischung herauszufinden.
Doch nein, sagte ich mir, das wird *nie* klappen. Impotenz ist eine und Liebeszauber eine andere alltägliche Sache, und selbst das Schnarchen! Mit so was haben Millionen und Millionen von Menschen, seit es Nasen, Schnupfen und Polypen gibt, zu kämpfen gehabt. Mit Legasthenie erst seit der Erfindung des Dudens.
Ich setzte mich mitsamt meinem Kaffee und meinen Zauberbüchern auf das immer noch ungemachte Bett. *Nie* würde das funktionieren, nie und nimmer!
Ich suchte und suchte in den verschiedenen Zauberbüchern und stieß tatsächlich zuletzt auf etwas, das mir, mit einem erfundenen Zusatz versehen, das passende zu sein schien. Es lautete:

Begib dich nüchtern, mit ein wenig Milch und Brot zu einem Ameisenhaufen, der sich neben einer Birke befindet. Umkreise ihn schweigend siebenmal nach links und gieße dann die Milch darüber aus. Bröckle daraufhin das Brot den Ameisen hin. Sieh dich nicht um, so wirst du auf dem Rückweg eine Glasplatte finden. Verwahre sie gut.
Wenn der Dienstag auf einen Neumond fällt, so gehe morgens zu einem Maulwurfshaufen. Lege die Platte darauf, wende dich gen Norden und schreibe mit Tinte die Worte: ›Dein Unglück wird kommen auf dein Haupt und deine Bosheit auf deinen Kopf fallen N. N.‹ Beräuchere sodann die Platte siebenmal und lasse immer drei Minuten zwischen jeder Beräucherung verstreichen. Bei jeder Handlung aber spreche: ›Stehe auf, Adonay, in deinem Grimmen und erhebe dich im Zorn wider meinen Gegner N. N.‹ Danach nimm Erde vom Maulwurfshaufen, reibe die Platte gut ab und wirf die Erde vor die Türschwelle deines Gegners. Soll der Schaden von Dauer sein, so zerbreche oder vergrabe die Platte im Hause oder der Türschwelle von N. N.

Nach ›erhebe dich im Zorn wider meinen Gegner N. N.‹ würde ich einfach einfügen: ›Lasse ihn fortan im Kopfe Buchstaben vertauschen und nicht mehr imstande sein, korrekt zu lesen und zu schreiben.‹ Nur mußte ich jetzt diese Glasplatte finden. Die Sache mit dem Ameisen-

haufen war natürlich ziemlich … nun ja. Aber ein Versuch konnte schließlich nicht schaden. Nur, wo bekam ich einen Ameisenhaufen her? Da fiel mir mein erster Spaziergang ins Moor ein. Ich hatte zwar keine übermäßige Lust, ihn zu wiederholen, wenn ich an den schwarzen Moortümpel dachte, doch immerhin gab's da einen, nein: sogar zwei Ameisenhaufen. Schön, aber dann war da noch die verlangte Nüchternheit. Mein Frühstück lag schon einige Stunden zurück. Jetzt hatte ich gehörigen Hunger und mich schon seit elf auf den Hähnchenschlegel, der im Kühlschrank auf mich wartete, gefreut. Nun, besser heute keinen Hähnchenschlegel als später Magengeschwüre.
Also zog ich mir was Leichtes an und öffnete vorsichtig meine Haustür, um Bernhard nicht in die Arme zu laufen. Ich holte leise mein Fahrrad aus dem Schuppen und fuhr ins Moor.
Der Himmel war blitzeblau, und es war ausgesprochen heiß. Falls es ein Gewitter geben sollte, würde es jedenfalls noch ein Weilchen dauern. Die in ein Fläschchen abgefüllte Milch und ein Stück Brot nebst einer Sprudelflasche hatte ich in einem Beutel dabei.
Ich strampelte und beneidete die Kühe, die im Schatten großer Pappeln emsig wiederkäuten. Dann kam die Kurve, von der ab ich das letzte Mal zu Fuß weitergelaufen war, ich sprang ab und versteckte das Rad im Gebüsch.
Die Heide war in voller Blüte, der Weg kaum wiederzuerkennen. Überall summten Bienen, die Luft vibrierte. Und da kam auch schon die Linkskurve, die Kiefern und die beiden Haufen dicht beieinander. Aber im Rezept war von einer Birke die Rede gewesen. Hm … Aha, da war tatsächlich eine. Nicht sehr groß und nicht sehr gerade, aber unzweifelhaft eine Birke. Ihre Blätter hatten einen leichten Goldschimmer.
Es waren keine Ameisen in Sicht, die Haufen wirkten vollkommen verlassen. Am hohen blauen Himmel rief ein Bussard, und irgendwo ganz in der Ferne flötete ein Brachvogel. Ich lehnte mich mit dem Rücken gegen den biegsamen Stamm und fühlte, wie er sanft bebte. Alles war so friedlich. Ein wenig unschlüssig besah ich mir den größeren Ameisenhaufen. Nichts würde wirken, jetzt, um ein Uhr zwanzig, da die Bewohner offenbar grade beim Essen saßen oder ein Verdauungsschläfchen machten. Sei's drum: Ich hatte Milch und Brot mitge-

bracht, und Milch und Brot würden sie kriegen, ob's ihnen nun paßte oder nicht. Ich umrundete also den Haufen feierlich siebenmal gegen den Uhrzeigersinn. Danach goß ich die Milch darüber, bröckelte das Brot hinterher. Nichts geschah. Zwar wußte ich auch nicht, was ich mir vorgestellt hatte, daß geschehen würde, aber daß *überhaupt* nichts geschah, war niederschmetternd. Frustrierend. Es ließ sich keine einzige Ameise blicken. Was dachten die sich wohl, wenn es plötzlich weiß durch die Decke tropfte? Ein paar gelbe Blätter rieselten von der Birke, das war alles. Heißer Wind fuhr in die Zweige und erzeugte ein raunendes Geräusch.

Ich setzte mich unter die Birke, lehnte mich gegen sie und schloß die Augen. Ich war so müde. Karl neben mir im Bett zu haben, einen Fremden, war ein ungewohntes Gefühl gewesen und hatte mich kaum schlafen lassen. So müde. Es roch nach Herbst. Je mehr ich mich entspannte, mich dem leisen Schwanken der Birke anpaßte, desto schläfriger wurde ich. Und dann muß ich wohl eingenickt sein.

Als ich etwa eine halbe Stunde später die Augen öffnete, waren die Brotkrumen verschwunden, obwohl auch jetzt keine Ameisen zu sehen waren. Die Milch war versickert. Alles war ruhig, kein Bussard mehr zu hören und kein Brachvogel. Ich schüttelte mich und stand auf. Also dann, der Rückweg. Die halbe Strecke hatte ich schon hinter mir und noch immer keine Glasplatte gesichtet. Hatte mir ja gleich gedacht, daß so was Humbug ist, konnte ja gar nicht funktionieren! Die Sonne brannte mir unbarmherzig auf den Kopf. Ich blieb stehen, um zur Abwechslung mal wieder einen Schluck Sprudel zu trinken. Und da vorne lag auch schon mein Rad. Ich holte es aus dem Gebüsch, als ich mit dem Fuß gegen eine leere Bierflasche stieß. Ohne Etikett und aus braunem Glas. Glas! Das war zwar keine Platte, aber Glas. Kurz entschlossen bückte ich mich, um sie aufzuheben, da sichtete ich im Gras verborgen eine Glasscherbe etwa von der Form einer Tafel Schokolade, die jemand angebissen hatte. Sie war ziemlich dreckig, aber an manchen Stellen schimmerte sie noch hellblau. Erfreut packte ich sie in meine Fahrradtasche und schwang mich aufs Rad.

Den restlichen Nachhauseweg, den ich mit reichlich zittrigen Beinen zurücklegte, dachte ich an Blauauge, der gleich kommen würde, um mir

endlich zu sagen, wie sehr er mich doch liebte. Und dann würde er mich in die Arme nehmen und …
»He, Sie da, haben Sie denn keine Augen im Kopf?« unterbrach eine grobe Stimme meine rosaroten Träume. Ich hatte den Mann völlig übersehen, der mir entgegengekommen war und gerade noch einem Zusammenstoß hatte ausweichen können.
So ein dämlicher Bauer! Immer kommt was dazwischen – sweet shaa-la-la-laa dreamin' shaa-la-la-laa Baby uh-je-je-je-jeh!

Kapitel 23

Nun mag ich auch nicht länger leben,
verhaßt ist mir des Tages Licht;
Denn sie hat Franze Kuchen gegeben,
mir aber nicht.

Matthias Claudius

Das Telefon klingelte. Ich sprang vom Fahrrad, bevor ich es aber einfach fallen ließ, dachte ich glücklicherweise an die Glasscherbe, also bockte ich es auf und hoffte dabei inständig, daß das Telefon derweil nicht aufhören würde zu klingeln. Prompt erwischte ich den falschen Schlüssel, fluchte, wurde immer fusseliger. Als ich endlich im Wohnzimmer angelangt war, war das Telefon verstummt. Ich warf ihm einen wütenden Blick zu.
Nach einem Glas Milch und einem Blick auf die Uhr unterzog ich mich einer gründlichen Reinigung, bürstete mir die Haare, zog den Lidschatten nach und puderte mir die Nase. Blauauge würde bald eintrudeln, wenn er Wort hielt … und nicht er es war, der gerade angerufen hatte, um abzusagen. Ich hatte ihm am Morgen meine Nummer gegeben. Dann fiel mir die Glasscherbe wieder ein, und ich lief, um sie aus der Satteltasche zu holen – sie war unversehrt.

Ich warf einen Blick zum Himmel, er hatte sich bezogen und kündigte Regen an. Na, vielleicht hielt das Wetter noch den Spaziergang über, und wenn nicht, dann würden wir eben gemeinsam naß werden. Ich stellte es mir recht vergnüglich vor, wie er mir anschließend die Füße trockenrieb und wärmte ... und ... Unter solch angenehmen Gedanken ging ich wieder hinein, wusch die Scherbe unterm Wasserhahn ab und legte sie dann unter meine T-Shirts in den Kleiderschrank. Anschließend tauschte ich die Shorts gegen Jeans aus, zog feste weiße Tennisschuhe an und legte mir ein Regencape bereit, als es klingelte. Blauauge stand in den üblichen dunkelblauen, zu kurzen Hosen und hellblauem Hemd vor der Tür. Er sieht ganz aus wie ein Studienrat, dachte ich: für Griechisch oder Latein. Ob er das tatsächlich ist?
»Bist du fertig? Ich hab nicht allzuviel Zeit«, meinte er und betrachtete mich kühl. Ich sah ihn verwundert an. Schon wieder ein Stimmungsumschwung.
»Das ist aber mal eine wirklich nette Begrüßung, so richtig zärtlich, liebevoll. Ganz wie mein Mann seinerzeit!«
»Ich weiß, ich weiß, ich bin eben eine Seele von einem Mann, das sagt meine Frau auch immer.« Er war nicht aus der Ruhe zu bringen. »Regenmantel? Gut! ... Hattest du schon die Masern?« fragte er, als er mir die Tür zum Morgan öffnete, dessen Verdeck in weiser Voraussicht geschlossen war.
»Wie bitte?« Ich drehte mich erstaunt zu ihm um: »Ob ich *was* schon hatte? Die Masern? Nicht, daß ich wüßte, wieso?«
»Ach, meine eine Tochter, Sieglinde, hat gerade die Masern, und die sind ja ansteckend, soviel ich weiß.«
»Heute morgen haben zwei die Windpocken, und heute nachmittag hat die mehlige Kartoffel die Masern?«
»Äh?« machte er. »Nein, Sieglinde ist nicht mehlig. Das war Maritta ... Es kommen die merkwürdigsten Sachen vor.«
Ich schüttelte den Kopf und stieg zögernd ein, überlegte allerdings derweil, ob es nicht besser sei, umzukehren, mich ins Bett zu legen und das Requiem von Mozart zu hören ... Da ich ihn damit aber nur auf die Idee gebracht hätte, daß mir was an ihm lag, bewahrte ich die Fassung.
»Was du nicht sagst. Dann mach dich mal darauf gefaßt, daß die rest-

lichen beiden, wenn du heute abend nach Hause kommst, mit Mumps und Scharlach darniederliegen. Ist im übrigen ja wirklich merkwürdig, daß halb erwachsene Mädchen Kleinkinderkrankheiten kriegen.«
Er schwieg und fuhr.
»Und da machst du mit einer *wild*fremden Frau einen Ausflug, während sich deine Kinder im Fieber wälzen? Ich kann nur sagen, du mußt eine *sehr* tolerante Frau haben.«
»Mhm-hm, hab ich auch«, gab er stolz zurück. »Sie ist wirklich eine ausgesprochen großherzige und tolerante Frau und tüchtig noch dazu.« Ich überlegte, womit ich mich für diese Unverschämtheit revanchieren konnte, mir fiel aber auf die Schnelle nichts ein. Dafür hatte ich ungefähr so viel Lust, mit ihm spazierenzugehen, wie Bohnen mit Fäden zu essen.
»Wohin fahren wir?« fragte ich nach einiger Zeit mit neutraler Stimme.
»Ach, kann ich dir nicht beschreiben. Ist noch etwa eine halbe Stunde Fahrt. Eine wirklich schöne Gegend. Hab sie durch Zufall gefunden.«
»*Du?* Oder du und deine Frau?«
»Wir machen oft Ausflüge, weißt du? Wir beide wandern gern, und jetzt, da die Kinder praktisch groß sind, können wir auch öfter allein gehen. Die haben ohnehin keine Lust dazu.«
Es fing an zu regnen. Na, hervorragend, dachte ich, passend zu meiner Laune! »Sag mal, hattest du nicht, als wir uns kennenlernten, was davon gesagt, daß du vorhättest, dich von deiner Frau zu trennen? Jetzt redest du von euren gemeinsamen Ausflügen und lobst deine Frau über den grünen Klee.«
Er rauchte und warf mir einen kurzen Blick zu. »Weißt du, wenn man so lange Zeit mit jemandem zusammenlebt, dann wird er Teil von einem. So viele Erinnerungen. Da …«
»Brauchst nicht weiter zu reden, ich weiß schon, was kommt. Kannst du mir freundlicherweise erklären, wozu du mir das alles auf die Nase bindest? Ich kann nicht sagen, daß es mir ein unstillbares Verlangen ist, Lobeshymnen auf deine Frau zu hören.«
»Du hast gefragt, oder?« entgegnete er. »Stell keine Fragen, wenn du die Antwort nicht hören magst. Und was dich betrifft … Ich bin gern mit dir zusammen, ist das verboten? Nur weil ich meine Frau liebe, muß ich

doch nicht ständig mit ihr zusammenglucken, oder? Außerdem, du kennst meine Frau doch gar nicht, wieso also hast du was gegen sie?«
Ich schluckte. Ich Trottel, ich gottverdammter Trottel. Wer war hier blauäugig? Ich starrte stur aus meinem Fenster in den Regen. Häßliche Landschaft, furchtbare Gegend!
»Weißt du zufällig, wann Neumond ist?« fragte ich, als ich sicher war, daß mir keine Kröten aus dem Mund springen würden, sobald ich ihn aufmachte.
Er bog von der Straße in einen Feldweg ein. »Neumond? Keine Ahnung. Hier, schau selbst nach.« Er griff ins Handschuhfach und holte einen kleinen Kalender heraus, den er mir in die Hand drückte. Ich sah beim schnellen Datumsuchen nur sehr wenige und nur sehr kurze Eintragungen. Ich merkte mir allerdings die Adresse, die auf dem ersten Blatt gestanden hatte: Kleine Redder 7. Merkwürdiger Straßenname, und kein Ort angegeben.
Ich blätterte: Heute hatten wir den achtundzwanzigsten August, und Neumond fiel auf den ... ja, der nächste Neumond fiel auf Dienstag, den 21. September. Zufälle gibt's!
»Warum willst du das wissen?« Er warf seine Zigarette hinaus.
»Nur so«, entgegnete ich einsilbig.
Das Auto holperte derweil den Feldweg entlang, durch Matsch und Regen. »Sag mal, wo fahren wir eigentlich hin?« fragte ich jetzt leicht irritiert. »Hier gibt's nur Kuhweiden und Wäldchen. Was wollen wir hier?« Ich legte den Kalender ins Handschuhfach zurück.
»Wir sind gleich da. Nur Geduld.«
Meiner Schätzung nach waren wir insgesamt etwa eine dreiviertel Stunde lang gefahren. Blauauge parkte unter einem Nußbaum, stieg aus und sah sich prüfend um.
»Komm mit.« Er zog sich einen Regenmantel über und stapfte mit seinen geputzten Schuhen durch den Schlamm voraus, schlüpfte unter einem Stacheldrahtzaun durch und marschierte über eine Wiese. Ich trottete hinterdrein und war alle Augenblicke damit beschäftigt, mir die runtergerutschte Kapuze wieder über den Kopf zu stülpen, die Haare aus dem Gesicht zu streifen und meine Schuhe zu bedauern. Außerdem fror ich. Ein weiterer Zaun, eine weitere Wiese. Und Gerald-Dietz war

mir inzwischen mehrere Meter voraus. Das nannte er dann ›spazierengehen‹. Er hatte einen kleinen Pfad erreicht und wartete doch tatsächlich, bis ich ihn eingeholt hatte. Und weiter ging's in Richtung auf einen kleinen Wald.

»Schön hier, nicht wahr?« meinte Blauauge, während uns der Regen aufweichte.

Mit einem höchst erstaunten Seitenblick stellte ich fest, daß er sich prächtig zu fühlen schien. Ganz im Gegensatz zu mir.

»Ich weiß nicht«, erklärte ich, »vielleicht wäre es schön hier, wenn keine Sintflut vom Himmel käme, es angenehm warm wäre und du nicht so rennen würdest!«

Er blieb stehen. »Ach herrje! Ich wußte nicht, daß du so empfindlich bist. Als ich das erste Mal hier war, mit einer Freundin, nun, da war es noch um etliche Grade kälter, es war Herbst, soweit ich mich erinnere, und trotzdem haben wir dort drüben im Wäldchen …« Er brach ab.

Mein Kopf wurde heiß. »*Was* habt ihr da drüben im Wäldchen?«

Er wollte den Arm um mich legen, doch ich entwand mich ihm. »Na los, sag schon: *Was* habt ihr da drüben gemacht?«

»Siehst du? Du bist es, die Fragen stellt, und anschließend beschwerst du dich über die Antworten.«

»Das ist doch wohl die Höhe!« fuhr ich ihn an. »Du schleppst mich bei diesem Sauwetter hierher und erzählst mir von einer Freundin oder Geliebten oder was weiß ich, mit der du da drüben im Wäldchen … brauchst mir nicht zu antworten, ich weiß schon *was* gemacht hast!«

War ich wütend! Da hatte ich mir nun wunder was von diesem Spaziergang erhofft … und nun das! Dieses Wäldchen da … wo er mit … ach zum Teufel mit all dem. Ich drehte mich um und rannte den Weg entlang zurück in Richtung Auto. Ich war zu keinerlei klarem Gedanken mehr fähig. Erst das Loblied auf seine Frau und jetzt … Bei der Wiese angelangt, ratschte ich mir ein Loch in die Hose, als ich am Stacheldraht hängenblieb, und lief weiter durch den Regen, am Auto vorbei in Richtung Straße.

»He, wo willst du denn hin?« rief Gerald-Dietz in meinem Rücken. »So warte doch!« Hoffentlich fällt er längelang in eine Pfütze, wünschte ich mir inständig.

»Ich denk nicht dran«, rief ich ihm über die Schulter zu, blieb schnaufend stehen und sah mich um. »Du kannst in Zukunft anderen Leuten von deiner Frau und deinen bukolischen Dingsbumsen vorschwärmen. Ich hab genug!« Mir kullerten die Tränen über die Backen, ich rutschte aus, konnte grade noch verhindern, daß ich hinfiel. Dicke Lehmpatzen hatten sich um meine Turnschuhe herum gebildet. Nie wieder würde ich die sauber kriegen. Das allerdings war im Augenblick meine geringste Sorge. Mir wurde nämlich siedend heiß bewußt, daß ich keinen Pfennig Geld dabeihatte – oder doch nicht genug für irgendeine Art von Transportmittel.

Ich hörte, wie das Auto ansprang, drehte mich aber nicht um. Dann hielt er neben mir. Sein Morgan war mindestens ebenso dreckverschmiert wie ich. Wenigstens was!

»Komm, sei doch nicht böse! Ich, ich wollte doch nur ...« Seine Stimme klang mit einemmal erstaunlich lieb und bittend.

»Laß mich endlich in Ruhe.« Ich war stehengeblieben, weil ich notgedrungenermaßen nach Luft schnappen mußte, und hoffte, daß er durch seine verschmierte Brille meine Tränen für Regentropfen halten würde. »Nie werd ich dir vergessen, daß du mir Arbeit und eine Wohnung besorgt hast. Ich weiß nicht, warum du das getan hast, aber vielleicht krieg ich's ja eines Tages noch raus. Und wenn ich mich mal revanchieren kann, werd ich's sicher tun.« Ich schniefte. »Aber ich bin nicht dein Clown. Laß mich in Ruhe!!« Ich schluckte krampfhaft und marschierte weiter.

»Bitte«, er fuhr langsam neben mir her und mußte ziemlich laut sprechen, damit ich ihn verstand. »Laß mich dich wenigstens nach Hause fahren. Wie willst du denn sonst heimkommen?«

Daß seine Stimme auf einmal so besorgt klang, ließ mich erst recht heulen. Es hätte alles so schön sein können, selbst der Regen und die ehemals weißen Schuhe, sogar seine zu kurzen Oberlehrerhosen: im Bett zog er sie ja vermutlich aus!

»Ich lauf zu Fuß, wenn du's genau wissen willst!«

»Siebzig Kilometer? Da bist du doch in einer Woche noch nicht wieder zu Hause. Sei doch vernünftig!«

»Laß das meine Sorge sein, wie ich nach Hause komme. Wärst du jetzt

so freundlich, weiterzufahren!« Ich war wieder stehengeblieben. Hilflos sah er aus und sehr reumütig. Dann zuckte er mit einem Blick in mein versteinertes Gesicht die Achseln und fuhr langsam davon. Ich schaute ihm hinterher, während mir die Tränen in die Mundwinkel rannen, mein rechter Fuß in eine Pfütze rutschte und es aus einer schwarzen Wolke über mir haltlos zu kübeln anfing.
So stolperte ich durch einen Nebel aus Regen und Tränen bis zur Straße. Ich wußte nicht einmal mehr genau, welche Richtung die richtige war. Als ein paar Autos kamen, streckte ich zaghaft den Daumen aus – sie fuhren vorbei. Wie denn auch sonst. Also trottete ich ergeben am Straßenrand entlang und versuchte dabei, meine Füße einigermaßen lehmfrei zu kriegen, indem ich ein paarmal fest aufstampfte. Wieder hörte ich einige Autos kommen. Wieder drehte ich mich um und hob den Daumen. Das letzte Auto hielt tatsächlich. Ich rannte und öffnete die Tür. Blick auf den Fahrer: offenes, jungenhaftes Gesicht voller Sommersprossen und fast rote Haare. Er war sicher kein wüster Vergewaltiger.
»Wohin wollen Sie denn?« fragte er freundlich und ein wenig verwundert. Er wirkte so jung. Jünger, als er wohl in Wirklichkeit war. Vierzig?
»In Richtung Celle, fahren Sie dahin?«
»Mittenrein.« Er nahm einen Hefter vom Nebensitz und legte ihn nach hinten. »Steigen Sie ein.« Ich bemühte mich, möglichst wenig Dreckklumpen auf dem Boden seines Audi zu verteilen, und fühlte mich reichlich unbehaglich, naß und schmutzig, wie ich war. Aber er schien keine Notiz davon zu nehmen. Man sah ihm deutlich an, daß er sich wunderte, was ich denn hier mitten in der Pampa mutterseelenallein machte, noch dazu bei Regen. Aber er fragte nicht. Dafür fing er an, von sich selbst zu sprechen. Erzählte, er sei Arzt, arbeite in einem Celler Krankenhaus und habe heute Nachtdienst.
»Und jedesmal fahren Sie eine derart lange Strecke zur Arbeit?«
»Ach, ich wohne vorübergehend bei Freunden, ich hab die Stelle erst seit ein paar Wochen. Ich bin auf Wohnungssuche, hab aber noch nichts Geeignetes gefunden. Jetzt hab ich einen Makler beauftragt. Sind zwar nette Leute, meine Freunde, aber auf die Dauer wär ich erstens gerne mal wieder allein, und *sie* wären mich wohl auch ganz gern wieder los.

Ist Ihnen warm, oder soll ich die Heizung weiter aufdrehen? Sie sehen ganz verfroren aus.«

Ich war mir peinlich meiner verquollenen Augen bewußt und betrachtete ihn verstohlen von der Seite, als er sich darauf konzentrierte, einen Lastwagen zu überholen. Er war nicht hübsch. Aber er sah frisch und gesund aus wie im Wind flatternde Buntwäsche. Und wie ein Ire. Er schaltete das Radio ab, fragte mich nach meiner Arbeit und hörte teilnahmsvoll zu, als ich ihm von Thewall erzählte. Ihm ginge es ähnlich, meinte er dann und lachte. »Sehen Sie, ist doch ein Trost, daß nicht nur Sie ein armes Würstchen sind.« Er war mir riesig sympathisch. Ein wirklich netter Mensch, der mich außerdem noch unbedingt bis vor die Haustür bringen wollte. »Was immer Sie heute auch erlebt haben mögen, es war sicher nicht angenehm. *Ich* jedenfalls lasse Sie nicht allein durch den Regen laufen.«

»Ich will bestimmt nicht, daß Sie meinetwegen zu spät zum Dienst kommen. Ich bin Ihnen schon dankbar genug dafür, daß Sie mich aufgesammelt haben.«

»Ich muß erst um acht anfangen, ich wollte vorher noch irgendwo in Ruhe einen Kaffee trinken und eine Kleinigkeit essen. Und das kann ich ja wohl auch noch, nachdem ich Sie heimgebracht habe … Ist ja nur ein Katzensprung von hier nach Großmoor, ich esse öfter in einer Pizzeria da ganz in der Nähe, in Dasselsbruch.«

Ich überlegte einen Augenblick, überschlug im Geiste meine Vorräte. Er wirkte so gar nicht anspruchsvoll. Der Hähnchenschlegel war noch da, ich würde ihn großmütig ihm überlassen.

»Kaffee hab ich auch«, verkündete ich dann, »und wenn Sie mit einem nicht professionell zubereiteten Käseomelett und einem Hühnerbein zufrieden sind, können wir zusammen bei mir essen. Ich bin Ihnen ohnehin was schuldig.«

»Sie sind mir überhaupt nichts schuldig. Aber Ihre Einladung nehme ich trotzdem gerne an.« Er lächelte. »Schließlich sind Sie der erste nette Mensch, den ich hier oben getroffen habe.«

Er wirkte so schüchtern, daß ihn diese Bemerkung bestimmt einige Überwindung gekostet hatte. Ich schloß ihn zunehmend mehr ins Herz. »Und Ihre Freunde? Sind die denn nicht nett?«

»Na ja, von denen abgesehen; obwohl, wissen Sie, die sind auch Ärzte, beide! Und ich fühl mich eigentlich nicht als typischer Vertreter dieser Zunft.«
Wir schwiegen ein Weilchen, und ich versuchte mich zu erinnern, ob ich vorhin das Bett gemacht hatte, damit er nicht gleich den schlechtesten Eindruck von mir bekam. Ich war mir nicht sicher.
»Ist 'ne hübsche Gegend hier«, sagte er, als wir die kleine Straße nach Dasselsbruch fuhren.
Ich nickte. »So, jetzt hier links, dann rechts, geht ja auch nicht anders, und dann das, nein, das nächste Haus.«
Es regnete immer noch in Strömen, als wir ausstiegen und zum Haus gingen. Ich war durchgefroren, naß und erschöpft, und doch begannen meine Lebensgeister sich allmählich wieder zu erholen. Und als wir die Stufen zu meiner Wohnung hinabstiegen, sah ich, daß vor der Tür ein Körbchen stand, gehäuft voll mit Äpfeln, von Bernhard. Ich freute mich. Nicht alle Menschen waren Ekel – es gab auch ein paar ganz nette!

Kapitel 24

»Es gibt keine Querlen«, entschied Rosa, »und was Inkulpat meint, wenn er überhaupt etwas gemeint hat, sind Quirle. Die gibt es.«

Theodor Fontane
Cécile

Roland war weg – ins Krankenhaus. Wir hatten beschlossen, uns zu duzen. Schließlich war er nur ein bißchen älter als ich und überhaupt. Ich stand mal wieder am Fenster und starrte ins Dunkle. Morgen mußte ich wieder in die Tretmühle. Aber anders als an den vorhergegangenen Sonntagabenden war ich heute nicht deprimiert angesichts dieser Vorstellung. Denn irgendwas mußte sich in drei Wochen, oder nach dem einundzwanzigsten September, ja wohl ändern und mein Schicksal sich verbessern, wenn mein Zauber funktionierte. Das Kapitel Blauauge dagegen war abgehakt, endgültig. Außerdem fing ich an, mich hier zu akklimatisieren, schließlich kannte ich mittlerweile gleich *zwei* nette Männer, die mich auch nett fanden.

Das Telefon klingelte, das war bestimmt Gerald-Dietz, der sich fürsorglich erkundigen wollte, ob ich heil nach Hause gekommen war – zerknirscht und reuig.

»Hallo … Hallooo!« Kein zerknirschtes Blauauge. Eine Frauenstimme: Karina.

»Karina! Gibt's dich auch noch!?«

»Gibt's *dich* denn noch, könnt ich viel eher fragen. Nicht mal 'ne Karte hast du geschickt. Du bist mir vielleicht eine Freundin. Schließlich hab ich deine Nummer von deinen Eltern gekriegt. Also echt!«

»Die sind zurück aus Italien? … Wenn du wüßtest, was für 'n Streß ich hier durchmache, würdest du Mitleid mit mir haben.«

»So? Na, dann können wir ja übermorgen essen gehen!« Sie schien sich sichtlich zu freuen.

»Wieso übermorgen? Willst du mich etwa besuchen?«

»Erraten. Ich hab dir Neuigkeiten zu berichten, die dich zumindest teilweise interessieren dürften.«

»Ich freu mich, daß du kommst. Du mußt aber auf dem Boden schlafen. Bring dir also besser einen Schlafsack mit. Und komm erst nach sechs Uhr vorbei, vorher bin ich nicht zu Hause. Hast du die Adresse?«

»Hmm, hab ich. Mußte allerdings erst mal deinen Eltern gut zureden, um sie zu kriegen. Aber nun wirst du mich nicht mehr so schnell los. Ob du's glaubst oder nicht, ich hänge nämlich an dir.«

Ich war gerührt. Da benahm ich mich ihr gegenüber wahrhaft stoffelig, und sie war so lieb. »Dir scheint's gut zu gehen!«

Ihr Frohsinn kam spürbar durchs Telefon. »Hmmm, ja. Das ist auch eine von den Neuigkeiten«, erklärte sie heiter.

»Laß mich raten: Du hast geheiratet, und die Zwillinge sind schon unterwegs.«

»Falsch geraten. Weder noch. Kalt, ganz kalt.« Ich hörte sie kichern.

»Ganz kalt? Was kann denn das Gegenteil von heiraten sein?«

Ein Blitzgedanke erleuchtete mich: »O nein, du willst doch nicht sagen, daß ihr euch getrennt habt, Berti und du?«
»Bernd!« kam es automatisch. »Du hast's getroffen. Und weißt du was? Es ist das erste Mal, daß *ich* jemanden verlassen habe. Kannst du dir das vorstellen? Ich, Karina. Ich habe jemanden verlassen. Und deshalb geht's mir so saugut.«
»Da tut man und macht man, renkt sich das Hirn für dich aus, nur damit ein paar Monate später alles für die Katz war! Erzähl schon.«
»Übermorgen, mein Schatz, übermorgen. Wir sehen uns, ciao.«
Es klickte.

Am nächsten Morgen wartete Rastamop mit einer Überraschung auf. Als sie, wie immer im Eiltempo, ihren Kaffee hinuntergegossen hatte, erklärte sie: »Ich muß morgen wegen einem wichtigen Vertragsabschluß und zu einer Konferenz für zwei Wochen nach L. A. fliegen. Da Sie sich ja inzwischen recht gut eingearbeitet haben, dachte ich, Sie könnten zunächst einmal diese Fahnen hier korrigieren ... sagen wir in dieser Woche ... und in der nächsten diese Übersetzung lektorieren.« Sie zeigte auf zwei Haufen Papier. »Na, wie steht's? Trauen Sie sich das zu?«
Ich war perplex. Zunächst einmal wegen des ›recht gut eingearbeitet‹ und dann wegen der verantwortungsvollen Aufgabe, die sie mir anvertrauen wollte.
»Oh«, sagte ich dann eilends, da sich die Chance, dem Kopierer zu entrinnen, wohl nicht so schnell wieder bieten würde, »ich möchte es auf jeden Fall gern machen! – Aber wer kümmert sich dann um die Kopien und den anderen Kram?«
Sie zündete sich in ihrer fahrigen Weise eine Zigarette an und bog den Kopf ein wenig nach hinten, als sie den Rauch auspustete. »Niemand. Aber das geht vor. Und die Fahnen dürften nicht allzuviel Arbeit sein. Da geht's mehr oder weniger nur um die Setzfehler. Vielleicht schauen Sie auch ein bißchen nach der Rechtschreibung, Kommas und so.« Sie schob mir ein dickes Bündel Fahnen zu.
»Die Übersetzung macht wohl mehr Probleme, die ist nicht übermäßig, hab mal einen Blick reingeworfen. Wenn Sie arge Probleme damit ha-

ben, melden Sie sich bei Frau Wittopiel. Sie hilft Ihnen dann schon weiter. Und wenn ich wieder da bin, werde ich mir kurz anschauen, wie Sie damit fertig geworden sind. Das wär's dann.« Sie kramte in der Schreibtischschublade nach irgendwelchen Papieren und schloß sie dann mit einem Rums. Ihren restlichen Kaffee schüttete sie in den Ausguß. »Schön, halten Sie also die Ohren steif, lassen Sie sich von unserem Chef nicht ins Bockshorn jagen – und alles Gute.« Sie wirkte beinahe herzlich. »Ich komm heute nur noch kurz rein.«

Als sie gegangen war, mußte ich mich setzen. Klar, das war's gewesen, was ich eigentlich wollte. Eigentlich! Andererseits war es natürlich wesentlich einfacher, am Kopierer zu stehen.

Jaja, die Rechtschreibung. Und die lieben, netten Kommaregeln. Warum heißt es einmal: die höherliegenden, Komma, bewaldeten Hänge, und einmal: die höherliegenden, kein Komma, unbewaldeten Hänge? Diese Aufgabe schien das Fassungsvermögen meines Kopfes zu sprengen. Und jetzt jedenfalls wußte ich, was ich den Rest der Woche bis zum Umfallen tun würde müssen, nein, tun müssen würde. Blödsinn: würde tun müssen: nämlich jedes zweite Komma mittels Duden überprüfen. Eine schiere Unmöglichkeit, da es nach meinen bisherigen Erfahrungen gerade für den jeweils benötigten Fall kein Beispiel gab.

Jedenfalls mußte ich vermutlich bis weit in die Nacht hinein arbeiten, denn sonst würde ich mit den Fahnen nie und nimmer fertig werden. Ich überflog ein paar Seiten: »›Kennt man Kohlrouladen in der Sowjetunion?‹ fragte ich. Viktor kannte sie nicht; darum konnte ich sie ihm angelegentlich empfehlen.« Und einige Seiten weiter: »Er schillerte wohlgefällig auf sein Paradoxon, welches den Sinn der Befruchtung umkehrte.«

Oje, dachte ich, das kann ja heiter werden. Ich warf einen Blick auf den Titel: *Der Mann, der eine Puppe war.* Von Robert Regenstock. Seufzend legte ich die Fahnen wieder hin.

In dieser Nacht spielten die Kommas und die Großbuchstaben eine zentrale Rolle in meinen Träumen, und selbst Blauauge, der auch drin vorkam, wurde durch sie ins Abseits gedrängt. Das hatte er nun davon.

Am Dienstag gegen sieben Uhr abends kam Karina. Höchst ungelegen, da ich erst auf Seite fünfzig der Fahnen war. Lange Unterbrechungen konnte ich mir also nicht leisten.
Ihre übersprudelnde Laune war allerdings ansteckend. Ich hatte es nötig, denn Gerald-Dietz hatte weder zerknirscht noch reumütig angerufen. Er hatte überhaupt nichts von sich hören lassen.
»Komm«, meinte sie nach inniger Begrüßung und ausführlicher Besichtigung meiner Wohnung, »wir gehen essen, ich lad dich ein. Gibt's hier in der Nähe 'ne ordentliche Pizzeria?«
»Keine Ahnung.«
Sie steckte in einem enganliegenden, mit unecht goldenen Kügelchen übersäten schwarzen Stretchkleid, ihre Haare hingen ihr wirr um den Kopf wie immer, ihre Fingernägel leuchteten in dunklem Violett und ihre Lippen desgleichen, aber sie sah ausgesprochen zufrieden drein und übte daher eine wohltuende Wirkung auf mein niedergeschlagenes Gemüt aus.
Sie war mit dem Auto gekommen, einem etwas altersschwachen Polo. »Hat mir ein Freund gepumpt«, erklärte sie, während wir in Richtung Celle fuhren.
Da drüben war der Chinese, wo ich mit Blauauge gegessen hatte. Ich mußte wirklich sehr überarbeitet sein, daß mich plötzlich die Wehmut packte! Karina tat jedoch ihr Bestes, um meine Laune zu heben. Sie schaffte es kaum, den Mund zu halten, bis wir einen Italiener gefunden und unsere Pizzen bestellt hatten.
»Weißt du«, begann sie und zündete sich eine ihrer überlangen Zigaretten an, »zuerst muß ich dir das erzählen, was dich vermutlich am meisten interessieren dürfte: von Udo.«
Der Name erzeugte keine angenehmen Gefühle in mir, auch das war lange her und doch nicht vergessen. Der Wein kam, und ich stieß mit Karina an: »Auf unsere Freiheit!«
Karina lachte: »Ja, auf unsere Freiheit.« Trank einen großen Schluck Orvieto und sah sehr glücklich aus.
»Also, was ist mit Udo?«
»Sei froh, daß du so unbekannt verzogen bist.« Sie machte einen schiefen Mund. »Er klingelte am Abend nach deinem klammheimlichen

Auszug wie eine Furie bei mir Sturm. Glücklicherweise war Bernd da, sonst hätte ich mich glatt vor ihm gefürchtet. Er stürmte ins Zimmer und ging auf mich los. Wo du seist, und er würd es dir zeigen, na und so weiter. Ich hab versucht, ihn zu beruhigen, ich hab überhaupt nicht verstanden, wieso er sich so aufregte. Ich dachte, er hätte eine Freundin und wär froh, daß du von dir aus gegangen bist. War's nicht so?« Sie sah mich fragend an. Ich nickte, und sie fuhr fort: »War er aber ganz offensichtlich nicht, auch nicht traurig, sondern einfach nur wütend. Naja, dann hat er mir natürlich gesagt, weshalb. Du bist mir ja vielleicht eine! Über seinen so schamlos gemopsten Trick oder Track oder so ähnlich ...«

»Tieck!!«

»Meinetwegen.« Sie nahm ihre Unwissenheit nicht tragisch. »Also über den jedenfalls konnte er sich überhaupt nicht beruhigen, ich glaube, damit bringst du ihn vorzeitig ins Grab. Wie kann man sich nur über ein paar Bücher so ereifern. Na und die Waschmaschine, die du von seiner Mutter erpreßt hast, die verzeiht er dir bei seiner notorischen Habgier auch nicht.«

Ich mußte lachen. »Sag mal, du hast ihm doch wohl nicht meine Adresse verraten?«

»Die hatte ich doch überhaupt nicht! Und außerdem hättest du dann wohl kaum vier Wochen lang hier in Ruhe leben können, oder?«

»Stimmt. Und was hat er dann gemacht?«

»Er hat natürlich gedacht, daß ich lüge, und sich nur mühsam beherrschen können, nicht meine Schubladen zu durchwühlen. Ich glaub, nur Bernd hat ihn davon abhalten können.«

Das konnte ich mir allerdings bildlich vorstellen, wie der Buddha mit den strähnigen Haaren auf dem Bett thronte und Udo mißbilligend betrachtete.

»Na, und dann?«

»Dann ist er gegangen, allerdings mit der Drohung, wieder vorbeizukommen.« Sie zog an ihrer Zigarette und sah dem Rauch hinterher. »Das hat er ein paar Tage später auch gemacht. Aber du, ich hab meinen Augen nicht getraut, so verändert war der. Kleinlaut, fast heulend ... wie sehr du ihm fehlen würdest, ob er sich setzen dürfe, und das hätte er nicht gedacht, wie sehr er an dir hängen würde, wie sehr er dir Unrecht getan hätte und daß er alles wiedergutmachen wolle.«

Nachschauen, ob man ›wiedergutmachen‹ zusammen oder getrennt schreibt, notierte ich mir im Kopf.

»Zuerst hab ich eine Falle gewittert und gedacht, er will sich auf diese Weise deine Adresse erschleichen. Aber dann hat er sich einfach vollaufen lassen, mit Whisky, den er mitgebracht hatte. Er blieb so bis zwei Uhr nachts. Bernd mußte ihn fast die Treppe runtertragen. Immer wieder hat er gefragt, ob ich dir nicht wenigstens was ausrichten könne. Möcht nicht wissen, wie er in der Nacht heimgekommen ist ... Mann, ich verhungere!« Sie warf mir einen vorwurfsvollen Blick zu. »Ich konnte ihn ja nie ausstehen, aber vielleicht hat er ja doch 'n guten Kern!?«

Ich lächelte, trank einen großen Schluck und meinte dann: »Ich kenne ihn besser als du, ich trau ihm nicht. Das war ganz bestimmt ein tückischer Versuch, dich auszuhorchen. Er meinte, wenn er dich besoffen macht, dann packst du aus. Kannst du in jedem drittklassigen Krimi lesen, daß das funktioniert.«

»Ich bin eben *erstklassig*. Und ich sag dir, das war kein Theater, der war wirklich völlig fertig. Aber sag mal, seine Furzerei, wie hast du das bloß ausgehalten. Das ist ja furchtbar.«

»Ach, weißt du, das war eine ganz neue Entwicklung: ein Zauber mit Nebenwirkung.«

»Hm?« Karina sah mich verständnislos an. »Was für ein Zauber?«

»Ach, das ist eine längere Geschichte – ein andermal. Außerdem kommen da unsere Pizzen.«

»Warum schreibt man ›das gleiche‹ auseinander und ›dasselbe‹ zusammen?« fragte ich – sobald der charmante schwarzgelockte Kellner, dem Karina Schmachtblicke zuwarf, uns unserem Essen überlassen hatte – mehr mich selbst als Karina.

»Wovon redest du?« fragte sie kauend.

»Hirnrissig ist das, vollkommen unlogisch!« Ich steckte mir ebenfalls einen Bissen in den Mund.

»Dir geht's gut, oder?« fragte Karina mich besorgt und schnitt sich ein Mammutstück von ihrer Pizza ab.

Als ihr Teller fast leer war und es mir bedeutend besser ging, meinte sie mit vollem Mund: »Er hat im Laufe des Abends übrigens auch gesagt, daß er einen schlimmen Streit mit seiner Mutter hatte und daß sie sich jetzt weigert, noch was mit ihm zu tun zu haben. Alle paar Tage ruft er an und fragt, ob ich nichts gehört hätte. Ich hab dich auch schon ein paarmal versucht anzurufen, nachdem ich deine Adresse endlich herausgefunden hatte, aber es hat sich nie jemand gemeldet.«

Ich schob satt und zufrieden meinen Teller beiseite und trank von meinem zweiten Wein. »Na gut. Jetzt bin ich über Udo informiert. Und du? Und dein Bernd? Ich bin empört ... Der ganze Zauber rein für die Katz! Was hat er denn verbrochen, der Arme, um so in Ungnade zu fallen, nachdem du ihn derart angehimmelt hattest? Berti hier und Berti da.«

»Bernd!« Karina lachte spitzbübisch. »Überhaupt nichts, das ist ja das Gute.« Auch sie schob ihren Teller beiseite und zündete sich eine Zigarette an.

Als ich ein erstauntes Gesicht machte, erläuterte sie: »Eines Abends, als ich von der Arbeit nach Hause ging, traf ich Anni auf der Straße, du erinnerst dich, Bernds Klette. Ich hatte mich schon gewundert, daß sie schon eine Weile nicht mehr auf der Treppe saß, und fragte sie, wie's ihr denn so ginge und ob sie Bernd denn nun endlich doch überwunden hätte. Und sie strahlte total vergnügt und meinte: ›Völlig geheilt.‹ Und dann hat sie mir erzählt, wie du sie davon abgebracht hast – in allen Einzelheiten. Angefangen bei Bernds fettigem Scheitel bis zu seinen krummen Zehen. Die ganze lange Liste seiner Unzulänglichkeiten. Naja, und als ich dann nach Hause kam und ihn da so auf dem Bett hocken sah und von ihm mit den Worten begrüßt wurde: ›Bring mal den Wein her!‹, da hab ich ihn genauer betrachtet, und siehe: Er *hatte* fettige Haare, aus seiner Nase *quollen* Borsten hervor, seine Augen ... schon gut, ich erspar dir den Rest«, unterbrach sich Karina, als sie meinen Gesichtsausdruck sah. »Ich will dich mit weiteren Einzelheiten verschonen. Ich weiß zwar, daß ich auch keine Schönheit bin, aber dafür hab ich mit einer Unzahl innerer Werte aufzuwarten. Aber er ... *null!*«

Ich grinste. Ihr Selbstbewußtsein war nicht wiederzuerkennen.

»Ein mit Unrat und Wein angefülltes Faß«, setzte sie mit begeistertem Gesicht nach.

»Na na, jetzt laß noch ein gutes Härchen an ihm!«
»Da gibt's kein gutes Härchen an ihm. Aber egal. Ich stand jedenfalls da, mitten im Zimmer, mit Schirm und Handtasche, und versuchte, mir seine geistigen Vorzüge in Erinnerung zu rufen. Tja, wie ich schon sagte ... er liest nicht mal die Bildzeitung. Ich glaube, das einzige, *was* er liest, sind die Sprüche auf den Männerklos, wenn sie schön schweinisch sind und keine zu langen Wörter enthalten.«
»Also hör mal. Ist das derselbe, den du auf einem esoterischen Workshop kennengelernt hast? Ich kenn mich da zwar nicht aus, aber bei so was assoziiere ich doch eine gewisse, wie soll ich sagen, Geistigkeit? Und erst die langen Abende bei Kerzenschein und Apfelsaft ...«
»Phh!« machte Karina. »Er kann sich gut verstellen. Inzwischen ist mir völlig klar, daß er nur zu den Workshops geht, weil er da so bequem Frauen aufreißen kann. Na jedenfalls, das einzige, was mir auffiel, war sein saustarker Egoismus, seine Lahmarschigkeit undundund ...« Sie lachte, trank ihren Wein aus und meinte: »Nun, du siehst, so hab ich mich selbst gründlich geheilt. Ganz ohne Therapie! Als er mich zum zweiten Mal wegen dem Wein anmachte, ohne einmal ›guten Abend‹ oder ›wie war dein Tag, mein Schatz‹ zu sagen, da hab ich ihn kurzerhand rausgeworfen, was gar nicht einfach war, kann ich dir sagen. Du hättest sein Gesicht sehen sollen, himmlisch.« Sie spreizte ihre lila lackierten Finger. »Und ich hab's keine Minute bereut. Und weißt du was? Ich hab mich seitdem, und das ist jetzt immerhin schon bald zehn Tage her, in keinen anderen Mann verliebt. Immer, wenn ich drauf und dran war, hab ich mir das Objekt meiner Wahl genauer angeguckt, und das war's dann.«
Sie warf mir über den Tisch hinweg eine Kußhand zu. »Und das, meine liebste beste Freundin, hab ich letztlich alles dir zu verdanken!«
Sie schickte einen Kennerblick durch den Raum, sah keinen attraktiven Mann außer dem Kellner und wandte sich wieder mir zu.
»Du solltest deinen Bernd aber nicht schlimmer machen, als er war. Ich denke, er hatte dir beim ersten Mal Rosen mitgebracht?« wandte ich ein.
»Fresien! Ja, aber das war's dann auch. Von da an ließ er sich gewissermaßen von mir durchfüttern. Und weißt du, die Härte war ja, daß er sich sogar noch an dem Sparschwein vergriffen hat. Da waren 'ne ganze

Menge Fünfzigpfennigstücke drin, für Notfälle. Nun, und so etwa zehn Tage, nachdem du weg warst, seh ich nach, und es waren grad noch fünf Stück drin. Nun, sei's drum, weg mit Schaden!«
Ihr ging es wirklich gut. Mir dagegen? Mir fielen meine Kommas wieder ein. »Du, Karina, so leid es mir tut, ich muß nachher noch arbeiten, wir müssen heim. Du kannst ja noch ein bißchen lesen, wo du doch so eine Leseratte bist.«
»Ganz so eine Leseratte bin ich nun auch wieder nicht. Hast du vielleicht eine Illustrierte zu Hause? Nein? Na, ich werd schon was finden, was ich tun kann ... Aber, kann ich dir nicht irgendwie dabei helfen?« bot sie heroisch an. »Gibst mir einfach ein paar Seiten!«
Ich sagte eilends: »Ich glaub kaum. Das krieg ich schon hin. Ich weiß auch wirklich nicht, ob du sattelfest in Kommaregeln bist.«
»Ach du lieber Himmel, o Gott, wirklich nicht!« rief sie entsetzt. »Das einzige, was ich über Kommas weiß, ist, daß man sie nach rechts oder links verschieben muß, aber frag mich nicht, wann.«
Ich seufzte. »Eben.«

Als ich an diesem Abend den Stapel Fahnen zur Seite legte, wußte ich, daß Robert Regenstock, der Autor des unsterblichen Werkes, das ich auf seine Rechtschreibung hin überprüfen sollte, nie ein Bestsellerautor werden würde. Was seine Kommasetzung anging, konnte er einem allerdings beinahe schon wieder sympathisch werden, jedenfalls besaß er bestimmt keinen Duden.
Karina schlief selig und fest in ihrem Schlafsack auf dem Fußboden, und ich ging noch einmal kurz an die frische Luft, um tief durchzuatmen. Die Luft war lau und angenehm, der Himmel klar. Ich dachte an Blauauge und ärgerte mich.
Der Mond aber stand hinter den hohen Pappeln und grinste.

Kapitel 25

Herr, er stinkt schon.

Joh. 11,39

Karina war wieder abgefahren, und zwar weit melancholischer gestimmt als bei ihrer Ankunft vor ein paar Tagen. Denn unglücklicherweise hatte sie Karl kennengelernt, der verabredungsgemäß am Mittwochabend eingetrudelt war und ziemlich enttäuscht schien, mich nicht allein anzutreffen. Sobald er sich allerdings damit abgefunden hatte, spielte er uns beiden sein unterhaltsames Theater vor, gab eine Anekdote nach der anderen zum besten und brachte uns beide zum Lachen. Zwischendurch nahm er mich immer wieder kurz in die Arme und seufzte entsagungsvoll.

Ich meinerseits war recht froh über Karinas Anwesenheit. Mein Körper erinnerte sich in Karls Armen nicht ungern an die mit ihm verbrachte Nacht, alles übrige in mir aber sträubte sich gegen sein besitzergreifendes Verhalten. Ja, wenn er Gerald-Dietz gewesen wäre!

Aber ich mußte zugeben, daß er alle Register zog. Sogar seine Haare fielen frisch gewaschen und seidig glänzend auf seine Schultern und sein blitzsauberes weißes Hemd. Er sah regelrecht verändert aus. Aber irgendwie paßte das nicht zu ihm – das Mülltonnenflair gefiel mir letztlich doch besser an ihm.

Karina aber war vom ersten Augenblick an hingerissen. Unübersehbar! Ach herrje, dachte ich, schon wieder. Denn Karl hatte keine Augen für sie, und wie sie mir später gestand, merkte sie das auch.

Als er dann so gegen zwölf mit einem leidenden Gesichtsausdruck gegangen war, ließ sich Karina auf mein Bett fallen. »*Das* ist ein Mann! Wie hast du das bloß angestellt? Könntest du mir den nicht abtreten? Ich meine, du hast doch noch den, na, den interessanten Herrn, den Kahlkopf. Der ist ja außerdem sowieso viel mehr dein Typ. Wo steckt der überhaupt?« wollte Karina dann wissen. »Seit ich hier bin, ist er noch nicht aufgekreuzt.« Tja, das mußte ich zähneknirschend zugeben. Er wußte, wo er mich tagsüber erreichen konnte, und abends waren wir immer zu Hause gewesen, schließlich mußte ich lektorieren. Der Mittwoch, an dem Karl da war, hatte mich bös reingerissen mit meinem täglichen Pensum. Er hätte sich wenigstens erkundigen können oder *müssen*, ob ich gut nach Hause gekommen war. Hätte er! Hatte er aber nicht. Bevor ich mich auf eine Antwort besinnen konnte, fuhr Karina glücklicherweise fort: »Na, und da ist ja dann auch noch dieser Arzt, von dem du mir erzählt hast.«

Ich hatte ihr zwar tatsächlich von Roland berichtet, ihr allerdings verschwiegen, wie es zu dieser Bekanntschaft gekommen war. Das war eine zu unrühmliche Geschichte. Ich schwieg einen Augenblick, was sie offensichtlich als Ablehnung ihrer Bitte auffaßte. Sie sagte schnell: »Ich geb dir dafür zwei ganze Kisten voll mit hübschen Büchern. Du hast ja noch Platz in deinen Regalen.« Und als sie mein überraschtes und gleichzeitig entsetztes Gesicht sah, das sie offenbar völlig falsch deutete, fügte sie hastig hinzu: »Na, schon gut, du kriegst auch noch meinen alten Schwarzweißfernseher dazu. Hast ja keinen. Die Antenne ist zwar abgebrochen, aber er funktioniert noch prächtig. Na, ist das ein Angebot, das man ablehnen kann?«

Ich mußte lachen. »Versteh ich dich richtig, daß du meinen Karl gegen zwei Kisten hübscher Bücher und einen Fernseher einhandeln willst? Ne, also mit deinen Büchern kann ich nichts anfangen. *Du* bist eine, also wirklich! Sollte man kaum glauben, daß du jemals auf einer Schule warst. Was hast du da gemacht? Dich abwechselnd alle drei Tage in einen anderen Schulkameraden verliebt?«

»So etwa!« Karina grinste. »Aber apropos: Warst nicht du es, die mir vor ein paar Monaten was von einem dicken Jungen erzählt hat, in den du irrsinnig verknallt gewesen warst?«

»Eins zu null für dich! Immerhin bin ich nicht wieder zum Analphabetentum abgesunken, wie du allem Anschein nach ... Aber um auf deinen Tauschhandel zurückzukommen: Hast du nichts Besseres anzubieten? Eine Kiste trockenen Rotwein vielleicht? Und ein bunter Fernseher wär mir lieber – *mit* Antenne. Aber schließlich ist er auch nicht mehr der Neuste, Karl mein ich. Also abgemacht? Fällig bei Übergabe.«

Sie überlegte einen Moment: »Eine Kiste Rotwein? Na meinetwegen.

Die Abmachung gilt. Hoffen wir, daß er hält, was er verspricht. Karl nämlich.« Sie stand auf, ging feierlich auf mich zu und schüttelte mir kräftig die Hand.
»Was, wenn er aber nun nicht will?« fragte ich nach Begehung des feierlichen Aktes und nachdem wir miteinander angestoßen hatten. Karina hatte sich in den anderen Rohrsessel gehockt. Sie sah mich an. Sie sah mich immer noch an. Klar, ich hätte es gleich wissen können.
»O *nein*! Nein, meine Liebe. *Das* hab ich einmal gemacht, und das reicht ja wohl. Außerdem weiß ich überhaupt nicht, ob er der Richtige für dich ist. Ich glaub viel eher, daß du was Solides brauchst. Einen Busfahrer oder so ... Guck mich nicht so an ... Also schön, ich denk noch mal drüber nach. Und *wenn*, ich sage *wenn* ich mich tatsächlich dazu überreden lassen sollte, ihn dir zuzuzaubern, dann kostet das einen Aufschlag, meine Liebe. Eine Flasche Schampus meiner Wahl.«
»Uff, das wird teuer.« Sie raufte sich ihre Wuschelhaare. »Ich werd sehen, ob ich ihn mir aus dem Kopf schlagen kann. Immerhin wohne ich ja auch sechshundert Kilometer von ihm entfernt.« Sie seufzte. »Aber er ist nun einmal *soo* süß!«

Und nun also war Samstag abend, und ich hatte eben einen längeren Spaziergang durch Celle gemacht und wartete jetzt auf meinen Bus nach Hause.
Ich hatte es tatsächlich geschafft: Alle Kommas und Rechtschreibfehler waren überprüft und gegebenenfalls korrigiert. Ganz schöner Schlauch das. Aber ich fühlte mich so, als ob ich soeben Mutter von strammen Zwillingen geworden wäre. Als ob ich wirklich was geleistet hätte.
Außerdem war ich entschieden froh, wieder allein zu sein. Sie war ja herzlich lieb, Karina, aber viel zu unruhig. Konnte keine zwei Minuten stillsitzen. Sie sprang auf, begann gestikulierend und rauchend was zu erzählen, meist natürlich von Männern und vor allem von Karl. Und dabei sollte ich dann was Vernünftiges zustande bringen.
Und dann dachte ich an Roland, der nicht mal meinen Nachnamen wußte. Ob er irische Vorfahren hatte? Mit ihm verglichen war Blauauge jedenfalls der reinste Moortümpel. Er war so offen und klar und ... Der Bus kam.

Ich ging ganz nach hinten durch. Da holperte es immer so angenehm. Hatte die ganze Sitzbank für mich alleine. Ich dachte an Thewall. Wo er wohnte, wußte ich inzwischen. In Altencelle nämlich, Großer Graben 17. Blieb noch die Frage, wie ich bei Nacht und Nebel ohne Auto da hinkam. Einen Maulwurfshaufen mußte ich auch noch auftreiben: einen, der nicht zu weit von mir entfernt war. Aber beides würde sich finden, ich hatte ja noch mehr als zwei Wochen Zeit. Außerdem vertraute ich darauf, daß das, was kommen sollte, schon kommen würde. Und wenn nicht, dann hatte es eben nicht sein sollen. Ohnehin war ich in den letzten paar Tagen unsicher geworden, ob ich die ganze Aktion überhaupt starten sollte. Thewall war nämlich erstaunlich friedlich und liebenswürdig gewesen ... Und ihm dann so was anzutun!??
Ich beschloß nach einigem Überlegen, den Montag zum Stichtag zu machen. Sein Schicksal lag somit in seiner Hand, und mein Gewissen war entlastet. Verhielt er sich lieb und nett, würde ihm nichts passieren – auch in Zukunft nicht!

Am Montagmorgen saß ich an meinem Schreibtisch und hatte besagte Übersetzung vor mir liegen, die ich im Eiltempo korrigieren mußte. Dazu brauchte ich allerdings auch das Original, denn schon auf der dritten Seite stolperte ich über den Satz ›Der Regensturm, der herniederbrauste‹. Na gut, das war der rainstorm, das war einfach. Und das hier war ja reichlich umständlich ausgedrückt, aber einfach zu ändern: ›Als wir eine Weile auf der Wiese gegangen waren, wie wir gewöhnlich gingen, wenn er mich mitnahm, nämlich daß er seine großen Schritte milderte, aber immer noch große Schritte machte.‹ Aber hier hörte es so ziemlich auf: ›Erstaunt verlangsamten sich die Schritte der Gäste, als sie sich nahten, zu gratulieren. Die ersten Tage der Sommerferien waren nun elenderweise verbracht. Ich hatte sie verlebt, wo ich alle meine Ferien zu verbringen pflegte, das heißt, daß ich sie dort zubrachte, wo meine Eltern zu Hause sind, nämlich auf dem Dorf.‹ Oh, Himmel, wie sollte ich damit jemals klarkommen? Wo aber steckte das Original? Ich durchwühlte das ganze Zimmer, wagte mich gar an Rastamops Schreibtisch, fand einige Briefe offensichtlich sehr privaten Inhalts, sonst aber nichts, was mich weitergebracht hätte. Ich war nicht sehr überrascht,

vielmehr hätte es mich sogar gewundert, das gesuchte Buch zu finden, doch was machte ich jetzt?
Ich beschloß, mein Glück bei der netten Lektorin mit der Vorliebe für bizarre Ohrgehänge zu versuchen, deren Namen ich mir einfach nicht merken konnte. Ich ging im Kopf das Alphabet durch, ein ansonsten sehr bewährtes Mittel. In diesem Fall allerdings versagte es kläglich. Sie thronte wieder über und mitten in ihren Manuskripten und begrüßte mich wie gehabt sehr freundlich. Ich erklärte ihr kurz, worum es ging.
»Ich fürchte, das Original liegt bei unserem Chef. Frau Walcz hätte es Ihnen rausholen sollen. Nun ja, hat sie offensichtlich vergessen. Wenn *Sie* hingehen, wird er wohl ... oder wieso eigentlich? ... gehen Sie nur. Einmal müssen Sie ja doch ins kalte Wasser springen.«
Als sie mein bestürztes Gesicht sah, meinte sie mitleidig: »Nana, Sie fürchten sich doch nicht etwa vor unserem Teewäldchen? Nehmen Sie ihn doch nicht so ernst. Das Schlimmste, was Ihnen passieren kann, ist, daß er das Original nicht findet. Und wenn er dann anfangen sollte rumzubrüllen, na, dann lassen Sie ihn doch einfach brüllen. Er regt sich schnell wieder ab.« Sie blätterte gleichmütig in einem Papierstoß.
Ich bewunderte sie grenzenlos. »Wissen Sie, ich kann das offenbar nicht so wie Sie – mich dafür, daß ich meine Arbeit tue, auch noch anschnauzen lassen. Ich nehm das immer persönlich.«
»Genau das sollten Sie aber nicht tun. Er meint überhaupt nicht Sie. Er meint es überhaupt nicht so, wie er es sagt. Er ist halt einfach ein Choleriker und ein recht alter noch dazu.«
Bald wird er noch ganz was andres sein, wenn er sich jetzt nicht arg zusammennimmt, dachte ich.
»Hm«, sagte ich also zögernd, »dann geh ich eben in die Höhle des Löwen, wahrscheinlich haben Sie ja recht. Sie kennen ihn ja auch schon viel länger.«
»Nur Mut«, meinte sie und lächelte mir aufmunternd zu.

Ich klopfte. Keine Antwort. Ich klopfte stärker. Diesmal hörte ich ein dumpf gebrummtes »Herein!«.
Thewall kniete vor einem geöffneten Rollschrank, von Papier umgeben, und wühlte. Sein Hemd war hinten aus der von einem dicken

braunen Riemen gehaltenen Hose gerutscht, und als er sich jetzt unwirsch halb zu mir umdrehte, sprang einer der Bauchknöpfe auf und entblößte ein weißes altmodisches Unterhemd. Als er mich sah, knurrte er ungnädig: »Was wollen Sie, Frau, äh, Kollegin?«

Das war vom Tonfall her weit weniger eine Frage als die Aufforderung, umgehend wieder zu verschwinden. Ich trat jedoch näher und trug ihm mein Problem vor.

Er stand mühsam auf. »Moment mal! Wozu brauchen *Sie* das Original?«

»Ja, ich ... Frau Walcz hat mir den Auftrag gegeben, die Übersetzung ... ähh ... von dem Buch von H.H. John zu lektorieren.«

»Frau Walcz! Warum geschieht eine derartige Anordnung über meinen Kopf hinweg? Wie kommt sie überhaupt dazu, *Ihnen* eine solche Arbeit anzuvertrauen? Sie haben doch so etwas noch nie gemacht, oder irre ich mich da?«

»Nein, aber irgendwann muß man ja ...«

Seine Oberlippe begann bedrohlich zu zittern, und er flocht die Hände vor seinem Bauch. Widerspruch war das allerletzte, was er vertrug. »*Irgendwann* vielleicht!« zischte er, daß die Spucke spritzte. »Aber nicht *jetzt*! Und nicht auf Kosten unseres Verlages, haben Sie das verstanden? Wer welches Buch lektoriert, bestimme immer noch ich! Sie sind aufgrund der Empfehlung eines Freundes probeweise in diesem Verlag aufgenommen worden! Aber deswegen werden Sie nicht die erste sein, die hier nach ein paar Wochen zur Lektorin aufsteigt! Da gehört mehr dazu, merken Sie sich das, meine Liebe!«

Meine Liebe! Das war zuviel. »Hören Sie, ich habe mich nicht darum gedrängt, das verdammte Buch zu lektorieren. Ich kann schließlich nichts für Frau Walczs Entscheidungen.«

Eine dicke geschwollene Ader gesellte sich zur zitternden Oberlippe. »Sind Sie ruhig!« fuhr er mich an. »Gehn Sie und schicken Sie auf der Stelle Frau Walcz her!«

»Frau Walcz ist verreist.« Meine Wut war ganz plötzlich verraucht. Jetzt wußte ich, was ich zu tun hatte.

»So! Man verreist hier also auch, ohne mir ein Sterbenswörtchen davon zu sagen! Was bin ich eigentlich in diesem Verlag? Der dicke Hanswurst? Na, das letzte Wort in dieser Angelegenheit wird noch gesprochen wer-

den! Verschwinden Sie jetzt und tun Sie die Arbeit, für die Sie als Auszubildende eingestellt worden sind! Auf Wiedersehen!« Damit drehte er sich um, ließ sich geräuschvoll auf dem Boden nieder und begann erneut zu kramen. Ich verließ das Zimmer, schloß die Tür hinter mir und holte erst einmal tief Luft. Seine nette unscheinbare Sekretärin, die vorhin nicht auf ihrem Platz gewesen war, warf mir einen mitleidigen Blick zu. »Nehmen Sie's nicht so tragisch. Er meint's nicht so.«
Und ob er's so meint! dachte ich. Jetzt kriegt Rastamop auch noch Ärger und macht vermutlich mich dafür verantwortlich. Wen denn sonst. Ist wirklich das reinste Honigschlecken hier. Und das alles für zweitausend Mark. Ich lächelte der Sekretärin ein wenig schief zu, grüßte und trollte mich.
Nicht sicher, wie ich nun weiter verfahren sollte, suchte ich noch einmal die Frau mit den Ohrgehängen auf. Sie sah mich fragend an: »Na, wie ich sehe, hat er Ihnen kein Buch gegeben. Hat er Sie gefressen?«
»Mit Haut und Haaren«, entgegnete ich düster.
»Ach Gott«, sagte sie mitleidig. »Setzen Sie sich doch, da vorne ist noch ein halbwegs unbelegter Stuhl. Räumen Sie das, was draufliegt, grad auf den Stapel da auf dem Fußboden.«
Ich tat wie geheißen, zog den Stuhl näher zum Schreibtisch und erzählte ihr, was passiert war.
»Hm«, meinte sie. »Das ist arg. Ich versteh allerdings auch Frau Walcz nicht. Sie hätte Sie wirklich davor bewahren können. Tja, ich fürchte, da ist erst mal nichts zu machen. Es sei denn, mir fällt noch was ein. Sagen Sie, wer hat Sie denn eigentlich in den Verlag gebracht? Ich meine, wer ist denn der Freund, von dem Thewall sprach? Wenn Sie den darum bäten, für Sie ein gutes Wort bei ihm einzulegen ... ich meine, wenn er so viel Einfluß hatte, Sie hier einzuschleusen ...«
Ich lächelte ein wenig verlegen und gequält. »Würde ich ja wohl tun, das dumme ist nur, daß ich lediglich seinen Namen kenne, Gerald-Dietz Jodeleit.«
»Gerald-Dietz?« sagte sie nachdenklich. »Seltsamer Name, Eltern kommen schon auf komische Ideen, muß ich sagen. Was die dem armen Kind damit antun. Weiter wissen Sie nichts? Können Sie ihn nicht einfach anrufen?«

»Tja, hmm, ich hab leider auch keine Telefonnummer und keine Adresse. In Celle selbst wohnt er nicht, das hab ich schon festgestellt. Naja, und außerdem hab ich mich kürzlich erst mit ihm überworfen. Da ist also nichts zu machen.«
Wenn sie sich über diese seltsame Beziehung wunderte, so zeigte sie es jedenfalls nicht. Sie schüttelte den Kopf. »Ich muß ein Weilchen drüber nachdenken«, meinte sie kurz darauf. »Vielleicht können Sie derweil diese Korrekturen hier auf die Fahnen übertragen? Im übrigen denke ich, daß er seine Aggressionen fürs erste abreagiert hat. Haben Sie Lorenz gelesen? Nein? Nun, da steht das schön erklärt. Keine Sorge, mir wird schon was einfallen.«

Und tatsächlich fiel ihr etwas ein.
Sie erklärte Thewall am Nachmittag desselben Tages, daß sie selbst die besagte Übersetzung lektorieren würde, da die Sache sehr dringend sei. Wie sie das Thema bei ihm anschnitt, verriet sie mir nicht, und ich wollte es auch gar nicht wissen. Thewall jedenfalls, der, wie sie vermutet hatte, überhaupt nicht mehr wußte, um welches Buch es ging, erhob nicht die geringsten Einwände. Sie hielt mir das Original hin.
»Wissen Sie«, sie schmunzelte, »seine schlechte Laune heute morgen hatte andere Ursachen als Sie. Er hat mir erzählt, er habe endlich den Krimi wiedergefunden, den er vor zwei Tagen angefangen und dann verlegt hatte. Wie dem auch sei, hier haben Sie Ihr Buch.«
»Sie meinen, ich soll das jetzt *doch* lektorieren?« fragte ich ungläubig. »Und wenn er zufällig reinkommt und sieht, was ich da mache?«
Sie überlegte einen Augenblick. »Ich werde Ihnen hier bei mir einen Platz freimachen, und solange Sie das Ding lektorieren, bleiben Sie in meiner Nähe. Er kommt nur sehr selten zu mir, und wenn, dann fällt mir schon was ein.«
»Und Ihre Schrift? Ich meine, wird er nicht merken, daß nicht *Sie* die Korrekturen gemacht haben?«
»Wenn er nicht imstande ist, seine Lektoren als solche zu identifizieren, wird er wohl kaum deren Handschriften auseinanderhalten können. Davon mal abgesehen hat er mit dem Buch überhaupt nichts zu tun. Ich oder Frau Walcz werden das Manuskript anschließend noch mal über-

fliegen, und dann geht es in Satz. Fertig. Und was die Rechtschreibung und die Korrekturen angeht, verlaß ich mich einfach auf Sie.«

Ich umarmte sie und ging dann in mein Zimmer, den Duden holen. Die Übersetzung war doch nicht ganz so übel, fand ich ein Weilchen später. Die Übersetzer hatten wohl nur Schwierigkeiten gehabt, in die Sache reinzukommen. Das machte die Arbeit leichter. Aber zwischendurch, wenn ich mal ein Päuschen einlegte, fielen mir Karl, Roland und natürlich Blauauge ein. Ich warf einen neidvollen Blick hinüber zu meiner Kollegin, die, völlig eins mit sich und der Welt, versunken las.

Als ich mit dem Bus heimfuhr, ohne Manuskript diesmal, war ich nicht sonderlich vergnügt. Ich machte mir etwas zu essen und saß anschließend bei einem Glas Wein gemütlich mit mir zusammen und überlegte, was ich mit dem angebrochenen Abend anfangen sollte. Mit der Übersetzung würde ich gut während meiner Arbeitszeit zurechtkommen. Der Wind pfiff ums Haus, es war stürmisch und regnerisch. Ich würde mich ins Bett zurückziehen und *Schillingshof* lesen. Genau das richtige an so einem Abend. Als ich schon halb ausgezogen war, klingelte es.

Ich überlegte eilends: Entweder Karl, Bernhard, Blauauge oder eine liebeskranke Karina. Keinen von ihnen wollte ich sehen. Ich zog mich hastig wieder an. Wer auch immer es war, sah ja, daß bei mir Licht brannte, trotz meiner neuen roten Vorhänge. Also ging ich ergeben öffnen. Und stand verwundert Roland gegenüber.

Er sah mich verlegen an. »Es tut mir leid, daß ich dich einfach so überfalle, ich ... ich wollte anrufen, aber ich wußte deinen Nachnamen nicht. Ich wußte eben nur, wo du wohnst!«

»Du störst mich überhaupt nicht!« Ich zog ihn herein. »Ich freu mich sehr, daß du gekommen bist.«

Als ich ihm am Tisch gegenübersaß und ihm ein Glas Rotwein eingegossen hatte, sah ich, daß seine Augen umschattet waren, und ich fragte ihn, ob er müde sei.

»Nur ein wenig abgespannt«, meinte er und fuhr sich mit zwei Fingern über die Stirn, als ob er Kopfschmerzen hätte. »War ein wenig hektisch heute im Krankenhaus ... und, ich bin immer noch nicht sicher, ob mir das alles so gefällt ...« Ich sah ihn fragend an, aber er schien sich nicht weiter darüber auslassen zu wollen und bemerkte in völlig anderem

Tonfall: »Weswegen ich eigentlich gekommen bin, ist, um dir zu erzählen, daß ich endlich eine Wohnung gefunden habe.«
»Das ist ja toll. Und wo?«
»Gesehen hab ich sie am Samstag. Sie ist in Altencelle. Einziehen kann ich zum fünfzehnten.«
Das war doch ... klar, das war da, wo auch Thewall wohnte. Wer hätte das gedacht.
»Ich kann schon vorher rein und nach und nach meinen Kram hinschaffen. Hab eine ganze Garage voll Zeug in der Nähe von Frankfurt. Da werde ich mir einen Bus leihen und alles herholen. Ein paar neue Möbel brauch ich wohl auch noch.«
»Wenn ich dir irgendwas helfen kann, sag's mir«, meinte ich eifrig.
»Wenn ich jemand mit einem guten Geschmack brauche, werde ich dich rufen ... magst du dir die Wohnung mal anschauen?« fragte er noch schüchtern.
»O sicher, sehr gern. Wann immer du willst. Und am einundzwanzigsten trinken wir bei dir eine Flasche Wein, zur Einweihung gewissermaßen, die stifte *ich*.«
»Dankend angenommen«, antwortete er mit frohem Gesicht, »aber warum grade am einundzwanzigsten?«
»Weil, nun weil, warum nicht? Einundzwanzig ist meine Glückszahl. Oder hast du da Nachtdienst?« Mein Herz klopfte.
»Ich weiß nicht. Wart, ich schau mal nach.« Er zog aus seiner Jacketttasche einen kleinen Kalender heraus und blätterte: »Nein, sieht nicht so aus. Kann natürlich jemand ausfallen, das ist immer möglich. Aber im Prinzip bin ich frei.« Er strahlte. »Magst du morgen schon kommen?«
Ich hätte ihn küssen mögen, so ehrlich erfreut war er, und so froh war ich, weil er am einundzwanzigsten keinen Nachtdienst hatte.
»Fein, abgemacht, also morgen schau ich mir deine Wohnung an, und am einundzwanzigsten feiern wir Einstand. Hast du jetzt Lust, eine Partie Halma mit mir zu spielen?« Ich goß ihm nach. Der Gedanke an Halma schien ihn nicht mehr so zu begeistern, aber er war, wie ich inzwischen wußte, gut erzogen. Das mußte ich ausnutzen, um meiner Leidenschaft frönen zu können. Es war schließlich das einzige Spiel, bei dem ich ohne zu mogeln gewann. Blieb nur noch ein Problem zu lösen.

»Du weißt nicht zufällig, wo es einen frischen Maulwurfshügel gibt?« fragte ich ihn, nachdem er zum zweiten Mal mit stoischem Gesicht verloren hatte.
Er sah auf einen seiner blauen Mokel in der Hand. »Komisch, daß du das fragst. Ich bin vorhin fast gefallen, als ich im Halbdunkeln zu deiner Haustür ging. Da war was im Weg, als ich den Rasen überquerte. Könnte sein, daß das ein Maulwurfshügel war. Warum?«
Die Antwort auf diese Frage blieb ich ihm schuldig. Dafür stand ich auf, gab ihm einen dicken Kuß auf die Backe und ließ ihn zum Dank dafür, daß es ihn gab und daß er eine Wohnung in Altencelle bekommen hatte, beim nächsten Spiel gewinnen – so schwer es mir auch fiel.

Kapitel 26

»Prima!« sagte ich, bewußt in eine lyrische Ausdrucksweise verfallend.

Carter Brown
Gift und Geld

Und dann die Ilka, du weißt schon, die mit den schwarzen Kleidern, die hat jetzt einen Ami geheiratet und ist mit ihm nach Amerika. Und die Mutter ...«
Wenn sie mich bloß mit all dem Tratsch über die Nachbarn verschonen würde, dachte ich müde und zog das Telefon zum Fenster, um dabei wenigstens mit den Augen abschweifen zu können, wenn's draußen auch nicht eben viel zu sehen gab. Immerhin war schönes Wetter, und sobald meine Mutter endlich alle Nachbarn durchhatte, konnte ich ein wenig spazierengehen.
»... ist jetzt nach Bayern in ihr Landhaus gezogen.«
Ich grunzte, mehr fiel mir dazu nicht ein.
»Na gut, mein Kind, wenn sonst nichts ist. Ißt du auch ordentlich? Genug Vitamine, Salat, Obst und so?«

»Ja, Mama!«
»Na, dann bis demnächst. Ach, der Papa läßt dir ausrichten, daß er schon Platz für die bestimmt längst verpuppten Pavonia-Raupen, oder so ähnlich, geschafft hat, die du ihm doch sicher gesammelt hast. Weinschwärmer bräuchte er nicht, da hat er selbst genug.«
»Soso«, ich lächelte, »sag ihm, er kann den Platz anderweitig vergeben, ich hab nämlich weder Pavonia noch andere Raupen gefunden.«
Uff. Ich warf einen Blick auf die Uhr: kurz vor elf. Karl war vor etwa einer Stunde gegangen, und ich brauchte frische Luft. Er war in den letzten Tagen entschieden zu oft bei mir gewesen. Aber trotzdem war ich dankbar, daß er mich ein wenig ablenkte. Er blieb gleichmäßig unverschämt und verlangend, frech und zärtlich. Und doch, irgendwas Essentielles fehlte, ohne daß ich es genauer hätte benennen können. Gerald-Dietz? Nein, widersprach ich mir, während ich noch stand und sann, nein, nicht der!
Gerald-Dietz hatte mich zwei oder drei Tage nach Karinas Abreise angerufen, also etwa vor vierzehn Tagen, und getan, als ob zwischen uns nicht das geringste vorgefallen wäre. Kein Wort der Entschuldigung. Wie's mir denn so ginge, was meine Arbeit machte und meine Wohnung. Sogar nach meinem Liebhaber hatte er sich erkundigt. Ich war so verblüfft, daß ich ihm wie ein Schaf auf alle Fragen antwortete. Auf bald hatte er gesagt, bevor er auflegte, auf bald!
Entschlossen kehrte ich dem Fenster den Rücken. Mit Karl geht das so nicht weiter, erklärte ich mir selbst. Ich will nicht, daß er hier dauernd einfach so aufkreuzt. Ich will nicht, daß er mich so mit Beschlag belegt. Die einzigen beiden Lichtblicke waren Roland und Bernhard der Wüterich.
Roland hatte ich drei Abende lang beim Tapezieren geholfen. Einmal hatten wir davor einen kurzen Spaziergang durch den Ort gemacht, und anschließend waren wir immer ein Bier trinken gegangen, im *San Giovanni*. Einen hübschen Teich gab's da mit vielen Libellen und Stockenten und Bläßhühnern. Was war er doch für ein lieber Kerl! Nur seine Wimpern waren ein bißchen zu weiß.
Und was Bernhard anging, der wollte um fünf Uhr Brombeeren mit mir pflücken gehen, um selbige zu Marmelade und Schnaps zu verar-

beiten. Ich fragte mich nicht zum ersten Mal, ob seine Eltern eigentlich über seine Alkoholmanufaktur unterrichtet waren.
Bis zum Treffen mit Bernhard hatte ich noch jede Menge Zeit. Und so beschloß ich, mich nach dem Spazierengehen selbst zum Essen einzuladen. Möchtest du lieber Pizza oder Chinesisch, fragte ich mich höflich. Und antwortete mir: Ach, es kann auch ruhig was Ländliches sein. Nun gut, dann zieh ich mich rasch um, und dann können wir gehen.
Grade wollte ich noch einmal präventiv aufs Klo, als es an der Tür läutete und, als ich schon im Nebenzimmer war, auch das Telefon. Ich stand da und konnte mich nicht entscheiden. Und so haderte ich denn mit mir, unfähig, zu einem Entschluß zu kommen, als es erneut und stürmisch klingelte. Das gab den Ausschlag: Wer immer das war, es konnte nicht meine Mutter sein. Ich stürzte also zur Tür und bereute, sobald ich sie geöffnet hatte, meinen Entschluß – zu spät allerdings: Es war Gerald-Dietz.
Ich stand einen Augenblick ratlos da, die Türklinke in der Hand, und starrte ihn an. Er dagegen drückte mir einen Topf mit roten Röschen in die Hand und entwaffnete mich damit fürs erste. Wie kann man jemandem die Tür vor der Nase zuschlagen, der einem rote Röschen schenkt? Immerhin schaffte ich es, mich nicht zu bedanken; ging ihm nur schweigend voraus ins Wohnzimmer. Das Telefon hatte unterdessen das Läuten aufgegeben, und das Bett war, wie ich feststellte, noch nicht gemacht. Ich wartete auf seinen Kommentar, aber er kam nicht.
Er setzte sich in einen Sessel und fragte leise: »Magst du einen Ausflug mit mir machen?«
Ich war einen Augenblick sprachlos. »Nein, danke«, sagte ich dann kühl und betrachtete ihn, nachdem ich die Pflanze auf den Tisch gestellt und mich auf eine der Fensterbänke gehockt hatte. Er sah müde aus und ganz und gar nicht wie ein glücklicher Morgan-Besitzer. Die zwei scharfen Linien waren wieder da, und seine Haut schien ein wenig verschrumpelt.
»Der letzte Ausflug mit dir hat mir vollauf genügt und mich zudem ein Paar fast neue Joggingschuhe gekostet. Du kannst dir die Ruinen anschauen, wenn du Lust hast.«
»Sie brauchen Wasser«, meinte er im gleichen müden Ton und so, als ob

ich überhaupt nichts gesagt hätte. Er stand auf und ging in die Küche. Welche Veränderung, dachte ich bei mir.
»Es tut mir leid, wirklich«, sagte er endlich, als er wieder auf seinem Platz saß, und kramte nervös nach seinem Tabak. »Ich weiß auch nicht warum ... ich weiß nicht, was in mich gefahren war an dem Tag.« Er sah mich an. »Es war nicht bös gemeint, ich wollte dich wirklich nicht ... ich wollte dich nicht brüskieren oder beleidigen oder so.«
Das klang ja fast wie eine sehr verspätete Entschuldigung. »Meinst du nicht, daß es ein wenig merkwürdig ist, daß du jetzt, *Wochen* später, erst kommst, um dich zu entschuldigen? Kein Anruf von dir, um zu hören, wie ich nach Hause gekommen bin, kein Wort der Erklärung. Wenn man von diesem seltsamen Anruf vor zwei Wochen absieht.«
Blauauge entgegnete nichts, er schaute aus dem Fenster, rauchte und sah dann wieder mich an. Immer noch hatte er diesen müden Blick. Und unwillig merkte ich, daß er wieder auf dem besten Weg war, mein Herz zu erweichen. Wie konnte man jemandem grollen, der aussah wie ein fünfzigjähriges Kind, das im Gedränge eines Supermarktes seine Mutter verloren hat?
»Ich hätte gerne eine Erklärung.«
Gerald-Dietz fuhr sich mit der Hand über das schüttere Seitenhaar. »Ich hab doch schon gesagt, ich weiß es auch nicht. Es tut mir einfach leid. Kommst du nun mit? Wir essen unterwegs was und machen einen Spaziergang durch einen wirklich schönen Flecken Heide bei Wahrenholz. Wenn wir Glück haben, blüht sie auch noch.«
»Schön«, tat ich so, als ob ich mich überwinden müßte, obgleich ich schon längst kapituliert hatte. »Aber vorher hilfst du mir, meine brandneu erstandene Anlage zu installieren, ja? Ich hab sie gestern vormittag geliefert bekommen und bin noch nicht zum Auspacken gekommen.«
Ich hätte genausogut auch Karl fragen können, aber er wäre imstande gewesen, sie so zusammenzubauen, daß es anschließend einen Kurzschluß gab. Gerald-Dietz traute ich, was das anging, schon eher.
Er zog die Brauen hoch und meinte nur: »Nun gut, wo ist das Ding? Das dürfte ja wohl kein größeres Problem sein.« Es war erstaunlich, welche Wandlung innerhalb von Minuten mit seinem Gesicht vorgegangen war: Es wirkte jetzt ausgeschlafen und glatt.

Er öffnete den Styroporkasten und suchte nach der Gebrauchsanleitung, derweil ich erst herumstand und ihm zusah und dann das Bett machte. Beim Kissenaufschütteln warf ich einen Blick zu Gerald-Dietz hinüber, der auf dem Fußboden saß, die Anleitung in der Hand, einen Zeigefinger am Mund, mit ausgesprochen ratlosem Gesichtsausdruck.

»Was ist los?« fragte ich. »Ist wohl doch nicht so einfach, was?«

Er sah auf und mich an, fing an zu lachen und lachte und lachte, wie ich es noch nie bei ihm gesehen hatte. Jungenhaft fröhlich. Und lachend hielt er mir das Papier hin, das er in der Hand hielt. Konsterniert fing ich an zu lesen. Da stand:

Vorsichten

1. Um brüllen zu verhindern. Setzen den Spieler so weit vom Laut sprecher systeme wie möglich. Nicht setzen den Spieler direkt auf der Lautsprecherkiste.

2. Einsetzen der Spieler auf der glatten Oberfläche, welche die von Motor gestrahlte Hitze loslassenkann.

3. Nicht verwender den Spieler nahe den Lüfter oder der Nähmaschine, sonst Brüllen sich finden kann …

So ging es noch fast eine ganze Seite weiter, ich sah auf und grinste und schüttelte den Kopf.

»Na, so was hast du auch noch nicht gesehen! Oder? Ist wahrlich ein Heldenstück von einer Übersetzung. Na, wir werden's trotzdem hinkriegen, das wäre doch gelacht.«

Und er kriegte es hin. Es blieb zwar ein kleines Kabel übrig, aber die Anlage funktionierte einwandfrei. Gerald-Dietz stand auf und klopfte sich die Hosen ab, als ob *mein* Fußboden staubig gewesen wäre! »Müßte mal wieder gesaugt werden«, sagte er denn auch prompt, und ich war beleidigt, zumal ich mir erst vor drei Wochen einen Staubsauger gekauft hatte.

»So, und nun wollen wir endlich!« Er nahm nicht die geringste Notiz von meinem eingeschnappten Gesicht. »Bist du fertig?«

Ich war fertig. »Aber am späten Nachmittag bin ich mit Bernhard verabredet, zum Brombeersammeln.«

Noch vor wenigen Wochen hätte ich ohne jedes Wimpernzucken nicht nur die Verabredung mit Bernhard sausen lassen, ich hätte den armen Kerl vermutlich auch nach Schwarzafrika verkauft, wenn ich dafür eine Umarmung von Blauauge hätte einhandeln können. Ich wäre für Gerald-Dietz zu spät zur Arbeit gekommen, zu früh nach Hause gegangen und hätte klaglos jede diesbezügliche Strafe Thewalls erduldet. Aber die Zeiten hatten sich geändert. Nun würde ich die Verabredung mit Bernhard einhalten, auch wenn sie mir vermutlich nicht den geringsten Spaß mehr machte und ich nur an die *nicht* mit Blauauge verbrachte Zeit würde denken müssen.

»Wann?«

»Um fünf.«

»Dann haben wir genügend Zeit.«

Hätte *ich* an seiner Stelle nicht gefragt, ob man das Brombeersammeln nicht verschieben könnte oder gar ganz absagen? Ich *hätte* es gefragt – an seiner Stelle. Aber ich war eben nicht er.

So fuhren wir vorerst ziemlich schweigsam in Richtung Wittlingen. Wald zu beiden Seiten, dann Ortschaften, langgestreckte Bauernhäuser im Schatten von Kastanien. Wagen mit Kartoffeln und Gemüse zum Selbstbedienen. Das Geld legte man in eine alte Milchkanne, die daneben hing.

Gerald-Dietz bog in eine kleine Straße ein, links und rechts teilweise abgeerntete Kartoffeläcker, Stoppelfelder und Wiesenflecken. Dann wieder Wald.

»Hast du Hunger?« fragte er schließlich.

»Und wie«, gestand ich.

Er bog prompt in den Hof eines Gasthauses ein. »Ich auch.«

Es gab Heidschnuckenbraten mit Pfifferlingen. Dem wie immer nimmersatten Blauauge gönnte ich zwei meiner Knödel. Hinterher verlangte ich ein Eis mit Sahne, das ich gar nicht wollte. Inzwischen wußte ich ja, daß er sich keines bestellen würde. Ich aß selbst pro forma zwei Löffelchen Schokoladeneis, seufzte dann und sagte: »Uff, ich kann beim besten Willen nicht mehr!«

Er gab sich große Mühe, seine Freude über die unverhofft erlangte Leckerei nicht allzu deutlich zu zeigen. Ich lächelte. Wie konnte man

gleichzeitig so erwachsen und so ein Baby sein? Aber besser so als umgekehrt. Er wirkte entspannt und gelöst, satt und jung. Was wollte ich mehr?
Im Auto sagte er: »Na, hat dir das Eis geschmeckt? Schade, daß ich nichts Süßes essen darf!«

Nur ein paar Kilometer weiter kam ein Ort namens Wahrenholz. Auf der Kirche und einem Gehöft gab es leere Storchennester. Gerald-Dietz, der während der letzten halben Stunde recht still gewesen war, wurde jetzt lebhaft. Er erklärte mir, daß seine Eltern ganz in der Nähe gewohnt hätten, sein Vater vor einigen Jahren gestorben sei und seine Mutter nun bei seiner Schwester wohnte. Er sei in seiner Jugend viel mit dem Fahrrad durch die Gegend gefahren, ins Moor vor allem.
Ich sah ihn mit zunehmender Verwunderung von der Seite an – ich entdeckte in ihm einen völlig anderen Menschen, aufgeschlossen, heiter und offen. Wenn die rosa Warze und die Halbglatze nicht gewesen wären, hätte ich ihn nicht wiedererkannt.
Er fuhr eine kleine Straße, eine birkengesäumte, und hielt auf einem großen Parkplatz, auf dem nur zwei weitere Autos standen.
Wir überquerten die Straße und folgten einem Sandweg, bestreut mit zahllosen Feuersteinen. In der Luft lag Herbst, es roch frisch und angenehm unbestimmt nach Laub und Pilzen: Ein wundervoller Tag! Blauauge ging neben mir, legte den Arm um mich, drückte mich an sich. Mir lag schon auf der Zunge zu fragen, mit welcher seiner Freundinnen er hier gewesen sei, aber ich hatte in der Tat und ganz ausnahmsweise keine Lust, mir selbst den Tag zu verderben, und schaffte es, den Mund zu halten. Eine wahre Premiere.
Ein Stück weiter kam eine riesige Eberesche voller roter Beeren, dann Sand, Wacholder und Heide. Ein Traumland. Gerald-Dietz schlug einen kleinen Pfad nach rechts ein, blieb bei einem großen Wacholder stehen. Die Beeren waren vielfach schon schwarz, obwohl auch noch etliche graugrüne da hingen.
»Hübsche große Bengel, die Büsche«, sagte Blauauge. »Fünf Fuß höher als ich. Da, probier mal.«
Er steckte mir eine in den Mund und zerkaute selbst auch eine.

»Bitter, aber gut«, kommentierte ich, und er nickte zustimmend. »Ich kau oft welche bei der Arbeit, dann kann ich besser denken.«
Aha, sagte ich zu mir selbst. Er denkt also bei der Arbeit. »Sag mal, meinst du nicht, du könntest allmählich mal damit rausrücken, womit du deine Brötchen verdienst? Ich sag's auch bestimmt nicht weiter!«
Er warf mir einen Blick zu, während er sich noch eine Handvoll Beeren pflückte. »Ach, ich hab einfach keine Lust. Ist ohnehin total langweilig. Hinterher bist du enttäuscht. So bin ich doch immerhin ein noch recht interessanter Herr mittleren Alters.«
»Ach geh! Du zierst dich bloß wie eine alte Jungfer. Wenn's was derart Schlimmes ist, kann's ja nur Staubsauger- oder Versicherungsvertreter sein, das würde auch deinen merkwürdigen Aufenthalt in Heimstedt erklären. Meine Schwiegermutter beispielsweise findet Staubsaugervertreter sehr schick. Gegen einen Tupperwarenverkäufer kommt er allerdings nicht an. Na schön, dann eben nicht.« Blauauge grinste, scheffelte sich die Beeren in seine Hosentasche. Und dann stießen wir auf eine weglose Fläche von Heide, gesprenkelt mit kleinen Birken, deren Laub gelblich verfärbt war, und mit kleinen Sandinseln dazwischen. Kein Mensch war weit und breit zu sehen. Ein Buchfink sang, und weit entfernt hörte ich einen Bussard rufen. Ansonsten herrschte absolute Stille.
»Laß mich vorgehen«, sagte er und bahnte sich einen Weg bis zu einer der Sandinseln unter einer Birke. Ließ sich gemütlich nieder, zog seinen Tabak aus der Hose und drehte sich eine Zigarette. »Du auch?« fragte er. Ich schüttelte den Kopf. Da streckte er sich längelang im Sand aus, rauchte schweigend und betrachtete den blauen Himmel, in dem nur ein paar kleine weiße Wölkchen schwammen.
»Das ist, immerhin nun wohl, das Paradies, nicht wahr?« sagte er endlich, sah mich an, die ich mit hochgezogenen Beinen, den Kopf auf den Knien, neben ihm saß, und streckte die Hand nach mir aus. »Komm, leg dich in meinen Arm, der Sand ist schön warm, und es ist so still und friedlich hier!«
Ich tat wie geheißen, kuschelte mich an ihn, mein Kopf lag an seiner Brust, sein rechter Arm hielt mich umfangen. Seine Hand strich sanft über meinen Arm. Zärtlich. Als er seine Zigarette ausgedrückt hatte, wandte er sich mir zu, und mein Herz begann heftig zu klopfen.

Seine Lippen waren warm und weich und fordernd, sein sonnengewärmter Körper drängte sich gegen meinen. Er rollte sich halb auf mich und schob mein T-Shirt nach oben. Davon hatte ich so lange geträumt. Und nun lag ich ausgerechnet auf einer Ameisenstraße. Zumindest zwickte mich irgendwas nachhaltig in meine linke Hüfte. Ich wollte mich unauffällig anderswohin rollen, aber Gerald-Dietz hielt mich fest umschlungen. Er mühte sich damit ab, die drei Knöpfe meiner Shorts zu öffnen, ohne mich aus den Armen zu lassen, was nicht eben einfach war. Ich versuchte, die Ameisen und mich und meine Umgebung zu vergessen. Er, *er* war das Ziel meiner Träume, genau das hatte ich gewollt. Seine rosa Warze gegen meine niedliche Kartoffelnase gedrückt, meine Hand in seine grauen Hinterkopfhaare gewühlt ... Aber nicht so, protestierte eine Stimme in mir – nicht so! Sondern viel langsamer, viel zärtlicher, mit literweise vergossenem Schweiß, wenigstens fünf gestammelten: ›Oh, du mein Leben‹ und Chris de Burgh im Hintergrund, denn Roy Orbison war schon an Karl vergeben ...
Aber nichts zu wollen! Ihm schien es an nichts zu mangeln. Schließlich hatte er es geschafft und vollführte nun die gleiche Prozedur mit seiner eigenen Hose. Das ging bedeutend schneller. Seine Lippen waren immer noch weich, trocken und warm und ansprechend, zugegeben, aber ich fühlte mich nicht mehr angesprochen. Wenn es *das* war, was er wollte, oder besser: Wenn er es *so* wollte, auf die Schnelle ... dann war ich nicht die richtige Adresse. Jedenfalls nicht in diesem Stadium unserer Beziehung. Ich nutzte einen Moment, in dem er abgelenkt war, entwand mich entschlossen seinen Armen, zog mich flink wieder vollständig an und mein T-Shirt nach unten und setzte mich auf.
»Was ist denn los?« fragte er mit einem *ziemlich* entgeisterten Gesichtsausdruck. »Hab ich was falsch gemacht?«
Ich schüttelte den Kopf.
Gerald-Dietz ratschte seine Hose zu, strich sich über die Kopfkähle, die schweißfeuchte, und drehte sich dann schweigend eine Zigarette.
»Was ist los?« fragte er dann noch einmal ruhig.
»Nichts«, entgegnete ich, »nichts ist los. Ich komm mir hier draußen nur vor wie ... ich weiß auch nicht. Ich bin halt nicht wie deine Freundin,

mit der du im Herbst in den Büschen lagst. Außerdem sind hier nicht mal Büsche. Na, und außerdem ...«
Er warf mir einen prüfenden Blick zu: »Außerdem was?«
»Einfach außerdem!« Dieses letzte ›Außerdem‹ war erst später dazugekommen, das heißt, sobald ich an die betreffende Freundin dachte, fiel mir auch seine Frau ein.
Er dagegen erhob sich. »Wir müssen so und so gehen, du kommst sonst zu spät zum Brombeersammeln!«

Kapitel 27

Der Sturm ist da, die wilden Meere hupfen
An Land, um dicke Dämme zu zerdrücken.
Die meisten Menschen haben einen Schnupfen.
Die Eisenbahnen fallen von den Brücken.

Jakob van Hoddis
Weltende

Und so nahte der einundzwanzigste September, der Tag meiner Rache. Ich hatte mich mit Roland für acht Uhr abends verabredet. Er wollte mich zu Hause abholen. Ich stellte es mir einigermaßen problematisch vor, die Glasplatte vor Thewalls Haustür zu vergraben, ohne daß jemand etwas davon mitbekam. Einweihen konnte ich Roland ja wohl nicht.
Ich hatte den Wecker auf sechs Uhr gestellt, um die Maulwurfshaufenzeremonie noch vor der Arbeit durchführen zu können. Zu meiner Enttäuschung hatte ich längst festgestellt, daß Rolands Maulwurfshaufen kein Maulwurfshaufen, sondern ein von Bernhard zusammengekehrter Dreckhümpel war. So hatte ich in den letzten Tagen einige Spaziergänge unternommen. Auf dem Kinderspielplatz in der Nähe der Kirche war ich schließlich fündig geworden.
Ich packte also meine Glasplatte und alle übrigen nötigen Zutaten in eine Tasche, stürzte eine Tasse Kaffee und ein Glas Multivitaminsaft hin-

unter. Immerhin würde das schlechte Wetter die positive Nebenwirkung haben, daß ich bei meiner Tätigkeit nicht gestört würde. Niemand hielt sich freiwillig um sieben Uhr morgens bei Nieselregen im Freien auf.

Doch ich hatte falsch vermutet: Als ich mich, auf dem Spielplatz angekommen, gerade über dem dicksten, schönsten Haufen niederlassen wollte, um mit meinem Ritual zu beginnen, kamen zwei Jogger auf mich zugelaufen. Also tat ich so, als ob ich mich nur eben mal auf dem Rasen ausruhen wollte, und starrte angestrengt in eine andere Richtung.

Erneut ans Werk. Ich holte die Platte unter meinem Arm hervor und rieb sie mit meinem Jackenärmel möglichst trocken. Da kam doch ein altes Weiblein mit zwei gräßlich dicken Hunden des Weges. Natürlich fand sie mich höchst interessant, wie ich da im Regen, mit einer Glasplatte in der Hand, auf der feuchten Wiese hockte und ließ sich jede Menge Zeit.

Ich fluchte. Die Hunde begannen sich schließlich zu langweilen und zogen ihr Frauchen weiter. Dann, wie war das?: Auf den Haufen legen und nach Norden wenden. Wo war Norden? Ich hatte keine Ahnung, wie ich das feststellen sollte.

Ich versuchte es mit Nachdenken: Also jetzt war Morgen und, soviel wußte selbst ich, im Osten geht die Sonne auf. Aber da war keine Sonne, die mir hätte sagen können, *hier* ist Osten und deshalb ist *da* Norden.

Glücklicherweise nahte schon wieder jemand. Diesmal kein Jogger, sondern ein älterer Herr, mit Hut und Gehstock bewaffnet. Na, wenn der es nicht wußte! Ich ging ihm entgegen, grüßte freundlich und trug mein Anliegen vor.

Er sagte erst mal gar nichts, betrachtete mich nur kritisch. Er wirkte wie eine Gestalt aus dem vorigen Jahrhundert. Militärisch streng. Mit spiegelblanken schwarzen Schuhen. Den hätte ich besser nicht fragen sollen.

»Norden, mein Fräulein«, sagte er schließlich bedächtig, »ist die dem Süden genau entgegengesetzte Richtung, die auf der nördlichen Hemisphäre durch den Nordpol geht. Des Nachts findet man sie ziemlich genau durch Beobachtung des Polarsterns; der Kompaß zeigt sie nur approximativ an, genau aber, wenn man die Abweichung der Magnetnadel für eine gewisse Zeit und einen gewissen Ort kennt.«

Ich starrte ihn offenen Mundes an. Er hatte diese Rede völlig ruhig und selbstverständlich vorgebracht, als ob er aus dem alten Meyer vorläse.

»Hm, ja, vielen Dank, aber da es nun mal gerade nicht Nacht ist, kann ich mich leider nicht am Polarstern orientieren, und einen Kompaß hab ich auch nicht zur Hand. Wie also finde ich jetzt heraus, wo Norden ist?«

Nun sah er zum ersten Mal interessiert drein.

»Dies ist ein Problem, das sich mir bislang noch nicht stellte. Wollen wir mal sehen, wie wir es lösen können.« Er scharrte ein wenig mit seinem Stock auf dem feuchten Boden. Dann hatte er offensichtlich die Lösung gefunden. »Ich wohne in der Carlo-Mierendorff-Straße, das ist die zweite Straße links von hier aus gesehen.« Er zeigte mit seinem Stock in eine Richtung, genau auf einen japanischen Kirschbaum. »Von meinem Küchenfenster aus, welches genau in diese Richtung weist, sehe ich morgens die Sonne aufgehen. Ergo ist hier«, er zeigte in die entgegengesetzte Richtung, »Osten. Wenn aber hier Osten ist, so ist folglich da«, wieder ein Stockweisen, »Süden, und da«, diesmal mit einem Anflug von Triumph, »Norden.«

Ich dankte ihm überschwenglich, er nickte mir nur gelassen zu und setzte seinen Spaziergang fort.

Ich rannte wieder zu meinem Maulwurfshaufen zurück, setzte mich mit dem Rücken zum Weg und legte meine Platte erneut auf den Haufen. Dann holte ich nach einem kurzen Umblick meinen extra dafür mitgebrachten roten Permanent-Filzi aus der Tasche und schrieb die am Abend zuvor eingeprägten Worte:

Dein Unglück wird kommen auf dein Haupt und deine Bosheit auf deinen Kopf fallen, Gregor Thewall.

Nun war das Beräuchern an der Reihe. Da ich nicht genau wußte, was darunter zu verstehen war, hatte ich mir einfach Sandelholzräucherstäbchen gekauft. Mit Regen hatte ich allerdings nicht gerechnet. Ich lehnte mich also möglichst weit über den Haufen samt Glasplatte, zündete das Räucherstäbchen im Schutze meines Anoraks an und räucherte. Dabei sagte ich weisungsgemäß:

»Stehe auf, Adonay, in deinem Grimmen, und erheb dich im Zorn wider meinen Gegner Thewall. Lasse ihn von nun an im Kopfe Buchstaben vertauschen und nicht mehr imstande sein, korrekt zu lesen und zu schreiben.«
Nun wartete ich drei Minuten, dann folgte die nächste Räucherung und dann dasselbe wieder von vorne.
Siebenmal. Schließlich vollzog ich die Schlußzeremonie, rieb die Platte mit Erde vom Maulwurfshaufen gut ab und füllte ein mitgebrachtes kleines Gläschen mit ebendieser Erde, um sie am Abend dann vor Thewalls Haus zu werfen. Und das war's. Ich erhob mich.
Ich wagte nicht, noch einmal auf die Uhr zu schauen. Ich würde viel zu spät im Verlag sein. Was für eine Ausrede könnte ich denn ... aber es war eh niemand da, der meine Anwesenheit kontrollierte. Es sei denn, Thewall suchte gerade um neun irgendeinen Klemmer.

Im Verlag erwartete mich eine Überraschung: ein Brief von Udo. Nicht einfach ein Brief, vielmehr ein Eilbrief. Mir wurde kalt ums Herz, als ich den Umschlag in Händen hielt und seine Schrift erkannte. Der Brief war dick. Ich vermutete ein Schreiben seines Rechtsanwaltes, der mich um die unverzügliche Herausgabe der Tieckschen Buchinlets ersuchte und eine saftige Schadensersatzforderung stellte. Nein! Es war ein vier Seiten langer engbeschriebener Brief von Udo ... Wie lange es gedauert habe, meine Arbeitsstelle herauszubekommen! Wie sehr er alles Vorgefallene bedauere, wie leid ihm alles tue, ob ich ihm nicht umgehend verzeihen könne, wieder zu ihm zurückkehren. Er würde auch nie mehr ...
Einerseits war ich durch Karina schon auf eine derartige Gemütsverfassung seinerseits vorbereitet gewesen, andererseits überraschte sie mich dennoch. Der Tieck wurde nicht erwähnt? Doch, da, in Form eines P.S.: »Mußte das denn sein mit dem Tieck? Hat er dir was getan?«
Ich schämte mich ein kleines bißchen. Denn schließlich, wo er recht hatte, hatte er recht. Was konnten die armen Bücher für Udos Verhalten. Sie lagen fein säuberlich aufgestapelt in meinem Wandregal. Es konnte nicht allzuviel Mühe machen, sie wieder in ihren Urzustand zurückzuversetzen. Aber der Brief beschämte und frustrierte mich. Ich hatte die Vergangenheit hinter mir gelassen, und nun erdreistete sie sich, einfach wieder aufzukreuzen.

An diesem Tag blieb ich von Thewall verschont. Glücklicherweise. Denn ich wollte meine Zauberei möglichst emotionslos erledigen. Rastamop blieb mir ebenfalls erspart, die zwar im Lande, aber *äußerst* beschäftigt war. Sie hatte, aus L.A. zurückgekehrt, von meinem Zusammenstoß mit dem Boß erfahren, ein paar lobende Worte über meine Arbeit geäußert und mich mit einer neuen Übersetzung zum Lektorieren versehen. Kopieren und Korrekturen übertragen mußte ich allerdings auch wieder, womit sich meine Pflichten, bei Licht besehen, glatt verdoppelt hatten.

Roland kam pünktlich auf die Minute um acht, einen Moosröschenstrauß in der Hand, um mich abzuholen. Das war übrigens auch so eine Sache: Bei *ihm* verließ ich mich vollkommen darauf, daß er kam, wenn er sagte, daß er käme. Bei Karl würde ich dagegen nicht im geringsten damit rechnen. Roland würde es vermeiden, einfach so hereinzuplatzen, Karl würde es grade darauf anlegen. Und Gerald-Dietz, mein Blauauge? Zuverlässig war er, das ja. Und sonst? Nicht dran rühren! Wir waren am Sonntag ziemlich wortkarg voneinander geschieden.

Roland musterte mich, als wir in unseren Korbsesseln saßen und vor dem Aufbruch einen roten Martini tranken. »Du siehst müde aus, war's anstrengend heute?«

»Ach, ich bin sehr früh aufgewacht und konnte nicht mehr schlafen«, log ich. »Und du? Du siehst auch ziemlich erledigt aus.«

»Ach, nein, ja, das heißt, ich hab auch nicht viel geschlafen. Mir ist zuviel im Kopf rumgegangen.« Er sah verlegen aus. »Ich denke immer viel zuviel über das nach, was ich am Tag erlebe. Über Kleinigkeiten kann ich mir stundenlang das Hirn zermartern. Dinge, über die du vermutlich lachen würdest.«

»Sag mir ein Beispiel«, meinte ich und trank einen Schluck.

»Nun, zum Beispiel hat heute der Oberarzt, du weißt schon, von dem ich dir erzählt hab, eine Krankenschwester in Gegenwart von mehreren Leuten angeschnauzt für etwas, was absolut nicht ihr Fehler war. Den ganzen Tag ist mir das im Kopf herumgegangen. Ob ich mich hätte anders verhalten sollen und so.« Er grinste. »Tja, und dann hab ich die Krankenschwester am Abend zufällig noch mal getroffen

und sie auf den Vorfall angesprochen. Und sie hat mich nur erstaunt angeguckt.«
Er schwieg, ich auch. Ich mußte mir das erst mal durch den Kopf gehen lassen. »Sag mal. Wenn du dir so was derart zu Herzen nimmst, was machst du dann mit den Sachen, die wirklich ernst sind? Ich meine Sterbende, Todkranke und was weiß ich noch alles?«
Er schüttelte den Kopf. »Ich hab mehrere Jahre lang in Afrika als Arzt gearbeitet. An Krankheit und Tod bin ich gewöhnt. Aber wie Menschen miteinander umgehen, das ist etwas, mit dem ich nicht klarkomme. Ich sollte vielleicht wieder dahin zurück ... Aber komm, wir wollen gehen, wenn's dir recht ist. Ich wollte dich nicht mit solchen Dingen belasten, es reicht, wenn ich mir selbst damit das Leben schwermache.«
Im Auto erzählte ich ihm von Udos Brief. Er hörte wortlos zu und meinte dann: »Und du? Wie stehst du zu seinem Friedensangebot?« Er blickte angestrengt auf die Straße.
»Ich will nichts mehr von ihm wissen. Bloß, wie halte ich ihn mir vom Leib?«
»Am besten sagst du ihm die Wahrheit, naja, und vielleicht kannst du auch behaupten, du hättest einen Freund ... um ihn abzuschrecken. Und gelogen ist das ja nicht mal, ich meine, ich bin dir wirklich ein Freund, weißt du?«
Ich lächelte. »Ja, natürlich, du bist mir ein Freund. Hm, das werd ich tun, hast recht.«
Es war inzwischen dunkel geworden, man sah nicht mehr als schwarze Baumschatten am Straßenrand und den Nieselregen an der Scheibe. Ich hatte einen Beutel auf dem Schoß, der die in ein T-Shirt eingewickelte Glasscheibe und das Fläschchen Erde sowie eine Flasche Champagner enthielt. Kurz vor Altencelle fragte ich Roland: »Sag mal, hier wohnt auch mein Chef, Gregor Thewall. Du weißt wohl nicht zufällig, wo der Große Graben ist?«
»Ich weiß mal eben gerade, wo der Bäcker ist und die Bank. Aber das dürfte sich ja wohl rauskriegen lassen. Altencelle ist ja nicht sehr groß. Warum willst du das wissen?«
»Wenn wir sein Haus finden, könntest du dann wohl grad halten, ich

würde ihm gerne was in den Briefkasten werfen. Dann hat er es ganz früh schon, ist was Dringendes.«
»Nur werden wir die Straße vom Auto aus im Dunkeln wohl kaum finden«, erklärte Roland jetzt. »Wir werden einfach später noch einen Spaziergang machen und notfalls jemanden fragen. Einverstanden?«
Seine Wohnung lag im Souterrain eines recht stattlichen Hauses und vermittelte im Gegensatz zu meiner kein Gruftgefühl. Ein Dackel bellte, als wir nach unten gingen. Die Zimmer sahen schon recht vollständig aus, jedenfalls waren die Bücherregale eingeräumt.
»Du hast dich ja wirklich beeilt mit dem Auspacken«, meinte ich anerkennend, während ich die Bücher durchsah.
»Ich hasse es, in Kisten und Kästen zu hausen«, sagte er ein wenig verlegen, verschwand in der Küche und kam mit zwei Gläsern wieder. »Hier, Martini! Extra für dich.«
Ich sah ihn dankbar an. »Du bist wirklich lieb, weißt du?«
»So? Zum Wohl!«
Ich lobte seine Wohnungseinrichtung, ließ mir alles ausführlich zeigen. Als wir uns schließlich auf den bequemen Sesseln niederließen, zog ich die Flasche aus dem Beutel und hielt sie ihm hin: »Machst du ihn auf?«
Er strahlte, schaffte die Wermutgläser fort und kam mit zwei Sektschalen zurück.
Als die Flasche leer war, schlug ich vor, den besagten Spaziergang zu Thewalls Haus zu machen, und Roland stimmte zu, holte mir meine Jacke, für sich selbst einen Anorak und einen Schirm. Aber es hatte aufgehört zu regnen, die Luft war klar und rein. Er betrachtete unschlüssig seinen Schirm. »Ach, ich nehm ihn trotzdem mit. Man weiß ja nie.«
Ich hängte mir meinen Beutel über die Schulter und nahm seinen Arm, und so wanderten wir durch das dunkle Altencelle, an der Kirche vorbei zum Neubaugebiet. Als ich einige Ecken weiter wieder mal ein Straßenschild las, stutzte ich: ›Kleine Redder‹ stand da. Kleine Redder? ... und dann fiel's mir ein: Das hatte im Kalender gestanden. Was für ein Zufall. Aber im *Wilhelm Meister* kommen noch ärgere Zufälle vor, sagte ich mir, und so viele Vororte hatte Celle nun auch wieder nicht.

Blauauge wohnte also hier. Wenn es nicht, was mir eigentlich unwahrscheinlich schien, in mehreren Orten der Umgebung Straßen gab, die ›Kleine Redder‹ hießen. Diese Erinnerung, dieser Gedanke, das Bewußtsein seiner Nähe versetzten mir, obwohl ich mich dagegen zu wehren versuchte, einen Schock.

Und dann sah ich ihn: Er hielt mit dem Auto vor einem Haus auf der gegenüberliegenden Straßenseite. Die Haustür ging auf, noch bevor er richtig ausgestiegen war, und eine Frau, blonde Dauerwelle!, stand auf der Schwelle in einem hellen, heimeligen Lichtkreis. Ein Mädchen, das meinem ungeübten Auge etwa achtjährig zu sein schien, wohl aber die jüngste, zehnjährige Tochter sein mußte, drängte sich an ihr vorbei und rief etwas, das ich nicht verstand. Ich war immerhin noch so reaktionsschnell, daß ich auf Rolands linke Seite wechselte, um durch ihn verdeckt zu sein. Inzwischen waren wir etwa auf Höhe des Hauses angekommen. Ein großes Haus, quadratisch, von einer Rasenfläche umgeben – es gefiel mir nicht, soweit ich das im Dunkeln beurteilen konnte.

Die Frau sagte: »Du kommst spät!« Ihre Stimme klang melodisch und weich, ich hätte sie erwürgen können. Wie sie aussah, konnte ich gegen den hellen Lichtschein nicht sehen, aber sie war jedenfalls kein Walroß. Auch das ärgerte mich.

Blauauge stieß das Gartentor auf, strich dem Kind, das ihm entgegengelaufen war, über den Kopf und entgegnete, während er mit ihm die Eingangstreppe hinaufstieg: »Du solltest doch wohl schon längst im Bett sein, oder?« (Zum Mädchen) »Und? Alles in Ordnung?« Das galt der Frau.

»Natürlich«, sagte sie und lachte ein wenig. Dann schloß sich die Tür hinter ihnen. Es war also wahr. Es war alles wahr.

War das nun nötig gewesen? Im innersten Kämmerlein meines Herzens hatte ich wohl doch nicht an Frau und Kinder geglaubt. Und nun das. Wie im Kitschfilm. Dieser Betrüger! Seine Frau so zu hintergehen.

Roland beugte sich zu mir hinunter. »Ist alles in Ordnung mit dir? Stimmt was nicht?«

»Nein, nein, ist alles okay.« Ich riß mich zusammen. War ja schließlich nur die Illustrierung dessen, was er mir oft genug erzählt hatte. Mehr nicht.

Drei Straßen weiter fragten wir einen Mann, der seinen Hund Gassi führte, und fanden kurz darauf tatsächlich den Großen Graben. In einer Neubausiedlung für Leute mit Geld. Inzwischen war ich müde und so schwach auf den Beinen von dem soeben erlittenen Schock, daß ich mich gerne auf Roland gestützt hätte. Nummer 17 war ein Haus mit Balkon und Erker und einer Pergola vor dem Eingang, soweit ich das ausmachen konnte. Einen Vorgarten gab's auch. Kein Licht drang durch die Ritzen der Jalousien. Ich bat Roland, auf mich zu warten.

Klopfenden Herzens stieg ich über das kleine Törchen und ging so leise wie möglich auf den Eingang zu. Nun mußte ich einen Platz finden, an dem ich die Platte vergraben konnte.

Ich buddelte in aller Eile unter einem Fliederbusch ein Loch mit den Händen, legte die Scheibe hinein und schaufelte Erde darüber. Allzuschnell würde sie vermutlich nicht gefunden werden. Auf jeden Fall hoffte ich, daß die Zeitspanne für meine Zwecke ausreichte – schließlich brauchte er meinetwegen nicht den Rest seines Lebens als Legastheniker zu verbringen.

Nun holte ich noch das kleine Fläschchen mit der Maulwurfshügelerde aus meinem Beutel und schüttete sie vor die Türschwelle. Dann klapperte ich ein wenig mit dem Briefkasten und rannte so schnell ich konnte zu Roland zurück, der mich mit besorgter Miene erwartete.

Als wir ein paar Schritte vom Haus entfernt waren, hörte ich, wie die Tür aufging. Thewall in höchsteigener Person stand auf der Schwelle. »Ist da jemand?«

Ich zog Roland am Ärmel, der verwundert stehengeblieben war, und wir verschwanden eilends. »Alles in Ordnung?« fragte er zum zweiten Mal am heutigen Abend, und diesmal konnte ich die Frage ehrlich bejahen.

Auf dem Rückweg kamen wir noch mal an Blauauges Haus vorbei. Sein Auto war weg, er hatte es wohl inzwischen in die Garage gefahren und saß vermutlich mit seiner Gemahlin vor dem Fernseher.

»Ich fall um vor Hunger«, sagte ich zu Roland und drückte seinen Arm. »Du hast nicht zufällig eine Scheibe trockenes Brot zu Hause?«
Er lachte: »Bist du eine Ente?«
»Eine Ente nicht, aber eine Gans. Eine richtige dumme Gans!«

Kapitel 28

Oh Gott, oh Gott! wär ich, wo der Pfeffer wächst! Ei, ei, ei, ei!

Gottfried Keller
Der grüne Heinrich

Es goß schon den ganzen Tag lang in Strömen, wenn man eine kurze Zeitspanne gegen Mittag abrechnete, die ich mir zunutze gemacht hatte, um mich mit Viktualien und jeder Menge Alkohol zu versorgen.

Nicht mal 'ne Runde Fahrrad konnte ich jetzt abends mehr drehen. Dunkel wie im Dezember. Das Wasser kochte. Ich goß mir einen kräftigen Schluck Bommerlunder in den Becher, hängte alibihalber ein Beutelchen Malvenhibiskustee hinein und füllte Wasser drauf. Während ich die aus einem unerfindlichen Grund an allen Ecken und Enden zu knapp geratenen Vorhänge vor die Fenster zog, überlegte ich, wie ich mir nun am besten die Zeit vertreiben konnte, nachdem ich am Abend zuvor die letzte mir noch unbekannte Marlitt fertiggelesen hatte: *Im Hause des Kommerzienrates.* Das war allerdings kein reines Vergnügen gewesen. Grade an der Stelle, wo's spannend wurde, als nämlich der gute Doktor Bruck, von Emotionen geschüttelt und doch kalten Blutes, Käthe aus seinem Haus weist und sie sich mit einem kühlen »›Leben Sie wohl, Herr Doktor!‹« verabschiedet und nach der Brücke zuschreitet ... da nun fehlten entscheidende Zeilen, denn es ging weiter mit: »Erschrocken fuhr das junge Mädchen zusammen, allein sie fühlte ihr Herz von einem nie gekannten, beseligenden Zärtlichkeitsgefühl überströmen, und es

schwebte ihr auf den Lippen zu sagen: ›Nein, ich gehe nicht – du bedarfst meiner.‹« Ich fühlte mich ein wenig hintergangen, schließlich hatte ich keine Ahnung, welch dramatische Szene Käthes Sinneswandel bewirkt haben mochte. Natürlich kriegten sie sich am Ende, aber nein – es war doch kein Vergleich mit dem *Heideprinzeßchen*.
Dann dachte ich an das vermaledeite Manuskript, das ich wohl würde in Angriff nehmen müssen. Vor zwei Tagen hatte es mir Rastamop auf den Tisch gelegt mit den Worten: »Schauen Sie's sich mal an, ist diesmal keine Übersetzung. Jasper hat's mir rübergegeben, weil er im Augenblick so überlastet ist. Sagen Sie mir dann, ob Sie's sich zutrauen würden?«
Seit einigen Wochen war sie ausnehmend freundlich zu mir. Sie lobte mich zwar nicht direkt, aber sie nickte mir wohlwollend zu und rügte mich nicht mehr. Ab und an ließ sie sich gar dazu herab, ein paar Worte mit mir zu wechseln, während sie eine Rastasträhne aus der Stirn pustete, fahrig nach ihrem Feuerzeug suchte oder einen Brief in ihrem Büro überflog.
Andererseits hatte mein Experiment noch keine Wirkung gezeitigt. Und das, obwohl nunmehr zwei Wochen vergangen waren. Kein Entsetzensschrei war in den geheiligten Hallen ertönt, niemand hatte irgendwas auf Thewall Bezügliches geäußert, es war rein gar nichts Außergewöhnliches passiert. Doch: Wir hatten einen neuen Kopierer bekommen.
Gerade als ich mir einen zweiten Schnaps-mit-Tee gönnen wollte, klingelte das Telefon. Die Tage nach dem besagten Abend vor Blauauges Haus hatte ich bei jedem Klingeln des Telefons gehofft, *er* sei es. Anfangs dachte ich, er würde mir vielleicht von sich aus eine Erklärung nachliefern, überlegte mir dann aber selbst, wie unsinnig das war. Und *daß* er verheiratet war und noch dazu mit fünf Kindern gesegnet, hatte er mir schließlich von Anfang an nicht verschwiegen.
Eine wohlbekannte Stimme sagte: »Gerald-Dietz. Wie geht's dir?«
Ich schwieg einen Augenblick. »Danke«, entgegnete ich dann kühl und schwieg erneut. Ich überlegte, wieviel Zeit seit jenem denkwürdigen Ereignis in der Ameisenheide vergangen war. Mehr als drei Wochen.
»Was macht die Arbeit im Verlag?« fragte er völlig unbefangen weiter.
»Nichts, was soll sie machen?«

»Nun komm schon, sei nicht so einsilbig. Macht sie dir Spaß, hast du Ärger, läuft's gut, hast du dich eingelebt?«
»Jaja, alles in Ordnung«, sagte ich leichthin. »Und bei dir? Was machen die Kinder? Deine Frau? Alle gesund?«
Nun war es an ihm zu schweigen. Er schwieg lange. Ich überlegte schon, ob ich nicht einfach auflegen sollte, als er leise fragte: »Kann ich dich sehen?«
Schweigen.
»Gut, dann komm ich morgen nachmittag. Gegen drei.«
Ich öffnete den Mund, um ihm eine Unflätigkeit an den Kopf zu werfen, aber er hatte schon eingehängt.

Kapitel 29

Mio Dio, wann ich ihn sehen, puppst mir meine arme Erz. Ich möchten nix, als noch eine Kuß von ihn. Dann sterbsen.

Fedor von Zobeltitz
Der Herr Intendant

Er stand mit gesenktem Kopf im ockerfarbenen Dufflecoat vor der Tür. Ich sah ihn an und fragte mich, was ich je an ihm gefunden hatte. Das fragte er sich allerdings ganz offensichtlich auch. Er wirkte so bescheiden und brav, daß ich ihn kaum wiedererkannte und erst mal einen Hinterhalt vermutete. Mißtrauisch setzte ich mich auf die Kante des bereits gemachten Bettes, während er sich in einem der Korbsessel niederließ, so vorsichtig, als ob er Rheuma hätte.
»Du kannst den Mantel ruhig ausziehen«, meinte ich, als ich sah, daß ihm ein paar Schweißtropfen den linken Nasenflügel hinunterrannen. Es war warm bei mir, aber so warm nun auch wieder nicht.
»Du bist nicht zufällig krank?« Ich hoffte, genau den richtigen Ton zwischen Gleichgültigkeit und Desinteresse erwischt zu haben.

»Nein«, sagte er müde, zog gehorsam den Mantel aus. Der blaue Pullover mit dem Zickzackmuster stand ihm gut. Nur der eine Ärmel war vorne ein wenig ausgefranst.
»Wie geht es dir?« setzte er den Dialog fort.
»Gut«, gab ich ein wenig ungeduldig zurück.
»Magst du mit mir einen Spaziergang machen?«
»Jetzt? Aber es regnet, es ist grau und trüb draußen.«
»Macht doch nichts. Wenigstens ein bißchen frische Luft. Komm, ich hab einen Schirm.«
Er wirkte auch grade so, als ob er wild auf frische Luft wär! Aber wenn es ihn glücklich machte! »Na schön.«
Auf der Straße hängte ich mich bei ihm ein, und wir nahmen den Weg in Richtung Dasselsbruch. Außer uns schien niemand den Drang zu verspüren, sich bei einem solchen Hundewetter Bewegung zu verschaffen. Gerald-Dietz war, wie ich rasch feststellte, kein geübter Schirm-über-zwei-Leute-Halter. Zwei Drittel von meinem Kopf waren dem Regen voll ausgesetzt, und manchmal wedelte er mit der Schirmhand auch noch in der Gegend herum, um mich auf irgendwas aufmerksam zu machen.
Inzwischen waren wir in Dasselsbruch angelangt und schlugen nun einen Feldweg ein. Gelbe Ahornblätter glänzten feucht, leuchteten regelrecht als Farbkleckse in dem trüben Grau in Grau. Ein paar Kühe standen, die Köpfe dem Regen zugewandt, mißmutig herum. Was hatte Blauauge gerade erzählt? Irgendwas von einem Freund, der Architekt sei und Botschafter in Nepal werden wollte? Da hatte ich wohl was falsch verstanden. Na, auch egal. War bestimmt nicht so wichtig gewesen.
Gerald-Dietz patschte mit seinen gewienerten Schuhen durch den Matsch. »Du sagst ja gar nichts.«
»Hm, was soll ich sagen? Was gibt's noch zu sagen? *Du* jedenfalls hättest dich beispielsweise entschuldigen können. Bereits vor drei Wochen.«
Er blieb stehen, hantierte mit dem Schirm und fragte: »Entschuldigen? Wofür?« Nun blickte er auf und mich an. Er sah keineswegs schuldbewußt aus.

»Na hör mal. Wofür! Dafür, daß du mich dazu benutzen wolltest, deinen Trieb zu befriedigen. – Höflich ausgedrückt.«

»Was hast du da gesagt? Meinen Trieb an dir befriedigen? Hast du in der letzten Zeit zuviel Courths-Marlitt gelesen oder so? Und kannst du vielleicht mal aufhören, dich wie eine Dreijährige zu benehmen?« erkundigte er sich gelassen, während ihm der Regen auf die Fastglatze prasselte und nasse Streifen darauf hinterließ. Die kleine rosa Warze auf seinem rechten Nasenflügel glänzte. Er ist wirklich nicht hübsch, dachte ich und schwieg.

»Ich weiß wahrhaftig nicht, warum ich mich dafür entschuldigen soll, daß ich mit dir schlafen wollte. Aber weißt du, das erste Mal ist es fast immer ein veritabler Streß, zumindest für den Mann.« Für dieses ›fast immer‹ hätte ich ihn in den Schlamm stoßen können.

Er dagegen nahm mit seiner freien Linken meine rechte Hand und zog sie an seine Lippen. »Glaub mir doch. Also gut, es tut mir leid! Ich weiß zwar nicht genau, was eigentlich, aber wenn es dich glücklich macht. Gibst du mir noch eine Chance?«

Er probierte, sein Gesicht zu zerknirschen, und ich mußte lachen.

»Komm unter den Schirm, du wirst ja ganz naß«, meinte er fürsorglich. Ach!! dachte ich und sah zu, wie er den Schirm in Position zu bringen versuchte. Die Glatze war bedeckt und die Hälfte meines Kopfes dazu. Jedenfalls für die nächsten anderthalb Minuten, dann wurde meine Aufmerksamkeit dadurch abgelenkt, daß ich Blauauges Mund auf meiner Wange spürte, ganz sanft. »Gib mir einen Kuß!« bat er leise.

Ich schüttelte den Kopf.

»Wirst du mir wohl einen Kuß geben!« Sein Mund wanderte von meiner Wange in Richtung Mund, und er umarmte mich. Sein nasses Gesicht an meinem. Meine Kapuze verschob sich nach hinten. Und er küßte mich. Er küßte mich so, daß mir Hören und Sehen verging. Nie hatte mich ein Mann so geküßt, ich war überhaupt noch nie geküßt worden. Seine Lippen waren warm und weich und paßten zu meinen wie angegossen.

Kapitel 30

Nur zwei Minderheitsgruppen zeigten sich immun gegen mein Profil: kleine alte Damen aus Pasadena und kurzsichtige Oberprimanerinnen aus der Bronx.

Carter Brown
Für Leichen zahlt man bar

Als ich am Freitagmorgen beim Frühstück saß, resümierte ich zum zehnten Male den Nachmittag mit Blauauge.

Sehr weit waren wir auf diesem Spaziergang nicht mehr gekommen. Wir waren triefend naß, und einige mutige Meter weiter hatte Gerald-Dietz vorgeschlagen, uns doch besser ins Warme zu begeben und vielleicht eine heiße Schokolade zu trinken, falls ich die entsprechenden Zutaten im Haus hätte, und uns aufzuwärmen. Und ich? Ich war nicht mal auf die Idee gekommen, daß Grog doch ein viel passenderes Getränk war, und hatte mich widerstandslos gefügt.

Wir schafften es dann tatsächlich gerade noch, die Schokolade zu machen und fast ganz auszutrinken. Auch die Vorhänge zuzuziehen vergaßen wir nicht. Sogar die Tür schloß er ab. Und was dann kam, war hö ... hmmm ... Seine Hände auf meinen Brüsten, streichelnd, sanft erst, dann fordernd, tiefer, auf meinem Bauch, dann auf der Scham. Sein drängender Körper gegen meinen gepreßt. Sein Atem, rasch und stoßweise. Überall faßt er mich, überall ist sein Mund, seine Zunge, überall sein Duft, seine Wärme, sein Körper. Er nimmt mich ganz und gar in Besitz. Dringt nicht nur mit seinem Geschlecht, hart und pulsierend, in mich ein, sondern mit seinem ganzen Wesen, mit jeder Faser seines Seins. Er verschmilzt mit mir, als ob wir nicht Sesam und Reis, sondern Milch und Blut wären. Wir sind Milch und Blut, wir sind Sand und Meer, Wellen, die mich überrollen und mit sich nehmen. Mir eine andere Form geben. Wie rauh seine Stimme klingt. Und sein Gesicht, so hingegeben, so offen und ganz und gar Gefühl. Wer ist dieser Mensch, und wer bin ich? dachte ich und wär vielleicht noch drauf gekommen, wenn ich nicht so dringend Pipi gemußt hätte.

Ich versuchte also, mich unauffällig aus seinen Armen zu winden, mir irgendeinen stichhaltigen Grund einfallen zu lassen, aus dem ich mal eben kurz aufstehen müßte, denn schließlich konnte ich doch schlecht in seine liebeblinden Augen hinein sagen, daß ich aufs Klo mußte. Nein, das ging nicht. Und da mir kein zwingender Grund einfallen wollte, hielt ich eben aus bis zu seinem orgasmischen Ende und hoffte, nicht an geplatzter Blase sterben zu müssen wie weiland Tycho Brahe in Prag.

Ich machte mich seufzend auf den Weg zum Bus, der wie immer rappelvoll war. Die Frau auf dem Sitz neben mir häkelte so emsig an einem Filigrangebilde, als ob es um ihr Leben ginge. Auf der anderen Seite schräg vor mir las jemand, von dem ich nur ansatzweise das grobgeschnittene Profil und das schüttere braune Haar sah, angestrengt in der BILDZEITUNG. Die Schlagzeile lautete: *TV-Regisseur zersägte Filmboß.* Und die Unterzeile: *Buchwald fast erstickt. Masseur riß ihm die Zunge aus der Luftröhre.* Da kam man wirklich auf seine Kosten. Außerdem fragte ich mich, ob die Zunge tatsächlich in der Luftröhre steckt und wenn, was sie da zu suchen hat.
Ich war aus irgendeinem Grund unruhig, wenn ich an mein Thewall-Experiment dachte. Jetzt sollten sich aber wirklich allmählich Folgen zeigen. Die einzigen fraglichen Faktoren waren die Himmelsrichtung – der Herr mit den blanken Schuhen konnte sich ja schließlich geirrt haben – und die nicht direkt unter der Schwelle vergrabene Platte. Na, und vielleicht auch das Fasten: Ich hatte eigentlich nur eine richtige Mahlzeit ausfallen lassen. Für einen geübten Faster war das natürlich ein Klacks, mir jedoch hatte es vollauf genügt. Außerdem hatte ich das Rezept ja eigenmächtig ergänzt. Also konnte das Ganze eigentlich überhaupt nicht funktionieren. Gleichzeitig fühlte ich mich aber unbestimmt erwartungsvoll, wie wenn man auf einen sehnlichst herbeigewünschten Brief hofft und sich gleichzeitig einredet: Er *kann* ja heute noch gar nicht kommen. Er wird heute *bestimmt* nicht kommen.
Karl, fiel mir übergangslos ein, mein sinnlicher Beelzebub, hatte schon seit über einer Woche nichts mehr von sich hören lassen. Na auch egal, war ohnehin besser so.
Sind ja schließlich jetzt über drei Wochen her, nahm ich im Kopf das

Thema Thewall wieder auf. Inzwischen hätte ja wirklich jemandem auffallen können, daß er Legastheniker war, *falls* er inzwischen Legastheniker war. Ob er manchmal selbst Manuskripte redigierte? Das wäre zwar mit Abstand am allerbesten gewesen, doch glaubte ich eigentlich nicht recht daran. Ich konnte ihn mir einfach nicht vorstellen, wie er sich mit irgendeiner Arbeit, die länger als zehn Minuten dauerte, befaßte. Ich beschloß aber, mich danach zu erkundigen.

Eine Stunde später klopfte ich gerade an die Tür meiner kleinwüchsigen Nachbarin, als der Süßholzraspler den Gang herunter auf mich zukam. Er trug wie immer einen grauen Anzug sowie eine dunkelrote Krawatte. Ich fragte mich beim Anblick seiner sorgfältig frisierten Haare nicht zum ersten Mal, ob er ein Toupet trug. Seine wäßrigen Augen, die einen nie direkt ansahen, schauten auch diesmal an mir vorbei, als er deklamierte: »Einen herrlichen guten Morgen. Je später der Tag, desto schöner die Frauen«, setzte er noch hinzu. »Wenn Sie Madame Wittopiel suchen, die ist bis Ende der kommenden Woche krank geschrieben.« Er sagte das in einem Ton, dem man die Mißbilligung anhörte, und fuhr auch sogleich erklärend fort: »Es gibt ja Frauen, ich will hier keine Namen nennen, die lassen sich mit schöner Regelmäßigkeit alle vier Wochen krank schreiben, na, Sie wissen schon warum. Und rufen dann auch noch an und erklären, sie seien leider unpäßlich. Während unsereiner noch mit vierzig Fieber seine Pflicht tut ...«

Manniger war sichtlich noch nicht zu Ende mit seinem Monolog, aber ich hatte keine Lust, jetzt einen Vortrag zu hören, und versuchte ihn auf ein anderes Thema zu bringen – auf eines, das mich weit mehr interessierte: »Sagen Sie, wer übernimmt denn eigentlich in so einem Fall die dringende Arbeit?«

»Ja sehen Sie, das kommt darauf an. Die meiste Arbeit bleibt natürlich liegen.« Ich merkte, daß er wieder drauf und dran war, zu einem ethisch-moralischen Diskurs auszuholen, doch glücklicherweise beherrschte er sich. »Die wichtigen übernimmt der Chef.«

Gegen zehn rief Rastamop an, um mich zu bitten, eine Kurzgeschichte durchzusehen, die auf ihrem Schreibtisch läge, eine Übersetzung. Irgendwas mit einem Drachen. Sie habe es selbst machen wollen, sei nun aber durch einige Termine verhindert.

»Aber da ist doch noch das Manuskript, das ich mir anschauen sollte.«
Sie schwieg einen kurzen Augenblick und meinte dann: »Ach so, das hab ich ganz vergessen. Wie finden Sie's denn?«
»Ich ... nun ja, ich weiß nicht so recht. Ist nicht so ganz mein Geschmack. Ich meine, ich hätte einige Schwierigkeiten damit.«
»Hm. Na, dann lassen Sie's. Soll der Jasper versuchen, einen freien Lektor aufzutreiben. Dann bleibt hier auch nicht zuviel liegen.«
Mir fiel ein Stein vom Herzen.
»Sonst bei Ihnen alles in Ordnung?«
Ich entgegnete etwas unbestimmt Bejahendes, da ich fürchtete, ein längerer Satz würde ihre Geduld erschöpfen.
»Schön, schön, also dann legen Sie mir die Geschichte hin, sobald Sie sie fertig haben. Ich schau dann vielleicht am späten Nachmittag noch mal rein.«
Auf ihrem Schreibtisch herrschte das totale Chaos. Manuskripte unterschiedlichen Umfangs, kleine Zettel mit Namen und Telefonnummern und einige Briefe. Das Telefonregister lag aufgeschlagen dazwischen. Ich warf einen flüchtigen Blick darauf und stutzte. Ger.-D. J. stand da und dann eine Telefonnummer. Ob das *mein* Gerald-Dietz war? Und wenn ja, was hatte er mit Rastamop zu tun? Ich hatte mich natürlich schon mehrfach gefragt, welcher Art Blauauges Beziehungen zum Klauser Verlag waren, daß er mich hier hatte einschleusen können. Gerald-Dietz war glücklicherweise ein ausgesprochen ungewöhnlicher Name, und so schien es mir kaum vorstellbar, daß es zwei davon in meiner unmittelbaren Umgebung geben sollte. ›Ger.-D.‹ konnte allerdings auch Gerhard-Dieter oder Gerd-Daniel oder Gernot-Donald heißen. Und das J. konnte für alles mögliche stehen. Trotzdem war ich ziemlich sicher, daß mein Blauauge gemeint war. Aber wenn er was mit dem Verlag zu tun hatte, warum kannte dann Frau Wittopiel seinen Namen nicht? Sehr seltsam. Ich schrieb mir die Nummer auf ein Stückchen Papier und wählte sie dann. Niemand meldete sich. Na, ich würde es später am Tag noch mal probieren.
Nachdenklich setzte ich mich an die mehr als grausliche Übersetzung. Quälte mich mit Sätzen wie: »Die Entscheidung überließ sie ihm, ohne mit Schuldgefühlen um sich zu schmeißen.« Ob der Prinz nämlich aus-

ziehen sollte, um mit dem Drachen zu kämpfen. ›Sie‹ war die Prinzessin. Ansonsten war die Geschichte recht unterhaltsam.
Ich versuchte über den Tag verteilt noch mehrere Male, die Nummer anzurufen, aber es war nie jemand da.
Abgesehen von dem Unternehmen Thewall und der seltsamen Sache mit der Telefonnummer lag mir auch Udo im Magen. Als ich abends nach dem Essen in meinem Rohrsessel bei einem Glas Rotwein saß, überlegte ich mir ernsthaft, wie ich mit ihm verfahren sollte. Am besten, ich ging die nächste Woche zu einem Anwalt, um die Scheidung einzureichen. Dann glaubte er's vielleicht endlich – und meine Mutter auch. Und den Tieck würde ich morgen zur Post bringen.
Irgendwie war mir trübselig zumute. Meine unausgegorenen Verhältnisse zu allen meinen männlichen Bekannten belasteten mich, vor allem das zu Blauauge. Ich ärgerte mich über mich selbst, daß ich ihm so wachsweich unter den Fingern zerronnen war. Bei dem dritten Glas fühlte ich mich nicht mehr ganz so allein und um ein Erhebliches wohler. Dann fragte ich mich allerdings, was ich durch den Zauber mit Thewall eigentlich gewonnen hätte, einmal angenommen, daß er funktionieren würde. Wer wußte, wer sein Nachfolger wurde, und ob der nicht die gesamte Belegschaft entließ. Mich armes Würstchen natürlich als erstes. Dann stand ich auf der Straße und hatte es mir obendrein auch noch selbst eingebrockt.
Und so sah ich mich im Geiste auf meinem Koffer am Wegrand sitzen, hungernd und frierend. Inmitten dieser überaus trüben Aussicht klingelte es an der Tür: Karl! Mein sinnliches Pendant.
»Na, Süße, hast du noch was zu trinken im Haus? Oder schon alles allein gebechert?«
»Ich hab mein Bestes getan. Aber es ist noch was da für dich!« Ich lachte.
»Na, du hast dich ja 'ne ganze Weile nicht blicken lassen. Hätte ja jemand anders hier sein können.«
Wir standen derweil im Vorzimmer, Karl entledigte sich seiner schweren Lederjacke und hängte sie über den Schreibtischstuhl.
»Wen könntest du finden, o Süßeste der Süßen, der mir vergleichbar wäre! Trotzdem – hatte seine Gründe«, meinte er noch dunkel und ließ sich auf dem von mir bereits angewärmten Rohrstuhl nieder.

»Hol mir erst ein Glas, dann setz dich«, befahl er und zog, als beides geschehen war, mit großspuriger Geste ein Päckchen aus der Jackentasche, trank einen üppigen Schluck und hielt es mir dann schweigend hin.

Von der Größe her konnte es irgendein Schmuckstück sein oder auch Parfüm. Allerdings war kaum vorstellbar, daß er sich für mich derart in Unkosten stürzen würde. Aber aus den Hüllen schälte sich zu meinem übergroßen Erstaunen ein Ring. Ein schmaler Goldring mit einem kleinen Rubin. Ich war baff.

»Wofür ... also ich ... wie komm ich dazu?« fragte ich ihn schließlich.

»Och, na ja, ich dachte, wo wir doch so gut zusammenpassen, könnten wir auch demnächst vielleicht ein kostengünstigeres Leben führen.« Er goß sich sein Glas voll, ergänzte »Prost« und trank mir zu.

»Moment mal, was meinst du mit ›kostengünstigeres Leben‹?« Ich nahm ihm das Glas aus der Hand und trank selbst einen Schluck.

»He-he, du hast ein eigenes Glas«, protestierte er kleinlich und fügte dann hinzu: »Na, du mußt doch zugeben, daß zwei Wohnungen auch doppelt soviel kosten wie eine. Ich bin eben ein ökumenisch denkender Mensch.«

»Ökonomisch, du Affe. Aus allem entnehme ich, daß du aus welchem mir unbekannten Grund auch immer aus deiner Wohnung rausgeflogen bist und nun bei mir unterkriechen willst, was du mit Süßholzraspelei und Bestechung zu kaschieren versuchst. Stimmt's? Raus mit der Sprache!«

»Nein, du liegst völlig falsch, und von wegen Bestechung! Ich bin keineswegs aus meiner Wohnung rausgeflogen – wer würde *mich* rausschmeißen? Ich möchte nicht nur aus völlig freien Stücken mit dir zusammenziehen, nein, um dem Häubchen die Sahne aufzusetzen ... nun, ich meine auch, daß *ein* Nachname ökonomischer ist als *zwei*. Da wirst du mir doch wohl zustimmen.«

Er hatte irgendwie wieder sein Glas ausgetrunken und goß sich nach, ein wenig zu hastig für seine saloppen Sprüche.

»Mit so was macht man keine Scherze, also hör auf damit. Hast du zuviel getrunken?« Ich fand das Ganze nicht sehr komisch – völlig egal, wie er es meinte.

»Ich bin absolut oder doch fast nüchtern«, beharrte er, hob die Augen und sah mich an. Dann zog er die Klammer aus seinen Haaren, lüpfte sein gehäkeltes Käppi und legte seine rechte Hand aufs Herz, nachdem er vorher das Weinglas abgestellt hatte. »Verehrte Dame, wollt Ihr mich ehelichen? Süße, willst du meine Frau werden?«
Ich grinste über sein Affentheater. »Du, ich *bin* verheiratet!«
»Na, das ist doch wohl eine Kleinigkeit! So lange können wir ja in wilder Ehe miteinander leben. Nun, wie stehen meine Aktien?« Irrte ich mich, oder klang diese Frage ein ganz klein wenig zaghaft?
Die Flasche aber war eindeutig leer. Hoffentlich hatte ich noch eine im Haus. Ein guter Vorwand, um aufzustehen.
»He!! Wo willst du denn in diesem kritischen Moment hin?« protestierte Karl.
»Auf den Schreck brauch ich was zu trinken«, erklärte ich und war schon beim inzwischen grün ölfarben umrandeten Waschbecken angelangt, als er rief: »Halt! Bleib hier, ich hab dir doch *noch* was mitgebracht. Etwas gegen den Schock.« Ich drehte mich um, da zog er gerade aus einem Beutel eine Flasche hervor.
Vielleicht war er übergeschnappt. Als ich wieder neben ihm saß, musterte ich ihn verstohlen. Er sah nicht so aus. Keinerlei Anzeichen geistiger Umnachtung. Das beruhigte mich etwas, und ich versuchte, mich in der Situation zurechtzufinden. Währenddessen hatte er die Flasche Moët & Chandon mit lautem Plopp geöffnet.
»Sag mal, du hast dich ja mordsmäßig in Unkosten gestürzt.«
»Na, man verlobt sich schließlich nicht alle Tage, oder?« gab er unverdrossen zurück.
»Da hab ich ja wohl auch noch ein Wörtchen mitzureden. Und überhaupt weiß ich nicht, was heute in dich gefahren ist.«
Er ignorierte meine Bemerkung, goß ein und stieß mit mir an: »Prost, Danni-Liebste, auf uns beide.«
Ich trank gehorsam. Mein Zustand war inzwischen schon nicht mehr als angeheitert zu bezeichnen. Noch ein weniges, und mir würde sich alles vor Augen drehen.
»Papperlappapp«, nahm er den Faden des Gesprächs wieder auf. »Frauen werden nicht nach ihrer Meinung gefragt.«

Er beugte sich zu mir hin und gab mir einen feuchten Kuß. Erst einen, dann noch einen – drängenden, fordernden. »Und bist du erst mein ehlich Weib, dann bist du zu beneiden«, zitierte er anschließend fröhlich, um dann aufzustehen und samt Flasche und Glas aufs Bett umzusiedeln. »Und du hast Glück, denn ich schreib keine Verse.«
Winkend bedeutete er mir unbekümmert, seinem Beispiel zu folgen, und meinte, als ich zögerte: »Was ist denn? Nun hast du mich so lange entbehren müssen, da mußt du doch vor Sehnsucht nach meinem Luxuskörper schon Amok laufen.«
Das Telefon klingelte, was ich als wirkliche Rettung in der Not empfand. Es war Roland.
Er fragte zögernd: »Stör ich?«
»Nein, überhaupt nicht«, entgegnete ich enthusiastisch, wofür ich von Karl, der zwar nur meine Antwort hören konnte, aber die Frage wohl erschloß, mit einem bitterbösen Blick, einer Faustdrohung und dem lautstarken Einwurf bedacht wurde: »Klar stört er – wer auch immer!«
»Hast du Besuch?« fragte Roland sofort.
»Ja, ein ... Freund ist überraschend zu Besuch gekommen.«
»Ein Freund!« trompetete Karl. »Sag ihm, daß dein zukünftiger Mann nicht einfach ein Freund ist.«
Roland hatte ganz offensichtlich jedes Wort verstanden, denn er schwieg.
»Hör nicht auf ihn«, sagte ich rasch, »er hat zuviel getrunken.«
»Hör *wohl* auf ihn«, blökte Karl wieder dazwischen.
»Jetzt sei doch mal ruhig, verdammt!« fuhr ich ihn an.
»Stimmt das, was er sagt?« fragte Roland leise.
»Nein, es stimmt kein Wort davon. Er ist heute etwas überdreht, aber das ist er meistens.«
Als Karl, den ich scharf im Auge behielt, den Mund aufmachen wollte, warf ich ihm den Korkenzieher an den Kopf, der auf dem Telefontischchen lag, nahm das Telefon, verzog mich, die Tür hinter mir abschließend, ins Nebenzimmer und hockte mich daselbst auf den dicken Schreibtisch. »So, nun haben wir vielleicht mehr Ruhe.«
Karl veranstaltete allerdings ein Gebrüll wie ein waidwunder Hirsch.

Und so erklärte ich Roland, ich würde ihn am nächsten Tag anrufen und fragte nur, ob es um was Wichtiges ginge.
»Nein ... nichts Wichtiges. Ich wollte eigentlich nur fragen, ob du nicht Lust hättest, morgen abend mit mir Chinesisch essen zu gehen.«
Er mußte den Satz wiederholen, weil ich ihn kaum verstand. »Gern«, sagte ich dann und freute mich wirklich. »Wenigstens einer, der mich mag. Ich ruf dich morgen früh noch mal an, okay?«
»Hm. Und du bist sicher, daß du diesen Freund da nicht heiraten wirst?«
Diese Frage war so leise gestellt, daß ich sie halb erraten mußte.
Ich lachte, sagte: »Ganz sicher!« und legte auf. Wirklich ganz sicher?
Karl machte immer noch Klamauk. Mir schwirrte der Kopf. Ich schloß die Tür auf, stürzte mich auf ihn und hielt ihm den Mund zu. »Sei endlich still! Was denkst du dir eigentlich dabei? Es ist nach zehn Uhr abends – und überhaupt. Wir sind hier doch nicht bei den Pavianen.«
Er zog mich mit sich und aufs Bett, bis wir beide übereinander purzelten, was natürlich seine Absicht gewesen war. »Wer war dieser andere Kerl da?« fragte er mich zwischen zwei Küssen.
»Oh, ein guter Freund – wie du!«
»Sooo! Ein guter Freund also – wie ich! Das wird sich schlagartig ändern. Freunde werden abgeschafft. *Deine* Freunde, versteht sich. Meine werden nach Aussehen sortiert. Die gutaussehenden schwarzhaarigen weiblichen treffe ich demnächst außer Haus. Hierher dürfen an männlichen nur noch die Einbeinigen, Aussätzigen und Leprakranken.«
»Das ist dasselbe.«
»Ach, woher willst du denn das wissen? Ich seh jedenfalls, daß man dich nicht allein lassen kann. Und jetzt zieh endlich diesen häßlichen, alten, störenden Fetzen da aus.«

Kapitel 31

zha la zhugs pa yod na bshan lug gcig gyi ston mo sbyar bar bgyis

Takata
Le long Rouleau Chinois en Ecriture Tibétaine

Karl war fort. Karl, der, wie er mir vor ein paar Wochen gestanden hatte, seine höheren Bestrebungen, in Orientalistik zu promovieren, schon seit einiger Zeit aufgegeben hatte und nun bei der Post arbeitete – womit seine ständige Anwesenheit in Celle erklärt war.

Ich konnte mich selbst nicht ausstehen wegen dieser letzten Nacht. Meine einzige Entschuldigung war, daß ich ganz schön viel getrunken hatte. Es wurde wirklich Zeit, daß ich der Sache ein Ende setzte. Dabei fiel mir ein, daß Karina mir bei einem ihrer Anrufe erklärt hatte, ohne Karl nicht sein zu können. Sie würde bei nächster Gelegenheit mit dem Fernseher und dem Wein vorbeikommen.

Was Karl betraf, so war er zu seinem Glück nicht mehr auf das vermaledeite Thema zurückgekommen, als er sich hinterher eine Zigarette gedreht und ein Bein besitzergreifend über meine beiden gelegt hatte – sichtlich mit sich und der Welt zufrieden. Ich aber hätte was darum gegeben, meine Beine und mein Bett für mich allein zu haben.

»Einen abgerissenen Knopf für deine Gedanken«, hatte Karl in einem seiner seltenen sensiblen Anfälle gesagt und mir einen grau-blauen Plastikknopf hingehalten. »Stammt von meinem Hemd. Und leider hat sich bis jetzt noch niemand bereit erklärt, ihn mir wieder anzunähen. Ich hoffte auf dich: Also, was denkst du?«

»Daß du ein unverschämter Lümmel bist.« Ich lachte und ließ mir seine Zigarette reichen, um zu ziehen.

»Das hast du nicht gedacht. Aber ich will's dir ausnahmsweise mal durchgehen lassen, weil du so lieb ›unverschämter Lümmel‹ gesagt hast«, meinte er gönnerhaft, rutschte näher an mich heran und biß mich ins Ohrläppchen.

»Au! Hörst du wohl auf, mich anzuessen!« maßregelte ich ihn. »Aber die kalte Dusche folgt auf dem Fuß: Wenn ich dir nämlich deinen Knopf da

angenäht habe, wirst du wohl oder übel mein warmes Bett verlassen und in dein eigenes umziehen müssen.«
Er setzte sich abrupt auf und starrte mich ehrlich entsetzt an: »Bist du verrückt? Warum denn das?«
»Weil ich nämlich nach all dem etwas allein sein muß. Deshalb.« Ich versuchte, so schonend wie möglich zu sein.
Er raufte sich trotzdem die langen dunklen Zotteln: »Du wirst mich doch nicht zu nachtschlafender Zeit, bei Wind und Wetter, Regen, Schnee, Hagel und Meteoritengeprassel, hab ich was vergessen? Ach ja, den Sturm! – von den Räubern und bösen Buben, die jetzt eimerweise draußen ihr Unwesen treiben, ganz zu schweigen – da wirst du mich doch nicht auf die Straße jagen wollen???!« Er begann mit den Zähnen zu klappern.
»Hör auf, du Clown. Du kannst mich nicht erweichen. Ich kann nicht schlafen, wenn du neben mir liegst.«
Seiner Natur entsprechend hielt er das natürlich für ein Kompliment. Er hörte mit Klappern und Haareraufen auf und legte sich die Hand aufs Herz: »Ein solches Geständnis wiegt die Strafe des nächtlichen Rausschmisses beinahe auf. Ich sage *beinahe*, nicht, daß wir uns da mißverstehen. Wenn ich dann übermorgen an Lungenentzündung, infolge vor Kälte abgefallener Glieder oder Keulenschlags auf die Hirnschale das Zeitliche segne, so bleibt mir in meinen letzten bewußten Sekunden doch dieser eine Trost.«
»Na siehst du!« Ich lachte und zog die Bettdecke um mich. »Wenn ich wüßte, wo du wohnst, könnte ich dir auch einen Besuch abstatten, morgen, bevor du abnippelst.«
»Na, das ist ein Wort. Ich lasse einen Notruf an dich ergehen, sofern ich noch dazu in der Lage bin. Du weißt nicht, wo ich wohne? Wie kommt das denn? Na, das ist ja bald auch nicht mehr wichtig. Wir müssen uns dann bloß einigen, wo wir unser gemeinsames Lager aufschlagen werden, denn hier wird's doch über kurz oder lang etwas zu eng werden.«
»So-so! Dann such mir mal Garn da aus dem Nähkasten da drüben, und dann läßt du mich schlafen.«

Als ich Montag früh im Bus stand und mich bemühte, in den Kurven das Gleichgewicht zu halten und nicht der Oma vor mir auf den Schoß zu fallen, dachte ich, daß ich nicht sehr nett zu Karl war – einerseits. Andererseits konnte er einen schon nerven mit seiner Art, und dann diese Spinnerei mit dem Ring und dem Heiraten. Um einschlafen zu können, hatte ich erst mal die Bettdecke rumdrehen und seinen Kopfeindruck aus dem Kissen beulen müssen. Und trotz dieser rigorosen Maßnahmen hatte ich mehr schlecht als recht geschlafen.
Der Mann im Trenchcoat links von mir drückte erheblich gegen meine linke Seite. Er schlief offenbar im Stehen, mit leicht geöffnetem Mund unter dem hellen Schnauzer. Rechts von mir dagegen stand ein Mädchen mit leerem Gesichtsausdruck und Kopfhörern auf den kurzen verwaschen braunen Haaren. Sie mußte ihren Walkman auf volle Lautstärke gestellt haben, denn ich hörte ein ununterbrochenes Rattata, dann eine Trillerpfeife, dann wieder das rhythmische Rattata.
Was zum Teufel hat Blauauge mit dem Verlag zu tun, dachte ich übergangslos zum wievielten Mal, während ich versuchte, den schlafenden Herrn beiseite zu drücken. Ich hatte am Samstag noch mal die Nummer gewählt, und diesmal war er drangegangen – ich erkannte die Stimme sofort. Ein dunkles, kurz angebundenes »Jodeleit«. Eine Stunde später hatte er mich angerufen. Ob alles in Ordnung sei. Er würde dieser Tage mal reinschauen. Und schon war ich wieder wütend auf ihn. ›Dieser Tage mal reinschauen!‹ Nach so einem Abend. Natürlich fiel mir auf die Schnelle keine passende Antwort ein.
Und wieder stieg der feiste Mann mit Glatze ein, wie jeden Morgen, und quetschte die Busbesatzung noch mehr zusammen. Der Schläfer öffnete gar für wenige Sekunden die braunen Augen. Der Dicke las trotz aller Beschwernisse, die ihm das Stehen, das Herumgeschleudert- und Geschubstwerden bereiteten, jeden Morgen in einem Buch über Kindererziehung. Er wickelte eine Hand in die Plastikschlaufe, spreizte wie ein Matrose die Beine ein wenig und drückte mit der anderen Hand das Buch aufgeschlagen gegen seinen Oberkörper. So wich und wankte er nicht. Ich war stets voll der Bewunderung. Heute jedoch hatte ich wenig Blick dafür. Ich wußte, daß sich heute etwas ereignen würde. Ich wußte bloß noch nicht, was.

Zunächst einmal passierte nicht viel. Immerhin war eine Neuerung, daß sie den Juwelierladen umdekoriert hatten. Jetzt lag eine Uhr für 9779.- DM im Schaufenster. Kopfschüttelnd ging ich ins Büro und machte mir einen Kaffee, wobei ich feststellte, daß die Tüte schon wieder fast leer war. Rastamop schien es für selbstverständlich zu halten, daß ihre Sklavin auch als Kaffeelieferantin fungierte. Ich beschloß, ihn offiziell einfach ausgehen zu lassen und die neue Packung in meiner Schreibtischschublade zu verstecken.

Ich überblickte meinen Schreibtisch, um zu sehen, ob Rastamop mir, wie schon öfter, am Wochenende eine Botschaft hinterlegt hatte, in der sie mir mitteilte, was heute zu tun sei. Hatte sie. Auf einem Stapel Fahnen klebte ein gelber Zettel: »Übersetzung Parfitt, bitte Rechtschreibung bzw. Satzfehler überprüfen und kopieren. Schaue am Montag rein. A. W.«

Ich bin sicher, *sie* genießt ihr Leben, dachte ich bitter und ging zur Kaffeemaschine, um mir meine Tasse vollzuschenken. Wenn sie's auch nicht schafft, eine halbe Minute lang stillzusitzen. Ich warf einen Blick auf die Fahnen. Eine Art psychophilosophisch unterfütterter Reisebericht. »In der fanatischen Liebe zu den Autos schwingt das Gefühl physischer Obdachlosigkeit mit. Die Budgets der Kulturindustrie gehen in die Milliarden, aber das Formgesetz ihrer Leistungen ist das Trinkgeld. Denn verstört ist der Weltlauf. Wurst wider Wurst, sagt der Deutsche, und Ohrfeige um Ohrfeige, Zahn um Zahn.«

Ich begann seufzend mit der ersten Seite. Eine Stunde und dreißig Seiten weiter fühlte ich mich zutiefst melancholisch ob meiner Zwergenintelligenz und angesichts von Satzgebäuden wie: »Die historische Intensivierung der DNS – die Phase, die der Tun-Strahl vermißt, beschleunigt und synchronisiert – ist nur eine Übergangsphase. Ist das Ziel erst erreicht – die total technisierte Beziehung zum Gastgeberkörper –, dann kommt es zu einem Shut-Down der sensorischen Empfänger, einen Ertrinken der Sinne in ihren eigenen künstlichen Feedback-Unendlichschleifen.« Hier mußte es eine*m* Ertrinken heißen, nicht eine*n* – aber ob der Tun-Strahl ein Tun- oder Thun-, Ton- oder Thonstrahl war, wußten die Götter und vielleicht der Autor dieses unsterblichen Werkes. Aber selbst das wagte ich entschieden anzuzweifeln.

Ich reckte mich und stand auf, um ans Fenster zu gehen. Der Himmel war strahlend blau und der Große Plan sehr belebt. Wieso hatten alle diese Leute Zeit, sich in der Stadt zu tummeln, bloß ich nicht?
Ich hörte, wie sich rasche Schritte der Tür näherten, sprang zurück auf meinen Platz und konnte gerade noch Seite dreiunddreißig zur Hand nehmen, bevor Rastamop hereinstürzte. Sie schälte sich aus ihrem Mantel und warf einen flüchtigen Blick auf ihre Post, die ich ihr hingelegt hatte. Dann sah sie auf: »Na, wie läuft's?«
Ich öffnete den Mund, um irgendwas zu stottern, als sie schon fortfuhr: »Ach, was ich noch sagen wollte, gleich ist Lektorenkonferenz, das heißt«, Blick auf die Uhr, »sie hat genaugenommen schon angefangen. Halten Sie hier die Stellung derweil. Kein Kaffee mehr da? Na, auch gut. Also bis später dann.«
Sprach's und verschwand mit ihren Zigaretten und einem Aktendeckel in der Hand. Und ich las weiter, bis es Zeit zur Mittagspause war. Mein Kopf brummte, und ich beschloß, mir heute zur Aufbesserung meiner Laune ausnahmsweise mal ein Essen beim Italiener zu leisten. Ich wollte gerade aufbrechen, da ging die Tür auf, und Rastamop kam in Begleitung von Madame Wittopiel und dem fischblütigen Jasper Hansen ins Zimmer gerauscht. Ada ignorierte meine Anwesenheit vollständig, ihre kleinwüchsige Kollegin begrüßte mich dagegen freundlich und räumte dann Rastamops Mantel auf einen Nebentisch, um sich hinzusetzen. Jasper gönnte mir ein Kopfnicken und ließ sich rauchend auf Adas Schreibtisch nieder.
»Das ist einfach nicht zu fassen«, erklärte Rastamop, während sie unruhig im Zimmer herumlief. »Das ist doch unglaublich!« Sie zündete sich fahrig eine Zigarette an und starrte dann aus dem Fenster.
Ich wurde aufmerksam. Vielleicht hatte sich doch etwas getan. Ich vergaß meinen brüllenden Hunger und verhielt mich mucksmäuschenstill.
»Was machen wir jetzt?« fragte Frau Wittopiel.
»Nun, zunächst einmal müssen wir das Ding natürlich in Ordnung bringen, versteht sich«, entgegnete Rastamop in ihrer ungeduldigen Art, drehte sich dabei mit dem Rücken zum Fenster.
»Hat keinen Zweck. Ist doch schon überall verteilt worden«, meinte Jasper.

»Er hat recht, das Kind ist in den Brunnen gefallen. Wir müssen sehen, daß wir das Beste aus der Situation machen.« Das kam von Frau Wittopiel.
»Das Beste draus machen ist gut!« Das war wieder Rastamop. »Das einzige, was mir einfiele, wäre, die Sache für einen Witz zu erklären. Aber selbst das ist unmöglich. Der Idiot hat das nämlich auch an alle Autoren, Übersetzer und freien Lektoren schicken lassen. Hat seine Sekretärin mir gesagt.«
Frau Wittopiel sah sich nach mir um, und nun starrte auch Rastamop mich an. Sie nahm einen der Briefumschläge, die ich auf ihren Schreibtisch gelegt hatte. »Hier, lesen Sie. Inzwischen weiß es ohnehin jeder. Ist ein Rundschreiben an alle Mitarbeiter des Verlages. Sie hat man allerdings offenbar vergessen.« Sie lächelte auf ihre freudlose Art und verzog dabei den Mund.
Ich las mit klopfendem Herzen:

Leitdafen für alle Mitabreiter!
1.Anfürhungszeihcen soll nam nur dort vrweenden, ow man etwas anürhft, beim Zitat, allfenalls wo der Text von eimen Wort, auf sad er sich bezeiht, sich diszantieren will. Als Littem der Ironie sind sie zu verschmähne. Denn sie disnepsieren den Schriftsteller von jemen Geits, dessen Anprsuch der Ironie unbagindbar innewonht und freveln an dreen eigemen Bregiff, indem sei sei von der Sahce trennen und das Ruteil über diese als vroentscheiden hintslennen.
Im deuthcsen Rischtsatz werden vorhemnlich die Anrühfungszeihcen „…“ und »…«, als lahbe Anfhürnguszeichen ‚…‘ gebrauhct. Die franzöisische From «…» ist im Deutschen weinigre gebräuchlich; in dre Shcwiez hat sei sich für den Antiuqasatz iengebügrert. …

So ging es noch fünf Punkte weiter, und am Ende der zweiten Seite stand:
Ich bitte alle Mitarbieter um Kennntisahmne und Beahctung.
Gez. Gergor Tehwall.
Ich muß gestehen, ich konnte ein Lächeln des Triumphes nicht unterdrücken. Das hatte ja prachtvoll funktioniert. Ich versuchte, ein ratloses Gesicht zu machen, stand auf und legte das Schreiben auf Rastamops Schreibtisch.

»Ich versteh nicht ... was hat das zu bedeuten?« fragte ich.
»Wenn wir das wüßten, wären wir alle schlauer«, meinte Rastamop nur lakonisch und nahm sich eine neue Zigarette.

Kapitel 32

In Emmys Stimme zitterte ein Bruch, aber sie fuhr doch weiter.

Patricia Moyes
Laß Tote ruhen

Rastamop hatte mich in die Mittagspause geschickt. Ich war verärgert, denn nun bekam ich den entscheidenden Teil der Angelegenheit nicht mit. Was würde nun werden? Der Salat, den ich beim Italiener um die Ecke aß, lenkte mich kurzzeitig ab. Was die Menge anging, reichte er aber gerade mal eben zum Magenübertölpeln.
Die Palastwache sah von ihrem Kreuzworträtsel auf, als ich in den Verlag zurückkehrte, und grüßte freundlich – im übrigen herrschte Stille. Ich stellte fest, daß Rastamop ausgeflogen war. Doch nein, ihr Mantel lag noch wie vordem auf dem kleinen Nebentisch. Also war sie noch im Haus. Ich versuchte, meiner Ungeduld Frau zu werden, indem ich mich an die heute noch fertigzustellenden Fahnen setzte. Aber ich war noch nicht einmal bei Seite 100 angelangt, würde es mithin sowieso nie und nimmer schaffen. Außerdem war ich viel zu kribbelig, um mich konzentrieren zu können. So sprang ich nach kurzer Zeit wieder auf, um die bereits erledigten Seiten zu kopieren. Dafür brauchte es keinen Verstand, und vielleicht schnappte ich auf dem Flur ja noch was Interessantes auf.
Zunächst ereignete sich allerdings nicht viel. Zwei mir unbekannte Menschen verschwanden im Büro des Möchtegernnachfolgers, eine mir ebenfalls unbekannte Frau trabte eilig an mir vorbei in Richtung Chefzimmer. Eine Weile später erschien dann Thewall höchstpersön-

lich, seinen Mantel über dem Arm. Als er um die Ecke kam, war ich schon drauf und dran, die Flucht zu ergreifen, überlegte es mir dann aber anders. Warum sollte ich vor jemandem weglaufen, dessen Tage hier – wie ich stark hoffte – ohnehin gezählt waren? Er war im übrigen nicht allein: die unbekannte Dame begleitete ihn.

»Ach, das ist aber eine wirklich gute Idee von Ihnen«, hörte ich sie säuseln, als sie näher heran waren. Sie hatte glatte dunkelblonde Haare, goldene Ohrknöpfe und trug ein elegantes graues Kostüm. Neben ihrer hohen Gestalt nahm sich der eher kubische Thewall wie ein Wurzelzwerg aus. Einige seiner weißen Haarsträhnen hingen ihm wirr in die Stirn, unter seinem offenen Tweedjackett wölbte sich der Bauch. Ich lächelte in mich hinein – und zum ersten Mal war ich frei von Herzbeben in seiner Gegenwart. Im übrigen nahm er mich an meinem Kopierer überhaupt nicht zur Kenntnis, ging mit der Goldknopfdame an mir vorbei, als ob ich aus Rauch bestünde.

»Jaja«, erklärte er gemütlich, »es soll aber auch was Ordentliches auf den Tisch kommen. Sorgen Sie für musikalische Unterhaltung, irgendwas Stimmungsvolles.«

»Wir werden schon das Richtige finden, lassen Sie mich nur machen.« Ich sah dem ungleichen Paar nach. Sie tätschelte gerade seinen Arm. Wer das wohl war?

»Passen gut zusammen, die beiden.« Ich fuhr herum. Da stand die kleine Frau Wittopiel, deren Vornamen, wie ich inzwischen von Rastamop wußte, Elli war. Sie hielt einen Hefter in der Hand und sah ziemlich erschöpft aus.

»Ja, da geht er hin, unser Chef. Er wird wohl nicht mehr lange so zufrieden dreinschauen«, sagte sie flüsternd. »Haben Sie Lust, auf einen Kaffee oder einen Tee zu mir zu kommen? Ich hab heute ohnehin keinen Nerv mehr zum Arbeiten.«

»Nur zu gern«, seufzte ich, »aber meine Fahnen?«

»Die werden später auch noch da sein, keine Sorge.« Also nahm ich meine beiden Papierstapel und lief hinter ihr her. Als sie ihre Tür aufschloß, erklärte sie mir auf meine Frage, die hochabsätzige Dame sei die Promotionchefin gewesen, und vermutlich sei es um die Weihnachtsfeier gegangen.

Wieder mußte sie etliches vom Stuhl räumen, damit ich mich setzen konnte. Wir einigten uns auf Tee, und sie hantierte an der Maschine.
»Ach, ich sag Ihnen, das wird was werden!« erklärte sie, als das Wasser durchlief, und setzte sich hinter ihren hohen Schreibtisch. »Wir hatten eben noch mal ein informelles Treffen. Das heißt die Lektoren, Manniger und noch ein, zwei andere. Was macht man in einem solchen Fall? Glücklicherweise ist Thewall ja nicht der Eigentümer des Verlags, denn dann könnten wir wohl überhaupt nichts unternehmen.«
Sie schwieg und spielte gedankenvoll mit einem Bleistift.
»Aber was passiert denn nun?« fragte ich zaghaft.
Elli stand auf, um die Teebeutel aus dem Wasser zu nehmen und die Kanne zu bringen. »Ada benachrichtigt den Verleger, sie kennt ihn als einzige von uns wohl recht gut. Er wohnt das halbe Jahr auf irgendeiner Kanarischen Insel und die andere Zeit in München. Hat ziemlich viel Geld, heißt es.«
Sie goß uns beiden ein und hielt mir ein Glas mit offenbar bei verschiedenen Gelegenheiten zusammengeklauten Zuckerstückchen hin. Als sie sich vorbeugte, klirrten die Ohrgehänge, schimmernde Plättchen, die auf irgendeine sinnreiche Weise miteinander verbunden waren. »Wie's dann weitergeht, wird sich zeigen. Gibt wohl einige in Frage kommende, durchaus akzeptable Nachfolger. Aber gesetzt, der eine käme plötzlich in Kindsnöten, der andere käme ins Zuchthaus, der dritte würde etwa ausgepeitscht, der vierte allenfalls geköpft und den fünften holte etwa der Teufel, was wäre dann?« Elli lachte in mein verdutztes Gesicht: »Sorry, das war nur ein Zitat. Jedenfalls, wenn unser reicher Verleger vernünftig ist, wird er *nicht* den Muschunski als Nachfolger wählen. Aber wenn er's doch tut, werde ich kündigen.« Sie nippte an ihrem Tee und sah mich an.
Ich nickte. Sie sprach mir aus dem Herzen.
»Ada meint allerdings, der Verleger sei zu klug, um ihn zu nehmen.« Sie seufzte. »Hoffen wir, daß wir nicht vom Regen in die Traufe kommen. War nicht einfach mit Thewall, weiß Gott nicht, Sie wissen's ja selbst. Aber es könnte immer noch schlimmer kommen. Trinken Sie Ihren Tee, solange er noch heiß ist.«
Ich trank in kleinen hastigen Schlückchen und stand auf, sobald die

Tasse leer war. »Ich muß jetzt wieder rüber. Frau Walcz vermißt mich vielleicht, und ich möchte mir nicht gern ihren Zorn zuziehen. Danke für den Tee!«

Als ich knapp zwei Stunden später zu Hause bei einem frühen Abendessen saß, überdachte ich die Situation. Nichts war geklärt. Elli Wittopiel hatte vollkommen recht: Es konnte wirklich alles noch schlimmer kommen, und ich war nicht imstande, den Lauf der Dinge zu ändern. Meine Aussichten waren objektiv betrachtet ausgesprochen trübe. Vielleicht sollte ich schon mal anfangen, mich nach was anderem umzusehen? Ich beschloß, weder ans Telefon noch an die Haustür zu gehen, falls es klingelte, und mich statt dessen ganz gemütlich ins Bett zu verziehen – mit meinem Rotwein und den *Jerominkindern*. Ich unterzog mich einer Katzenwäsche, schlüpfte in ein warmes Hemd und kroch ins Bett. Nicht ohne meinen Wein, versteht sich.

Der läßt ja wirklich nichts aus, was passieren könnte, dachte ich eine Weile später und überlegte, ob ich es mir tatsächlich antun sollte, das Buch fertigzulesen. Am Abend zuvor waren es die beiden Jerominschen Buben Michael und Friedrich, dann siebzig Kinder, die starben, und nun wurde auch noch der nette Pfarrer erschlagen. Da ging ja fast jeder Absatz schlecht aus. Und das an einem trüben Herbstabend. Trüb, wenigstens, was meine Stimmung anging, denn wie's draußen zur Zeit war, wußte ich nicht. Ich blickte zum Telefon hinüber. Da hatte ich mir nun vorgenommen, nicht dranzugehen, und nun klingelte es überhaupt nicht.

Ich fuhr zusammen, als es über meinem Kopf krachte, als sei irgendwas Schweres zu Boden gefallen. Ich spitzte interessiert die Ohren. Es war lange her, daß es ein hauseigenes Drama gegeben hatte. Über mir befand sich, wie mir Bernhard irgendwann mal erzählt hatte, das Wohnzimmer der Großmama, während sie ihr Schlafzimmer, wie der Rest der Familie, im ersten Stock hatte. Na, nun muß sie doch gleich schreien, half ich in Gedanken nach – und richtig: Ein spitzer Schrei drang an mein Ohr. Es folgte Gezeter, das leider unverständlich blieb. Kurze Pause, dann klirrte es wie zerbrochenes Glas. Da konnten die *Jerominkinder* nicht mithalten. Ich legte das Buch beiseite und machte es mir gemütlich.

Oma Pressler enttäuschte nicht, sie schrie erneut und keifte eine längere Tirade. Bedauerlicherweise war damit die Vorführung auch schon beendet.
Kurz darauf hörte ich es heftig an die Glastür klopfen, die meine Küche vom Presslerschen Bügelzimmer trennte. Ich sprang aus dem Bett.
»Wart«, rief ich, als ich Bernhards dunklen Schatten hinter der Tür ausmachte, »ich zieh mir nur grad was über.«
Inzwischen schien Bernhard sich ein wenig beruhigt zu haben. Seine Stirn war allerdings gefurcht, und von seiner üblichen jungenhaften Fröhlichkeit war nichts zu merken.
»Na komm, setz dich«, sagte ich, als wir im Wohnzimmer anlangten. »Du hast wohl nichts dagegen, wenn ich mich wieder ins Bett verziehe, oder? Ach, und hol dir ein Glas aus der Küche, wenn du 'n Schluck Wein möchtest!«
Er schüttelte den Kopf und sprang noch mal auf. »Ich Trottel, ich wollte doch Holunderschnaps mit runterbringen. Wart eine Minute, ich bring zwei Gläschen mit.« Und fort war er.
Als er mir mein Becherchen ans Bett gebracht und sich einen der Korbsessel in meine unmittelbare Nähe gerückt hatte, brach es voller Groll aus ihm heraus: »Kannst du dir das vorstellen? Meine Eltern, na eigentlich meine Mutter, haben für heute abend ein paar von diesen ... ehm ... Künstlerfreunden eingeladen. Und natürlich hat die Oma davon Wind bekommen. Sie tut sowieso nie was anderes als rumspionieren. Hat den lieben langen Tag nichts zu tun. Jedenfalls, als ich vorhin die Treppe runtergehe, steht sie auf dem Flur vor unserem Wohnzimmer und lauscht. Ich frag sie, was sie vorhätte, und sie erklärt mir, sie wolle nur den Gästen meiner Eltern guten Tag sagen, sobald sie eingetroffen wären.«
Bernhard trank und zog die Ärmel seines schwarzen Pullovers, die offenbar zu lang waren, ein wenig nach oben. »Und da hab ich rot gesehen. So oft hat sie das schon gemacht, so oft!!« Er hieb, um seine Worte zu unterstreichen, mit dem Arm durch die Luft. Er goß sich nach und trank das Gläschen in einem Zug leer.
»Hast du was umgeworfen? Es hat ziemlich gerumpelt!« sagte ich behutsam.

»Gerumpelt? Davon weiß ich nichts. Ich hab sie einfach in ihr Zimmer geschoben, sie hat sich gewehrt, ach ja, dabei ist, glaub ich, einer von ihren Stühlen umgefallen. Jedenfalls hab ich die Sherrykaraffe mit den Gläschen ... nun die gibt's jetzt sozusagen nicht mehr.« Zum ersten Mal kam das Grinsen wieder zum Vorschein. »Die hat dran glauben müssen. Aber sie war sowieso längst fällig, *ur*häßlich, sag ich dir! Und wenigstens heute abend wird sie die Gäste meiner Eltern in Ruhe lassen!«

Er warf einen grimmigen Blick an die Zimmerdecke. »Jetzt heult sie bestimmt, und lange schwarze Schlieren laufen ihr über die Falten.«

»Aber Bernhard, sei doch nicht so hart zu ihr.« Ich zog die Bettdecke fester um mich und trank meinen Schnaps aus. Bernhard war mir schließlich schon um einen voraus.

»Na, du bist gut. Und mein Vater? Nicht allein, daß sie sich auftakelt wie die ganze spanische Armada, sie redet auch nur dummes Zeug, das niemanden interessiert. Und nun stell dir meinen Vater dabei vor, wie der sich vor seinen Freunden oder Bekannten zu Tode geniert.«

Plötzlich verfinsterte sich sein Gesicht wieder. »Du, mit meinem Vater – ich weiß wirklich nicht, was mit ihm ist. Er geht oft spätabends weg, weißt du, wie damals, als wir ihn bei der Telefonzelle getroffen haben – für 'ne Stunde oder so, und wenn Mutter ihn fragt, wo er war, gibt er ausweichende Antworten. Ich weiß nicht, das macht mir Sorgen. Wenn ich nicht in der letzten Zeit zuviel mit der Schule, BUND und so zu tun gehabt hätte ... nun, ich werd schon noch dahinterkommen.«

Er stand auf, goß mir und sich selbst nach. Seine Laune hatte sich offenbar gebessert, er schien fast wieder der alte zu sein.

»Und du?« erkundigte er sich jetzt sogar. »Alles in Ordnung?« Er betrachtete mich forschend. »An das Leben hier oben gewöhnt?«

»Na ja, nicht ganz, aber doch schon«, entgegnete ich halbherzig, was ihm natürlich nicht entging.

»Deinen Freund hab ich lange nicht mehr bei dir gesehen, weißt schon, der mit dir bei uns zum Essen war«, sagte er jetzt langsam und trank seinen dritten Holunderschnaps aus. Ich schwieg. Hatte keine Lust, ihn über meine merkwürdige Beziehung zu Gerald-Dietz aufzuklären.

»Hab ich dir schon gesagt, oder?« Er sah mich fragend an und zog seinen ohnehin schon überlangen Pullover noch länger. »Daß der gar nicht verheiratet ist, und Kinder hat der auch keine – hat mir wenigstens meine Mutter gesagt, als ich sie vor einiger Zeit danach gefragt hab. Weißt du noch, wir hatten irgendwann mal darüber gesprochen. Und er hatte dir doch erzählt, er hätte Kinder, wie viele waren's noch mal?«

Ich starrte ihn an. »Was? Was hat deine Mutter gesagt? *Nicht* verheiratet? *Keine* Kinder? Fünf, hat er mir gesagt! Fünf Kinder! ... Nein, hör mal, deine Mutter muß sich geirrt haben. Ich hab ihn ja neulich vor seiner Haustür mit seiner Frau und wenigstens einem Kind gesehen. Vielleicht hat sie ihn verwechselt oder nicht richtig hingehört.« Ich war mit einem Schlag hellwach und nüchtern.

»Möglich«, meinte Bernhard nachdenklich. »Ist jetzt auch schon zu lange her, als daß ich mich noch genau daran erinnern könnte, was sie gesagt hat. Aber ich meine doch, daß sie genau wußte, von wem die Rede war. Offenbar hast du in der Zwischenzeit auch nicht mehr über ihn herausbekommen. Kennst ihn wohl immer noch nicht viel besser?« Jetzt sah er mich an und ließ seinen Pullover in Ruhe.

»Na, ein wenig.« Ich lächelte – nicht sehr froh. So konnte man es ausdrücken: ›ein wenig‹.

Der Schock war bald verkraftet, aber der Zweifel nagte. Ich trank meinen Schnaps aus, und als Bernhard merkte, daß ich einsilbig blieb, stand er auf, um sich zu verabschieden – allerdings nicht ohne mir das Versprechen abzunehmen, am kommenden Samstag mit ihm zur Ausstellung des Kleintierzüchtervereins zu gehen. Ich hätte ihm dieses Versprechen mit Sicherheit nicht gegeben, wenn nicht das Wort Tombola gefallen wäre. Mehr brauchte es nicht, selbst auf eine Spinnenausstellung wär ich jetzt mitgekommen.

Bernhard aber stand lächelnd im Zimmer, die Flasche unterm Arm, die kleinen Becherchen in der Hand, und sagte mit für einen Wüterich erstaunlicher Einfühlsamkeit tröstend: »Sieh mal, ist doch besser als andersrum. Schließlich hätte er dir ja weisgemacht haben können, daß er *nicht* verheiratet sei und *keine* Kinder habe – und dann wäre eines schönen Tages das böse Erwachen gekommen.«

Kapitel 33

Wärst du ein unverheiratetes Mädchen, wolltest du dich da lieber mit einem Manne verheiraten oder mit dreißig Walen?

Halldór Laxness
Islandglocke

Als ich Freitag morgen, eine Woche darauf, einen Brief von Udo in der Post fand, fiel mir siedendheiß ein, daß ich ihm den Tieck immer noch nicht geschickt hatte. Ich überlegte, ob ich den Brief ungeöffnet in den Papierkorb befördern oder doch anstandshalber überfliegen sollte. Ich entschied mich für letzteres, hauptsächlich, um die lästige Arbeit des Korrekturen-Übertragens erst mal aufzuschieben.

Liebste, weißt Du, wenn ich so allein im Triangel sitze und mein Pils trinke, dann denke ich, wie oft ich hier mit Dir war. Und Du fehlst mir. Und erst später …Ach, nun überleg's Dir doch schon und komm zurück! Wir könnten eine Woche nach Paris fahren, erinnerst Du Dich noch an Sylvester vor ein paar Jahren? Wir könnten es wiederholen, nein, was rede ich: Es wird noch viel schöner werden. Wir könnten Austern essen. Na, uns wird schon was einfallen, wie wir uns die Zeit vertreiben können. In zwei Wochen hab ich zehn Tage Ferien. Na?? Ich ruf Dich an,

in Liebe
Udo

Dann doch lieber Korrekturen übertragen. Ich war grade dabei, aus dem Brief einen Flieger zu falten, als das Telefon klingelte.
Es war Roland, der mich gern sehen und abends nach Dienstschluß ein Glas Wein mit mir trinken gehen wollte. Ich sagte ohne zu überlegen zu. Bei ihm brauchte ich mir keine Gedanken darüber zu machen, ob ihm mein Aufzug gefallen würde, was ich bloß mit ihm reden sollte und ob meine Nase nicht glänzte. Er hatte mich seinerzeit unter solch widrigen Umständen von der Straße aufgelesen, daß ich ihm selbst in einer von Rastamops scheußlich bunten Blusen unter die Augen getreten wäre.
Ich hatte mir frisch gemahlenen Kaffee besorgt und verstaute ihn nun

in meiner rechten Schreibtischschublade. Sollte sich die Kuh doch eigenen Kaffee leisten, sie verdiente sicher viermal soviel wie ich. Da es noch vor halb zehn war und Rastamop nie vor zehn eintrudelte, setzte ich mich mit meinem Kaffeebecher in der Hand auf die breite weißgestrichene Fensterbank und schaute auf den Platz hinunter.

Es regnete zur Abwechslung mal wieder, und so fiel mir Gerald-Dietz ein, und bei Gerald-Dietz dachte ich an seine fünf Kinder und die Frau, die er im Hauseingang geküßt hatte. Wenn sie nicht seine Frau war, wer war sie dann? Ich fragte mich, ob ich in diesem letzteren Fall Grund hätte aufzuatmen oder nicht. Klar war, daß mit ihm irgend etwas nicht stimmte, ganz und gar nicht in Ordnung war. Aber dazu brauchte ich nicht Bernhard den Schrecklichen, um das zu erkennen.

Unten kam mit raschen, energischen Schritten ein grauer Regenschirm quer über den Platz direkt auf das Verlagshaus zu und klappte nicht weit von der Tür entfernt abrupt zusammen. Ich mußte meine Nase ans Fenster quetschen, um zu sehen, wer der Schirmhalter war: Ich konnte nur eine Halbglatze ausmachen. Blauauge. Was hatte das wohl zu bedeuten? Was wollte er hier? Ich saß noch und hatte neuen Stoff zum Nachdenken, als ich den bunten Mantel von Rastamop über den Platz hasten sah. Sie trug keinen Regenschirm, was mich angesichts ihrer ständigen atemlosen Rumhetzerei keineswegs wunderte. Schnell kippte ich den restlichen Kaffee in den Ausguß und setzte mich auf meinen Platz.

»Ich bin furchtbar spät dran«, begrüßte sie mich ein paar Minuten später schnaufend, warf ihren Mantel wie üblich in irgendeine Ecke, schaute nach den Absendern der Briefe, erkundigte sich strafenden Tons, ob denn immer noch kein Kaffee da sei, und es rieche hier doch so, als ob … Ich machte ein unschuldiges Gesicht und antwortete nicht.

»Wie weit sind Sie mit Ihren Korrekturen?« Sie sah mir über die Schulter. »Sie werden doch wohl heute noch damit fertig, oder?«

»Ich werd mein Bestes tun«, entgegnete ich freundlich. Seit ich auch Manuskripte lektorierte, und offenbar nicht allzu schlecht, hatte ich an innerer Sicherheit gewonnen.

»Schön, schön.« Das Thema hatte mal wieder schnell seine Brisanz verloren. »Muß in eine Lektoratssitzung. Der Big Boss, also der Verleger, hat sie einberufen, ohne Wissen Thewalls, der allerdings ohnehin in Wien ist. Wird sich wohl bald was ändern hier. Schade, daß noch kein Kaffee da ist. Also bis später dann.«

Und so verging der Freitag recht geruhsam. Ich hoffte zwar sehr, von der zurückkehrenden Ada Walcz ein paar Brosamen zu erhalten, was die Ergebnisse der Sitzung anbelangte, und vor allen Dingen fraß mich die Neugier, was wohl Blauauge damit zu tun hatte – aber Rastamop kam lediglich gegen Mittag hereingestürzt, um ihren Mantel zu holen, und hatte sichtlich nicht die geringsten Ambitionen, sich mit mir abzugeben. Argwöhnisch schaute ich aus dem Fenster. Richtig: der schreifarbene Mantel ging neben einem grauen Regenschirm einher. Ich hätte platzen können vor Wut. Über sie, aber vor allem über ihn, der es nicht mal für nötig hielt, mir guten Tag zu sagen.

Den ganzen restlichen Nachmittag verbrachte ich dann allerdings damit, mir glaubhaft zu machen, daß es gar nicht Blauauge gewesen sein *konnte*. Denn: 1. hatte Gerald-Dietz keine solch schamlos große Glatze. 2. hätte er *bestimmt*, aber *ganz* bestimmt bei mir vorbeigeschaut, wenn er es gewesen wäre.

Dies sagte ich mir zum hundertsten Mal, als ich im Dunkeln von der Bushaltestelle nach Hause lief und natürlich tropfnaß wurde, weil ich keinen Regenschirm dabeihatte. Als ich das Gartentörchen öffnete und über Plattenweg und Rasen zum Haus ging, sah ich in meinem Küchenfenster Licht brennen. Ich fragte mich erstaunt, ob ich es denn am Morgen hatte brennen lassen. Vielleicht für die beiden Kanarienvögel, Pippin und Emmchen, die ich auf der Tombola gewonnen hatte? Damit sie es ein bißchen nett hatten? Die Tür war nicht abgeschlossen, und schon schwante mir Schlimmes. Karl lag auf dem Bett und las *Bony und die Maus.*

»Wirklich gut, diese Upfields«, begrüßte er mich und stand auf, um mich zu umarmen. »Wir werden uns die restlichen Bücher von ihm auch zulegen. Gehören außer den Perry Rhodans, allen voran *Die strahlenden Gletscher von Asgaard*, zu dem Besten, was es an Schundliteratur gibt. Sag mal, du tropfst ganz schön, wer soll das wieder aufwischen!? Also rasch, raus aus dem nassen Zeug – brauchst anschließend meinetwegen nichts überzuziehen ...!«

»Wie kannst du Upfield und diesen Schund in einem Atemzug nen-

nen?« mußte ich zur Verteidigung Upfields doch noch loswerden, bevor ich meinen Mantel und anschließend die Schuhe auszog. »Und was, bitte schön, hast du in meiner Wohnung verloren? Ich hoffte schon, die Mörderbuben hätten dich in ihre Finger gekriegt und zum Kartoffelschälen abgestellt. Also, wer hat dich reingelassen?«
Ich stand auf, die Schuhe in der Hand, und sah ihn an. Er hatte sich wieder hingehockt, seine langen Zotteln hingen ihm über den roten Pullover, und das Tarnkäppi war etwas zur Seite gerutscht. »Oh, deine charmante, ein wenig an einen Karagöz erinnernde Wirtin. Ich hab ihr erzählt, daß wir uns verlobt haben. Offenbar war sie darüber verwundert, daß du einen sooo netten, hübschen, klugen, reizenden ...«
»Himmel, Schluß damit!« Ich war dabei, die Nerven zu verlieren.
»Gleich. Nur mit der Ruhe.« Karl rieb sich gemütlich den Bauch. »Jedenfalls hat sie noch gefragt, ob du nun bald ausziehen würdest, ich hab mich aber noch nicht festgelegt. War dir doch recht so, oder?«
Ich versuchte zu ergründen, inwieweit er eigentlich tatsächlich von dieser Idee überzeugt war. Vielleicht hatte er doch eine Schraube locker. Wenn man alles zusammenrechnete: das Käppi, sein obskures Studium, das er hingeschmissen hatte, sein Stillschweigen über fast alle privaten Dinge, seine Überdrehtheit – da kam einiges zusammen.
Kopfschüttelnd machte ich mich auf den Weg in den Küchenflur, um meine Schuhe unter die Heizung zu stellen und mir dann die Haare trockenzurubbeln. Außerdem hatte ich Hunger. Es war kurz vor halb sieben, und um halb acht wollte Roland mich abholen. Also klemmte ich mir die Packung Bauernknäcke unter den einen Arm, nahm Butter und Käse und stellte alles auf den Tisch.
»Ich hab Hunger«, sagte ich erläuternd zu Karl.
»Ich wollte mit dir 'ne Pizza essen gehen!« meinte er.
»Ich geh keine Pizza mit dir essen, weil ich um halb acht abgeholt werde.«
Nun saß er kerzengerade. »Von wem? Ich erschieß den Typ!«
Ich seufzte: »Bitte, Karl, ich hab den ganzen Tag gearbeitet. Ich weiß nicht, was *du* getrieben hast, aber ich bin rechtschaffen müd. Hör jetzt auf mit dem Theater. Ich werd nachher von einem Freund abgeholt und möchte bis dahin in Ruhe gelassen werden. Willst du ein Knäckebrot?«

Er schwieg einen Augenblick und nickte dann. »Na schön, man muß auch mal großzügig sein können. Gib mir also auch eins von diesen schrecklichen Dingern. Aber nicht, daß du irgendwelche Dummheiten mit dem Kerl da anstellst.«

Er tat mir ein wenig leid, schließlich hatte er mich offenbar wirklich gern. »Ich hab grad genug Probleme mit dir, da brauch ich nicht noch weitere. Also komm her, ich will nicht, daß du mir mein Bett vollkrümelst, klar?«

Als ich mein erstes Knäckebrot aß und ihn betrachtete, während er seins schmierte, fiel mir siedendheiß ein, daß er durchaus beschlossen haben konnte, hier auf mich zu warten. O nein, das wäre zuviel des Guten. Ich wollte mein Bett für mich allein. Nur, wie beförderte ich ihn hinaus, ohne ihn allzusehr zu kränken?

Es klingelte. Auch das noch. Wenn das jetzt schon Roland war ...

Es war nicht Roland, sondern Karina. Ich starrte sie einen Augenblick lang perplex an.

»Guck nicht so, als ob ich Beelzebub persönlich wäre«, sagte sie munter. »Begrüß mich lieber, wie sich das für alte Freundinnen gehört. Ich hab dir auch was Feines mitgebracht.« Sie umarmte mich, drückte mir einen feuchten Kuß auf die Backe und schob sich an mir vorbei.

»Was machst du denn hier?«

»Ich spiele grade in Hannover, und da dachte ich, da ich heut abend spielfrei hab, stattest du deiner Herzensfreundin einen Besuch ab. Sie wird sich sicher sehr darüber freuen. Vor allem über eine Kiste Wein, die mich fast an den Rand des Ruins gebracht hat«, fügte sie noch spitz hinzu. Ich erkannte hellsichtig, wie sich ein Teil meiner Schwierigkeiten mit ein bißchen Glück in Wohlgefallen auflösen würde.

»Na, da freu ich mich aber. Im übrigen kommst du gerade recht«, sagte ich also, hielt sie am Ärmel fest, bevor sie im Vorzimmer angelangt war, und fügte leise hinzu: »Du kannst Karl heute abend Gesellschaft leisten. Ich bin nämlich zum Glas Wein eingeladen.«

Karina hatte sich bei den letzten Worten zu mir umgedreht und strahlte. Ich nahm ihr den Mantel ab und legte ihn auf den Schreibtisch. Als sie sich das Haar vor dem Spiegel ordnete, fiel mein Blick auf ihre Fingernägel, und ich erschrak: Sie waren kurz geschnitten und vollkom-

men farblos. Besorgt betrachtete ich ihr Gesicht. Nein, da stimmte noch alles: Jede Puderschicht saß an ihrem Fleck. Die Nägel waren also ihr Zugeständnis an meinen Möchtegernverlobten mit dem Häkelkäppi.
Karl, der sie noch nicht gesehen hatte, weil die Tür zum Wohnzimmer angelehnt war, machte ein Gesicht, als ob er in eine saure Zitrone gebissen hätte. Ich erklärte Karina, die betroffen dreinschaute, rasch, er könne Knäckebrot nicht ausstehen. Deshalb. »Nicht wahr, Karl?« ergänzte ich und warf ihm einen drohenden Blick zu.
»Ausgesprochen wahr«, sagte er brav. »Sie hat vor, aus mir ein Karnickel zu machen, fehlen bloß noch die Mohrrüben ... Hallo, lange nicht gesehen.«
Karina trug ein hautenges grünes – um nicht zu sagen *giftgrünes* – gehäkeltes Kleid. Und Karl erklärte prompt: »Bei dir ist wohl der Lenz ausgebrochen. Macht aber nix, immer noch besser als kackbraun.«
Wie auch immer er diese Bemerkung gemeint haben mochte, Karina, die sich inzwischen stumm gesetzt hatte, faßte sie mit dem ihr eigenen unverwüstlichen Optimismus als uneingeschränktes Kompliment auf, denn sie lächelte verlegen und bedankte sich.
»Na prima«, sagte ich und blieb in der Tür stehen, »dann ist ja alles in Butter für heut abend.« Ich fühlte mich so, als wär soeben die Babysitterin für meine drei Kinder eingetroffen und ich könnte die Verantwortung nun getrost für ein paar selige Stunden auf sie abladen. »Während ich mich nebenan ein wenig frisch mache und mir was anderes anziehe, könnt ihr euch ja überlegen, was ihr mit dem jungen Abend anfangen wollt.«
Ich hoffte inständig, er werde es *nicht* sagen. Aber natürlich sagte er es: »Hast du deiner Busenfreundin etwa noch nicht erzählt, daß wir beide ... hm, inoffiziell verlobt sind?«
Karina fuhr zu mir herum, starrte mich entgeistert an. »Ist das wahr?!«
»Ach, hör doch nicht auf den«, meinte ich verärgert. »Ich weiß nicht, was in ihn gefahren ist, daß er immer wieder mit diesem Unsinn anfängt.«
»Na erlaube mal, Sweetheart. Hab ich dir nicht einen fingerfesten Beweis meiner unsterblichen Zuneigung verehrt?« entrüstete sich Karl. »Na, zeig ihn deiner Freundin. Wo ist er denn überhaupt?«

Er sprang auf und griff nach meinen Händen. Ich wollte sie wegziehen, doch er hielt sie eisern fest. »Na, was haben wir denn da für einen Ring? Jedenfalls ist das nicht meiner. Was hast du mit meinem Ring gemacht? Sprich, Spitzbübin!«

Das Klingeln des Telefons enthob mich fürs erste der Notwendigkeit zu antworten. Statt dessen hatte ich den zweiten genialen Einfall dieses Abends: Ich spürte, daß am anderen Ende der Leitung Udo war.

»Karl, hör auf, hier den Inquisitor zu spielen, und geh ans Telefon.« Damit war er augenblicklich besänftigt, räumte ich ihm doch seiner Meinung nach damit das Recht eines Hausherrn ein. Dachte er!

»Wer spricht da?« fragte er mit eisiger Stimme in den Hörer ... »Na, das trifft sich ja gut. Du hast doch sicher nichts dagegen, dich zum nächstmöglichen Termin scheiden zu lassen, nicht wahr? Die Kosten trägst natürlich du.« ... »Nun, wer ich bin, braucht dich wohl kaum zu interessieren. Ich habe vor, deine Exfrau zu ehelichen, genügt dir das? Aber ich will mal nicht so sein. Ich heiße Karl, präg's dir ein. Also, mein Alter, mach keine Probleme und laß das Mädchen in Ruhe. Alles klar? Na denn tschau.« Er hängte ein und sah sehr zufrieden drein.

»Was bist du doch für ein Typ«, sagte ich amüsiert. »Was fällt dir eigentlich ein? Vielleicht wollte ich mit ihm sprechen, hast du daran mal gedacht?«

»Papperlapapp«, entgegnete Karl ungerührt und grinste unverschämt, »du wolltest natürlich *nicht* mit ihm reden. Was hat der überhaupt für eine Kastratenstimme!«

Das Telefon klingelte. Karl starrte es einen Augenblick an, als wolle er eine Schlange hypnotisieren, dann hob er den Hörer auf und legte ihn sanft wieder auf die Gabel. Das allerdings ging zu weit, ganz entschieden. Mir war mit einem Schlag klargeworden, daß ich unbedingt was unternehmen mußte. Karina hockte unterdessen deprimiert wie eine schlappe Tulpe auf ihrem Sessel und haderte mit ihrem Schicksal. Sie betrachtete eingehend ihre gestutzten Fingernägel und bedauerte wahrscheinlich, daß sie sie wegen Karl dermaßen verunstaltet hatte.

In meinem Kopf ratterte es, als ich sie und dann Karl ansah. Was immer ich unternehmen wollte, mußte vor allem rasch geschehen. Ich mußte einen Liebeszauber auftreiben, der schnell und ohne Probleme zu bewerkstelligen war. Ich war noch nicht umgezogen, und in etwas mehr als einer halben Stunde würde Roland vor der Tür stehen.

»Hört mal, trinkt doch einfach ein Glas Wein zusammen, bis ich fertig bin, und kümmert euch nicht um mich. Ich muß mich beeilen.« Ich ging zum Schrank, holte ein sauberes T-Shirt und den langen hellblauen Pullover raus, blieb auf dem Rückweg unauffällig neben den Zauberbüchern stehen, steckte zwei von ihnen unter den Pullover, ging, ohne dem immer noch unschlüssig neben dem Telefon wartenden Karl und der nägelkauenden Karina einen Blick zuzuwerfen, ins Nebenzimmer und schloß die Tür hinter mir.

»Und der Wein?« rief Karl.

»Ich bring ihn schon«, seufzte ich und brachte ihm die Flasche, zwei Gläser und den Korkenzieher. Dann zog ich mich endgültig zurück. Ich mußte glücklicherweise nicht lange suchen. Im Lammert gab es mehrere Zauber. Aha, hierzu brauchte ich ein paar Nägelschnipsel von Karina, ein paar Haare von ihr, ein Stückchen Papier, das sie beschriftet hatte, Majoran, Wacholderbeeren und ein wenig Safran. Ob ich den hatte? Ich sah nach, ja, ein paar Fäden waren noch da. Und Rotwein. Leinsamen und Hafer. Leinsamen gab's, aber keinen Hafer. Doch, ich hatte ja Haferflocken. Das würde gehen. Na fein, alles vorhanden. Am besten wäre es, wenn sie sich noch ein wenig Ohrenschmalz auskratzen könnte, dann mußte es einfach funktionieren.

»Karina, könntest du wohl grade mal herkommen«, rief ich zu den beiden hinüber.

»Ich auch?« antwortete Karl hoffnungsvoll.

»Nein, du nicht. Trink deinen Wein und sei brav.«

»Immer *nicht* ich«, maulte er. Karina kam. Sie blickte jammervoll drein.

»Mach die Tür zu«, flüsterte ich. Sie sah mich erstaunt an, gehorchte aber. Ich drückte ihr meine kleine klapprige Nagelschere in die Hand. »Und nun schneid dir rasch ein paar Nägel ab und ein paar Haare.«

»Wozu?« Sie sah mich entgeistert an.

»Na los, mach schon«, drängte ich. »Du willst Karl doch haben, oder? Schließ ich jedenfalls aus der Kiste Wein, die du mitgebracht hast. Also los!«

Sie hatte begriffen, und ihr Gesicht leuchtete auf. Dann trübte es sich allerdings schnell wieder ein. »Aber ich hab mir doch grad die Nägel geschnitten«, jammerte sie, »da ist doch überhaupt nix mehr dran.«

»Ach was, das geht schon ... Hier, leg sie in das Schälchen und ein paar Haare dazu. Gut. Jetzt reiß einen Zettel aus deinem Taschenkalender, du hast doch so was?«

Sie nickte, ging zu ihrer Handtasche, die neben ihrem Mantel auf dem Schreibtisch lag, zog ein kleines goldenes Büchlein hervor und riß eine Seite heraus. Dann sah sie mich fragend an.

»Gut. Jetzt nimm einen Stift und schreib, was ich dir sage.« Ich wartete, bis sie mit einem Kuli über den Tisch gebückt stand, und diktierte ihr: »7 : X. c. X. o X. v. X. BX. st. X. 1 X acht X 30. Xd: 2 S : 3 X y X. Amen. So. Jetzt warte.«

Ich legte ein wenig von dem Majoran und drei Wacholderbeeren zu Haaren und Nägeln in das Schälchen, die Safranfäden blutenden Herzens darüber, dann den Zettel. Ach so, fiel mir ein, es fehlte ja noch das Ohrenschmalz. »Karina, kratz dir mal ein bißchen Dreck aus den Ohren«, forderte ich sie auf und ging ihr ein Q-Tip holen.

»Was? Meinst du nicht, daß das zu weit geht? ... Na schön, schon gut, schon gut, ich tu mein Bestes«, fügte sie dann hinzu, als ich ihr einen strengen Blick zuwarf, und begann angestrengt, erst in ihrem linken, dann im rechten Ohr zu graben.

»Na, wer sagt's denn. Kommt ja einiges zusammen, nicht schlecht«, bewunderte ich die braunen Enden, als sie fertig war. »So, nun pul die braune Watte ab und leg sie hier drauf, und dann brauchen wir eine Menge Streichhölzer. Hast du welche?«

Karina hatte keine. Mir fiel ein, daß in der Küchenschublade vielleicht noch eine Schachtel sein könnte, und ich hatte recht. Ich türmte einen kunstvollen kleinen Scheiterhaufen um die Ingredienzien in dem Schälchen auf, nahm das Ganze mit in die Küche, damit Karl nichts roch, und schloß die Tür. Karina, die mir gespannt zusah, forderte ich auf, das Zeug in Brand zu stecken und sich dabei fest auf Karl zu konzentrieren. Es stank ziemlich, und mit einigem Nachhelfen in Form von neuen Streichhölzern brannte das Häufchen doch recht gut zu Asche.

»So, jetzt schnell den Rest im Mörser kleinstoßen, damit man das in den

Wein tun kann. Bring derweil mal sein Glas her, laß dir einen Vorwand einfallen. Und nimm hier die Leinsamen und die Haferflocken und tu ihm unauffällig was davon in seine Jackentasche. Aber mach's so, daß er's nicht mitbekommt. Los!«

Sie verschwand, und ich mörserte. Das Ergebnis war ein stinkendes graues Pulver, in dem noch ein paar Nagelrestchen überlebt hatten. Ich fischte sie heraus und zerkleinerte sie mit der Schere. So müßte es gehen. Als Karina mit dem Glas und der Flasche Wein kam, schütteten wir das Pulver hinein und gossen Wein darüber.

»Hat er nichts gemerkt?« fragte ich leise.

»Er liegt auf dem Bett und liest«, antwortete sie ebenso leise. »Ich hab gesagt, du wolltest einen Schluck Wein und hab einfach sein Glas mitgenommen. Er hat nix gesagt. Ich glaub, er ist beleidigt. Seine Jacke hing über dem Sessel.«

»Ausgezeichnet. So, fertig. Jetzt gib ihm das Glas, stoß mit ihm an und achte drauf, daß er es auch austrinkt. Sag ›auf ex‹ oder so. Na, du hast ja inzwischen Übung in so was, nicht wahr? Aber komm mir nicht in zwei Monaten und jammer mir vor, was für einen Typ ich dir da angehext hab, klar?«

»Keine Sorge!« Sie strahlte. »Ich hoffe, hoffe, hoffe, daß es funktioniert. Aber ich hab so meine Zweifel, schließlich war Bernd damals nicht derart in jemand anderen verknallt wie Karl in dich. Da muß der Zauber ja schon extra stark sein.«

»Vielleicht könntest du zur Abwechslung ja auch ein bißchen was dazu beitragen, was meinst du?« entgegnete ich, während ich die Arbeitsmaterialien beiseite räumte. »Stell dir doch einfach mal vor, du seist hübsch, attraktiv, geistreich und absolut unwiderstehlich. Aber nicht eingebildet darauf. Dir einfach nur dieser Tatsache bewußt. Ja? Des weiteren denkst du *nicht*, daß Karl unsterblich in mich verliebt ist, und außerdem ist er das auch nicht. Und schon bist du einen ganzen Schritt weiter. Und jetzt los, ans Werk! Ich hab noch acht Minuten, bevor Roland kommt.«

Sie umarmte mich und verschwand, ich dagegen zog mich eilends um, intensivierte meinen Lidstrich, bürstete mir die Haare und sprühte mir grade ein wenig Parfüm hinter die Ohren, als Karina neben mir stand und flüsterte: »Hat geklappt. War zwar nicht ganz einfach, aber es ging.

Er hat's getrunken und nur gemeint, daß mit dem Wein irgendwas nicht in Ordnung sei.«

Es klingelte. »Gut, Karina, jetzt kümmer du dich um Karl. Geh um Himmels willen irgendwohin mit ihm. Tu, was du willst, nur seid nicht beide hier, wenn ich zurückkomme. Du kannst meinetwegen hier schlafen, aber ohne Karl. Hier, ich geb dir meinen Ersatzschlüssel. Und vergiß den Wein nicht. Ach, und den Fernseher.«

Sie runzelte die Stirn. »Jaja! Keine Sorge, ich stell dir alles rein. Sogar den irre teuren Champagner hab ich dir besorgt. Aber: Wir werden nicht dasein. *Beide* nicht! So oder so. Entweder ich schaff es, dann schlafe ich bei ihm oder mit ihm sonstwo, oder ich ertränke mich in der Aller oder der Leine oder wie der Fluß hier heißt. Hier gibt's doch wohl einen Fluß?«

Ich mußte über ihr entschlossenes Gesicht lächeln. »Ja, die Aller. Aber denk dran, im Oktober ist sie schon ziemlich kalt. Und was würdest du dich ärgern, wenn der Zauber erst morgen zu wirken anfangen würde und du lägest dann da zwischen Rotaugen und Barschen und hättest nichts mehr davon.« Es klingelte wieder.

»Karina, wo bleibst du denn, du Rasenschreck«, hörte ich Karl aus dem Wohnzimmer rufen. Ich grinste und stürzte zur Tür.

Kapitel 34

Bei allen Versuchen, nun noch neue Schwierigkeiten festzustellen, stoße ich vorläufig auf ein absolutes Vakuum ... Na, es wird sich wohl schon wieder etwas einstellen.

Max Beckmann
Tagebücher

Ein veritabler Sturm fegte ums Haus. Ich stand nach dem Mittagessen am mittleren Wohnzimmerfenster und sah dem Wind zu, wie er die beiden Birken beutelte. Blättchen wirbelten herum, dunkle Wolkenpummel trieben über den grauen Himmel. Die Fensterläden des Hauses rappelten. Noch regnete es nicht, doch würde es wohl nicht mehr lange dauern.

Das Kaffeewasser kochte, und ich rückte mir einen meiner rotlackierten Sessel ans Fenster, damit ich die Birkenwipfel und ein Eckchen der großen Fichte sehen konnte, stellte meinen Kaffeebecher auf die Fensterbank und nahm die *Jerominkinder* zur Hand. Der Pfarrer war nun also tot, soweit waren wir schon, dann folgte der Vater, und ach ja, die aus geklautem Holz selbstgebaute Kirche war auch schon abgebrannt. Es war ein Elend. Und nun der Krieg, der arme Jumbo, den's erwischte, die Pfeife im Mund – und dann auch noch das Mädchen, Jons' Freundin. Der Kaffee war ausgetrunken, ich sah auf; Bernhards Beine marschierten am Fensterrand vorbei. Ich mußte grinsen, ich hätte eine wahre Überraschung für ihn gehabt. Ob sie ihn allerdings gefreut haben würde, wagte ich sehr zu bezweifeln.

Roland hatte Hunger gehabt, gestern abend, spät, und da es in der Kneipe, in der wir saßen, nichts mehr zu essen gab, hatte uns die freundliche Wirtin die Pizzeria in Dasselsbruch ans Herz gelegt, die Roland schon kannte. Er hatte so traurig gewirkt, den ganzen Abend schon, daß ich trotz meiner rechtschaffenen Müdigkeit eingewilligt hatte, ihn zu begleiten. Ich wollte zudem dem Pärchen in spe Zeit zum Verschwinden lassen.

Die Pizzeria war ziemlich leer gewesen. Sobald der Kellner unsere Bestellung aufgenommen hatte, war ich aufgestanden, um aufs Klo zu gehen. Und wer hatte da in einer der Nischen gesessen, den schlohweißen Kopf völlig vertieft über eine riesige Pizza gebeugt? Richtig: Bernhards Vater – der stille Gelehrte, der Hexameter auf Sülze reimte. Und nun war mir alles klar: Er war dem fremdländischen Essen verfallen und mußte aus Furcht vor dem Zorn seines Sohnes seiner Leidenschaft heimlich frönen!

»Dieser Waldweg, auf dem er damals langgelaufen ist, muß also direkt hierher führen«, erklärte ich Roland, als ich ihm lachend von der Geschichte berichtete. »Aber wieso mußte er dann noch telefonieren?«

»Ist doch logisch«, meinte Roland. »Er ruft an und bestellt eine Pizza. Vom Waldrand bis hierher hat er vermutlich noch einige Minuten zu laufen, und wenn er dann hier eintrudelt, ist seine Pizza schon fertig. Er steht doch unter Zeitdruck. Ich wette mit dir, daß er sofort wieder verschwindet, sobald er aufgegessen hat!«

Roland wirkte etwas aufgeheiterter, aber er sah immer noch recht mitgenommen aus. Er hatte mir zuvor auf meine wiederholten Fragen hin erzählt, daß sie seit ein paar Wochen einen neuen Oberarzt auf der Station bekommen hätten, einen Privatdozenten mit entsprechendem Dünkel. Dagegen sei der Vorgänger der reinste Gandhi gewesen. Er kujonierte alle Untergebenen, angefangen bei der Aushilfsschwester bis hin zu ihm. Auf ihn habe er es aber besonders abgesehen.

»Ich bin ihm zu wenig duckmäuserisch, weißt du? Sag nicht immer ja und amen. Und dann meine Vergangenheit, meine Jahre in Uganda. Ich hab mehr gesehen als er in seinem ganzen wohlbehüteten Leben, und das weiß er und das wurmt ihn. Jemand, der in meinem Alter noch den Facharzt macht! Ist jetzt das dritte Mal, daß er mich vor dem Chef reinlegen wollte mit einer Diagnose. Heute war's ein Fall von retroperitonealer Fibrose.« Er wischte sich mit zwei Fingern über die Stirn.

»Von was?«

»Ist eine recht seltene Krankheit. Da wuchert das Bindegewebe, und dadurch kann es zu einer Kompression venöser und lymphatischer Abflußwege kommen. Ist nicht heilbar.«

Ich sah ihn bewundernd an. »Jetzt bin ich voll im Bilde.«

Roland lächelte mich an. »Es hat ihn maßlos geärgert, daß meine Diagnose stimmte. Morgen will er mich dafür eine Operation machen lassen, die ganz schön heikel ist. So ein Mistkerl! Er hofft, daß ich mir selbst den Hals breche. Ein Jahr noch! Aber so einer wie der schafft's glatt, mich vorher rauszuekeln oder sonstwie loszuwerden.«

Sobald der Kellner mir einen Wein und ihm ein Bier gebracht hatte, kam er wieder auf das Thema zurück: »Da kann einem das Arztsein wirklich verleidet werden. Ich frag mich manchmal, warum ich nicht da unten geblieben bin. Vor ein paar Tagen hat er einen armen PJler so fertiggemacht, daß der den Kram hingeschmissen hat.«

»Was ist ein PJler?« erkundigte ich mich und trank nachdenklich von meinem Wein.

»Ein angehender Arzt, der das praktische Jahr am Krankenhaus macht,

weißt du, drei Monate in jeder Station«, erklärte mir Roland und sah mich liebevoll an. »Langweile ich dich? Bist du müde?«
»Müde schon, aber du langweilst mich überhaupt nicht«, wehrte ich ab, »aber jetzt iß erst mal!« Er hatte eine Pizza mit Meeresfrüchten bestellt. Lauter kleine Minioktopussis waren darauf verstreut.
»Probieren?« fragte er.
»Nein, nein«, erwiderte ich schnell und schüttelte mich. »Schau, du hattest recht. Bernhards Vater geht grade.«
Wir sahen ihm nach, wie er eilends, ohne nach links oder rechts zu schauen, das Lokal verließ. Während Roland aß, schaute ich ihn an, sein schütteres Rotblondhaar, die zwei tiefen Linien, die senkrecht zwischen den Augenbrauen nach oben führten, und dachte nicht zum ersten Mal, daß ich mir trotz dieser äußeren Alterserscheinungen nicht vorstellen konnte, daß er schon über vierzig war und mehrere Jahre lang in Afrika als Arzt gearbeitet hatte. Er erinnerte mich an jemanden. Aber an wen? Genau, er erinnerte mich an Jons Ehrenreich in den *Jerominkindern*. Die gleiche geduldige Art, still und beharrlich und viel zu gut für diese Welt. Wäre ich Wiechert, würde ich ihm erst helfen, dann die Krätze kriegen und anschließend von der Straßenbahn überfahren lassen. Ich dagegen würde ihm nur helfen – wenn ich es konnte.

Ich stand auf, um das Fenster zu schließen. Ob ich Bernhard von seinem Vater erzählen sollte? Vielleicht besser nicht. Sonst würde er die armseligen Freuden seines Erzeugers mit Sicherheit hintertreiben. Leider wußte ich keinen Zauber, der Bernhard so hätte verändern können, daß er plötzlich zum Liebhaber ausländischer Gerichte werden würde. Es sei denn, ich verkuppelte ihn mit einer Italienerin, Chinesin oder etwas Ähnlichem.
Aber erstens kannte ich kein entsprechendes Mädchen in seinem Alter, zweitens war er noch ein wenig zu jung, und drittens konnte ich mir durchaus vorstellen, daß er eher sein Mädchen zur typisch deutschen Küche bekehren würde als umgekehrt. Diese Möglichkeit schied also aus. Ihm einen Gutschein für einen Italienisch-Kochkurs schenken? Er würde vermutlich einen seiner Tobsuchtsanfälle kriegen, und mit unserer Freundschaft nähme es ein abruptes Ende.

Während ich mich aufraffte, um abzuwaschen, fragte ich mich zum zehnten Mal, ob Karina wohl in der Aller lag oder zum Ziel ihrer Träume gelangt war. Warum rief sie nicht an? Und was konnte ich bloß für Roland tun? Moment mal, hatte ich nicht vor ein paar Tagen in einem fränkischen Zauberbuch ein Rezept gesehen, mit dem man sich das Wohlwollen seiner Vorgesetzten sicherte? Mir war so. Ich legte noch die Bestecke in den Schubkasten am Tisch und ging ins Wohnzimmer, um nachzuschauen. Genau, das war es:

Die Gunst und das Wohlwollen einer hochgestellten Person zu erlangen!
Man nehme das Messer von einem, der seit sieben Jahren verstorben ist, schneide damit ein mit dem Samen eines Priesters beflecktes Tuch in sieben gleichgroße Teile, lege diese in einen Hafen, füge ein wenig Flechte hinzu, die auf einem Totenschädel gewachsen ist sowie zwey Lot Königskerze, ein Lot Salbei und drei Lot Eisenkraut, vermische alles mit von der Traufe nachts um zwölf geholtem klaren Wasser, lege den kleinen Finger eines Menschen hinzu und streue drei Eßlöffel zerstoßene Mohnsaat darüber. Nun vergrabe man den Hafen an einem Kreuzweg in der Nacht, da Neumond auf einen Montag fällt.
Dazu spreche man: »Adonay, der du errettet hast den David von den Löwen und von den Bären, Du wirst auch mich erretten von meinen Feinden und sie mir wohlgeneigt machen.« Man bekreuzige sich dreimal und gehe ohne sich umzuschauen nach Hause. Von nun an ist einem das Wohlwollen aller höhergestellten Personen sicher.

Das war's! Und dabei könnte ich ja auch für mich ein Bröcklein abfallen lassen, indem ich neben Roland als zweiten Begünstigten mich einfließen ließ. Wer weiß, wozu ich es noch brauchen konnte. Bei diesem oder meinem nächsten Job. Aber die Zutaten? Unmöglich!
Unmöglich? Impossible n'est pas un mot français, sagte schon Napoleon, und der mußte es ja wissen.

Kapitel 35

»Ö-ö-ö-ö!«
»Ö-ö-ö-ö!« wiederholte der zweite Stallmeister

Charles Dickens
Die Pickwickier

Während ich am Montag allein vor mich hin gebröselt hatte, saß am Dienstagmorgen Rastamop bereits an ihrem Schreibtisch, als ich im Verlag eintrudelte.

Ich war so überrascht, sie da vorzufinden, daß ich vergaß, sie zu grüßen. Sie dagegen fragte, von einem Brief aufblickend: »Nun, hatte der Bus Verspätung?«

»Nein«, erwiderte ich spitz und zog meinen Mantel aus, »ich fange um halb neun an zu arbeiten. Jetzt ist es zwanzig nach acht.«

»Schon gut«, beschwichtigte sie auf ihre übliche desinteressierte Art. »Ich hab Arbeit für Sie.«

Mürrisch legte ich den Mantel über einen Stuhl, zog die Ärmel meines Pullovers ein wenig hoch und überlegte, ob ich mir einen Kaffee machen sollte, von dem sie dann garantiert profitieren würde. Außerdem wäre natürlich mein Versteck offenbart. Sei's drum. Würde ich mir eben ein neues Versteck suchen und nur so viel Kaffee machen, daß er grade eben für mich reichte. Ich brauchte jedenfalls einen.

Schweigend traf ich also alle Vorbereitungen, und erst als die Maschine zu glucksen anfing, stellte ich mich vor ihren Schreibtisch, um die Order für den Tag zu empfangen. Sie war entgegen ihrer sonstigen Gewohnheit ausgesprochen elegant gekleidet, trug eine silberne Seidenbluse. Ts, ts, sagte ich zu mir, als ich sie betrachtete, selbst die Haare sind ordentlich gekämmt, soweit das überhaupt möglich ist.

»Also, was soll ich tun?«

Sie sah auf, schnupperte, fragte: »Kaffee? Fein, für mich auch eine Tasse. Ja, hier«, sie suchte auf ihrem Schreibtisch und schob mir dann zwei kreuzweise übereinander gelegte Stapel Papier zu, »die Korrekturen müssen kollationiert werden.«

Ich nahm die Stapel, legte sie auf meinen Tisch und holte mir meinen

Kaffee. Sollte ich ihr wirklich eine Tasse bringen? Ich war in rebellischer Stimmung und beschloß, ihre Aufforderung zu ignorieren. Ich ging zum Kühlschrank, goß mir Milch ein, setzte mich an meinen Platz und begann mit meiner Arbeit. Ein Roman. Von einem gewissen Nicholas Sims-Williams.

»Haben Sie meinen Kaffee vergessen«, hörte ich ihre sanfte, unbeteiligte Stimme ein Weilchen später sagen. Ich machte neuen und stellte ihr eine Tasse so auf den Tisch, daß der Inhalt gefährlich schwappte. Sie warf mir einen vorwurfsvollen Blick zu, schien aber recht aufgeräumt und sagte nichts weiter.

Noch nie hatte ich sie eine so lange Zeit an ihrem Schreibtisch sitzen sehen. Noch nie war sie zu einer so frühen Stunde im Verlag gewesen. Noch nie hatte sie eine silberseidene Bluse angehabt. Ich machte mir meine Gedanken, während ich las: ›Peter, von ihrem Anblick gebannt, stockte der Atem.‹ Da stimmte doch was nicht mit der Syntax. Na, konnte mir egal sein, mit diesem Manuskript hatte ich nichts zu tun, wer immer es verfaßt, wer es übersetzt und wer es anschließend lektoriert haben mochte.

Am problematischsten erschien mir der Priestersamen. Schier unmöglich!

Es klopfte. »Herein«, rief Rastamop und sprang erregt auf. Jetzt sah ich, daß sie zwar wie sonst Hosen trug, diesmal aber keine Jeans, sondern etwas mit Bügelfalte.

»Schönen guten Morgen, die Damen«, sagte eine vertraute rauhe, ach allzu vertraute Stimme. Es war Gerald-Dietz, der ins Zimmer trat, mir zunickte und Rastamop die Hand reichte.

Ich überlegte fieberhaft eilends, wie ich wohl aussah. Bestimmt fürchterlich. Hätte ich mir bloß gestern abend die Haare gewaschen! Dann riß ich mich zusammen und dachte an das, was mir Bernhard erzählt hatte. Dieser Lügner! Warum sollte ich mir für den die Haare waschen. Er lümmelte sich auf den Stuhl vor Adas Schreibtisch, zog sein obligatorisches Päckchen Tabak hervor und begann sich eine Zigarette zu drehen.

»Hm«, meinte er dann, »es riecht hier ganz herrlich nach Kaffee ...«

»Willst du eine Tasse?« fragte ich und registrierte, wie bei dem ›du‹ Rastamop erstaunt die Augen von Blauauge ab- und mir zuwandte.

»Ihr kennt euch?«
»Flüchtig«, erklärte ich kühl, goß ihm den Rest Kaffee in eine Tasse, wich seinem musternden Blick aus und holte die Milch. Er schwieg.
»Das wußte ich ja gar nicht«, erklärte Rastamop, offenbar immer noch erstaunt. Was ist daran so merkwürdig, fragte ich mich, warum sollte ich ihn *nicht* kennen? Immerhin erfuhr ich auf diese Weise, daß sie nichts über die Umstände meiner Einstellung wußte. Aber wie sollte sie auch, da sie praktisch nie da war.
Im übrigen wurde ich ignoriert. Gerald-Dietz trank seinen Kaffee und schwatzte mit Rastamop, die ich schlichtweg nicht wiedererkannte: Sie vollendete jeden ihrer Sätze, sprach höflich, adrett und äußerst liebenswürdig über Belanglosigkeiten.
»Ich werde mir dein Manuskript vom ›Don Kojote‹ übrigens in den nächsten Tagen anschauen«, sagte sie schließlich und stand auf. »Es ist Zeit, gehn wir?«
A*ha*, dachte ich erbittert, *die* duzt er also auch. Ich könnte ihm den Hals umdrehen und ihr dazu. Und was soll das mit einem Don Kojote?
»Sie wissen, was Sie zu tun haben?« sagte Rastamop im Vorbeigehen in einem spitzen Ton zu mir, während *er* noch an ihrem Schreibtisch stand und etwas auf ein Stück Papier schrieb, das er aus seinem Notizbuch gerissen hatte. Er trug seine dunkelblauen Hosen, ein hellblaues Hemd und darunter ein weißes T-Shirt. Alles wie gehabt. Den hellblauen gesteppten Anorak, den er nachlässig hinter sich auf die Stuhllehne gehängt hatte, nunmehr unter den Arm klemmend, legte er den Zettel auf meinen Schreibtisch, sagte kurz: »Bis später«, und verließ hinter Rastamop das Zimmer.
Auf dem Zettel stand: »Heute abend um sieben? Ich hol dich ab! G.« Ich zerriß ihn wütend in kleine Fetzchen und überlegte mir eine Reihe von markantbissigtreffenden schriftlichen Repliken à la: ›Niemals, mein Herr. Was bilden Sie sich denn eigentlich ein? Meine junge Tugend und Sie! Ah bah!‹, ›Das wüßte ich!‹ oder: ›Wenn du ein Prinz wärest und eine Equipage hättest, vorne und hinten Gold, und hättest entsetzlich viel Mammon, so daß ich alle Tage in Wein baden könnte, mein lieber Herr – ja, dann vielleicht – aber so ... Is nich!‹, verwarf sie dann aber alle

wieder, weil ich nicht wußte, wie ich ihm eines dieser Briefchen hätte zukommen lassen können, ohne Rastamop zu involvieren. Und *das* wollte ich bestimmt nicht.

Also schnappte ich mir einen Stapel zu Kopierendes und ging auf den Flur. Bei dieser Art von Arbeit brauchte ich mich wenigstens nicht zu konzentrieren. Der Kopierer war allerdings belegt. Der gelackte Schönling in höchsteigener Person stand mit mißmutigem Gesicht davor und mühte sich offenbar ab, die Instruktionen zu verstehen.

»Soll ich Ihnen helfen?« fragte ich freundlich. Vielleicht konnte ich aus ihm herausbekommen, worum es eigentlich ging.

Er sah auf, und seine Züge erhellten sich ein wenig. Er trug einen hellblaugraupink gemusterten Schlips, der mittels goldener Nadel am zartrosanen Hemd befestigt war, und einen grauen Anzug: »Oh, guten Morgen. Ja, ich hab Schwierigkeiten. Der will nicht! Ist der neu?« Er musterte das Gerät unwillig.

»Naja, wir haben ihn noch nicht so lange. Sehen Sie hier: Es ist Behälter drei eingestellt, Sie müssen also das Papier nicht längs, sondern hier hinten quer anlegen. So!«

»Aha, na, das muß einem ja gesagt werden. Aber es sagt einem ja keiner was in diesem Betrieb hier. Heute morgen ist ganz offenbar eine Generalversammlung, und mich hat man nicht dazu gerufen. Und unser Chef ist auch nicht da. Was geht hier eigentlich vor? Hat's mit diesem Schreiben vom Chef zu tun? Das war ja doch wohl nur ein Witz. Aber Sie wissen wohl auch nichts Näheres?«

Er hatte also keine Ahnung. Immerhin war klar, daß er bestimmt nicht Nachfolger von Thewall werden würde, denn daß besagte Versammlung, an der bestimmt auch Frau Walcz teilnahm, mit dem neuen Chef zusammenhing, davon war ich überzeugt. Und was hatte Blauauge damit zu schaffen?

»Nein«, sagte ich zögernd, »woher wissen Sie denn, daß eine Versammlung stattfindet?«

»Na, ich bin ja nicht blöd. Frau Walcz ist in aller Herrgottsfrühe im Haus, sämtliche anderen Lektoren und allerlei wichtige Leute. Das gibt einem doch zu denken. Und als ich vorhin in den Konferenzraum geschaut habe, da standen alle Tische in Formation, und Frau Wittopiel war dabei, die Stühle richtig zu stellen. Als ich sie fragte, meinte sie, es sei eine interne Sache. Was heißt ›intern‹? Gehör ich nicht mehr dazu? Ich bin die rechte Hand des Chefs!«

»Vielleicht meinte sie damit, daß es nur die Lektoren betrifft«, versuchte ich ihn zu trösten.

»Phh! Ich bin für das Gesamtprogramm verantwortlich, helfe noch dazu überall, und da schließt man mich aus? Wenn das Herr Thewall wüßte, und er *wird* es erfahren – von mir höchstpersönlich –, sobald er wieder zurück ist! Na egal, wir werden schon sehen, wer zuletzt lacht. Danke schön, meine Liebe, für Ihre Hilfe, wir werden doch demnächst einmal ein Glas Wein miteinander trinken, nicht wahr?«

Er strich sich mit einer Hand sein Hemd und seine Krawatte über dem Bauch glatt, zog an seiner Hose, nickte mir zu und kehrte in sein Büro zurück. Ich dagegen kopierte eine Weile und dachte nach. Immerhin waren das recht interessante Neuigkeiten. Allzu unentbehrlich konnte Muschunski ja nicht sein, wenn er in solcher Weise von den anderen Verlagsangestellten ignoriert wurde.

Ich werde natürlich *nicht* mit Blauauge sonstwohin gehen, wanderten meine Gedanken von selbst zu ihrem Fixpunkt zurück. Um sieben. Klingeln kann er, bis er schwarz wird. Allerdings mußte ich dann aus dem Haus sein. Nur, was sollte ich derweil anfangen?

Ich raffte schließlich meinen Kram zusammen, ging in mein Zimmer und legte alles auf Rastamops Schreibtisch. Gerald-Dietzens Zigarettenstummel warf ich verärgert in den Papierkorb, und seine Tasse spülte ich aus. Bloß nicht an ihn erinnert werden. Dann setzte ich mich an meinen Schreibtisch und versuchte, mich auf die Fahnen zu konzentrieren, bis das Telefon klingelte.

Es war Udo. Seine Stimme klang jovial: »Sag mal, was war denn das für ein Typ an deinem Telefon vor ein paar Tagen? War der besoffen, oder was? Ich hab schon ein paarmal versucht, dich zu erreichen, aber du warst nie da.«

»Wovon redest du?« erkundigte ich mich kühl.

»Na, der Kerl, der an dein Telefon gegangen ist. Wohnst du in einer Wohngemeinschaft, oder was?«

»Das war Karl, mit dem du gesprochen hast. Sonst noch Fragen?«

»Was hat der bei dir zu suchen? Hast du was mit dem?«
»Und wenn?«
»Weißt du«, kam es jetzt in einem Ton, den er wohl für sarkastisch hielt, »ich hätte dir einen besseren Geschmack zugetraut, alles, was recht ist.«
»Du meinst jemanden wie deine Dampfnudel?!« Er hätte mir eine Tonne Corned beef von der allerfeinsten Sorte anbieten können oder lauter dunkelrote Gummibärchen, ich hätte höchstens eine halbe Sekunde gezögert, nicht zu ihm zurückzukehren.
»Was kannst du bissig sein«, meinte Udo, »kannst du nicht Vergangenes vergangen sein lassen?«
»Ich wüßte nicht, warum.«
»Bist wohl verknallt in den Kerl, wie?«
»Unsterblich!«
»So, hmm. Rhmmm. Varium et putabile semper femina. Ich werde wohl nach dem Rechten schauen müssen, bei dir da oben. Da kann ich dann gleich meinen Tieck mitnehmen. Den hast du ja wohl noch nicht abgeschickt, oder?«
»Nein, hab ich vergessen. Du brauchst wirklich nicht zu kommen, ich schick ihn morgen ab – oder übermorgen.«
»Oder überhaupt nicht. Nein nein, ich hol ihn selbst. Sobald ich Herbstferien hab, also in zehn Tagen etwa. Hab's dir ja geschrieben. Wir können wegfahren, wohin du willst. Denk drüber nach. Mein Angebot bleibt bestehen. So, meine Pause ist zu Ende. Sag deinem Galan, seine Manieren entsprächen etwa dem eines mißratenen zehnjährigen Gossenkindes. Ansonsten nichts für ungut, halt die Ohren steif. Bis bald also.« Er hatte aufgelegt.
Nun war der Tag ganz versaut, da war nix mehr zu retten. Auch das Paprikaschnitzel im Karstadt, das ich mir zur Aufhellung meiner Laune gönnte, machte die Sache nicht besser. Außerdem stellte ich fest, als ich zurückkam, daß Rastamop inzwischen fortgegangen war. Vermutlich mit ihm, dem Haderlumpen.
Sie war hinter ihm her, das merkte ja ein Blinder. Ich schaffte es nicht, mich auf meine Arbeit zu konzentrieren, und beschloß, es bei Frau Wittopiel zu versuchen. Sie wußte bestimmt was. Als ich das Zimmer ver-

lassen wollte, klingelte erneut das Telefon. Ich zögerte kurz, dann ging ich dran. Es war Karina. Sie schien sehr happy zu sein, wollte am Telefon aber nichts weiter erzählen, dafür aber abends vorbeikommen.
»Bist du denn schon wieder in der Gegend?« wunderte ich mich.
»Sagen wir: immer noch! Ein Bekannter von mir wohnt hier in der Nähe, da kann ich schlafen, wenn ich nicht, ich meine, wenn ich nicht bei Karl bin.«
Aha, so war das also, hätte ich mir ja denken können.
»Hör mal, Karina. Ich muß vor sieben aus dem Haus sein. Könnten wir uns, sagen wir um sechs oder halb sieben hier in Celle treffen? Vorm Karstadt oder vorm Rathaus, wie du willst. Und ich ... du mußt mir helfen. Diesmal brauch ich *deine* Hilfe!«
Sie schwieg einen Moment. »Natürlich helf ich dir, ich würd alles für dich tun, um mich zu revanchieren. Gut, also um sechs vorm Karstadt. Wenn ich einen Parkplatz finde. Aber kommen tu ich, bis dann.«
Nun gut. Das war erledigt. Ich wollte versuchen, sie auf den Priestersamen anzusetzen. Den Finger bekam ich vielleicht von Roland. Ich würde es jedenfalls versuchen.

Elli Wittopiel saß auf einem Schemelchen vor dem die ganze rechte Wand einnehmenden Bücherregal und hatte den siebten Band Meyer auf dem Schoß.
»Wissen Sie, aus was Schillerlocken gemacht sind?« begrüßte sie mich.
»Nein, keine Ahnung«, entgegnete ich erstaunt und blieb unschlüssig vor ihr stehen.
»Ich aber. Aus Dornhai! Und der gehört zu den Haien, wie der Name schon sagt. Mit zwei kräftigen Stacheln. Dafür hat der Arme keine Afterflosse. Nun wissen Sie's.«
»Aha, Und wozu wollten Sie das wissen?«
»Setzen Sie sich irgendwohin«, bedeutete sie mir, stand auf und stellte den Band an seinen Platz zurück. »Warum ich das wissen wollte? Weil ich mir nämlich vorhin am Fischstand Schillerlocken geholt hab. Man muß schließlich wissen, was man ißt, oder? Und diese ignorante Verkäuferin hatte keine Ahnung.« Sie schüttelte den Kopf.
»Sie wollen bestimmt hören, was es gegeben hat, nicht wahr?« Sie ließ

sich hinter ihrem Schreibtisch nieder. Ich hockte mich auf einen Stuhl, nachdem ich ein dickes Manuskript auf den Boden gelegt hatte.
»Ja, das auch. Aber zunächst wollte ich Sie fragen, ob Ihnen der Buchtitel ›Don Kojote‹ etwas sagt.«
»Natürlich«, kam es ohne Überlegen. »Das ist das neue Buch von Lars Mittorp. Erscheint im Frühjahr. Warum?«
»Lars Mittorp! Soso. Kennen Sie ihn?«
»Ja natürlich. Hab ihn übrigens eben grad gesehen. Ist noch nicht offiziell, aber so wie's aussieht, wird er der neue Verlagsleiter.«
Das verschlug mir denn doch für einen Augenblick die Sprache. Ich sah Elli an. »Wie sieht er aus?«
»Nun, wie sieht er aus? Er ist groß, hat nicht mehr sehr viel Haare, eine Warze auf der Nase ...«
»Und trägt zu kurze Hosen«, ergänzte ich.
»Ja, genau. Sie kennen ihn also auch?«
»Ja, er ist es, wissen Sie noch, der mich in den Verlag gebracht hat. Ich kenne allerdings nur seinen richtigen Namen: Gerald-Dietz Jodeleit.«
Elli Wittopiel pfiff bewundernswert gekonnt durch die Zähne: »Ach, so ist das. Nein, seinen richtigen Namen kannte ich nicht. Ich hab nicht viel mit ihm zu tun. Kenne ihn auch nur flüchtig. Aber im Augenblick betreue ich ein Buch mit Kurzgeschichten verschiedener Autoren, eine davon ist von ihm. Etwas, hm, sehen Sie selbst. Aber Ada läßt ja nichts auf ihn kommen. Warten Sie, wo sind die doch gleich. Ach, da lag doch ein Manuskript auf dem Stuhl, auf dem Sie jetzt sitzen ...«
Ich nahm es vom Boden auf und reichte es ihr. Stumm. Das waren Enthüllungen. Und ich hatte ihn für einen Kartoffelvertreter gehalten. Sie wollte mir ein paar Seiten reichen, überlegte es sich dann aber anders und sagte: »Am besten, ich les es Ihnen vor, muß ohnehin schauen, ob noch Satzfehler drin sind, also hören Sie:
›Etude in Blau.
Schon waren zehn Tage vergangen. Nächste Woche war es zu Ende. Mein Vater mußte wieder ins Büro. Schon bei dem Gedanken daran wurde mir übel. Keine Minute war mehr zu verlieren.
Wir standen ganz früh am Morgen auf, kaum hatten wir Zeit, einen Kaffee zu trinken.

Auf dem Schiff kamen wir zu früh an ... Wir hatten die billigsten Plätze, auf dem Vordersteven ... Eine großartige Aussicht auf den ganzen Horizont ... Ich sollte als erster die fremde Küste melden ... Das Wetter war nicht schlecht, aber kaum hatten wir uns ein wenig entfernt, die Leuchttürme aus den Augen verloren, begannen wir naß zu werden ... Es schaukelte mächtig, eine richtige Seefahrt ... Meine Mutter verkroch sich in den Raum mit den Rettungsgürteln ... Sie übergab sich als erste über das Deck hinweg und in die dritte Klasse ... Da wurde es sofort ganz leer um sie ...

›Gib auf das Kind acht, Herbert!‹ konnte sie noch kreischen. Das war das beste Mittel, ihn rasend zu machen ...

Jetzt begannen auch andere Leute unerhörte Anstrengungen zu machen ... über Bord und Reling ... Bei dem Geschaukel kotzte man wahllos in die Gegend ... Es gab nur ein Klosett ... Das war bereits von vier närrisch gewordenen Kotzern besetzt. Das Meer schwoll immer mehr an ... Bei jeder steigenden Welle übergab man sich einmal ... Beim Fallen mindestens zwölfmal, reichlicher, dichter ... Meiner Mutter riß ein Windstoß das Halstuch weg ... ganz durchnäßt legte es sich einer Dame am andern Ende auf den Mund ... die vor lauter Aufstoßen umkam ... Man war nicht mehr zu halten! Der Horizont fließt über von Eingemachtem ... Salat ... dem ganzen Ragout ...

Meine Mutter kriecht auf den Knien herum, sie müht sich ab und lächelt zart, während ihr der Speichel über das Kinn läuft ...

›Siehst du, Ferdinand‹, sagt sie zu mir mitten im Schlingern, ›der Thunfisch hat dir auch im Magen gelegen! ... Wir machen gemeinsame Anstrengungen. Buah! ... und Buah! ... Sie hat sich geirrt! Es sind die Krapfen! ... Ich glaube, ich könnte auch Kartoffeln hervorbringen ... die guten, festen Salatkartoffeln ... Wenn ich mich noch mehr anstrenge ... wenn ich die ganzen Eingeweide aufs Deck auskotze ...‹

Verzeihung, aber ich kann nicht weiter lesen.« Elli warf das Manuskript hin. Sie war ganz grün im Gesicht. »Das ist ... ich kann nicht ... mir dreht sich der Magen um. Ich hab's schon zweimal versucht, die Geschichte zu Ende zu lesen, und es nicht geschafft. Es wird die einzige Geschichte sein, die mit allen Satzfehlern in Druck geht. Ist er selbst schuld. Wenn ich nur an meine teuren Schillerlocken denke, rebellieren meine Eingeweide. Was denkt er sich dabei? Zum Kotzen ist das, Verzeihung. Und der soll Verlagsleiter werden! Na, wenn er dann keine Zeit mehr hat, solches Zeug zu schreiben, soll's mir recht sein. Oder? Sagen Sie bloß, *Ihnen* hat das gefallen!«

Kapitel 36

... Sausödel!

Christoph Martin Wieland
Don Sylvio von Rosalva

Um mich herum wimmelte es von Stockenten in den unterschiedlichsten Farbschattierungen. Die wenigsten sahen noch so aus, wie sich das gehörte. Viele waren offensichtlich Kreuzungen mit weißen Hausenten. Aber mein Brot mochten sie alle. Ein paar scheuere Tafelenten und Kanadagänse standen etwas abseits. Ich warf auch ihnen hin und wieder ein Stückchen zu, aber meist waren die Spatzen schneller.

Es war Samstag, Anfang Dezember – ein sonniger, aber sehr kalter Tag. Ich war nach Celle gefahren, um meine Weihnachtseinkäufe zu tätigen, allerdings wollte ich erst mein trockenes Brot loswerden. Ich schüttete die restlichen Krümel aus der Stofftasche auf den Boden und machte mich auf den Weg.

Das Schloß wurde renoviert, wenigstens an einer Seite. Vorn sah es nach wie vor recht proper aus. Aus dem Haus trat eben eine Braut in bauschigem langen Kleid und Schleier. Sie winkte ein paar Leuten zu, wurde eifrig fotografiert, lachte über das ganze Gesicht. Sie hatte braune gelockte Haare und wirkte sehr glücklich. Ich blieb stehen und betrachtete sie neidvoll. Und ich?, dachte ich. Niemand liebt mich, außer vielleicht Roland. Karl hatte ich mir selbst vermasselt. Und was war mit meinem Rezept? Seit Wochen hatte ich von Karina nichts gehört. Ich erinnerte mich an den Abend, als ich sie in Celle getroffen hatte.

Wir waren zum Chinesen gegangen, und nachdem sie überschwenglich

wenigstens zehnmal betont hatte, sie sei ja sooo glücklich, hatte ich ihr erklärt, worum es ging.
»Huh, das klingt ja richtig spannend. Nur zu, was hab ich zu tun?«
»Als erstes mußt du herausbekommen, wer die Haushälterin vom katholischen Pfarrer bei dir am Ort oder gegebenenfalls in einem der Nachbardörfer ist. Dann mußt du dich möglichst rasch bei ihr lieb Kind machen. Das ist der eine Teil deines Jobs und vermutlich nicht der leichteste. Am besten ziehst du dich zu diesem Zweck so sittsam wie möglich an. Widerstehst halt außerdem deiner Vorliebe für grelle Farben. So, und nun Teil zwei: Also du gehst zur Beichte, am besten zu einer späten Stunde, ich hab keine Ahnung, wie das da gehandhabt wird. Also jedenfalls so spät es geht, als eine der letzten oder am besten, wenn überhaupt niemand außer dir mehr da ist.«
Karina hatte mit wachsendem Interesse und höchst erstaunt zugehört und dabei sogar vergessen, an ihrer Zigarette zu ziehen.
»Dann gehst du in das Kabuff, und wenn dich der Priester fragt, was du zu beichten hast, dann fängst du an, ihm in allen Einzelheiten auszumalen, wie du masturbiert hast oder irgendwie paarweise Unzucht getrieben. Hast ja genug Erfahrung, um ihm was bieten zu können, oder? Mußt es halt machen wie die Telefonsexdamen. Versetz dich einfach in die Situation von einer von denen.«
Karina zog scharf die Luft ein und trank einen großen Schluck von ihrem Cola-Kognak. »Wie stellst du dir das vor, ich bin doch keine Nutte!«
»Denk doch an den guten Zweck«, mahnte ich, »bist du eine Schauspielerin oder nicht? Jetzt kannst du's beweisen.«
Da hatte ich sie bei ihrer Ehre gepackt.
»Soso. Und wozu, bitte schön, soll das alles gut sein? Mal angenommen, ich krieg's hin, was ich nicht beschwören möchte.«
»Ich brauch für das Rezept ein von dem Samen eines Priesters beflecktes Stück Stoff.«
»Oha! Das ist hart ... Na schön, ich werd mir also zuvor Mut antrinken. Nehmen wir mal an, er geilt sich an meinem Bericht auf und holt sich in seinem Beichtstuhl einen runter, was ich mir schlecht vorstellen kann. Aber gut. Dann stehen wir immer noch vor dem Problem ... Ach

so, deshalb die Haushälterin! Na, aber wie denkst du dir das? Das wird wohl der schwerste Teil werden.«

»Du mußt ihr vorher einen Besuch abstatten, sie ein wenig aushorchen, herausbekommen, was denn so alles zu ihren Pflichten gehört, anerkennende Worte murmeln und dabei herausfinden, wo der Korb mit der Schmutzwäsche steht. – Na, und dann am Tag, nach dem du den Priester becirct hast, stattest du deiner Freundin unter einem guten Vorwand einen weiteren Besuch ab. Am besten frühmorgens, damit sie besagtes Stück Stoff noch nicht in die Maschine befördert hat, pirschst dich an den Wäschesack heran und suchst die samenbefleckte Unterhose heraus. Na, ist doch alles ganz simpel.«

»Na also, weißt du, da ist es ja noch leichter, einen Zweijährigen dazu zu bewegen, einen annektierten Schokoriegel wieder rauszurücken oder Amerikanern Deutsch beizubringen! Da sind ja unzählige Wenns und Abers dabei.« Sie begann an den Fingern abzuzählen: »Erstens könnte sie, das heißt die Haushälterin, mich von Anfang an unsympathisch finden. Zweitens könnte ich *sie* unsympathisch finden.«

Ich unterbrach sie: »Punkt zwei zählt nicht. Du sollst sie ja schließlich nicht heiraten. Und was Punkt eins angeht: Zeig mir mal den, der dich unsympathisch findet, wenn du ihm geschickt schöntust. Außerdem, wie gesagt: Unter Umständen mußt du eben im Nachbarort dein Glück versuchen. Weiter?«

»Hört sich nach Arbeit an, das Ganze! ... Drittens: was, wenn der Priester schon jenseits von Gut und Böse ist?«

»Darauf lassen wir es ankommen. Wenn's nicht klappt, nun, wie gesagt ...«

»Das Nachbardorf!« Karina seufzte. »Ich hab's kapiert. Viertens: Vielleicht wäscht er seine Unterhose hinterher selbst aus oder vergräbt sie im Garten, wirft sie in die Mülltonne oder was weiß ich.« Sie wedelte mit der Hand in der Luft herum, um mir die Unmöglichkeit der ganzen Sache deutlich vor Augen zu halten.

»Glaub ich nicht. Ich wette, er weiß nicht mal, wie man das macht, Wäsche waschen. Außerdem hält er seine Haushälterin bestimmt für eine durch und durch ehrbare Frau, die nicht mal im Traum darauf käme, daß er nicht jenseits aller Fleischeslust weilt. Weiter?«

Karina hatte abgewinkt. »Du läßt ja nichts gelten, hat also gar keinen Zweck, weitere Wenns und Abers aufzuzählen. Also schön, ich versuch's.«

Seitdem hatte ich nichts mehr von ihr gehört. Ich wandte der Hochzeitsgesellschaft entschlossen den Rücken und ging die Runde Straße hinauf, vorbei an einer Konditorei, in deren Schaufenster lauter leckere Schokoladentörtchen standen. Das wäre was für Blauauge, dachte ich unwillkürlich. Er würde sich bestimmt die Nase platt drücken. Ich seufzte. Den konnte ich abschreiben, so pampig wie ich ihn jedesmal hatte abblitzen lassen, wenn er mich in den vergangenen Wochen angerufen hatte. Einmal hatte er sogar abends vor der Tür gestanden. Völlig unerwartet. Denn als ich an dem besagten Abend keine empörte Nachricht von ihm vorgefunden hatte, war ich davon ausgegangen, daß das Thema Gerald-Dietz erledigt wär.

Jedenfalls hatte ich also nichts Böses ahnend und mit erhitztem Kopf die Tür geöffnet. Ich war nämlich dabeigewesen, mir ein dickes Hühnerbein zu schmoren, das sich augenblicklich noch im Stadium des Anbratens befand. Und da stand er nun in seinem schmutzsandfarbenen Dufflecoat mit rosa glänzender Warze und unsicherem Lächeln. Mein Auftritt wurde dadurch vermasselt, daß die Keule anfing, vor sich hin zu kokeln.

»Mein Huhn«, rief ich also bloß kurz angebunden und ließ die Haustür offen, was er natürlich als Aufforderung verstand, hereinzukommen.

»Riecht ein wenig ... hm ... ich würde sagen scharf angebraten! ... gelinde gesagt.« Er drängte sich an mir vorbei, um seinen Mantel neben dem Kanarienkäfig auf meinem monströsen Schreibtisch abzuladen.

»Was du nicht sagst«, rief ich ihm verärgert hinterher. »Glücklicherweise brauchst du's ja nicht zu essen. Deine Frau läßt bestimmt nichts anbrennen«, fügte ich noch hinzu – um ihn mal wieder beim Lügen zu beobachten.

Er kam mantellos und im immer noch an einem Ärmel leicht ausgefransten blauen Pullover und ebensofarbenen Hosen zu mir, stand, die Arme verschränkt, im Türrahmen und meinte: »Wie darf ich das verstehen? Im übrigen hab ich keine Ahnung, ob meine Frau was kocht und wenn was. Ich hab sie schon über ein halbes Jahr nicht mehr gesehen.«

»Was?« Ich vergaß mein Huhn, das ich eben mit Wein übergießen wollte. »Hast du immer noch nicht genug gelogen?«
»Gerade deshalb sag ich ja die Wahrheit! Es ist an der Zeit. Nun gieß schon den Wein drauf, damit der Schenkel da aufhört zu qualmen.« Seine Stimme klang forsch, aber sein rechter Ellbogen zuckte nervös, wie ich mit einer gewissen Befriedigung konstatierte, bevor ich das Huhn erlöste. So, das war erst mal versorgt. Und wenn ich vor Schwäche kollabierte, ich würde erst essen, wenn er wieder weg war.
Ich deckelte die Pfanne zu und schob mich an ihm vorbei ins Wohnzimmer. Stellte mich in Positur und fragte ihn kriegerisch: »Also, was willst du? Hast du noch nicht genug Schaden angerichtet? Fünf Kinder, pfff!«
Er war hinter mir hergekommen, ließ sich jetzt mit einer Pobacke auf dem noch ungedeckten Tisch nieder und sah mich an. »Wer hat dir gesagt, daß das nicht stimmt?«
»Wer? Was spielt das schon für eine Rolle! Du hast mich in jeder Hinsicht zum Narren gehalten, *das* ist es, was eine Rolle spielt!«
»Nein, nicht in jeder Hinsicht.« Seine Stimme klang recht matt, und sein Arm zuckte heftiger.
»Ist auch egal jetzt. Treib deine merkwürdigen Spielchen in Zukunft mit wem du möchtest. Dürfte dir als bekannter Schriftsteller mit Morgan ja keine größeren Probleme bereiten, wieder jemanden aufzutreiben, wenn auch schwerlich noch eine so naive Gans wie mich. Im übrigen hab *ich* noch kein Buch von dir gelesen. So bekannt bist du also auch wieder nicht ... Mich jedenfalls kannst du inzwischen zu deinen Verflossenen rechnen. So, und jetzt wär ich dir sehr verbunden, wenn du mich in Ruhe mein verbranntes Hühnchen essen ließest!«
Er saß einen Augenblick lang schweigend auf seiner einen Pobacke, sah auf den Fußboden, hob den Kopf, strich sich seine wenigen Haare an irgendeine Stelle und fragte leise: »Das heißt also, daß ich gehen soll? Du willst mich nicht mal erklären lassen?«
»Da gibt's nichts zu erklären, und auf weitere Lügen kann ich gerne verzichten«, sagte ich barsch, um nicht vor Mitleid mit mir selbst in Tränen auszubrechen.
Er warf mir einen eindringlichen Blick zu, stand ohne ein weiteres Wort

auf, nahm im Nebenzimmer seinen Mantel vom Schreibtisch, sagte kurz, auf Pippin und Emmchen deutend: »Geschenk?«, schien keine Antwort zu erwarten, zog den Mantel an und ging.
»Bis demnächst«, sagte er noch leise, oder hatte ich mir das nur eingebildet?

Nun, er hatte noch ein paarmal angerufen, mit Arme-Sünder-Stimme gesagt, er wolle nur hören, wie es mir ginge, und auf meine jeweiligen kalten Wortgüsse mit gleichbleibender Sanftmut reagiert. Vor zehn Tagen schließlich hatte ich ihm schroff erklärt, er möchte mich doch bitte nicht mehr anrufen. Und er hatte nicht mehr angerufen.
Auch wenn er mir *vollkommen* gleichgültig war, hatte ich zufrieden festgestellt, daß Rastamop wieder ihre übliche Muffligkeit an den Tag legte und wie früher Jeans und scheußlich bunte Blusen trug. Inzwischen stand im übrigen fest, daß Blauauge Thewalls Nachfolger werden würde. Thewall hatte ich nur noch einmal, und auch nur von ferne, zu Gesicht bekommen – es hieß, er sei in den zeitweiligen Ruhestand getreten worden.
Als ich mir eine knappe Stunde später auf dem Weihnachtsmarkt an einer der Buden eine Bratwurst gönnte, überschlug ich kurz meine bisherigen Einkäufe: eine Biographie von Maria Sibylla Merian für meinen Vater, für meine Mutter einen Italienisch-Lern-Abreißkalender und für Karina, deren Geschenk mir die meisten Probleme bereitet hatte, ein Schminkköfferchen und Elsye Birkinshaws *Denken Sie sich schön.*
Ich hatte mir also eine Pause verdient, zumal ich noch gut eine Stunde Zeit hatte, bis Roland kam, um mich abzuholen. Roland der Gute, Treue, Liebe. Jetzt fehlten nur noch ein Geschenk für ihn und eines für Bernhard, und ein paar Kleinigkeiten.
Für Bernhard kaufte ich das großformatige und mit vielen bunten Bildern ausgestattete Buch *Chiroptera sehen und sterben. Auf du und du mit den Speckmäusen* und – fort eitle Bedenken! – einen Gutschein für einen Italienisch-Kochkurs. Für Roland erstand ich eine recht große Aralie, die ich im Verlag ablud, damit er sie nicht sah. Kein Mensch war da, und so erfüllte ich mir einen langgehegten Wunsch, ließ meine Päckchen unten am Fuß der Treppe und rannte noch mal bis ganz nach oben, um

das Geländer herunterzurutschen. War allerdings ein zwiespältiges Vergnügen, da ich auf jedem Treppenabsatz gegen den geschwungenen Knubbel knallte, der sich schmerzhaft in meine Weichteile bohrte.
Schön, dachte ich, als ich unten angelangt war, das ist nun auch abgehakt. War gut, aber öfter brauchst es nicht zu machen. Zufrieden mit mir und meinen Einkäufen postierte ich mich wie abgemacht auf dem Parkplatz beim Oberlandesgericht und wartete auf Roland.
Ich war noch ein wenig zu früh dran, aber er kam kurz darauf und fragte, als ich mit Sack und Pack eingestiegen war, ob ich alles erledigt hätte.
»Hab ich. Magst du heut abend mit mir essen? Ich hab Kalbsschnitzel gekauft, dazu gibt's Gorgonzola-Sauce und Reis. Und Radicchio.«
Er strahlte und nahm an. »Ich hab auch was für dich«, meinte er noch, während er sich in den Verkehr einfädelte, »aber du kriegst es erst nach dem Essen.«
Müde sieht er aus, konstatierte ich, als ich ihm später am Tisch gegenübersaß. Er hatte dunkle Schatten unter den Augen, und seine Stirn schien regelrecht zerrillt. Wie er mir sagte, gab es immer mehr Probleme mit dem Oberarzt. »Heut hat er zu einer Sterbenden, die keine Ruhe gab, gesagt, sie solle sich nicht so anstellen. Kannst du dir das vorstellen?«
Das erinnerte mich an irgendwas, ich kam nicht drauf. Das hatte ich schon irgendwo gelesen.
»Ich überleg mir inzwischen allen Ernstes, ob ich nicht wieder nach Afrika zurückgehen soll. Andererseits würde ich schon wirklich gern eine Praxis eröffnen.«
Mein Rezept. Das Messer! Das würde ich schon irgendwie hinkriegen, wenn nur erst Karina das Ihrige erfolgreich getan hätte. Und der Finger? Ich traute mich nicht, Roland daran zu erinnern, er schien, als ich ihn vor einigen Wochen darum gebeten hatte – offiziell einer Wette wegen –, nicht wenig schockiert. So einfach sei das nicht, und überhaupt. Die Idee gefiel ihm nicht, so viel war klar. Also fragte ich nicht. Aber ohne diese zwei Dinge würde ich mir nicht die Mühe machen, das verlangte Messer aufzutreiben. Der Rest war kein Problem.
»Was wirst du an Weihnachten machen?« fragte ich ihn, um ihn abzulenken.

»Ich werde wohl meine Mutter besuchen. Sie hat ja niemanden mehr außer mir und meiner Schwester, die aber mit ihrem Mann nach Griechenland fährt. Außerdem hab ich schon am sechsundzwanzigsten wieder Dienst. Und du?«

Ich verzog das Gesicht. »Ich werd auch zu meinen Eltern fahren, was soll ich hier allein. Bist du satt geworden?«

Roland rieb sich den Bauch und sah weniger zerfurcht und ein ganzes Stück zufriedener aus. »Und ob, hab schon lange nicht mehr so gut gegessen.« Er räkelte sich. »So laß ich mir das Leben gefallen.«

Er warf mir einen sehr liebevollen Blick zu und stand dann auf. »Ich muß leider gehen. Nachtschicht, du weißt ja. Danke!« Er beugte sich zu mir hinunter und küßte meine Hand. »Bleib sitzen. Ach, bevor ich's vergesse ...« Er zog ein kleines weißes Päckchen aus seiner Manteltasche. »Ich hoffe, du weißt, was du damit wolltest und warum ... und paß auf, daß dir nicht schlecht wird, wenn du es auspackst. Ist der Daumen von einem Tischler, der mit der Hand in die Sägemaschine geraten ist. Ließ sich leider nicht wieder annähen. Also treib keinen Unsinn damit.«

Mir drehte sich der Magen um. »O bitte, leg ihn, leg ihn in den Kühlschrank ins Eisfach ... Neiinn!!! Bloß nicht, da ist noch Scholle drin«, rief ich ihm hinterher. »Sonst eß ich die nicht mehr. Leg ihn einfach oben auf meinen Schreibtisch. Du bist wirklich ein Schatz ...« ergänzte ich noch, »du hältst mich wohl für ein wenig übergeschnappt, was? Ich bin's aber nicht, ehrlich. Und ich steh auch nicht auf makabre Scherze.« Mir lag an seiner guten Meinung über mich.

»Weiß ich doch«, kam es aus dem Nebenzimmer. »Du wirst schon deine Gründe haben für eine so merkwürdige Bitte. Nur, wenn's irgend möglich ist, häng das nicht an die große Glocke oder zeig das Ding überall rum. Sonst krieg ich noch Schwierigkeiten und nicht zu knapp – und die hab ich im Moment schon mehr als genug.«

»Versprochen!« Ich stand auf, lief zu ihm hin und umarmte ihn. »Wenn ich dich nicht hätte.«

»Dann hättest du jemand anders«, lächelte er und knöpfte seinen Mantel zu. »Was sind denn das für Piepmätze da?«

»Kanarienvögel. Die hab ich auf einer Tombola gewonnen. Heißen Pip-

pin und Emmchen. Nur vertragen sie sich noch nicht besonders. Neiden sich das Futter und die Badewanne.«
Roland lachte: »Mit anderen Worten, sie sind nicht anders als wir.«
»Nein, wir alle sollten uns ein Beispiel an den Meerschweinchen nehmen: Die sind großherzig, nicht futterneidisch, sanft und dick.«
»Dafür werden sie in ihrer Heimat auch am Spieß gebraten und gegessen«, meinte Roland lakonisch und ging.

Kapitel 37

»Hnh! ... Hnh! ... Hnh!«

D. Bartholini
Daniela

Die Hecken beiderseits des Weges hatten sich während des Winters mit Eider-Eiderenten (das sind die Kinder der Eiderenten) bevölkert, und all diese kleinen Eiderenten, die sich haufenweise in den Weißdornbüschen aufhielten, ließen es künstlich schneien, wenn sie sich mit heftigen Schnabelbewegungen die Bäuche kratzten.
So ein Schwachsinn, dachte ich, als ob Eiderenten in den Büschen sitzen würden! Wie kann ein erwachsener Mann nur solchen Unsinn verzapfen und ihn dann auch noch verkaufen können.
›Eider-Eiderenten‹, phhh! Vermutlich hat er in seinem ganzen kahlköpfigen Leben noch keine Eiderente gesehen, oder wenn doch, dann nicht als solche erkannt.
Ich stand an Rastamops Schreibtisch und blätterte im Manuskript von Blauauges neuestem Buch, das zufällig im Papierchaos zuoberst gelegen hatte. Noch hatte sie mit dem Lektorat offenbar nicht begonnen, jedenfalls hatte ich allein beim Überfliegen zahlreiche Zusammen- oder Auseinanderschreibfehler entdeckt, die unverbessert geblieben waren. Aber was die kleinen Eiderenten anging, so war ich todsicher, daß sie sie

nicht einmal mit einem Fragezeichen versehen würde. Wenn sie überhaupt einen Gedanken daran verschwendete, dann stellte sie sich vermutlich eine Art auf Bäumen lebende Hühner mit viel Flaum darunter vor. Aber für viel wahrscheinlicher hielt ich, daß sie jedes Wort von Blauauge für kanonisch erachtete und beim Korrigieren lediglich seine Sommerseeaugen vor sich sah.

Ich legte das Manuskript wieder auf den Tisch. Es klopfte: Frau Permafrost. Sie grüßte lächelnd, leerte meinen Papierkorb in ihre große blaue Tüte, warf einen flüchtigen Blick in Rastamops, der wie meistens leer war, erzählte mir, sie habe es eilig heute, weil der eine Hamster ihrer Tochter nachts die Treppe hinab in den unteren Hausflur gestürzt sei. »Do is nix'n z'red'n, dös is halt a Plog!« Und nunmehr alle Anzeichen einer Querschnittslähmung zeige. Sie wollte mit ihm zum Tierarzt.

Während ich kommentierende Laute von mir gab, dachte ich daran, daß Karina, die offenbar erfolgreich gewesen war, sich für den morgigen Abend angesagt hatte – zum Abendessen, und daß ich heute noch versuchen wollte, mir das Messer zu beschaffen, das ich für meine Zauberei benötigte.

Als die strahlende Frau Permafrost gegangen war, packte auch ich meine Sachen und rekapitulierte derweil, was ich zu tun hatte. Am voraufgegangenen Sonntag hatte ich morgens dem Großmoorer Friedhof einen Besuch abgestattet. Er war weitläufig angelegt, mit Gräbern zu beiden Seiten der ein wenig barsch aussehenden Kirche und einer noch fast freien Rasenfläche nach hinten zu. Außer mir waren nur zwei weitere Frauen auf dem Friedhof gewesen, eine dicke mit braunem formlosen Mantel und buntem Kopftuch, die über ein Grab gebeugt stand, sowie ein kleines Hutzelweiblein, das ich schon öfter beim Einkaufen gesehen hatte und das mich freundlich grüßte. Ich war die Reihen abgegangen und hatte in einem Notizbuch alle Namen vermerkt, deren Träger vor sieben Jahren das Zeitliche gesegnet hatten. Meine Liste ergab am Ende:

1. Alfred Griebe 18.11.09 – 1.5.88
2. Mario Walter 9.10.67 – 18.6.88
3. Walter Krigoleit 23.8.29 – 3.10.88
4. Karl Gänsehirt 1919 – 1988
5. Rudolf Staal 25.2.10 – 9.7.88

6. Günter Paschek 25.4.39 – 5.2.88
7. Friedrich Hansemann 7.12.1900 – 7.11.88

Die Frauen ließ ich beiseite, erst wenn mit den Männern alles fehlschlagen sollte, würde ich es mit ihnen probieren. Nach Hause zurückgekehrt, hatte ich mir das Telefonbuch vorgenommen. Es ergab sich, daß kein Griebe mehr existierte, dafür aber gleich zwei Walters: ein Dieter und ein Heinz, beide im selben Haus. Bei Krigoleit stand Gerda, und bei Gänsehirt: Karl. Es gab des weiteren drei Staals: Christina, Horst und I. mit verschiedenen Adressen sowie zwei Paschcks: C. und Ernst, ebenfalls in verschiedenen Straßen. Und dann wohnte noch Emma Hansemann im Holzweg. Nun, das sah gar nicht so schlecht aus. Wenn man die beiden Walters beiseite ließ, die Staals und Paschcks, weil es deren mehrere gab, so blieben fürs erste noch Gerda Krigoleit und Emma Hansemann. Sie waren wohl die beiden Witwen der Verstorbenen. Mit ihnen wollte ich es probieren. Heute abend.

Ich setzte meine Mütze auf, die grünwollene, denn es schneite – nicht sehr viel, aber stetig, und auf dem Platz hatte sich schon eine dünne weiße Schicht gebildet. Was soll ich bloß sagen? fragte ich mich zum zigsten Mal, als ich im Bus saß und das Chaos betrachtete, das das bißchen Schnee auf den Straßen verursachte.

Zunächst würde ich es bei Frau Krigoleit versuchen, sie wohnte nämlich nicht weit von der Haltestelle neben der Kirche. Ein weißes Einfamilienhaus mit Tannenkranz an der Haustür. Ich klingelte zaghaft, ein Hund bellte. Kurz darauf wurde erst eine Zwischentür und dann die Haustür geöffnet. Ein dünner Mann mit dunklen Locken, horngeränderter Brille, roter Trainingshose und blauer Strickjacke. Er bedachte mich mit einem fragenden Blick.

»Ich ... ich führe eine Untersuchung durch«, stotterte ich. »Ich teste die Qualität von Messern. Eh ... ich meine von Messern, die wenigstens sieben Jahre alt sind.« Jetzt erst bemerkte ich, daß mich ein kleiner weißer Hund beschnüffelte. Er lenkte mich ab. Davon abgesehen wußte ich selbst, daß ich mit solch unglaubhaftem Rumgestottere nur mit viel Glück erhalten würde, was ich wollte. Aber schließlich konnte ich ihm ja wohl nicht sagen, daß ich nur an Messern von vor sieben Jahren Dahingeschiedenen interessiert war. Ich warf einen prüfenden Blick auf

das Gesicht des Mannes: war vermutlich sein Vater oder Schwiegervater gewesen, der Verstorbene.
»Was?« Er schien nicht zu verstehen und rieb sich ratlos mit zwei Fingern die Nase. »Ich hab keine Ahnung, wie alt unsere Messer sind!« Glücklicherweise war ich da offenbar an eine arglose Seele geraten. »Meine Frau weiß das vielleicht, aber die ist in der Badewanne.«
Ich entschloß mich, ein wenig nachzuhelfen, mochte er denken, was er wollte. »Haben Sie denn kein Besteck geerbt? Von Ihrem Vater vielleicht oder dem Schwiegervater?«
»Eh ... nein, oder ich weiß nicht ... Aus, Fidu! Geh rein zum Tantchen! ... Es ist doch wohl nicht üblich, daß Väter Bestecke vererben, oder? Meine Mutter lebt noch und meine Schwiegereltern auch. Also ich fürchte«, nochmaliges Nasereiben, »ich kann Ihnen da nicht weiterhelfen.« Sein Bart könnte mal geschnitten werden, dachte ich, während ich mich enttäuscht verabschiedete. Beim Weggehen warf ich aber noch einen Blick auf die Klingel neben der Tür: Irgendwas mit B, also mußten Herr mit Hund und Tantchen im Bad erst vor kurzem hier eingezogen sein, oder aber ich hatte mich in der Hausnummer geirrt.
Es schneite stärker, und hier blieb der Schnee auch auf den wenig befahrenen Straßen liegen. Vor vielen Häusern waren emsige vermummte Gestalten bereits am Kehren. Ich erkundigte mich bei einer von ihnen, einem feisten Mann in Anorak, nach dem Holzweg. Er wischte sich die Haare aus der Stirn, wies mir die Richtung, und kurz drauf stand ich auf dem knirschenden Schnee vor dem schmiedeeisernen Tor eines kleinen dunklen Backsteinhauses.
Die Tür quietschte, als ich sie öffnete. Nur in einem der unteren Fenster schimmerte Licht zwischen der heruntergelassenen Jalousie hervor. Meine Hoffnungen waren nach dem letzten Erlebnis ziemlich gesunken, aber ich hatte keine andere Wahl: Ich klingelte. Ein altmodisches Ding-Dong war zu hören. Nichts geschah. Ich klingelte nach einem Anstandsweilchen noch einmal. Jetzt kam jemand, ein Licht wurde angeknipst, die Tür ging auf, und ich stand vor jenem alten Weiblein vom Friedhof.
Sie sah mich einen Augenblick schweigend an, wie um sich zu erinnern, wo sie mein Gesicht einordnen sollte, dann lächelte sie freundlich. Ein

seltsam sanftes, aber gleichzeitig durchaus energisches Lächeln. Ohne Kopftuch sah sie mit ihren silberweißen, zu einem Knoten nach hinten gebundenen Haaren, der recht langen Nase und den pfiffigen Äuglein wie eine freundliche Spitzmaus aus.

»Nun, Fräulein?« sagte sie endlich mit hoher Stimme und schwieg dann erwartungsvoll.

Ich brachte meinen Spruch vor, ein wenig ängstlich – es gefiel mir nicht, der alten Frau was vorzuschwindeln –, und wartete. Sie betrachtete mich mit ihren Knopfäuglein und bat mich dann ins Haus. »Wissen Sie, Fräulein«, sagte sie, als sie die Tür hinter mir geschlossen hatte und mich in die Küche führte, »das erinnert mich an alte Zauberrezepte.« Sie kicherte. »Aber damit habt ihr junges Volk ja nichts mehr im Sinn. Zu meinen Zeiten legte man, wenn man seinen Liebsten halten wollte, ein paar Leinsamenkörner in seinen Schuh und des Nachts ein wenig Johanniskraut, und da war noch was ... na, ich hab's vergessen. Ist ja auch lange her.«

In der Küche roch es nach Oma – einer Mischung aus abgestandener Luft, Lavendel, Staub und seit dreißig Jahren nicht aufgeräumten Schränken. Ein alter Kirschholzschrank, ein Resopaltisch mit drei Stühlen und ein Plastik-Mohn-Kornblumensträußchen in braunem Väschen an der Wand machten so ziemlich die ganze Einrichtung aus, wenn man von einer alten Spüle und einem noch älteren Kühlschrank absah. Unter dem Sträußchen hing ein kleines Kruzifix.

»Setzen Sie sich, Fräulein. Ich hab mir gerade einen Pfefferminztee gemacht, wenn Sie auch ein Glas möchten?«

Und so saßen wir beide am Tisch, und sie begann mich auszufragen. Prompt steckte ich in der Klemme. Sollte ich ein ganzes Lügengebäude erfinden? Ich sah sie an, wie sie da spitzmäusig auf ihrem Stuhl hockte – und erzählte ihr ganz einfach die Wahrheit. Sie hörte aufmerksam zu, rührte ab und an in ihrem Tee, kicherte darauf ein wenig, nickte und fragte dann nach den übrigen Zutaten des Rezeptes. Ich zählte sie auf, so gut ich sie noch in Erinnerung hatte, verschwieg aber die Unterhose und den Finger, und sie wiegte den Kopf hin und her und erklärte in bedenklichem Ton: »Sind Sie sicher, Fräulein, daß das alles ist? Na, Sie werden es schon wissen. Nun, dann werden wir mal sehen, ob wir was für Ihren armen Freund tun können.«

Sie stand auf und begann in einer der Schubladen des Kirschholzschrankes zu kramen. »Ich muß hier noch irgendwo das Jagdmesser von meinem Mann haben. Ha! Hier ist es ja.«
Sie hielt mir triumphierend ein Messer mit einem fürchterlich geformten hörnernen Griff hin. »Na, nehmen Sie schon, er hätte bestimmt nichts dagegen gehabt, war für allen Schabernack zu haben. Und das ist ja eine richtig gute Tat, was Sie da vorhaben.«
Ich stand auf, umarmte sie und bedankte mich herzlich. »Wie kann ich mich bei Ihnen revanchieren?«
»Oh, wo Sie schon mal da sind, könnten Sie mir vielleicht eben mal den Schnee vor der Haustür wegkehren«, meinte sie lächelnd. »Mein Neffe findet bestimmt wieder nicht den Weg zu mir. Er besucht mich nur, wenn er was braucht.«

Karina kam um acht statt wie angekündigt um sieben. Am Samstag. Das Hühnchen hatte sich in seine Fasern zerlegt, die Zucchini waren zu einer grünen Pampe zerkocht, und ich war halbtot vor Hunger.
Ich maß sie mit einem höchst unwirschen Blick, nachdem sie mich umhalst hatte. »Wo zum Teufel hast du gesteckt?«
»Oh, tschuldige, ich war noch kurz bei Karl.«
»Karl, soso. Und läßt mich wegen diesem Käppiheini hier eine Stunde lang auf meinen Zucchini sitzen. Von dem Huhn und den Kartoffeln ganz zu schweigen. Wirklich *sehr* nett!«
Sie sah mich treuherzig aus ihren Eulenaugen an. »Nun sei doch wieder gut ... Ich hab übrigens schon gegessen.«
Ich lud mir empört den Teller voll und ging ihr voran ins Wohnzimmer. »Bring den Wein mit und zwei Gläser«, rief ich ihr kurz angebunden zu. Ich aß schweigend, und sie sah mir eingeschüchtert dabei zu. Als ich satt war, konnte ich Karina einen etwas freundlicheren Blick gönnen. Sie trug ein schwarz-rot-gold gemustertes Etwas, eine Mischung aus Hosenrock und Overall, und sah aus wie eine Scheuche mit Waldkauzgesicht. Aber Hauptsache, es gefiel Karl – der zu meinem großen Erstaunen nicht mal seinen Verlobungsring von mir zurückgefordert hatte. Das schlechte Gewissen? Wenn der wüßte, dachte ich. Karina schien recht zufrieden zu sein, wenn sie sich auch eine Zigarette an der anderen anzündete.

»Sag mal, dir geht's nicht sehr gut, wie?« Sie war eine Blitzmerkerin.
»Wieso, mir geht es ganz ausgezeichnet.«
»So siehst du auch aus.« Sie hielt mir ihre Zigarette hin. »Da, zieh mal, vielleicht hilft das.«
»Hilft nicht.«
»Na, dann kann ich dir auch nicht helfen.«
»Sehr geistreiche Unterhaltung. Erzähl mir lieber, wie's gelaufen ist.« Ich trank mein Glas Wein in einem Zug aus, räumte das Geschirr in die Küche und machte es mir dann auf dem Bett bequem.
»Also«, begann sie mit wichtiger Miene: »Ich kam rein, und die Haushälterin war schon da. Ach nein, ich muß ja von vorne anfangen. Erst hab ich also die ganze Umgebung nach einem geeigneten katholischen Pfarrer abgeklappert. Frag mich nicht, in wie viele Messen ich gehen mußte. Und erst die Predigten. ›Wohlan, nun gebt acht! Wer waren die Leute, die da kauften und verkauften, und wer sind sie noch? Nun hört mir gut zu. Ich will jetzt ausnahmslos nur von guten Leuten predigen‹«, deklamierte Karina. »Ein anderer war wohl grade beim Hausbauen und faselte nur von Häusern: ›Wer da baut und das Holz zuhaut und den Stein metzt darum und zu dem Ende, daß er ein Haus gegen die Hitze des Sommers und den Frost des Winters herstelle, dessen Herzensanliegen ist zum ersten und ganz und gar das Haus und zum zweiten ganz und gar das Haus.‹«
»Sag mal, du hast ja mächtig gut zugehört, bei mir wäre das zum einen Ohr rein, zum anderen wieder rausgegangen.«
»Dafür bin ich eben Schauspielerin«, sagte Karina ein wenig herablassend, »wir leben davon, daß wir Sachen im Kopf behalten können. Jedenfalls waren die alle nix. Zu alt oder zu verknöchert oder zu heilig. Nur der von Jagsthausen, der schien richtig zu sein. So 'n väterlicher, bißchen halbrunder.«
»Wie alt?«
»Na, so um die Fünfzig. Kann ihn mir richtig vorstellen, wie er zu und zu gerne in SAT.1 die schweinischen Filme angucken würde und's vielleicht auch tut bei zugezogenen Vorhängen und ohne Ton.«
Ich lächelte ein wenig schief. »Man soll von seinen Nächsten immer nur das Beste denken, nicht wahr?«

»Und? Was ist daran falsch? Bist du auf einmal puritanisch geworden oder was?« fragte sie mich in herausforderndem Ton.
Ich hatte im Moment nichts für Gespräche über Sex übrig, das erinnerte mich nur an ... Also winkte ich ab, trank mein Glas aus, goß mir nach, ihr auch, und bedeutete ihr dann fortzufahren.
»Wart, ich muß erst noch was trinken ... So ... jetzt kann's weitergehen. Also die Haushälterin von besagtem Priester öffnete mir die Tür, als ich klingelte. Ich hatte mir zu diesem Zweck von einer altmodischen Kollegin ein altes schwarzes Kleid ausgeliehen, das hätte glatt für ein Konfirmationskleid durchgehen können. Schrecklich, sag ich dir! Jedenfalls die Frau Bangert musterte mich von oben bis unten. Beinahe hätte ich die Prüfung nicht bestanden, wohl wegen meinem Lippenstift, den hatte ich vergessen abzuwischen, und als ich das merkte, sprudelte ich los, wie schön gepflegt das Haus aussähe und auch der Garten – daß sie gleich freundlicher wurde.«
»Ein Garten hat im Dezember nicht allzuviel zu bieten. Ein Wunder, daß sie nicht Lunte gerochen hat. Aber ich hab's dir ja gesagt, bei Schmeicheleien hört bei den meisten Menschen der Verstand auf zu arbeiten«, gab ich zu bedenken und überlegte derweil, ob Blauauge wohl heute abend mit dem verlogenen Biest Rastamop ausging.
»Hm, offenbar. Jedenfalls hab ich ihr dann vorgelogen, meine Freundin hätte mir erzählt, ihre Tante hätte gesagt, sie sei eine so ausgezeichnete Kuchenbäckerin, und da hätte ich doch einfach mal fragen wollen, so von Frau zu Frau, wie sie es schafft, daß der Hefekuchen nicht nach Hefe schmeckt.«
»Woher wußtest du denn das mit dem Kuchenbacken?«
»Oh«, Karina strahlte, »ich hab ja Köpfchen, nicht wahr!? Also ich war am Sonntag vor vierzehn Tagen auf dem Kirchenbasar und mußte mich eine geschlagene Stunde mit den alten Schachteln dort unterhalten. Dann wußte ich allerdings einiges mehr über die liebe Frau Bangert.«
»Du bist ja echt raffiniert!« Meine Achtung vor ihr war abrupt gestiegen. »Und weiter?«
»Na, da hat sie mich doch reingelassen, nach einem prüfenden Blick auf meine Füße allerdings. Eine blitzblanke Küche, alles was recht ist. Und

dann hab ich Kaffee trinken müssen und herrlichen Apfelblechkuchen essen, und sie hat mir genauestens auseinandergesetzt, was, wie und womit und wie lange. Jetzt kann mir keiner mehr was über Hefekuchen erzählen. Ich weiß alles. Und, glaub's oder nicht: Zum ersten Mal hab ich mich als wirklich gute Schauspielerin gefühlt. Sie ist glatt auf mich reingefallen, und das will was heißen, meinst du nicht?«

Ich mußte lachen, sie war wirklich süß manchmal. »Doch, du bist ein Schatz, erzähl weiter.«

»Na, dann saß ich wie auf glühenden Kohlen, weil ich befürchtete, daß der Pfarrer aus der Kirche heimkäme, aber ich hab sie dann, wie du's mir geraten hast, nach ihrer Arbeit ausgefragt, und sie hat mir was vorgejammert, wieviel sie manchmal zu tun hätte, aber wie nett und gut der Pfarrer sei und so weiter. Dann hab ich mich erst mal von ihr verabschiedet. Gib mir noch was zu trinken.«

Ich holte eine neue Flasche, öffnete sie und goß uns nach. Karina zündete sich eine weitere Zigarette an und rauchte ein paar Züge schweigend. »Von da an war mit ihr alles ganz einfach. Ich bin ein paar Tage später mit einem Blumenstrauß, als der Pfarrer in der Abendmesse war, wieder vorbei, na, und sie hat sich riesig gefreut. An dem Tag hab ich's mit viel Fragen geschafft herauszufinden, wo der Wäschekorb steht. War nicht so einfach, kann ich dir sagen«, erklärte Karina stolz. »Dann war dieser Teil geschafft.«

Sie machte eine Pause, um die Spannung zu steigern, und fuhr dann fort: »Gut, also. Ich trinke mir ein paar Tage später zu Hause einen an, nachmittags, und hatte bis zur Sechs-Uhr-Messe genügend intus, um mich zu trauen. Mußte ich also erst mal den ganzen Sermon über mich ergehen lassen, dann kam der große Augenblick. Sobald ich sehe, daß der Pfarrer in einer der Kabinen verschwindet, stehe ich auf und will in das Nachbarkabuff. Aber so 'ne olle Schnepfe ist schneller als ich. Und das dauerte und dauerte, weiß der Himmel, was die verbrochen hatte. Als die endlich rauskam, hab ich sie daraufhin noch mal eingehend begutachtet, sie sah aus wie 'ne Walnuß vom letzten Jahr.

Ich schaffe es gerade noch, vor einer weiteren alten Schachtel, die mich giftig mustert, in die Kabine zu stürzen, denk noch bei mir: Mann, *der* ist aber 'ne begehrte Nummer, da sitz ich da auch schon auf diesem

Bänkchen und hab Herzklopfen trotz Saufen. Na, ich reiß mich zusammen, und mir fällt ein, daß ich mich hinknien muß und reuevoll grüßen: ›Gelobt sei Jesus Christus‹.«

»Oho, woher wußtest du, was du sagen mußtest?«

»Natürlich hab ich vorher einen meiner alten Freunde gefragt. Der wußte das zwar auch nicht, kannte aber jemanden, der jemanden kannte, der von seiner Oma ein katholisches Gebet- und Gesangbuch geerbt hatte. Nun, das hat er mir geliehen, und ich hab das, was da über die Beichte stand, halb auswendig gelernt.«

»Ich muß sagen, du schaffst es immer wieder, mich zu überraschen«, meinte ich beeindruckt.

»Tja, ich bin eben doch keine so dämliche Nuß, haha! Aber danke für das Kompliment, freut mich. Also ich sage ›Gelobt sei Jesus Christus‹ und warte.«

»Worauf?«

»Jetzt unterbrich mich doch nicht dauernd! Ist ja furchtbar, wie soll man da eine Geschichte in Ruhe erzählen können!? Also ich sage ›Gelobt sei Jesus Christus‹, und er antwortet, wie es sich gehört: ›In Ewigkeit, Amen.‹ Und nun mußte ich ohne weitere Aufforderung sagen: ›Meine letzte Beichte war vor einem Jahr‹, was natürlich gar nicht stimmte, ›in Demut und Reue bekenne ich meine Sünden.‹

Nun, im Buch stand: ›Jetzt nenne die Sünden, deren du dich anzuklagen hast. Sprich deutlich, damit der Beichtvater dich versteht.‹ Ich hole also tief Luft und erkläre ihm: ›Vater, ich habe die Sünde begangen, mich selbst zu berühren.‹ Es herrschte einen Augenblick Stille, und ich dachte schon, der is vielleicht eingepennt oder so, und will den Satz grade noch einmal lauter wiederholen, als er sagt: ›Fahre fort, meine Tochter.‹ Ich denke, was meint er damit, daß ich fortfahren soll? Und bin ratlos, da fragt er: ›Hast du Lust dabei empfunden?‹ Ich sage: ›O ja, natürlich, sehr!‹ Er: ›Verderblich ist des Fleisches Lust, meine Tochter.‹ Ich denke, es ist an der Zeit, mit dem Geplänkel aufzuhören, gehe in die vollen und fange an, ihm in allen Einzelheiten zu beschreiben, wie ich mich befummele und wie es am besten wirkt und was für wollüstige Geräusche ich dabei produziere. Der Pfarrer versucht die ganze Zeit über zu Wort zu kommen, ich hab ihn aber nicht gelassen und bin dann zu meinen lesbischen Neigungen und Gebräuchen übergegangen, bis er schließlich still wurde. Schließlich hab ich zaghaft gefragt: ›Vater, war das nun eine schwere Sünde?‹ Und er hat erst mal gar nichts gesagt. Ich hab das Ohr an dieses komische Gitter getan und schweres Atmen gehört und mir schon gedacht, daß es tatsächlich funktioniert hatte. Ich hab noch einen Moment gewartet und dann noch mal gefragt, und diesmal hat er mit merkwürdiger Stimme geantwortet: ›Du hast schwere Sünde auf dich geladen, meine Tochter. Damit du es lernst, deine Triebe zu beherrschen, bete von heute an vierzehn Tage lang jeden Morgen und jeden Abend auf Erbsen kniend drei Rosenkränze. Komme außerdem regelmäßig zur Beichte, meine Tochter.‹ Das konnte ich mir vorstellen, daß er das gern gehabt hätte.«

»Spinnt der? Der hat zu viele Filme von Fellini gesehen«, meinte ich entrüstet.

Karina grinste. »Na, und dann hat er noch ›Ego te absolvo a peccatis tuis in nomine Patris et Filii et Spiritus Sancti. Amen. Gelobt sei Jesus Christus‹, gesagt, und ich hab ihm geantwortet: ›In Ewigkeit. Amen.‹ Und das war's. Ich sag dir, ich war ganz schön fertig anschließend. Ich meine, ich bin ja nicht prüde, wie du weißt ...«

»Das kann dir wahrlich niemand nachsagen«, stimmte ich ihr zu.

Sie warf mir einen vernichtenden Blick zu. »Also jedenfalls war das ein ganz schönes Stück Arbeit gewesen, und die ganze Zeit über hab ich an die wartenden Weibsen draußen gedacht, was die Sache auch nicht besser machte. Würd mich mal interessieren, ob das dem Pfarrer auch klar war.«

»Ich nehme an, damit sind deine kirchlichen Aktivitäten ein für allemal beendet!?«

Sie überlegte einen Augenblick. »Ist eigentlich schade, ich meine, jetzt hab ich mich grad an diese Sache gewöhnt, kann auch schon ein paar Lieder, wie ›Laßt unser He-herz sich schwin-hin-gen empoor zum Him-me-helszelt ...‹«

»Karina, das klingt ja ganz hübsch, aber ich finde, du solltest nicht von einem Extrem ins andere fallen und auf einmal zu einer Erzkatholikin werden.«

»Warum, was hast du dagegen? Die haben so hübsch viele Heilige zum

Anbeten. Da ist bestimmt auch einer darunter, der mir gefällt. Zum Beispiel der Heilige Sebastian. Ich sag dir, der sieht echt stark aus. Der ist an einem Baum festgebunden, und zumindest bei El Greco steckt ein Pfeil sehr anmutig in seiner Brust. Kennst du bestimmt.«

Ich schüttelte den Kopf und fragte mich, was ich da nun wieder angerichtet hatte.

Das Telefon klingelte. Ich überlegte, welcher meiner diversen Liebhaber oder Ex-Liebhaber das sein könnte. Es war keiner von diesen, sondern meine Mutter, die mich mit »Buona sera, mia cara figlia!« begrüßte und dann etwa zehn Minuten schwatzte. Ich ließ mich nach der ersten Sturzflut ergeben auf dem Telefonstuhl nieder und begann Männchen auf den Notizblock zu malen.

Schließlich wußte ich offenbar alles Wesentliche, denn meine Mutter holte Luft, fragte, ob ich doch auch sicher an Weihnachten käme, und fügte, als ich bejahte, hinzu: »Mi sono molto contento.«

Ich war ziemlich sicher, daß es ›conten*ta*‹ heißen mußte. Um keine weitere Wortlawine, diesmal über ihren Italienischkurs II und die darin vorkommenden Personen auszulösen, hielt ich allerdings lieber meinen Mund und verabschiedete mich.

»Du hast ganze fünf Worte gesprochen«, informierte mich Karina vergnügt: »›Hallo‹, ›ja sicher‹ und ›Tschüs, Mama‹.«

Ich lachte. »Zum Glück ruft sie nicht sehr oft an. Erzähl weiter!« Dachte aber an Blauauge, der es nun völlig aufgegeben hatte, sich von mir Unverschämtheiten an den Kopf werfen zu lassen. Eider-Eiderenten!

»... Tag nach dem besagten Ereignis –«

»Was hast du gesagt? Tschuldige.«

»Sag mal, träumst du? Ich hab gesagt, am Tag nach dem besagten Ereignis bin ich wieder bei der Haushälterin vorbeigegangen, als ich wußte, daß der Pfarrer in der Kirche war. Ich hatte mir schon eine gute Frage überlegt, ich wollte einfach behaupten, ich hätte keine Ahnung, wie man Käsekuchen bäckt.«

»Ich dachte, du wärst schon eine wahre Backmeisterin geworden?! Im übrigen heißt es backt und nicht bäckt!«

»Ist doch scheißegal! Sie hat nur gelacht, als ob ich das letzte dumme Schaf sei, mich dann mit in ihre blitzblanke Küche genommen und mich instruiert. Während ich dasaß und zuhörte und mir Notizen machte, es ist nämlich gar nicht so schwer, man muß zuerst ...«

»Karina, bleib bei der Sache, ich will keinen Käsekuchen backen!«

»Könntest du ruhig lernen, wer weiß, wozu du's noch mal brauchen kannst!« schmollte sie. »Schön, während ich also saß und zuhörte, überlegte ich mir die ganze Zeit über krampfhaft, wie ich wohl zum Wäschekorb gelangen konnte. Der stand in einem kleinen Raum, in dem offenbar die Wäsche gewaschen und gebügelt wird. Wenn ich es schaffte, daß sie mich auch nur für wenige Minuten dort allein ließ ... Ich wechselte also nach dem Käsekuchen das Thema, vorsichtig natürlich, und ließ einfließen, daß ich es trotz zahlreicher Versuche noch nicht fertiggebracht hätte, ein Hemd richtig zu bügeln. Und das jetzt, wo ich doch einen Mann hätte ...«

Ich hüstelte, und Karina wurde tatsächlich verlegen, drehte an einer Haarlocke und fuhr eilig fort: »Weißt du, sie hat mich richtig unter ihre Fittiche genommen, das mit meinen Kuchenfragen hat ihr gefallen. Wenn du solche Mutterinstinkte erst mal geweckt hast, gibt's kein Halten mehr. Sie wollte es mir gern zeigen, nur müsse sie grad eben erst die gelüfteten Betten reinholen. Ich hab gedacht, das ist deine Chance, hab mich aber dann doch nicht getraut – stell dir vor, die hätte mich im Bügelzimmer erwischt. Also sie kam auch ganz schnell wieder und meinte, sie könne es schließlich nicht verantworten, wenn mein Zukünftiger mit meinen Bügelkünsten unzufrieden wär.«

Diesmal konnte ich mich denn doch nicht beherrschen zu fragen, wer denn der glückliche Auserwählte sei. »Kenn ich ihn?«

»Ach, hör auf!« sagte sie verärgert, »was soll der Blödsinn?«

»Ich möchte lediglich wissen, ob Karl dir denn schon einen Heiratsantrag gemacht hat. Ich meine, so, wie du redest! Zumindest hätte er sich erst mal von mir entloben können, nicht wahr?« Kaum hatte ich gesagt, was ich gesagt hatte, bereute ich es auch schon.

Karina starrte mich an. »Meinst du das im Ernst? Ich dachte, das war ein Witz von ihm, damals ... Er wollte dich tatsächlich heiraten!?«

»Ach wo, das war wieder eine seiner Spinnereien, pardon! Frag ihn doch selbst danach.«

Karina sah nachdenklich vor sich hin. »*Mich* hat er das nicht gefragt.«

»Dann frag ihn auch bloß nicht danach.« Ich wußte Bescheid. »Damit würdest du vermutlich alles verderben. Oder dich jedenfalls um Längen zurückschlagen. Vergiß nicht: Es ist wie beim Halma. Die Taktik macht's. Wer die bessere Taktik hat, gewinnt! Hättest du deinen Typen im richtigen Moment gezeigt, daß du auf sie pfeifst ...«

»... wären sie schon an der Haustür umgekehrt«, vollendete Karina düster meinen Satz.

»Unsinn, du hast es doch bei Berti gesehen, oder?«

»Bernd! Der hatte strähnige Haare, 'ne Triefnase und 'nen Bauch wie ein Whiskyfaß.«

»Früher hast du anders gedacht. Aber er ist dir nachgelaufen, oder? Hast du mir selbst erzählt.« Ich wußte, was ich wußte.

»Na, ein oder zwei Wochen!« Sie wußte, was sie wußte.

»Besser als nichts. Probier's doch einfach mal bei Karl aus.«

Sie sagte skeptisch: »Das ist ein arges Risiko. Vergiß nicht, daß ich ihn dir zu verdanken hab. Wo ich doch jetzt schon Hemden bügeln und Käsekuchen backen gelernt hab. Aber na schön, ich kann's ja mal versuchen – wenn ich mich trau. Also was soll ich tun?«

Mir fiel Blauauge ein. Ich hatte es ziemlich weit mit meiner tollen Taktik gebracht! Aber das mußte ich ihr schließlich nicht unbedingt auf die Nase binden, und vielleicht schaffte ich es ja auch irgendwann einmal, mich an meine eigenen Ratschläge zu halten. »Telefoniert ihr miteinander, schreibt ihr euch?«

»Ja ... beides«, kam es zögernd.

»Hm, und freut er sich über deine Briefe und Anrufe?«

»Sehr – sagt er zumindest. Er mag die Art, wie ich schreibe, sagt er, so ungewöhnlich, sagt er.«

»Na gut, dann ruf ihn mal zwei Wochen lang nicht an. Und schreib ihm auch nicht. Wann siehst du ihn denn wieder?«

Sie schwieg einen Moment. »Nun, ich hoffte, er hätte heute abend noch Zeit für mich.«

Ich warf ihr einen Blick zu, und sie fügte hastig hinzu: »Natürlich, nach*dem* ich dich gesehen hätte. Aber er mußte zu irgend so 'ner Versammlung, weiß der Himmel, was für einer. Kann ich hier schlafen?«

Vermutlich hätte ich sie gar nicht zu Gesicht bekommen, wenn Karl

Zeit für sie gehabt hätte. Sie hätte mir die Unterhose per Post oder gar nicht geschickt. Aber gut, sie hatte ihre Arbeit erfolgreich erledigt, und so verzieh ich ihr großmütig. Freundinnen! »Klar, du kannst hier schlafen. Was Karl angeht, fährst du morgen einfach wieder heim, und wenn er dich anruft, tust du desinteressiert und beschäftigt.«

Karina sah *äuß*erst zweifelnd drein. »Und was, wenn er dann nicht mehr anruft?«

»Darauf mußt du es eben ankommen lassen. Oder willst du den Rest deines Lebens Angst haben müssen, daß er den Abgang macht, wenn du ihn nicht bei Laune hältst?«

»Nein, bestimmt nicht«, gab sie zu.

»Also! Mach's, wie ich dir gesagt hab. Oder geh einfach gar nicht ans Telefon, wenn du dir nicht traust.«

»Dann verfalle ich dem Trübsinn«, sagte sie düster und trank ihr Glas leer.

»Blödsinn. Und schreib ihm bloß nicht, auch keine Vorwürfe. Dann sehn wir weiter.«

»Ja, Mama! Und schließlich kann ich meine Vorsätze immer noch umstoßen. Weißt du, mir liegt wirklich ziemlich viel an ihm. Ich weiß auch nicht warum. Ich meine, er hat fettige Haare, wie Bernd, er hat ein scheußliches Käppi auf dem Kopf, er redet bloß Unsinn, er ist geschmacklos, ihm wachsen auch Haare aus der Nase – aber süß ist er doch.«

Ich lachte. »Ja, ich kenn seine Qualitäten. Aber zurück zum Thema: Wie hast du nun also die Unterhose gekriegt?«

»Gib mir erst noch was zu trinken ... Danke. Wir sind also bügeln gegangen. Sie holte ein knittriges Pastorenhemd aus dem Bügelkorb und erklärte mir, wie man es machen muß. Ich sag dir, elend ist das! Mir fiel partout nicht ein, wie ich sie aus dem Zimmer lotsen konnte, da kam mir das Schicksal zu Hilfe – es klingelte nämlich irgendwo im Haus das Telefon. Und meine liebe Frau Bangert drückte mir das Ding in die Hand und verschwand eilends. Ich natürlich nichts wie zum Korb und gewühlt. Er war glücklicherweise nur halbvoll. Es gab drei Unterhosen, und da ich keine Lust hatte, an den Dingern zu riechen, hab ich halt einfach alle drei eingesteckt.«

»Eine davon muß es sein. Wie hast du sie denn versteckt?«
»Hm, ich hatte hinterher eine sagen wir *ziemlich* vergrößerte Oberweite. Richtige Bärentöter sind das.«
»Du meinst wohl Vatermörder, das sind aber Kragen, wohl eher Liebestöter. Na hoffentlich vermißt deine Frau Bangert die nicht.«
»Und wenn schon.« Karina zuckte die Achseln. »Die würde doch nicht im Traum darauf kommen, daß ich dem Herrn Pastor sin Büxn geklaut hab. Außerdem besitzt er bestimmt mehr als zwei Dutzend davon. Ich jedenfalls mußte noch eine weitere Stunde lang bügeln lernen. Weißt du, daß man die Ärmel eines Herrenhemdes erst ...«
»Will ich gar nicht wissen«, fiel ich ihr sofort ins Wort. »Und Karl trägt meistens T-Shirts. Jedenfalls hast du gute Arbeit geleistet. Wo sind denn die teuren Stücke?«
Sie griff hinter sich und nahm ihre große Umhängetasche vom Boden auf, gab mir eine Plastiktüte. Mit spitzen Fingern zog ich eines der Ungetüme heraus und begutachtete es kritisch. »In nomine patris et filii et spiritus sancti«, sagte Karina und hielt sich die Nase zu.

Kapitel 38

Und ihr Gesicht verriet einen sehr harten Ausdruck

Jack Matcha
Freitag – Mordtag

Sonntagmorgen, bei einer zweiten Tasse Kaffee, nahm ich mir noch einmal das Rezept vor und erschrak. Ich hatte völlig vergessen oder überlesen, daß ich auf einem Totenschädel gewachsene Flechte dazu brauchte. Salbei, Königskerze, Eisenkraut hatte ich nebst Mohnsamen in Apotheke und Reformhaus schon besorgt. Im Sperrmüll hatte ich einen riesigen alten, mit Roststellen übersäten, aber durchaus noch intakten Topf samt Deckel gefunden. Auch war ich am voraufgegangenen

Abend, spät, über den Zaun eines der Schrebergärten am Ortsende gestiegen, um mir aus der Regentraufe Wasser zu holen. Aber Flechte von einem Totenschädel?? Das Ganze war umsonst gewesen, vergeblich alle Mühen.

»Karina, du kannst die Unterhosen wieder zurückgeben. Es klappt nicht.« Ich schob ihr das Buch hin. »Aber faß es nicht mit deinen Fettfingern an!«

»Dann lies mir vor. Was gibt's denn so Furchtbares?«

Ich schilderte ihr, was es gab, und sie schüttelte den noch ungekämmten Kopf, meinte mürrisch: »Du dumme Ziege, hast du das nicht lesen können, bevor ich Tage, was sage ich, WOCHEN damit vertan hab, einem dämlichen Pastor seine Unterhosen zu klauen? Dafür eß ich jetzt noch einen Toast. Gibt's noch was Kaffee?«

»Koch dir neuen«, sagte ich kurz angebunden. »Ich muß mir was einfallen lassen.«

Karina wischte sich, ohne sich um meinen empörten Blick zu scheren, die Finger am Tischtuch ab, nahm sich das Buch und las. Dann blickte sie entsetzt auf: »Na, und der Finger? Du wirst mir doch nicht erzählen wollen, daß du irgendwoher einen Menschenfinger bekommen hast?«

»Hab ich doch. Zwar keinen kleinen, aber das wird ja wohl nix machen, denk ich mir. Schließlich haben sich die Zeiten geändert. Damals, als das Rezept erfunden wurde, hingen auf jedem zweiten Hügel ein paar Gehenkte, da war es ein Kinderspiel, denen die Finger abzuschneiden. Aber heutzutage!«

Ich erzählte ihr, woher ich den Finger hatte, und sie wollte ihn sofort betrachten.

Ich wehrte ab. »Ich hab das Ding hinten im Schuppen versteckt, damit es kühl bleibt. Und da laß ich es auch bis morgen.«

»Morgen?«

»Morgen fällt Neumond auf einen Montag! Allerdings ohne die Flechte ... laß dir mal was einfallen, du hast doch jetzt einige Übung darin.«

»Immer ich. Erst brauch ich noch einen Kaffee.«

»Gut, ich setz noch Wasser auf, derweil zerbrichst du dir deine kleinen grauen Zellen.« Ich ging in die Küche und warf auf dem Weg meinen beiden kleinen Vögeln einen Blick zu. Pippin war eindeutig dabei,

Emmchen zu bespringen – und das am hellichten Sonntagmorgen um zehn Minuten nach zehn! »Aber Pippin«, tadelte ich, und er hopste sofort wieder runter. Emmchen dagegen blieb mit gespreizten Schwanzfedern geduckt sitzen und wartete offenbar auf Nachschub. »Che porci!« sagte ich mit Nachdruck und schüttelte den Kopf.

»Sag mal«, begann Karina, als ich wieder bei ihr angelangt war, »hast du mir nicht erzählt, daß dein junger Galan da oben, dieser Wüterich, daß der Tierknochen sammelt? Ich meine, du hättest mir gar was von zwei Pferdeschädeln erzählt!? Meinst du nicht, daß da was Brauchbares dabei ist? Ich meine, Schädel ist Schädel, es steht nicht da: Schädel von einem Menschen!«

Ich umarmte sie. »Karina, das ist genial! Ich werde deinen Namen auch nennen.«

»Wobei?«

»Bei ... ach, das war nur Blödsinn. Aber es stimmt, wenn die sich nicht genau ausdrücken, sind sie selbst schuld. Ich hab Bernhard gefragt, warum nicht ein Pferdeschädel reichte, und da hat er mir erklärt, daß der eine zwar schmuddelig ist, daß aber die Zähne einwandfrei erhalten wären. Er hat's mir sogar gezeigt. Der andere war schön sauber, aber es fehlten ein paar von den Backenzähnen. Deshalb hat er beide mitgenommen. Weiß nicht mehr, woher er die hatte. Sie liegen auf seinem Schrank, glaub ich.«

Der Kaffeekessel pfiff, und ich nahm die Kanne vom Tisch. »Ich werd nachher mal sehen, was ich machen kann. Am besten gehst du mit mir und lenkst ihn ein Weilchen ab, während ich versuche, etwas Staub vom Gammelschädel zu kratzen.«

»Aye, aye, Madam«, machte Karina, »aber nur, wenn ich dafür Karl anrufen kann.«

Ich war schon in der Tür und drehte mich um. »Aber du hast doch gestern gesagt, du wolltest dich an meinen Ratschlag halten!!«

Spitzbübisch meinte sie: »Tu ich ja auch. Aber ich fang erst morgen damit an, wenn ich wieder in meinen eigenen vier Wänden sitze. Apropos! Ich muß unbedingt dem Typen Bescheid sagen, der mich wieder mit zurücknehmen wollte bis Regensburg.«

Ich seufzte und ging Kaffee machen.

Als ich Montag am späten Nachmittag im Verlag am Fenster stand und auf den hell erleuchteten Platz hinunterschaute, überdachte ich noch einmal alle Einzelheiten des Rezeptes. Das größte Problem heute nacht würde sein, ein Loch in den Boden zu graben. Es hatte zwar nicht mehr geschneit, und Wolken verhinderten, daß es allzu kalt draußen war, aber ich hatte doch meine Zweifel, ob ich tief genug buddeln konnte, um den monströsen Topf in der Erde unterzubringen. Ich dachte an die Szene bei Bernhard und mußte lächeln.

Wir hatten ihm vorgeschwindelt, daß meine Freundin unbedingt seine Schädelsammlung sehen wollte. Ich hatte zuvor mein kleinstes Messerchen geschärft, es in der rechten Tasche meiner Jacke verborgen gehalten und auf Karinas Ablenkungsmanöver gewartet. Sie betrachtete die Kaninchenschädel, sie betrachtete den Schafschädel, sie betrachtete den Rentierschädel, den ihm sein Vater von einer Vortragsreise aus Schweden mitgebracht hatte, sie betrachtete die Wandelnden Blätter, die er auf der Insektenbörse erstanden hatte – während ich neben dem schmutzigen Pferdeschädel stand, den ich vom Schrank geholt hatte, und allmählich zu verzweifeln begann. Aber Karina ließ sich nicht aus der Ruhe bringen, und Bernhard war nur zu glücklich, alle seine Besitztümer zu zeigen. Als sie schließlich bei den Schlammspringern angelangt waren, schrie Karina plötzlich hysterisch auf, griff sich an die linke Wade, ließ sich aufs Bett fallen und jammerte, etwas habe sie gebissen.

Bernhard stand bestürzt neben ihr. »Ich weiß nicht, lediglich zwei von den kleinen Wachteln hier sind mir abhanden gekommen, eine hat meine Mutter beim Saugen wieder gefunden, hier – sie ist ganz munter, nachdem sie einen halben Tag wie tot am Freßnapf gelegen hat. Aber die andere – sie kann ... sie beißt bestimmt nicht.«

»Au, auuu«, jammerte Karina, »unterm Bett, bestimmt ein Skorpion!! Schau nach, oje, wenn ich jetzt sterben muß.«

»Unsinn«, meinte Bernhard sachlich, »von einem Skorpionbiß stirbt man nicht. Außerdem haben meine leider schon vor längerem das Zeitliche gesegnet. Aber gut, ich schau nach. Muß nur eben eine Taschenlampe holen.«

Er ging raus, und ich kratzte rasch am Schädel herum. Was davon abfiel, sammelte ich in einem Tütchen. Karina lag mit theatralisch verzogenem

Gesicht auf dem Bett und wartete auf Bernhards Rückkehr, um sofort von neuem zu stöhnen. Er verschwand mit seiner vorderen Hälfte unter dem Bett, und während ich kratzte, hörte ich ihn leise Lockrufe ausstoßen, ächzen, weil er oben anstieß, und fluchen, weil er mit den Haaren im Drahtgeflecht vom Gestell hängenblieb. Schließlich kroch er wieder hervor und erklärte kategorisch, da sei nichts.

»Aber ich ... mein Bein ... irgendwas ...« Karina ächzte.

»Unsinn«, fiel er ihr ins Wort, »alles Einbildung. Außerdem käme ein Skorpion gar nicht bis an die Wade. Weiber!«

Karina sah beleidigt drein und machte mir anschließend Vorhaltungen, daß sie sich meinetwegen lächerlich gemacht hatte.

»Alles für einen guten Zweck«, hatte ich gesagt und ihr das Tütchen mit dem Pferdeschädelgruscht gezeigt.

»Vorsichtshalber hab ich auch noch einen Kaninchenschädel mitgehen lassen, der auch äußerst nach Flechten aussah, den werd ich einfach dazulegen. In Verbindung mit drei Pastorenunterhosen *muß* das ganz einfach wirken.«

»Wieso drei?«

»Du glaubst doch nicht, daß ich an denen irgendwelche Untersuchungen anstelle, um die richtige rauszufinden? Ich schneid sie eben alle drei in sieben Teile, dann kann sich derjenige, der die Zutaten braucht, Teufel oder Gott, selbst die richtigen Schnipsel raussuchen.«

Karina hatte mir anerkennend zugenickt und dann ihren Schnuffel angerufen, der aber leider keine Zeit für sie hatte.

Es war stockduster draußen, und ich fror, obgleich ich einen warmen Wollpullover und darüber eine Wolljacke und darüber meinen Dufflecoat angezogen hatte. Außerdem fürchtete ich mich. Bis zum Ortsausgang war es noch einigermaßen hell gewesen, nun aber umgab mich wirkliche undurchdringliche Schwärze. Hinter mir raschelte es, und ich fuhr herum. Sah nichts. Die Taschenlampe, die es mir einerseits ermöglichte, nicht in den nächsten Graben zu fallen, hatte, wie mir wohl bewußt war, auch den Nachteil, daß jeder böse Bube mich wie auf dem Präsentierteller sah. Er brauchte bloß hinter dem nächsten Baum zu lauern. Glücklicherweise war der nächste Kreuzweg, den ich mir für meine

Zwecke ausgesucht hatte, nicht allzuweit entfernt. Genau in der Mitte fing ich mit meinem Handspaten an zu graben. Die Arbeit entpuppte sich als nicht so schwer, wie ich gedacht hatte. Das Loch war bald groß genug, ich stellte den Topf hinein und sagte laut und vernehmlich: *»Adonay, der du errettet hast den David von den Löwen und von den Bären, du wirst auch Roland und mich und Karina erretten von unseren Feinden und sie uns wohlgeneigt machen.«*
Ich bekreuzigte mich dreimal, schaufelte das Loch zu, trat die Erde fest und machte mich auf den Weg nach Hause, in jeglicher Hinsicht weit unbeschwerter, als ich gekommen war.

Und nun war der Donnerstag herangekommen, der Donnerstag, an dem die Weihnachtsfeier im Verlag stattfinden und der neue Verlagsleiter bekanntgegeben werden sollte, der, wie alle längst wußten, Gerald-Dietz sein würde.
Um zehn im Konferenzsaal, hatte es geheißen. Rastamop stürzte um kurz nach neun herein, nahm kaum Notiz von mir und verschwand wieder. Natürlich trug sie eine seidene Bluse, ich hatte es doch gewußt. Ich sah zum zehnten Mal in den Spiegel, puderte meine Nase und zog den Lidstrich nach, bürstete meine Haare, bis sie knisterten, und wartete, daß es zehn Uhr wurde. Ich hielt es genau bis zwei Minuten vor zehn aus, dann ging ich zum Konferenzsaal, der ganz am Ende des langen Korridors lag und dessen vier Fenster auf den Platz hinaus gingen. Er war voller Menschen, die herumstanden und schwatzten. Ich erkannte einige Lektoren, den Süßholzraspler und den um seine Aufstiegschancen gebrachten Lackaffen. Und nicht zu vergessen Blauauge, der mit wenigstens fünf Leuten so ziemlich in der Mitte des Raumes stand. An der Fensterseite war eine lange Reihe von Tischen aufgebaut, die von einer freundlichen Seele mit Tannenzweigen geschmückt worden waren. Es gab Kaffee und Tee und Gebäck in mehreren Körbchen. In einer Ecke des Raumes stand gar ein Tannenbaum mit Kunstlichtern. Aber keine Musik. Und auch sonst nichts Besonderes. Ob die PR-Dame auch entthront worden war?
Ich suchte nach einem vertrauten Gesicht, sah Madame Wittopiel mit nur einem Menschen, dem Lektoren für lateinamerikanische und fran-

zösische Literatur, in einem Eck stehen. Ich gesellte mich zu ihnen und folgte unaufmerksam ihrem Gespräch, das sich gegenwärtig um die Frage drehte, ob die weißen Sonnenblumenkerne mehr Proteine enthielten als die schwarzweißgestreiften. Elli behauptete ja, der Lektor winkte ab: unmöglich. Ich jedoch schielte unterdessen zu Gerald-Dietz hinüber, der redete und redete.
Schließlich schwiegen alle, weil der Verlagsbesitzer eintraf. Ich hatte ihn noch nie gesehen, Elli auch nicht, wie sie sagte. Er stellte sich neben Blauauge, blickte ein wenig unsicher in die Runde und hielt dann eine kurze Ansprache. Ich betrachtete ihn, während er redete, und fragte mich, wie in aller Welt er wohl dazu kam, einen solchen Verlag oder überhaupt einen Verlag zu besitzen. Er war recht groß, mittleren Alters, vielleicht Anfang Fünfzig mit graumeliertem Haar, Tweed-Jackett und grauer Hose. Sein Gesicht wirkte so kindlich, als ob er zu Hause immer noch mit Playmobilmännchen spielte. Er legte Blauauge die Hand auf die Schulter, als er ihn als neuen Verlagsleiter des Klauser Verlages bekanntgab, und stotterte noch ein paar Worte von frischem Wind in bewährter Tradition. Er lege sein volles Vertrauen in diesen Mann, der sein Können seit so vielen Jahren ... Nie und nimmer hatte der auch nur ein einziges von Blauauges Büchern gelesen. Nein, wenn er überhaupt las, dann den *Kleinen dicken Ritter,* und den Rest des Tages wartete er auf die Sesamstraße. Stellte ich mir vor und staunte. Und aß nach erfolgter Ansprache, die der Verleger mit einem erleichterten »Fröhliche Weihnachten Ihnen allen« schloß, einige Kekse. Irgend jemand drückte mir ein Glas Schampus in die Hand, alle hoben die Gläser, und man stieß zu einem Toast, den Gerald-Dietz sprach, auf die erfolgreiche Zukunft des Klauser Verlages und eine gute Zusammenarbeit an.
Elli Wittopiel hatte sich irgendwohin verdrückt, ich sah sie jedenfalls nicht mehr, und so stand ich etwas verloren an einem der Fenster neben einem der Gebäckkörbchen und nippte an meinem Champagner.
»Nun, stößt du auch mit mir an, oder hast du das Kündigungsschreiben schon verfaßt, weil es dir unmöglich ist, mit mir unter einem Dach zu weilen? Mädchen, hör doch endlich auf zu schmollen«, sagte Blauauge in einem drängenden Ton. »Ich mach dich zur Starlektorin, du kannst

dir jedes Buch aussuchen, und wenn dir ein Autor nicht gefällt, dann wird er nicht mehr gedruckt.«

»Ha-ha«, machte ich, »sehr witzig. Dann können wir gleich bei dir anfangen – Kotzgeschichten, wie? Wem, glaubst du, gefällt so was?«

Er sah mich einen Augenblick lang verdutzt an, dann sagte er lachend und sah wieder aus wie ein Halbwüchsiger mit Fastglatze: »Ach so, ja, nun, wir werden sehen.« Und schien nicht im mindesten in seiner Schriftstellerehre gekränkt. Dieses offenbar unerschütterliche Selbstbewußtsein erbitterte mich, ich trank mein Glas leer, ohne mit ihm anzustoßen. »Und daß Eiderenten nicht auf Bäumen leben, ist deinem Scharfsinn wohl entgangen, wie?«

Jetzt begann er so herzlich zu lachen, daß die Umstehenden aufmerksam wurden und zu uns herübersahen. Ich begegnete Rastamops unfreundlichem Blick, während Blauauge ungeniert einen Arm um meine Schulter legte und in einem Ton, der mich völlig aufbrachte, sagte: »Hat dir noch niemand gesagt, daß Literatur die Wirklichkeit nicht unbedingt so darstellen muß, wie du sie mit Hilfe deiner Vogelhandbücher siehst?«

»Ich würde sagen, das ist wie mit dem Malen«, entgegnete ich bissig, »erst wenn du wirklich zeichnen kannst, hast du das Recht, nach Art von Picasso zu abstrahieren oder irgendwelche Strichmännchen für Kunst auszugeben. Um auf die Eiderenten zurückzukommen, scheint es mir, daß du sie nicht aus Gründen der Kunst auf Bäume verpflanzt hast, sondern weil du nicht wußtest, daß sie nicht auf Bäumen leben.«

Blauauge sah mich einen Augenblick lang schweigend an und sagte dann bedächtig: »Somateria mollissima. Ernährt sich hauptsächlich von Miesmuscheln. Die zunehmende Verschmutzung der Nordsee führt dazu, daß blablabla. Sie brüten überwiegend an den Küsten Nordenglands, Schwedens usw., haben sich in den letzten Jahrzehnten jedoch auch auf den holländischen Inseln mehr und mehr ausgebreitet, da sie unter besonderem Schutz stehen. Die Weibchen fressen während der Brut nur sehr wenig, verlieren also enorm an Gewicht in dieser Zeit, sie führen die meist vier Jungen ans Meer und bilden mit anderen Weibchen zusammen regelrechte Kindergärten. Ein Nest, das am Boden oftmals ganz offen sichtbar angelegt wird, enthält bis zu siebzehn Gramm

Eiderdaunen ...« Er hielt mit Blick auf mein verblüfftes Gesicht inne und strich mir leicht über den Kopf: »Reicht das?«
»Aber ...« stotterte ich, »du hast doch von Vögeln ... ähh ... von Ornithologie nicht die geringste Ahnung. Woher ...?«
»Stell dir vor, es gibt Bücher! Und bevor ich was schreib, informiere ich mich in der Regel. Deshalb kann ich trotzdem keinen Spatz von einem Sperling unterscheiden.« Er grinste.
Der Verlagsbesitzer steuerte auf uns zu, und Blauauge sagte nur noch leise: »Ich muß heute mittag mit ihm essen gehen, aber ich komm so bald wie möglich zurück, und da du ja arbeiten mußt, kannst du auch nicht weglaufen.«
Er sah meinen Blick und interpretierte ihn richtig: »Und du wirst auch nicht plötzlich rasend krank sein! Ich hol dich ab und bring dich nach Hause, und abends gehen wir Pizza essen.« Er machte eine kurze Pause und fügte rasch hinzu, bevor ihm unser aller Chef die Hand auf den Arm legte: »Das Weitere wird sich finden.«

Nun, ich wußte, wann ich geschlagen war. Schließlich, warum sollte ich nicht mit ihm Pizza essen gehen?
Und die Pizza war gut. Und er, er schien, jetzt mit mir allein, einiges von seiner Selbstsicherheit eingebüßt zu haben. Ich hatte mich nämlich nicht küssen lassen. Aber er war nicht auf den Kopf gefallen und traktierte mich erst mit Martini und dann mit größeren Mengen Barolo. Dazwischen erzählte er mir, ob ich es wollte oder nicht, daß er tatsächlich eine Frau habe oder besser hatte, er sei nämlich geschieden – und zwei Töchter, beide schon fast erwachsen.
»Und warum zum Teufel hast du mir diese ganze Geschichte vorgeschwindelt?« Ich hielt mich an den Wein, er rann so schön warm in meinen Körper, und alles begann das Aussehen von rosafarbenen Plüschkaninchen anzunehmen.
»Weil, nun, weißt du, ich bin ein recht bekannter Schriftsteller ...«
»Kaum zu glauben«, unterbrach ich ihn trocken.
Sein Arm zuckte ein wenig, und er drehte sich rasch eine Zigarette. »Jedenfalls, na, so konnten keine allzu großen Hoffnungen geweckt werden.«

»Was bist du so unglaublich ... was denkst du dir überhaupt? Du glaubst, ich würde nichts lieber wollen als dich ... dich ... Brauchst keine Angst mehr zu haben, was das angeht, wenigstens nicht bei mir.«
Er legte beschwichtigend eine Hand auf meine und sagte: »Schon gut. Bitte, es tut mir leid. Vergiß es. Ich wußte ja nicht, wie du bist, nicht wahr? Soll ich dich jetzt heimbringen?« fügte er mit einem eindringlichen Blick hinzu. Ich kannte diesen eindringlichen Blick.
Es regnete, als wir auf der Straße standen, und er legte den Arm um mich, während wir zum Morgan gingen. »Nun gib mir doch schon einen Kuß, damit ich weiß, daß du nicht mehr böse bist.« Regentropfen perlten auf seiner Stirn und schimmerten im Licht der Laterne.
»Ich denke gar nicht dran«, erklärte ich kategorisch und drehte mein Gesicht weg. »Wer hat mich wochenlang allein gelassen, ohne sich zu melden?«
»Hab ich das? Nun, ich hatte Angst. Schlicht und einfach Angst! Vor dir und vor mir. Ich meine, auch deshalb die plötzlichen Launen und so. Das mit der Freundin in den Wäldern, das stimmte auch nicht. Ich wollte nur ... es ist nicht gut, sich zu sehr an jemanden zu gewöhnen.«
»So!!« sagte ich spitz. »Na, dann fang jetzt nicht damit an und bring mich bitte nach Hause.«
Er sagte den ganzen Weg kein Wort. Als er vor meiner Haustür hielt, beugte ich mich zu ihm und gab ihm einen leichten Kuß auf die Wange: »Danke für die Pizza und fürs Heimbringen.«
Er wandte sich zu mir und versuchte, mit seinem Mund meine Lippen zu treffen, aber ich war schneller, zog mich zurück und öffnete die Tür. »Vergiß nicht! Du mußt Abstand wahren, damit ich dich nicht vors Standesamt schleppe, du armer von heiratswütigen Frauen verfolgter Star-Autor.«
Als ich zwei Minuten später meinen Mantel neben die beiden einmütig nebeneinander auf einem Bein stehenden und schlafenden Piepmätze auf den Schreibtisch warf, dachte ich: Nun, das war löblich, es ihm zu zeigen – und ganz schön dämlich, dir eine freudenvolle Nacht entgehen zu lassen wegen deinem albernen Stolz. Karina wäre nicht so dumm gewesen, die nicht!

Kapitel 39

»Immer, wenn ein Mensch stirbt, bleiben wir mit der Frage zurück: Wer war Werner Krause?«

Die Wache,
RTL, 21. 3. 1996

Dienstag war mein letzter Arbeitstag vor Weihnachten. Ich stand mit einem Manuskript am Kopierer, als Herr Muschunski glattgescheitelt und nach einem aufdringlichen Rasierwasser riechend die Eingangstür hinter sich zufallen ließ und mir distanziert einen guten Morgen wünschte. Ich wunderte mich ein wenig über sein verändertes Verhalten, war aber im übrigen so gut gelaunt, daß ich nicht mal ansatzweise Minderwertigkeitskomplexe bekam. Ein wenig später nahm ich den ausgefüllten Urlaubsschein und ging damit zum Süßholzraspler, der eilfertig aufsprang und mir beide Hände entgegenstreckte, als ob er einen vielgeliebten Freund seit Jahren zum ersten Mal wieder begrüßen dürfte: »Gnädige Frau, welche Freude, Sie in meinem bescheidenen Büro begrüßen zu dürfen! Womit kann ich dienen?«
Heute treibt er's aber arg, dachte ich und gab ihm wortlos den Urlaubsschein.
»Ah ja, na, wo geht's denn hin? Ein wenig Sonne tanken, im Meer baden? Und diese rasche Karriere ... ich beneide Sie!«
»Wovon sprechen Sie?« fragte ich erstaunt. »Was meinen Sie damit: rasche Karriere? Sie wissen doch so gut wie ich, daß ich hier Mädchen für alles bin und die meiste Zeit am Kopierer verbringe. Zugegeben, in der letzten Zeit durfte ich auch Manuskripte redigieren, aber von Karriere kann ja wohl keine Rede sein.«
Er hatte sich wieder erhoben, stand, die Hände auf die Tischplatte gestützt, leicht vornübergebeugt da, und seine kleinen spitzen Äuglein bohrten sich in meine. »Nun, nun, Sie brauchen doch vor mir ... ich meine, der ganze Verlag weiß es doch schon.«
»*Was* weiß der ganze Verlag?« Ich wurde allmählich ungeduldig.
»Nun, daß Sie und unser neuer Chef ...« Er schwieg bedeutsam.
Soso, dachte ich, der Arm, den er auf der Weihnachtsfeier um meine

Schulter gelegt hat. Damit war auch Muschunskis seltsames Verhalten erklärt. »Hören Sie«, sagte ich lahm, »wir sind befreundet, das ist alles.«
»Jaja, ich weiß, so nennt man das heutzutage«, er zwinkerte mir neckisch zu und brachte mich damit in Wut, »aber lassen wir dieses Thema, ich sehe, es ist Ihnen unangenehm. Sie wissen, daß Herr Muschunski uns in absehbarer Zeit verlassen wird?«
»Nein.« Ich war überrascht. »Warum denn?«
»Nun, darüber hüllt er sich in Schweigen. Aber er scheint mit der neuesten Entwicklung hier nicht ganz einverstanden zu sein. Es heißt jedenfalls, er habe schon einen neuen Wirkungskreis gefunden.«
»Hm, und wer wird seinen Posten erhalten?«
Er sah mich bedeutungsvoll an. »Wer seine Nachfolge antritt, mein Fräulein, gnädige Frau, nun, das müßten *Sie* doch wohl am besten wissen.« Wieder das neckische Zwinkern.
Ich hatte genug und stand auf. »Ich hab nicht die geringste Ahnung«, sagte ich knapp. »Aber wir werden es ja wohl über kurz oder lang erfahren, nicht wahr?« Und mit einem kühlen »Fröhliche Weihnachten« ging ich zurück in mein Zimmer.

Einige Minuten später klingelte das Telefon. Ich brauchte kein schlechtes Gewissen in bezug auf Udo mehr zu haben, weil ich ihm seinen Tieck postwendend nach dem Telefonanruf Ende Oktober geschickt hatte. Nebst der Aufforderung, in seinen Herbstferien wohin auch immer, *nicht* aber zu mir zu fahren.
Es war Roland, der sich von mir verabschieden wollte. Ich lächelte zufrieden. Wir waren zwei Abende zuvor einen Wein trinken gegangen, und ich hatte mich angelegentlich nach den Verhältnissen im Krankenhaus erkundigt. Er hatte aufgeräumt und gelöst erzählt, daß der Oberarzt ihn vor drei Tagen nach einer Visite mißtrauisch von der Seite betrachtet und dann brummigen Tons geäußert habe: »Sagen Sie mal, Mensch, warum sind Sie mir plötzlich regelrecht sympathisch? Sind gar kein so übler Arzt, wenn ich's mir recht überlege. Gehn mal ein Glas miteinander trinken, was?«
Roland hatte Bedenken geäußert, ob dieser Sinneswandel auch anhalten würde. Ich war davon überzeugt. Ich hatte ihm geraten, nett zum

Obi zu sein und Vergangenes ruhen zu lassen – alles Weitere würde sich finden. Das hat doch erst vor kurzem jemand zu dir gesagt, dachte ich, während Roland mir frohe Weihnachten wünschte. Als ich den Hörer auflegte, fiel's mir ein: Blauauge.

Rastamop rief nicht an. Sie war ohnehin ziemlich ruppig seit der Weihnachtsfeier. Dafür öffnete sich gegen elf die Tür, und herein trat Gerald-Dietz.

»Ich hab nicht viel Zeit«, sagte er zur Begrüßung und nahm den gläsernen Briefbeschwerer, den mir Bernhard von sonstwo mitgebracht hatte, vom Tisch und betrachtete ihn eingehend. Ich schwieg.

»Wollte dir nur guten Tag sagen«, fuhr er fort und legte das Ding wieder auf den Brief zurück, den es beschwert hatte. »Und du fährst morgen nach Hause? Wo war das noch mal, ach ja, irgendein Vorort von Kaiserslautern, oder?«

»Kindsbach. Warum? Kennst du die Gegend?«

Er schüttelte den Kopf. »War nur mal auf dem Trifels. Hat mir ganz gut gefallen. Haben deine Eltern Telefon? Ich meine, könnte ja sein, daß ich mal anrufen würde, um dir ein frohes neues Jahr zu wünschen.«

Ich schrieb ihm die Nummer auf. »Und du? Was wirst du unternehmen? Geht's zu Ex-Frau und den Töchtern mit den Kartoffelnamen?«

Er schüttelte den Kopf, grinste verlegen. »Sie heißen überhaupt nicht nach Kartoffeln, sondern Anja und Christine. Die Mädchen fahren in den Ski-Urlaub! Und meine Ex-Frau, keine Ahnung. Nein, warum sollte ich zu ihr fahren?«

Als er das sagte, fiel mir siedendheiß die Frau ein, die ihn vor der Haustür in Altencelle geküßt hatte. Argwohn! »Sag mal, wo wohnt eigentlich deine Ex-Frau?«

»In Hamburg, warum?« Er hatte sich inzwischen auf meinem Schreibtisch niedergelassen. Seine Hochwasserhose zeigte haarige Waden und blaugraue Socken. Der hellblaue Pullover, den er trug, sah selbstgestrickt und eingelaufen aus – und gefiel mir *überhaupt* nicht.

»Nur so«, entgegnete ich jetzt, »und wer ist dann die Frau in Altencelle, die mit dem Kind?«

»In Altencelle?« Er lachte nach einem kurzen Augenblick sein jungenhaftes Lachen. »Meine Schwester Rita. Aber woher weißt du von ihr?«

»Ich hab euch vor ein paar Monaten gesehen, abends, als ich mit einem Freund von mir da in der Gegend spazierengegangen bin.« Ich war erleichtert, ganz zweifelsohne.

»Ein Freund, soo! ... Ein Freund also. Was für ein Freund?«

Jetzt mußte ich lachen. »Einfach ein Freund. Er war's, der mich damals aufgegabelt hat, erinnerst du dich? Als du dich so widerwärtig benommen hast, auf dem Spaziergang über die Kuhweiden. Und ich zurücklaufen wollte.«

»Siebzig Kilometer, ja, ich erinnere mich.« Er grinste und suchte nach einem Aschenbecher, fand aber keinen und nahm eine Untertasse, die zufällig herumstand. »Und seitdem ... ach, sag's mir lieber nicht. Ich will gar nichts darüber wissen, auch nicht, warum du abends mit ihm in Altencelle spazierengehst. – Hör zu«, er stand auf, »ich hab jetzt eine Sitzung und anschließend ein Arbeitsessen und weiß der Himmel was noch alles. Ich muß mich erst mal an dieses hektische Leben gewöhnen. Ist lange her, daß ich in einem Verlag gearbeitet habe. Aber eh ich's vergesse, Herr Muschunski wird uns verlassen. Hast du vielleicht schon gehört. Seine Stelle, nun, ich bin sicher, daß du inzwischen weißt, ob man darüber hinaus zusammen oder getrennt schreibt und ob vor sowie ein Komma kommt oder nicht. Kurz und gut: Du kriegst seine Stelle, wirst meine rechte Hand und stehst mir in allen Widrigkeiten treulich zur Seite. Jemand, der weiß, daß Eiderenten nicht auf Bäumen leben ...«

»... und daß deren Daunen auch nicht weiß wie Schnee sind«, konnte ich mich nicht enthalten zu ergänzen.

»Und daß deren Daunen auch nicht weiß wie Schnee sind, so jemand ist unschätzbar«, beendete er seinen Satz.

»Du spinnst! Das kannst du nicht tun. Und was ist mit Rastamop, Frau Wittopiel und all den anderen Lektoren?«

»Wer ist Rastamop?« gegenfragte er.

»Frau Walcz. Hab ich dir doch schon gesagt.«

»Ach so. Weißt du, da sie offenbar nicht allzuoft da ist, wie du mir ja selbst sagtest, ist sie für einen solchen Job ohnehin ungeeignet. Und was die anderen Lektoren betrifft, ihnen wird doch nichts weggenommen, oder? Ich aber brauch jemanden um mich, der mir nicht um den Bart geht und schöntut, sondern sagt, daß ihn meine Kotzgeschichten ankotzen. Du verstehst?«

Ich sah vor mich hin und wollte trotz seiner Schmeichelworte spontan ablehnen. Ich sah Berge von fürchterlichen Manuskripten auf mich zurollen – dann aber kam mir eine Idee ... »Gut, wenn du das Risiko eingehen willst, ich kann es versuchen.«

Er stand neben dem Schreibtisch, hielt wieder den mit einer rosafarbenen Spirale gefüllten Glasklops in Händen und meinte: »Abgemacht. Und als erstes werde ich dir einen neuen Briefbeschwerer besorgen. Dafür wirst du in deinem Urlaub dein Können unter Beweis stellen und statt Rastamop du das Manuskript von ›Don Kojote‹ Korrektur lesen.«

»Oje, muß das sein? Und das auch noch im Urlaub«, stöhnte ich.

Sein Arm begann zu zucken, ich sah es genau: »Es muß sein. Ich bin der Boß. Trink eben vorher ein oder zwei Gläser Tullamore Dew, dann bist du in der richtigen Verfassung dafür. Ich muß jetzt in meine Sitzung. Wart, hier ist das Manuskript.« Er öffnete seine altmodische schwarze Lehrertasche und nahm das Ding heraus. Ihm folgte ein eingepacktes unförmiges Objekt. »Hier, für Weihnachten. Und nun ...« Er küßte mich auf die Stirn, nahm anschließend meine rechte Hand, küßte auch die und verschwand in seine Sitzung.

Weihnachten war ein einziger Krampf. Nur der Baum versöhnte etwas mit dieser Strapaze. Aber Heiligabend! Alle mußten wir singen. Mein Vater gab den Ton an, und wie es sich traf, war der immer entweder so tief, daß wir Frauen nach zwei Tönen in den Kehlkopf wechseln mußten und entsprechend schief klangen, oder viel zu hoch, daß alles nach drei Takten erlahmte. Im Anschluß freute ich mich pflichtschuldigst über einen geblümten Pyjama, eine Nachttischlampe und eine Teflonpfanne von meinen Eltern und einen Satz Duftkerzen von meinem Bruder. Die Geschenke von Blauauge, Roland, Bernhard und dessen Vater wollte ich erst in meinem Zimmer öffnen, um neugierige Fragen meiner Mutter zu vermeiden.

Nachdem sich alle ausgiebig gefreut hatten, ging man zur Schnittchenplatte über. Dazu gab es das einzig Erfreuliche: Wein. Und da mein Vater derjenige war, der dafür sorgte – gab es auch genügend davon.

Gegen zehn zog ich mich in mein Zimmer zurück, um meine übrigen Geschenke zu öffnen. Rolands Päckchen ergab ein Kaffeeservice, ein ausgesprochen hübsches: graumelierter Untergrund mit Mohnblüten drauf. Es war ein Geschenk, das zu ihm paßte, war so freundlich wie er selbst.

Tja, und was war in Blauauges Päckchen? Ein knubbeliger brauner Bär, der einen ebensolchen Minibären mit seinen Haftschichthänden festhielt. Ich betrachtete ihn von allen Seiten und fragte mich: Was will uns der Dichter hiermit sagen? Na, und ein wenig war ich auch gerührt. Egal, was er mir damit sagen wollte.

Ich legte die Bärchen beiseite und wandte mich den letzten Päckchen zu. Beide waren sorgfältig mit richtigen Bändchen eingewickelt. In Bernhards lagen einige selbstgebastelte Strohsterne und ein hübscher Flachmann mit Holunderschnaps. Und Bernhards Vater hatte mir ein Buch geschenkt, ein dünnes grünes, mit dem Titel *Das Irdische Paradies des Galvanus und andere Dichtungen.*

Ich hatte Urlaub bis zum dritten Januar und langweilte mich trotz einiger Agatha Christies, die ich erstaunlicherweise noch nicht kannte, schon am neunundzwanzigsten so sehr, daß ich mir Gerald-Dietzens Manuskript vornahm. Ach, eine Karte, eine Doppelkarte mit drei beturbanten Herren und einem sitzenden Dromedar vorne drauf, war von Udo aus Tunesien gekommen: »Tauschen wir Geschenke? Ich steh nicht auf Frust. Wenn ja, hätte ich was für dich.« Von mir aus konnte er herzlich gern in einem artesischen Brunnen ersaufen.

Das Manuskript also, nun ja, ich mußte es zugeben, war recht unterhaltsam, wenn auch ... nun ... Aha, deshalb seinerzeit das Museum, er hatte Anregungen gebraucht!

Der Märzhimmel saß der Süßen wie eine rissige Asbestplatte auf dem strubeligen Goldschopf und krauste ihr die verwuschelte Stirn. Allerlei blondes Gedankengut zog sichtlich an ihren Ihrissen vorbei (rücklings: von hinterwärts? – silberblaß auftauchend, um nur kurz-pupillig aufzuleuchten, um anschließend. Ein Satz mit zuvielen Ums [drei wären noch drin gewesen: mindestens].) Die Süße Blonde märzte den Himmel wie der junge Mai.

Drinnen (im Musäum) eine Herde noch unverschnittener Jungbauern und -äurinnen, auf hintersinnig herum stehende Volkskulturwaren losgelassen zwecks Anreicherung ihres – na, sein wa nich so: nennen wirs – »Geistes« mit ja was eigentlich. Ein erschütternd pittoresker Melkschemel kniff beim Anrücken der schwer Einherwandelnden (die entsprechende bläßliche PH-Absolventin stanzte, den Krummstab in der nervigen Rechten, das Hifthorn an der mageren Hifte, hoffnungslose Schrittschablonen in ihre Fährte) ängstlich die Knie zusammen, als hätt' der noch was zu verlieren.

Ob er tatsächlich nicht weiß, daß Ihrisse ohne ›h‹ geschrieben wird? Aber das *-äurinnen* ändere ich, da kann er sagen, was er will. Und die Hifte? Ach, es war ein Kreiz, wie Frau Permafrost sagen würde. Und dann die Pflanzennamen: Kormarinhecken, Sirten, Mayangen und dergleichen mehr. Wenn man es bei rechtem Licht betrachtete, war's ja schon ein Witz, daß jemand, der so schrieb, Leiter eines Verlages wurde, bei dem der Duden die Stelle der Bibel einnahm. Der Verleger würde sich die grauen Haare raufen, wenn er ein paar Seiten von Gerald-Dietz in die Hand bekäme. Immer vorausgesetzt, daß er des Lesens mächtig war.

»Kind!!« Meine Mutter stand in der Tür. »Ich hab schon mehrmals gerufen, da verlangt jemand nach dir am Telefon. Ein Mann«, fügte sie noch betont hinzu und sah mich neugierig an.
Ich stürzte die Treppe hinunter.
»Nun, wie findest du mein Buch? Auf den Müll damit?«
»Nicht alles. Manches ist ganz brauchbar. Aber sag mal: Mit der Rechtschreibung stehst du wohl auf Kriegsfuß, wie?«
»Untersteh dich, auch nur ein stattdessen in statt dessen umzuändern. Ich bin der Boß«, sagte Gerald-Dietz autoritären Tones. »Es reicht, wenn man sich bei allem übrigen im Leben Zwängen unterwerfen muß. Bei anderen Büchern als meinen: nur zu, man soll ruhig wissen, daß wir unseren Duden kennen. Aber meine sind tabu.«
»Dann frag ich mich, weshalb ich das Buch überhaupt lesen soll, wenn ich eh nichts ändern darf.«
»Nun, aus Zeitvertreib, daß du an mich denkst, anstatt Unsinn zu ma-

chen, daß du ein wenig Bildung mitkriegst, und schließlich, sollte ich aus Versehen statt ›Pracht‹ ›Prcht‹ geschrieben haben, so darfst du ein kleines ›a‹ einfügen. – Nach vorheriger Rücksprache mit mir, versteht sich.«

»Aha, gut zu wissen«, ich seufzte, »und auf diese unmöglichen Pflanzennamen legst du vermutlich auch wahnsinnigen Wert, wie?«

»Pflanzennamen? Kann ich mich nicht dran erinnern. Darüber reden wir noch. Sonst noch was?«

»Daß eine Bachbunge eine Wasserpflanze ist und nicht auf trockenen heißen Abhängen wächst, wußtest du vermutlich, hast aber eine künstlerische Verfremdung vorgenommen, wie ich annehme!?«

»Uff«, machte er, »was hab ich mir da eingehandelt!« Kurze Pause. »Na schön, du Krämerseele, du hast die Bachbunge zu freier Verfügung. Dafür aber gehört dein Silvesterabend mir.«

»Dir?«

»Mir.«

»Aber ...«

»Nichts aber, ich bin rein zufällig in der Nähe, geschäftlich, versteht sich, da kann ich mich für den Abend freimachen. Also abgemacht?«

Ich zögerte: »Nur wenn du mir die übrigen Pflanzennamen auch überläßt.«

»Himmel«, stöhnte er, »ich werd es noch bereuen, dich zu meiner rechten Hand gemacht zu haben. Aber schön. Wie viele sind es denn?«

»Mindestens vier!«

»Na, bei vier Pflanzennamen mußt *du* aber auch noch was zugeben. Mein Bett hier im Hotel ist warm, breit und *sehr* gemütlich. Es gibt eine schöne heiße Dusche, zwei Nachttischlämpchen und sogar einen Kühlschrank voller Corned beef und ...«

Che porco, dachte ich und lächelte.

Epilog

Doch müßte ich eigentlich noch so viel berichten, z.B. über die Kanone 10,5 cm SK c 32 m PL c 30 d.

Granzow
Tagebuch eines Hitlerjungen

Und was hast du davon, wenn du ein Nest gefunden hast?« rief Blauauge hinter mir her.

»Nichts. Dann freu ich mich«, gab ich zur Antwort und stiefelte ins Saatfeld.

»Und dafür machst du deine neuen Schuhe zuschanden«, erklang es mißbilligend in meinem Rücken. »Wenn man die Eier wenigstens essen könnte!«

»Kann man ja.« Ich blieb stehen und schaute zu Gerald-Dietz, der am Wegrand zurückgeblieben war. »Bismarck war ein großer Fan von Kiebitzeiern. Aber die sind jetzt schon angebrütet, da hätten wir Anfang des Monats suchen müssen.«

»Typisch«, brummte er, »das fällt dir erst drei Wochen später ein.«

Ich ignorierte ihn und suchte ein Weilchen. Ich hatte mir einen größeren weißlichen Stein gemerkt, neben dem der Kiebitz saß. Bei näherer Betrachtung lagen allerdings überall weiße Steine. Ich wollte es schon aufgeben, da fand ich es: vier dunkelgefleckte Eier auf olivfarbenem Grund.

»Ich hab's«, rief ich dem rauchenden Blauauge zu. »Willst du's dir nicht anschauen?«

»Ach ne. Ich glaub's dir auch so. Suchen wir lieber Champignons!«

Ich nahm ein Ei auf. Hielt es ans Ohr. Nichts zu hören. Beide Kiebitze krakeelten über mir, als ob es um ihr Leben ginge. »Ist ja schon gut, ich geh ja schon!« Das galt den Vögeln. »Ist noch zu früh für Pilze, mein kleiner Glatzkopf.« Das galt Gerald-Dietz.

Er stand sprachlos: »Wie nennst du mich? Als ob *ich* eine Glatze hätte!« Er fuhr sich mit der Hand über den Schädel und zupfte an den grauen Kranzhaaren, die seine Platte umgaben. »Man kann vielleicht nicht sagen, daß ich geradezu Werbung für Haarwasser machen könnte, aber es ist doch noch ganz ordentlich was da. Überhaupt: Was ist das für ein Ton gegenüber seinem Chef – und Herrn und Meister.«
»Das wissen wir bereits alle!« Ich entwand mich ihm lachend. »O schau mal, die Himmelschlüsselchen!«
Ich bückte mich und pflückte einige. »Duften die nicht ganz wundervoll nach Frühling?«
Er roch daran, schien aber nicht begeistert. »Grünzeug halt!«
Wir waren langsam weitergegangen. Gerald-Dietz blieb stehen und verschränkte die Arme. »Also, wenn ich dich recht verstehe, sind wir drei Wochen zu spät für Kiebitzeier und um einiges zu früh für Champignons spazierengegangen. Da drängt sich doch die Frage auf: Wozu gehen wir überhaupt heute spazieren?«
»Ach, du Faultier!« Am Grabenrand blühten Veilchen in kleinen runden Nestern, ich bückte mich. »Hier, iß lieber drei Veilchen, riech mal, sooo gut riechen die. Dann bleibst du das ganze Jahr über gesund.«
»Nix da, ich bin keine Kuh. Letztes Jahr hab ich keine gegessen und war auch nicht krank. Jedenfalls nicht sehr.«
»Da hast du eben Glück gehabt. Nun iß sie schon. Mir zuliebe.«
Er schnaufte, nahm sie aber gehorsam, aß sie mit verdrehten Augen. »Schmeckt ja furchtbar«, sagte er dann, legte im Weitergehen den Arm um mich und meinte zärtlich: »Du und dein Aberglaube.«
Ich sah lächelnd zu ihm auf. »Wenn du wüßtest, was du meinem Aberglauben zu verdanken hast.«
»Ich? Na, was denn?«
»Sag ich nicht. Hör lieber, wie vergnügt der Kiebitz da balzt.«
Zu beiden Seiten des Weges lagen Saatfelder und eingezäunte Wiesen. Links und rechts verliefen Gräben mit schönem, klaren Wasser und reichlichen Mengen Entengrütze drauf. Es wehte ein heftiger, um nicht zu sagen stürmischer Wind, der dicke Wolken zuhauf trieb und mich frösteln machte. Blauauge blickte zum Himmel. »Hm, ja, sehr schön. Sieht aus, als ob das Wetter nicht hält. Sind wir denn noch nicht weit ge-

nug gegangen?! Ich denke, es muß doch sehr gemütlich sein, jetzt irgendwo einen Kaffee zu trinken, dann in mein wohnliches trautes Heim zurückzufahren, gemütlich weitere Kisten zu packen ... Ist doch gewissermaßen eine sinnlose Kräfteverschwendung. Oder?«
»Wir sind doch erst vor einer halben Stunde losgegangen. Die Kisten laufen nicht weg.«
»Eben«, meinte er trocken.
Der Weg führte nun in ein kleines Wäldchen, das heidig aussah und hauptsächlich aus Kiefern, Eichen und Faulbäumen bestand. Ein Zitronenfalter versuchte, dem Wind zu trotzen, wurde aber jämmerlich hin- und hergeworfen. »Da siehst du's!« Gerald-Dietz zeigte mit dem Finger auf ihn. »Der hat's nicht so gut wie wir. Der wäre froh, wenn er ein warmes, gemütliches Heim ...«
»Und etliche zu packende Umzugskartons hätte«, fiel ich ihm lachend ins Wort. »Sag mal, bist du das, der vorzeiten mit mir einige längere Spaziergänge gemacht hat?«
»Nun, das war ja was anderes. Da hab ich Stoff für mein Buch gesammelt. Und Arbeit geht nun mal vor Vergnügen, wie du weißt. Das Buch ist fertig. Ich bin der Boß und brauch mir keine qualmenden Schuhsohlen mehr zu erlaufen.«
»Und brauchst dir keine Mühe mehr mit mir zu geben.«
»Aber Süße!« Er blieb erschrocken stehen. »Kauf ich dir nicht jeden Morgen zwei Mohnbrötchen mit dieser ekligen Bierwurst? Schlaf ich nicht Nacht für Nacht in deinem zu weich gepolsterten Bett, wenn du nicht in meinem schläfst? Bist nicht du-hu-hu-hu-huuu mein Leeeben, wie Bernhard sagen würde? Auch wenn du nicht Kon-stann-ze heißt? Aber muß es denn mit unnötigen Beinbewegungen verbunden sein? Ich meine mit *un*nötigen!«
Ich strubbelte seinen Kopf und küßte seine Unterlippe.
»Was sind denn *keine* unnötigen Beinbewegungen?« Ich zog ihn an der Hand weiter.
»Oh, da gibt es einige. Soll ich dir's zeigen? Dann müssen wir aber kehrtmachen. Hier ist's nicht sehr gemütlich.«
»Mag sein, aber hier schau doch, alles voller Anemonen! Ist das nicht herrlich?«

»Über so was kannst du dich bis zum Umfallen freuen, aber über meine herrlichen, um nicht zu sagen göttlichen Bücher, in die ich mein Herzblut investiert habe, ganz abgesehen von den qualmenden Schuhsohlen, über die verlierst du kein Wort.«

Der Wald führte auf einen Hügel zu, wie man jetzt durch die lichten Baumstämme erkennen konnte. Ein merkwürdiger, wie künstlich aufgetürmter Buckel. Als ob ein Hünengrab darunter läge, eines von diesen alten Ganggräbern.

Wir standen vor dem seltsamen Hügel, der mit Heidekraut und kleinen Krüppeleichen bewachsen war. Der Weg führte links um ihn herum. Über uns brauste der Wind in den Baumwipfeln, fegte raschelnd das alte Laub über den Boden. Dieser Mann, dachte ich grinsend, wie hat er sich verändert.

»Es stürmt!« sagte Blauauge hoffnungsvoll, »denk doch dran, wie gemütlich und warm ... nein?« Er sah mal wieder besonders bübchenmäßig drein. Außerdem trug er seit neuestem Hosen, die doch tatsächlich bis hinunter zu den Füßen reichten, und sah recht adrett darin aus. Die Warze natürlich, von der war abzusehen.

»Noch ein kleines Stück«, mahnte ich, »laß uns nur um den Hügel herumgehen. Dann hab ich Erbarmen mit dir, wenn du mir ... als deiner rechten Hand, blanko ein Versprechen gibst.«

»Blanko? Ein Versprechen? Das ist gewagt. Das wird bös enden. Nein, besser nicht.« Wir setzten uns langsam wieder in Bewegung.

»Nun gut, dann gehen wir noch zwei Stunden weiter, ich bin noch überhaupt nicht müde.«

»Ist mir doch egal, dann bleib ich eben einfach hier sitzen, bis du wieder zurückkommst.«

»Schön, dann kündige ich und geh zur Konkurrenz und erzähle allen, daß deine Rechtschreibkenntnisse äußerst beschränkt sind ... Auch nicht?«

Er schüttelte den Kopf. »Nichts zu machen.«

»Na gut, dann versprich's einfach wegen all dem, was du mir angetan hast – als einmalige Entschädigung sozusagen.«

Er warf mir einen Blick zu. »Und dann fängst du *nie, nie* wieder damit an? Auch nicht vor unseren Urenkeln?«

»Großes Ehrenwort. Also, wie steht's?«
»Nun, dann muß ich wohl. Hätte ich mir das bloß alles früher überlegt. Es wird schon was Furchtbares sein, das du willst. Spitzengardinen an den Fenstern? Nein? Dann noch schlimmer: einen von diesen kleinen fetten Hunden, die nichts tun als kläffen und fressen? Auch nicht? Dann kann's eigentlich nur noch ein sonntagmittäglicher Besuch von Roy Orbison sein, zu dessen Ehren es Lungenhaschee gibt.«
Ich lachte laut los: »Roy Orbison ist längst tot, du Clown.«
»Ach wirklich? An einer seiner Schnulzen erstickt? Nun, dann geb ich's auf. Was noch Schrecklicheres fällt mir nicht ein.«
Ich schüttelte ihn am Arm. »Sag mal, ich erkenn dich ja gar nicht wieder! Früher warst du ein gesetzter, ernster Mann. Bald wirst du noch wie Karl, und dann ...«
»Karl? Schweig still, Weib. Ist das dieser langhaarige Schimpanse? Von dem will ich überhaupt nichts hören, erwähn bloß seinen Namen nicht mehr.«
»Ist ja schon gut. Jedenfalls hast du dich verändert. Es sind also weder Spitzengardinen noch ein kleiner fetter Hund, noch Lungenhaschee. Also gib mir die Hand! Versprochen? Blanko?«
Er zog die Hand zweimal zurück, bevor er, die Augen zum Himmel, dem wolkigen, verdrehend, einschlug. »Gut denn, mag mein Schicksal sich vollenden.« Seine paar noch übrigen längeren Haarsträhnen flatterten ihm wild um den fast kahlen Schädel, aber seine blauen Augen glichen wie eh und je denjenigen einer Gans oder spiegelblanken Sommerseen. »Nun, raus mit der Sprache: Was ist es?«
Ich brach ein Zweiglein von einem Busch am Weg ab und drehte es in den Fingern: »Du wirst die Marlitt-Romane neu auflegen. In schönem blauen Leinen mit Schnörkeln und Goldschnitt! Und zwar alle!«
»Was? Das ist doch wohl nicht dein Ernst!« Er riß die blanken blauen Augen auf. »Eugenie Marlitt? Die meinst du doch wohl nicht?« Das pure Entsetzen stand ihm im Gesicht geschrieben.
»Doch genau die. Ich geb zu, daß einige ihrer Romane nicht das Niveau des *Heideprinzeßchens* erreichen. Aber *Amtmanns Magd* und das *Geheimnis der alten Mamsell* und auch das *Eulenhaus* ...«
»Hör auf«, stöhnte er, »das darf doch nicht wahr sein. Da würde ich doch

lieber drei Teller Lungenhaschee mit Kutteln essen. Du, ich biete dir statt dessen eine Neuauflage von Leopold Schefer an.«

»Von wem? Nie gehört. Den gibt's wahrscheinlich gar nicht. Lenk nicht ab. Versprochen ist versprochen.«

»Herrje, Frau, du treibst den Klauser Verlag in den sicheren Ruin. Das *kannst* du doch nicht wollen, nicht wahr? Ich werde brotlos, du wirst brotlos, wir alle werden brotlos – und die Piepmätze müssen in die Suppe.«

»Unsinn. Bei dem Schwachsinn, den wir ansonsten herausgeben, ist das eine wohltuende Abwechslung. – Im Gegenteil, wir werden das Geld nur so scheffeln. Als der Vertrieb der ›Gartenlaube‹ wegen irgendwas in Ungarn unterbrochen wurde und damit die nach der Fortsetzung von *Im Hause des Kommerzienrates* lechzenden Leser nicht zu lange warten mußten, haben sie in der Temesvarer Zeitung eine eigene Fortsetzung geschrieben. Du wirst sehen, sie wird eine Renaissance erleben. – Nun schön, ich kümmere mich um alles Weitere. Jetzt gehen wir noch um den Hügel, um zu sehen, was kommt. Ich friere übrigens.«

»Wenn ich den Kopf voll solchen Wirrzeugs hätte, würde ich längst mit den Zähnen klappern«, seufzte Gerald-Dietz, öffnete seinen ockergelben Dufflecoat, um mich darunterzuquetschen, und legte dann seinen Arm um das Ganze. »Besser? Weib, du bist mein Untergang!«

Wir traten hinter dem schützenden Hügel hervor – der Sturm fiel uns an. »O säh ich auf der Heide dort im Sturm dich!« sang ich jauchzend aus voller Brust in das Klingen und Sausen hinein. Es war ja wahr geworden, ich schritt, von starken Armen gehalten, an seiner Seite dahin, und seine Linke hielt sorgsam den Mantel zusammen, den er mir um Haupt und Schultern geschlagen ... Und der Sturm schoß mit seinem Frühlingsatem an mir vorüber und schmiegte mich glückselig an den Mann, der mich führte – mochten Sturm und Bienen und Schmetterlinge frei über die Heide hinfliegen – ich flog nicht mehr mit!

ENDE

Nachspann

Pippin und Emmchen sind in Wirklichkeit Meerschweinchen, und Emmchen heißt auch nicht Emmchen, sondern Dicke.

Bernhards Vater ist zum Alexandriner übergegangen und sucht derzeit noch vergeblich nach einem Reim auf ›Artischocke‹.

Karina hat Karl einmal zu oft ›Schnuffel‹ genannt, bei Exerzitien in Maria Laach John Psmith, den Mann ihres Lebens, kennengelernt, ist mit ihm nach Kalifornien ausgewandert und betätigt sich derzeit als Grundstücksmaklerin.

J. T. McLellan aus Auckland, Neuseeland, hat seine Bibel dem Kakapo-Hilfsfonds gestiftet und ist auf eigene Kosten nach Tasmanien gefahren.

G. R. Thewall hat eine kurzlebige Renaissance des Dadaismus ausgelöst.

Rastamop arbeitet heute bei einem hochangesehenen Münchner Verlag und muß sich mit einem Übersetzerpärchen herumplagen, das ihr Boß ihr vor die Nase gesetzt hat.

Udo unterrichtet unter dem Pseudonym Friedrich Kaiser an einem Gymnasium in Fallingbostel und ist für teilnahmsvolle Zuschriften dankbar.

Von *Udos Mutter* schweigen wir lieber.

Karl hat sich die Haare geschnitten.

Roland hat eine Praxis in Waldhilsbach eröffnet und vier Kinder gezeugt.

Meine Mutter ist mit einem Gigolo aus Cremona durchgebrannt. Ihr derzeitiger Aufenthaltsort ist unbekannt.

Mein Vater kann endlich so viele Rumpsteaks essen, wie er will, und seinen Krimi fertig schreiben.

Herr Muschunski ist einem Nasenspray verfallen.

Der ältere Herr mit Gehstock reinigt, wie aus gut unterrichteten Kreisen verlautet, seine Schuhe mit Spucke.

Die *Mopsfledermäuse* waren gar keine.

Bernhard hat sich zum Geburtstag ein extrascharfes Messer gewünscht, um Carpaccio zubereiten zu können.

Bernhards Oma hat sich tränenfeste Wimperntusche zugelegt.

Der *Verlagsbesitzer* hat zu Weihnachten eine Spielzeugeisenbahn bekommen und sich entmündigen lassen.